El Corrido De Dante

Eduardo González Viaña

Arte Público Press
Houston, Texas

Este libro ha sido subvencionado en parte por becas de la Ciudad de Houston a través del Cultural Arts Council of Houston/Harris County y por el Exemplar Program, un programa de Americans for the Arts en colaboración con el LarsonAllen Public Services Group, creado por la Fundación Ford.

Recuperando el pasado, creando el futuro

Arte Público Press
University of Houston
452 Cullen Performance Hall
Houston, Texas 77204-2004

Arte para la portada por Alejandro Romero
Diseño de la portada de Giovanni Mora

González Viaña, Eduardo, 1941-
    El corrido de Dante / Eduardo González Viaña
        p.   cm.
    ISBN 10: 1-55885-314-6 (alk. paper)
    ISBN 13: 978-1-55885-314-0
        I. Title.
PQ84-9.17.O55C67   2006
863'.64—dc22

                                        2006042677
                                        CIP

⊚ El papel utilizado en esta publicación cumple con los requisitos del American National Standard for Permanence of Paper for Printed Library Materials ANSI Z39.48-1984.

6 7 8 9 0 1 2 3 4 5   10 9 8 7 6 5 4 3 2 1

A Los Peregrinos de La Santa Muerte.
Canté con ellos en un bar de El Paso.
Desafiné, y estoy pagando mi culpa.

Nosotros no cruzamos la raya,
la raya nos cruzó a nosotros.

—Cantado por Los Peregrinos de La Santa Muerte

1
El primero que llegó a la fiesta fue un burro

Dante Celestino esperaba en la puerta a los invitados cuando vio aparecer dos largas orejas recortadas de perfil contra el cielo del sur. Luego la silueta se fue dibujando con nitidez. Era un burro, venía de lejos y cojeaba de una de las patas traseras, pero avanzaba hacia él como si fuera un viejo amigo, como si tuviera invitación para la fiesta, como si alguien le hubiera pasado la voz de que Dante era doctor de animales.

Por sus maneras intelectuales y un poco tristes, cuando se hallaba todavía algo lejos —silueta negra dentro de un sol amarillo— Dante lo tomó por un ángel. Pero los ángeles vuelan y no trotan, tampoco cojean ni mucho menos levantan las orejas como quien aguanta sin quejarse un dolor insoportable. Tampoco miran con unos ojos enormes, rojizos, llenos de nostalgia. Ni espantan a las abejas con el rabo. Ni llegan hasta uno y mueven las orejas para saludar. Y como el burro hizo todo esto, Dante no vaciló en darle la bienvenida y en rogarle con un gesto que se sentara a un costado de la puerta principal para ver si podía diagnosticar la causa de su renguera y ayudarlo.

A pesar de que estaba vestido de fiesta, Dante se posesionó del trabajo que había venido haciendo la mayor parte de su vida en los Estados Unidos. Se quitó la corbata y el saco de pana azul brillante, se arremangó la camisa, se puso en cuclillas junto al animal herido y comenzó a tantear la magnitud de la fractura. No era muy grande, pero sí profunda y necesitaba cuidado. En los cuarenta minutos que todavía faltaban para que llegara el primer invitado, Dante logró encontrar un listón de madera y conseguir un largo retazo de lona con el que envolvió la pata herida del cuadrúpedo. Al final, situó junto a la puerta del salón al rengo forastero quien, a pesar de un aparente gran dolor, no se había quejado durante todo el tiempo que duró el entablillado, no había movido las orejas ni agitado la cola, pero no había podido evitar que dos gruesos lagrimones resbalaran desde sus enormes ojos.

Una hora más tarde, Dante Celestino comenzó a recibir a sus amigos, y los hizo pasar al salón comunitario luego de un intercambio de palmaditas en la espalda. De pie y ataviado con la ropa recién comprada en Portland, sonriendo y recibiendo las felicitaciones de todo el mundo, el dueño de la fiesta se comenzó a sentir como el administrador de un circo en el momento de saludar a los señores y señoras de la digna concurrencia, pero rápidamente descartó ese pensamiento y recordó que había llegado el momento más importante de sus veinticinco años en los Estados Unidos y que estaba cumpliendo en grande con la promesa que hiciera a su esposa en su lecho de muerte.

De arreglarse los botones del cuello, Dante pasó a mirar con cierto asombro toda la extensión del salón comunitario. Era inmenso y elegante. Las noventitantas familias que vivían en el condominio tenían derecho de usarlo, aunque a veces pensaran que era demasiado ostentoso si se lo comparaba con sus exiguos departamentos. Aquéllos no tenían más de dos dormitorios, pero lo que había entusiasmado a la señora Celestino cuando se instalaron en uno de ellos fue el tamaño y las pretensiones de la sede social.

—Aquí haremos la quinceañera de Emmita, —proclamó entonces mirando a su hijita que recién estaba aprendiendo a caminar.

Pero un año atrás, la señora Celestino había fallecido sin tener la oportunidad de participar en la solemne fiesta que esperaba a Emmita, y en el hospital, en medio de su agonía, apenas pudo tener un momento para hablar con su marido. Musitó en su oído el gran compromiso que le dejaba.

—No olvidarás la quinceañera —le dijo.

—¿Que no olvidaré qué?

—No te olvides. Tienes que hacerle una quinceañera el próximo año, pero una quinceañera de verdad.

Por el resto de su vida recordaría esas palabras pronunciadas con una voz ya lejana e intermitente, de la manera en que los moribundos comunican sus últimos deseos. Trabajando con la maquinaria o curando a las bestias, cuando la luna se ponía enorme y amarilla o cuando el viento soplaba desde el oeste, esas palabras regresaban hacia él. Todo el tiempo, y ahora, luna sobre luna, Dante se sentía feliz de estar cumpliendo su palabra. ¡Y en qué sitio!

—No . . . , caramba, estos gringos son muy prácticos —se decía Dante todas las veces que pensaba en los diversos usos que se podía dar al salón comunitario. En todos sus años allí, lo vería servir como cancha de básquetbol, escenario de las posadas navideñas, salón de bailes y centro de reuniones de la comunidad. Ahora, con la ayuda de algunos parientes y amigos de buena voluntad, y con sus ahorros de varios años, cumplía con la palabra empeñada y estaba convirtiendo la sala en un fastuoso escenario de fiesta como aquéllos donde se desarrollan las vidas y los quereres de la gente que habita en las telenovelas.

De pronto, en el mismo lado del horizonte de donde había surgido el asno rengo, llameó un resplandor que después resultó ser la cara frontal de un vehículo plateado, y los invitados se volcaron a la puerta ante el anuncio de que estaba a punto de llegar la reina del cumpleaños. A medida que se acercaba y mientras avanzaba por las curvas del camino, la forma plateada ganó nitidez y por fin se dejó ver como una larguísima limosina con catorce puertas y un brillo que enceguecía y obligaba a mirarla con los ojos a medio cerrar. Cuando se detuvo, un chofer vestido de negro bajó ágilmente a abrir la puerta que ostentaba una corona real, y de allí descendió Emmita.

Las uñas, rojas. Los labios, intensos. Una línea azul por debajo y otra por encima de los ojos. El rimel estiraba las pestañas y las convertía en alambres flotantes. Por primera vez, la niña se había vestido de mujer o de reina, y trataba de poner el pie derecho en tierra, pero estaba usando tacos y eso tornaba difícil el descenso. Por fin, se dio impulso con las manos sobre el asiento del carro, logró dar un salto ágil y pudo avanzar sobre la alfombra carmesí que la estaba esperando.

A partir de eso, todo fue estridencia. Primero, los aplausos no tenían cuándo cesar, y después el fragor agudo y metálico de una trompeta abrió en dos el cielo de Mount Angel para proclamar a todos los vientos y a toda la gente del mundo que *éstas son las mañanitas que cantaba el rey David y como hoy es día de tu santo, te las cantamos a ti.* Luego de una media hora, todo volvió a su lugar o encontró el que le correspondía, el rey David se fue al cielo, Emma fue conducida a su trono, la limosina se estacionó soberbia junto a la puerta de la fiesta mientras que, exactamente delante de ella y debajo de un toldo rojo, sentado sobre sus cuatro patas, el asno rengo completaba el paisaje.

Enfundada dentro de un vestido azul eléctrico con lentejuelas de plata y espejos que obligaban a parpadear, la maestra de ceremonias derramaba una voz melosa que iba anunciando el interminable desfile de los padrinos. El primero en pasar fue el señor Egberto Longaray, de Guanajuato, de más o menos setenta años, con sombrero tejano inclinado hasta la nariz. Se le anunció como el padrino de limosina porque había sido él quien la alquilara.

Avanzaron luego, don Manuel Montoya y su esposa Socorro de Montoya, y cuando se informó que eran los padrinos de fuegos artificiales, comenzó un inacabable aplauso porque don Manuel había sido capaz de lograr algo imposible en los Estados Unidos. En todo el país, los luminosos castillos de fuego sólo pueden ser admirados el 4 de julio, pero la simpatía arrolladora de este peruano residente en Oregon se había impuesto, y había logrado que la municipalidad de Mount Angel le permitiera traerlos de no se sabe dónde y prenderlos el día de la quinceañera. Un palacio armado con carrizos y pólvora había sido edificado al lado del salón comunitario, y sólo se esperaba la medianoche para convertirlo en chispas y luceros, flores de fuego y palomas de bengala, antorchas, resplandores y miles de lámparas capaces de iluminar todo el espesor del cielo y de la vida.

La dueña del micrófono anunció luego a los padrinos de arreglo del local, la señora Lulú y su esposo Gabriel Escobar, con sus hijas

Lulú segunda y Lulú tercera. Los cuatro caminaban mirando preocupados hacia el suelo como si temieran que les hubiera faltado un detalle y estuvieran prontos a corregirlo.

Después se deslizaron las botas con piel de cocodrilo de Carlos Montealegre, el padrino de música a quien acompañaban "su digna esposa doña Guadalupe Alegre de Montealegre y sus hijos Rubén, Martín, Martina, Cleofé, Carlota, Carmencita y Guadalupita que le dan realce a la fiesta", según explicaba la presentadora.

Cada uno de los mencionados era recibido con un aplauso que se tornó en gritos de aprobación cuando se anunció a doña Marisol Rodríguez, la ondulante madrina de ballet folklórico, quien se presentaba vestida de china poblana e iba seguida por veinte muchachos vestidos con pantalón rojo y camisa blanca y otras tantas chicas, enfundadas en blusas brillantes y faldas muy largas, cuyos ojos revelaban que los jóvenes no habían parado de bailar durante semanas preparándose para la magna ocasión.

Pasaron después los padrinos de tarjetas, de fotografías, de velaciones, de tortas, de bebidas, de peluquería, de rezos, de filmaciones, de maquillaje, de llamadas telefónicas, de invitaciones personales y muchos otros cuyo padrinazgo describían las muchas maneras en que habían colaborado con el evento. Todo había sido ensayado durante varios fines de semana, pero de vez en cuando alguna madrina nerviosa o algún padrino apresurado rompía el protocolo.

La maestra de ceremonias dijo entonces que la orquesta iba a iniciar la fiesta con el vals de los padrinos, y se escucharon los acordes del "Danubio azul", pero eran tantos los padrinos y representaban generaciones tan distintas que una sola pieza musical no bastaba para todos los gustos, y el "Danubio" pronto cedió paso a "La niña fresa" para que la bailaran los más jóvenes y a una rancherita para que la gozaran los de más edad. Cuando llegó el momento en que la música era sólo para los mayores, todos los caballeros bailaban como el señor Longaray de Guanajuato, con los ojos y los sombreros inclinados hacia el suelo.

Sentada en el centro de la sala, la joven agasajada sonreía nerviosa. No era un secreto que el peluquero del pueblo había prestado el trono en gratitud por todos los peinados que había tenido que hacer a las chicas hispanas de Mount Angel. Ramos de flores y adornos de purpurina le ofrecían a ese sillón remembranzas principescas. Una señora muy morena y con un peinado que la hacía parecer un hada aseguró que el traje de Emma, blanco y con adornos dorados, había sido dictado desde el más allá por su madre quien ya en el cielo probablemente recordaría haber visto ese vestido en el ropero de una de sus heroínas de la televisión.

Catorce damas vestidas de celeste sonreían nerviosas a uno y otro lado de la cumplimentada mientras que, enfrente de ellas, catorce muchachos vestidos con smoking negro les lanzaban miradas nerviosas, pero ninguno de ellos se movía. Los trajes parecían ser demasiado grandes en algunos casos, muy pequeños en otros, pero ninguno lucía incómodo sino desesperado por dar de una vez los pasos hacia su respectiva dama, tal como lo habían estado ensayando varias semanas. En el centro de la sala, el chambelán posaba para una fotografía. Era un joven provisto de un bastón dorado en la mano derecha con el que debía dar la orden de bailar en cuanto lanzaran otra vez al aire los sones del "Danubio azul".

Todo era silencio e inmovilidad. Era uno de esos momentos en que no pasa el tiempo y en los que el mundo parece estar detenido y posando.

Nunca durante su pasada vida en Michoacán había soñado Dante que alguna vez daría una fiesta así. Todo lo que había gastado, a pesar del apoyo de sus amigos, era producto de muchos años a sueldo mínimo que era lo máximo que le pagaban a un hombre sin *green card*. Veinticinco años atrás, había pasado la raya; diez años después llegó la que sería su compañera, y aquí en Estados Unidos les había nacido Emmita. Habían pensado tener muchos hijos, pero después del parto, el médico que atendía a la señora Celestino le dijo que no podría tener más descendencia.

—Póngase junto a los padrinos para una foto —le susurró alguien, y Dante se preguntó si podría hacerlo con el acordeón en los brazos. El instrumento descansaba envuelto en una caja brillante. Era su compañero inseparable y muchos esperaban que lo tocara.

Mientras tanto, los padres Pichón, dos sacerdotes mellizos y muy bajitos que procedían de Michoacán, iban y venían de uno a otro lado del salón bendiciendo todo lo que encontraban a su paso: el trono y las ollas de comida, las sillas y las trompetas, los zapatos forrados con seda lila y las botellas de champaña, las mesas y las copas, las botas con metal en la punta y el maquillaje de las madrinas, las carteras bordadas con perlas y los cabellos engominados de los padrinos, las guitarras, los recuerdos de la tierra lejana, los parlantes y la ropa casi celestial de la dueña del cumpleaños.

Después decidieron que era hora de bendecir el anillo destinado a la reina de la fiesta, y se acercaron al muchacho que hacía de chambelán. Aquél se había pasado toda la primera hora de rodillas sobre un reclinatorio y con la mirada fija en Emmita a quien pretendía enamorar, al parecer sin mucho éxito.

—¿Tienes a la mano lo que vas a ofrecerle?

El joven sacó de uno de sus bolsillos un paquete pequeño y lo desenvolvió lentamente ante la mirada expectante de los padrinos.

—¡Ay, qué belleza! ¡Ay, qué belleza! —no cesaba de decir con un gemido de alegría una señora de pecho inmenso que parecía ser la madrina más importante—. ¿No le parece que es una belleza, Dante? Ah, Dante . . .

—No, claro, claro que lo es . . .

Entonces los sacerdotes le pidieron al joven que, antes de entregarlo, sumergiera el anillo en un lavatorio colmado de agua bendita. Con gran cuidado, el chambelán hizo lo ordenado, y el objeto al entrar en el agua produjo un sonido redondeado y efervescente, algo así como *chorrrrr*. . . . y levantó humo y burbujas en la superficie . . . *chorr* . . . *chorrrr*, como si los pecados del muchacho causaran la ebullición a su ingreso en el líquido bendito. Dante observó al joven con un semblante preocupado, pero se tranquilizó cuando uno de los padres Pichón aseguró que aquello era natural y que ocurría en todas las ceremonias de quinceañera.

De pronto, todo se estremeció, y la banda de los Vengadores del Norte, armada de unos parlantes muy poderosos dejó escuchar nuevamente los acordes del "Danubio azul". Fue como si la luz del

Espíritu Santo descendiera de pronto sobre el salón comunitario; el chambelán se puso en acción, alzó y bajó el bastón varias veces y repitió —*One, two, three . . . one, two, three.* Algo que le fastidiaba a Dante era que los jóvenes hablaran entre ellos en inglés, y tan sólo utilizaran el español para la comunicación con los padres. Emmita era la que menos usaba el idioma de la familia, y no parecía dar mucha importancia a los consejos paternos sobre la clase de chicos con los que podía salir.

—Hispanos, como nosotros, eso está bien —decía Dante— pero no esos otros jóvenes hispanos que no hablan en español y se juntan en pandillas para hacer negocios con drogas.

—*One, two, three . . . one, two, three . . .* —repitió el chambelán mientras levantaba el bastón dorado, para luego dirigirse hacia la agasajada y, del brazo de ella, encabezar el grupo de las catorce parejas que, sin embargo, no bailaban todavía. En vez de hacerlo, se dirigieron primero hacia una pared de la sala donde se hallaba una imagen de la Virgen de Guadalupe, y le hicieron una venia. Después continuaron las vueltas en torno del área del salón haciendo venias y genuflexiones ante los padrinos de la quinceañera, el padre, los sacerdotes, los vecinos y un grupo de gringos que disparaban el flash de sus cámaras fotográficas sin cesar.

Pero Emmita no daba la impresión de sentirse muy feliz. En varias de las venias obligadas, no pudo disimular una mueca que era tal vez de burla o de aburrimiento. Por fin, cuando se lanzaron a rodar las parejas recorriendo con los pies los acordes triunfales de la danza, parecía no estar en este mundo, pero tampoco en el otro, y cuando le tocó el turno de bailar con su padre, no cesaba de mirar hacia la puerta.

Dante se dio cuenta de que su hija ya no era la misma. Era como si se la hubieran cambiado. Ya no era la niña a quien podía curarle un dolor de cabeza o unos retortijones de estómago con sólo repetirle *sana, sana, colita de rana.* Esos encantamientos ya no le hacían efecto. Recordó a una vecina quien le había advertido que cuidara a la joven.

—No quiero entrometerme, pero me parece haberla visto con un muchacho que no era de aquí. No era uno de nuestros chicos.

Después le habían descrito al intruso: tenía aspecto de mexicano, pero hablaba con dificultad el español; llegaba al pueblo en un *low rider* o en una camioneta inmensa, de las que usan los pandilleros, y se vestía completamente de negro. Le habían explicado que el sujeto aparecía cuando él estaba trabajando. Dante no lo podía creer. Se imaginaba que —para no ser visto, ni oído— el amigo de su hija se colgaba de los techos en la noche como una bolsa siniestra, y que sus alas lo envolvían todo, nocturno, funesto, fatídico, desgraciado, infernal, colgante, volador, silencioso, fatal.

El día de la conversación con la vecina se armó de valor para decirle a Emmita que tal vez ya era hora de que hablaran de algunos asuntos muy en serio.

—Antes que todo, creo que ya te estás haciendo toda una señorita . . .

—Por favor, Dad, no interrumpas, que estoy viendo la televisión.

Semanas después de ese intento fallido, decidió volver a la carga porque cuando Dante llegaba de noche, le parecía que una pequeña sombra se desprendía del techo de los vecinos y se iba chillando hacia lo más negro del cielo; cuando cerraba los ojos, veía dos ojos pequeños y escrutadores que no dejaban de observarlo; otras veces la pequeña bestia transformaba su mutismo en un graznido y parecía que le anunciaba el fin del mundo, o de su mundo.

—Siempre te he dicho que los muchachos mexicanos de tu edad son muy correctos, y si vas a tener un pretendiente, me parecería normal verte con uno de ellos.

Emmita se lo quedó mirando y subió el volumen del televisor, y entonces, solamente entonces, se le ocurrió que a lo mejor o a lo peor los vecinos estaban diciendo la verdad, y cuando volvió a pensar en el murciélago, no lo vio joven, sino antiguo, seco, perverso como un rostro de esos que siempre te está mirando desde un sepulcro maldito.

☙ ☙ ☙

Y tú, quién sabe por dónde andarás, quién sabe qué aventuras tendrás, qué lejos estás de mí. La banda de los Vengadores del Norte no conocía la letra de ese bolero, pero don Manuel Montoya había llegado armado con una serie de grabaciones para la gente amante de los recuerdos, y el director de la orquesta se vio obligado a reproducirlas y a que sus músicos le dieran acompañamiento. *Como un rayito de luna, entre las selvas dormida, tú diste luz a mi vida, como un rayito claro de luna.* Los adultos comenzaron a bailar. Al igual que el padrino de fuegos artificiales, una docena de caballeros cantaban al oído de sus compañeras. Algunas de ellas gimoteaban. *Aunque la virgen sea blanca, píntale angelitos negros, que también se van al cielo, todos los negritos buenos . . .* el señor Longaray cerraba los ojos como un negrito bueno.

Pero la banda estaba dispuesta a satisfacer a todo el mundo y continuó con el "Corrido de Johnny el Pachuco" de Steve Jordan, siguió con "Hay te dejo en San Antonio" de Flaco Jiménez y continuó con los últimos éxitos de Joe López que causaron el delirio de los jóvenes. También pasó por Pedro Ayala, "El monarca del acordeón".

Maruja Tafur se apoderó del micrófono. Era una dama inmensa y sudamericana, no se sabe si del Perú, o de Argentina, que solía cantar en todas las celebraciones. Levantaba la cara hacia el cielo mientras cerraba sus ojos verdes y gorjeaba con una voz irrefrenable. Llegó a Mount Angel mucho antes que la mayoría de los mexicanos residentes y trabajó en la escuela del pueblo hasta su jubilación. Todos la respetaban, y nadie podía atreverse a contrariar sus deseos de cantar, pese a que preferirían continuar bailando. Su fuerte no eran las rancheras sino algunas canciones líricas en las que lucía una voz que podría romper cristales y trastornar el universo. Una vez que se apoderó del micrófono, se tomó su tiempo alabando los quince años como la mejor edad de la vida y dijo que iba a anunciar la sorpresa de la noche.

—He compuesto una canción para Emmita, y voy a pedirle a Dante que me acompañe con el acordeón —dijo Maruja, pero nadie la escuchó porque, mientras hablaba, el sistema de sonido había sufrido un desperfecto. Después se hizo un silencio y entró al salón un extenso ronquido. Y un silbido rompió el aire en dos mitades. Maruja tomó a Dante Celestino por el brazo y lo hizo subir al podio donde le ayudó con el acordeón. Mientras el padre de la cumplimentada estiraba el instrumento y pulsaba sus controles, la cantante comenzó a gorjear con voz estridente, y sus trinos inundaron de nostalgia la vida en el planeta.

Un ruido extraño invadió el salón, pero nadie lo advirtió porque la gente estaba casi ahogada por la melancolía. No se puede calcular cuánto tiempo cantó Maruja Tafur ni si es verdad que algunos pájaros bajaron de los cuatro rincones del cielo e invadieron la sala comunal para acompañarla. Eso no se sabrá jamás porque lo único que se sabe es que, en el camino al cielo, el gorjeo de la mujer y de las aves fue interrumpido por un ram, raaaaaaammmm, ramramram. Rammmmmmmmmmmmmmmmmmmmmmmm.

Don Egberto Longaray, de Guanajuato, asegura que de un momento a otro, fue como si todo se tornara boca arriba, la orquesta, la música, los padrinos, los invitados, el vestido de lentejuelas de la inmensa maestra de ceremonias, y quizás también la vida, porque los trinos celestiales de doña Maruja Tafur fueron superados de pronto por un golpe brutal de tambores y por unas luces de reflectores que invadían el escenario de la sala comunitaria.

—Lo que habíamos creído un estallido de tambores redoblantes se convirtió en una y mil detonaciones de los motores de una motocicleta, o de muchas de ellas. Miré el rostro del resto de la gente, y todos estaban confundidos. Pero no eran motocicletas, sino *low riders* a cuyos tubos de escape se les había quitado el silenciador. De ellas, emergió un grupo de jóvenes con traza de pandilleros, y se metieron en la fiesta sin ser invitados.

Según él, cuando llegó la pandilla, muchos invitados volvieron a sus respectivas mesas o se deslizaron hacia la puerta de salida sin pronunciar palabra, pero el rostro de Emmita parecía iluminado por una luz de belleza feroz.

—Traté de mirar hacia la puerta principal porque me parecía raro que los pandilleros estuvieran tratando de entrar sin haber sido invitados, pero ya no había nadie allí porque los extraños ya estaban adentro y nos rodeaban sin que nosotros lo supiéramos ni lo quisiéramos saber. Lo único que recuerdo es haber visto entrar en la sala a un joven vestido todo de negro. Tras él, sus acompañantes llevaban el pelo pegado al cráneo, y sus cabezas brillaban como si se hubieran puesto vaselina.

Dante lo recordará toda la vida. Lo recordará todo, el extraño vestido de negro y con el pelo cortado al rape avanzando hacia Emma . . . y llegando hasta la muchacha aunque él tratara en vano de interponerse entre ellos.

Con voz melosa y asustada, la maestra de ceremonias gritaba, —No, por favor. No, por favor. Déjennos en paz. No nos hagan esto.

No hicieron mucho. Les bastó con despedir a la orquesta y poner el aparato de sonido a todo volumen con una serie de zumbidos, bramidos, explosiones y de vez en cuando una voz de perro que cantaba en inglés, o tal vez gritaba con estrépito.

Algunos invitados alcanzaron a despedirse, pero otros no lo hicieron. Dante, de pie junto a la puerta, se esforzaba en detenerlos y en explicarles que todo era una equivocación, pero lo dejaron casi solo. Se desplomó en una silla, puso los codos sobre una mesa y el planeta dejó de existir para él.

Según algunos, los pandilleros le hicieron beber una sustancia extraña. Según otros fue desmayado de un cachazo de pistola en la cabeza, y la pandilla se apoderó de la fiesta. Se hicieron los dueños de la quinceañera, y por fin, le dieron tiempo a Emmita para que preparara su maleta y se montara en el asiento trasero de una de las *low riders*.

Pero Dante no recuerda las cosas así:

—No pasó nada. ¿Para qué periódico dice que trabaja? No, hombre, esa noche no pasó nada.

—Estoy tomando notas para escribir una historia. A lo mejor ese detalle no aparecerá.

—No pasó nada.

—¿Cuántos eran?

Dante mira hacia el cielo.

—Los asaltantes. ¿Cuántos?

—Le repito que no pasó nada.

En todo caso, Dante despertó a la mañana siguiente. Tal vez, desmayado en el local o en su cama si es cierto que no pasó nada. Quizás decidió creer que todo lo había soñado.

Según lo que dice que recuerda, era ya bien avanzada la mañana cuando pasó junto a la puerta del dormitorio de Emmita y quiso invitarla a dar una caminata para conversar sobre la vida. Dio tres toques en la puerta, y nadie abrió. Esperó una hora más y volvió a llamarla, pero la puerta no quiso abrirse. Entonces empujó la puerta, y encontró la cama intacta de su hija, como si no hubiera dormido allí.

Nunca más, por más vueltas que dé el mundo se encontraría tan solo Dante. Era ostensible que su hija lo había dejado, y que la fiesta, planeada durante la mayor parte de su vida, había sido un fracaso.

Esa mañana no pudo encontrar nada sino la carta de su hija esperándolo. Estaba sobre la mesa. Dice que vio la carta, y que ya no pudo ver más. Como se iba a tardar mucho en leerla y no la iba a entender por completo, prefirió ir a buscar a un amigo de confianza.

Al salir de la casa se encontró con los ojos enormes del asno al que había dado refugio por ese día pensando en que luego buscaría a su dueño.

"Me voy, Dad, no me siento bien en este environment que tú tienes para mí. Remember, Dad, ya no estás en México y yo no soy una chiquilla. Mom y tú siempre me llevaron a las fiestas de hispanos, a la iglesia, a las clases en español, y luego me hiciste esa fiesta ridícula. Dad, yo soy una chica americana. Johnny y yo hemos estado saliendo *for a long time*, como más de seis meses. Ahora voy a vivir con él . . . Cómo querías que te lo dijera, Dad, si tú no quieres a los chicos que hablan inglés, si te choca que los jóvenes lleven aretes y usen tatuajes . . . Dad, ya no estás en tu tiempo ni en tu patria. Dad, ya tengo quince años y tú no me permites ni siquiera salir de noche.

"¿Te acuerdas de la fiesta de fin del año de la escuela? La única que hizo el ridículo fui yo porque llegaste a las diez de la noche por mí. A nadie le hacen eso. Tú sabes que mis *grades* son mejores que los de mis amigas, pero a ellas sus padres las premian aunque sea por tener una *C plus*, y las dejan que hagan lo que quieran después del fin de año, hasta quedarse en el departamento de sus *boyfriends*. En cambio, tú y mi mom se empeñaron siempre en tratarme como una chiquilla. *Wake up*, Dad, yo soy una chica americana. Yo no nací en Michoacán.

"Papá, no me busques. No tienes derecho. Si llegaras a encontrarme, la policía me preguntaría si quiero vivir contigo o no, y yo diría que no quiero porque éste es un país libre. Y si te opones porque todavía no he cumplido los dieciocho, me mandarán a un hogar de adolescentes, pero no me obligarán a quedarme contigo porque, Dad, tú eres casi un analfabeto, y no puedes ofrecerme el futuro que tú mismo no tienes. ¿Te das cuenta que ni siquiera puedes leer esta carta de corrido y que tendrás que pedir a alguien que lo haga por ti?

"No trates de oponerte, Dad, porque Johnny puede pagar buenos abogados y, si te opones, podrías ir a parar a la cárcel. Y no te preocupes mucho, quizás algún día regrese, pero será cuando haya cumplido mi sueño de ser una gran cantante como Selena. Johnny conoce empresarios y tiene muchos amigos influyentes, y me va a llevar para que me hagan una prueba. I'm gonna be famous, Dad."

Como Selena. Como una flor. Como una flor.
Y bidi bidi bom bom. Y bidi bidi bom bom.

"Te lo repito, Dad. Por tu bien, no trates de oponerte. Por tu bien."

Unos días después de la fiesta, Dante salió por el mundo en busca de su hija sin más amigo que un asno rengo.

Como una flor. Como una flor.
Y bidi bidi bom bom. Y bidi bidi bom bom.

2
Los que creen que saben
no lo saben por completo

La gente de *El Latino de Hoy*, el periódico en español más leído, había oído contar la historia, pero el director no sabía qué había de cierto en toda ella. Los diarios en inglés de San Francisco y Portland habían hecho mucho ruido con la historia del mexicano que se perdió en el mapa de Estados Unidos buscando a su hija, y no estaba bien que *El Latino de Hoy* ignorara esa información. Por eso me pidieron que escribiera lo que los periodistas llaman una "nota humana" sobre Dante Celestino. Cuando pregunté por el espacio que me darían, me ofrecieron todo el que quisiera, e insinuaron que tal vez sacarían un especial dedicado totalmente al asunto.

Llegué a Mount Angel, el pueblo de Dante, por la tarde y, de inmediato, me dirigí al restaurante-lounge-taberna Los Buenos Amigos donde me habían dicho que me darían alguna información sobre este tema.

—¿Usted dirá?

—Nada. Pasé por aquí y andaba buscando . . .

—¡Usted dirá! —repitió la voz autoritaria del dueño a quien, evidentemente, no le gusté nada. Mi equipo fotográfico era demasiado ostentoso.

—Usted sabe que aquí no se puede tomar fotos.

—No he venido para eso.

—¿Entonces?

No supe qué responderle porque no me daba tiempo para explicarle los datos que andaba buscando.

—¿Entonces?

Miré hacia todos los costados de la taberna para buscar la puerta, pero todo estaba muy oscuro.

—¿Entonces? —repitió la voz autoritaria. Vi el letrero de "Exit" y comencé a dirigirme hacia él, pero una voz amable resonó detrás de mí.

—¿Mezcal?

—¿Mezcal?

—Sí, mezcal para los dos. Usted va a pagarlo, ¿no es cierto?

Me lo preguntó un hombre que parecía haber estado sentado toda la vida en la banca más oscura de Los Buenos Amigos. Le respondí que sí, aunque nunca había bebido mezcal. El cantinero volvió con dos vasos colmados de la bebida, y luego desapareció.

—¿Me va a hablar sobre Dante?

—No, sobre Virgilio.

Ya me había enterado de que el asno se llamaba Virgilio, y la verdad es que eso me parecía irrelevante. Se lo dije.

—Le digo que voy a hablarle sobre Virgilio —insistió, y yo estaba por marcharme dejándolo allí con los dos vasos cuando escuché la lluvia y los truenos en la calle. En la penumbra de la cantina, no le veía el rostro; tan solo percibía un poncho que usaba a manera de chalina cruzándole la boca. Por eso, no recuerdo bien sus palabras aunque intento reproducirlas.

—Unos dicen que entró a los Estados Unidos por la playa, otros aseguran que por los cerros, como la mayoría de nosotros, y otros más lo quieren ver volando. Lo ven flotar sobre breves colinas de Tijuana. Lo ven esquivar los puestos de radar y tramontar las luces infrarrojas. Lo ven elevarse, ingrávido, por encima de los helicópteros de los gringos. Y lo sienten por fin posarse en tierra a la entrada de San Diego como se posan los ángeles, y es tan leve y aéreo que cuando trota va como afirmándose en el suelo, como si se amarrara a la tierra, como si temiera que se lo llevara el viento.

—Alguien dice que los Espino lo hicieron pasar la línea. Eso ocurrió durante una tormenta de arena un día en que sopló tanto viento que varios cerros mexicanos pasaron la frontera sin exhibir papeles y una fugitiva pareja de novios se perdió sin amparo en los cielos abundantes de California. Pero eso no puede ser cierto porque ni siquiera Dios puede esconder las orejas de Virgilio cuando éste se pone nervioso, o terco como una mula, o burro como un burro, y avanza en medio de una tormenta a los Estados Unidos, invisible, transparente, incorpóreo, silencioso, filosófico, pero burro como siempre, y delante de él van sus orejas suaves, peludas y enormes de burro fugitivo.

—O tal vez pasaron durante una noche de eclipse. La luna debe haber estado rebotando de un lado al otro en el cielo hasta meterse dentro de un agujero rojizo, y allí fue cuando ellos aprovecharon para entrar. Los gringos de la aduana tenían los bigotes dorados por el eclipse, y también el pelo, las cejas y las pestañas, y por todo eso, si vieron pasar las orejas de Virgilio, las vieron bermejas y doradas, y deben haberlas tomado por mariposas.

—Bueno, nada de esto es importante. Lo importante es saber cómo fue que a los Espino se les ocurrió entrar a este país cargando con un burro cuando todos sabemos cuánto pesan el miedo y la pobreza que traemos del otro lado. La verdad es que todos hubiéramos querido traernos el burro, la casa, el reloj público, la cantina y los amigos, pero venir a este país es como morirse, y hay que traer solamente lo que se tiene puesto, además de las esperanzas y las penas.

—Sí. Eso —lo interrumpo, bruscamente interesado en el burro—. ¿Por qué lo trajeron?

—Quizás era lo único que tenían, además del niño Manuel, que debe haber estado de cinco años y no ha de haber querido desprenderse del asno. Acaso sentían que sin un animal, la familia humana no es buena ni completa, como lo dice Dios en la *Biblia* cuando habla de Noé que venteó la tormenta llevándose, además de su mujer y sus hijas, pavos, patos, marranitos, carneros, sueños, un tigre, un león, una mariposa y un elefante que había en el pueblo. Sea como sea, en este recuerdo siempre hay una tarde amarilla e incandescente, y las siluetas de un hombre, una mujer, un niño y Virgilio, a punto de entrar en los Estados Unidos.

—Dios les dio a los Espino la casa más grande de la comarca. Se la encontraron allí, junto al río Willamette, por el lado donde descansan cada año los gansos salvajes, y era una casa tan vieja y tan vacía que parecía haber sido abandonada desde los días del Diluvio Universal, y la tomaron porque un abogado defensor de inmigrantes les dijo que en Oregon es legal tomar posesión de las casas abandonadas. En ella, Mario José y María del Pilar ocuparon el cuarto que da a la ventana del oeste, y al niño le dieron la del oriente. Virgilio pasaba las horas de sol comiendo grama, durmiendo, filosofando y jugando con Manuelito en un cuarto anexo a la residencia que estaba repleto de almanaques y libros acerca de la crianza de pollos. Allí no irían a buscarlo ni la migra ni las autoridades municipales porque nunca, ni siquiera en tierra de gringos, se ha hablado de burros bibliotecarios.

—La buena suerte les llegó en el momento en que al niño Manuel ya se le estaba pasando la edad de aprender las primeras letras, o sea que se salvó de ser analfabeto como ha estado ocurriendo con los niños que nacen en California y para su mala suerte, son hijos de mojados.

—La escuela le gustó tanto a Manuelito que desde el primer día volvió a casa dispuesto a enseñar a leer a Virgilio. No es raro porque las niñas dan de comer a sus muñecas, aunque sí resulta peligroso que los animales aprendan. El caso tampoco es extraño si se tiene en cuenta que los burros no pueden escribir porque no tienen manos, ni tampoco hablar porque rebuznan, aunque no hay ley que les impida leer.

—¿Me está diciendo usted que el burro sabe leer?

—Aquí nadie está diciendo nada —contesta el hombre mientras pide otros dos mezcales.

—Uno, solamente. No creo que yo pueda tomar —corregí, pero era como si mi voz no estuviera allí porque ya estaba el cantinero junto a nosotros sirviéndonos los mezcales y un envuelto con tortillas.

—Además, aquí nadie está proclamando que el burro realmente aprendiera, pero eso es lo que Manuelito decía, y sus padres fingían creerlo. Por eso, todos los días al volver a casa, el niño se metía en el cuarto de Virgilio, abría el libro en la lección que le había enseñado la maestra e iba componiendo palabras, frases y obsesiones, y repetía que esta palabra significa "elefante" y no la vas a olvidar porque la *efe* es una letra alta y jorobada, ni más ni menos que los elefantes en la selva y en la tarde, y la que sigue es "mundo" porque la letra *o* es profunda y alegrona, y esta palabra es "nubes" por oscura y porque parece que siempre se estuviera yendo, y no vas a olvidar la palabra "mar" porque la *eme* se parece a las olas que vienen y van.

—Virgilio miraba el libro que el niño había dejado junto al pienso, y no podía creer que las palabras hablaran y quisieran hablar con él para contarle que los barcos descendían por el norte y el sur, y ascendían por el oeste y el oriente. No lo pudo creer hasta que encontró la palabra "casa" y, sin que estuviera su maestro, la identificó con la casa de los Espino, tan bien puestecita y arreglada por la señora Espino. Luego la palabra "niño" le era idéntica a Manuelito, y por fin olisqueó las palabras "adiós", "cerros" y "fronteras" y se le ocurrió que debían estar junto con otras como "origen", "tierra", "pesar", "nostalgia" y "amor".

—Una ilustración le mostraba el verde manjar que recibía cada mañana y que volvía a saborear en la pradera después de jugar con Manuelito. "Pasto", "pastura", "hierba", "forraje" eran palabras que variaban del verde al amarillo, pero nunca dejaban de ser deliciosas, y fundamentales. "Pienso" es la palabra más agradable del idioma, tal vez se dijo Virgilio y agrandó los ojos, sus enormes orejas se erizaron y pudo formular su primera frase completa: "Pienso . . . pienso . . . luego existo".

Mientras hablaba, el hombre se bebió su vaso de mezcal y también el mío, lo cual le agradecí en silencio. Después se quedó callado en el momento justo en que cesó la lluvia. Me levanté, pagué la cuenta y me encaminé hacia la puerta. De pronto, advertí que no me había despedido y volví, pero el hombre ya no estaba en la mesa. Me dirigí al cantinero.

—Me gustaría saber cómo se llama el hombre que me estuvo dando datos para algo que estoy escribiendo.

—¿Está usted seguro de que estuvo conversando con un hombre?

Y cuando insistí, regresó su voz autoritaria ordenándome que consumiera o que me fuera.

—¿Usted dirá?

⑥ ⑥ ⑥

El hombre del bar fue la primera persona que Dante Celestino vio cuando salió a averiguar el paradero de su hija. Le preguntó si conocía al tipo que se la había llevado, pero sólo se encontró con historias de burros.

Por supuesto, lo primero que haría cuando fuera a la estación de policía, sería entregar a Virgilio y denunciar la desaparición de Emmita. Pero primero tenía que hacer algunas averiguaciones.

El sábado y el domingo no le bastaron para indagar por su hija ni para recibir exhortaciones a la resignación y a la espera. Algunos vecinos rehuyeron la conversación para no comprometerse demasiado. Lo peor ocurrió en la casa de Marisol Rodríguez, la madrina del ballet, que estaba reunida en el salón comunitario con varias señoras. Ante ella, no pudo contenerse y proclamó que iría hasta el fin del mundo a buscar a su hija.

—Lo entiendo, Dante, pero recuerde que estamos en los Estados Unidos . . . Aquí tiene que entenderse con las autoridades, y la verdad es que aquí no se considera tan terrible que una chica se vaya con su *boyfriend*.

—La buscaré hasta encontrarla —respondió el hombre, y lo dijo con vehemencia. Ninguna de las señoras pudo reconocer en él al vecino tímido que nunca se impacientaba.

Cuando repitió que seguiría buscando a su hija, las señoras lo miraron asustadas como si de pronto le hubieran brotado alas y largas plumas azules.

—Entienda, Dante —le dijo Aguirre, el hombre que ocupaba la casa inmediata a la suya—. Usted es tan ilegal como yo. ¡Qué ganaríamos con hacer escándalo por algo que es natural en este país! ¡Qué ganaría yo con acompañarlo a la estación de policía! ¿Y si nos piden nuestros documentos?

Quiso llamar a doña Rosina Rivero Ayllón, la madrina de Emmita, pero hacía un mes se había mudado a California. Los dos padres Pichón se habían ido al pueblo donde oficiaban. El sacerdote católico mexicano no estaba en Mount Angel. Buscó a Juan Pablo Medina, pastor de una iglesia evangelista, y el caballero le pidió que tomara asiento mientras él buscaba en la *Biblia* la cita que correspondía a la visita. Dante pensaba que estaba perdiendo tiempo y que su hija tal vez ya estaba cruzando la frontera del estado, pero como hombre tímido y cortés que era, tuvo que esperar a que el pastor terminara de leerle una larga cita del libro de Job.

—La verdad es que quería pedirle que averigüe entre sus feligreses. A lo mejor, alguien sabe algo.

Pero el pastor, sin escucharlo, comenzó a buscar otra cita, y Dante tuvo que continuar en el sillón, zapateando con timidez el piso, sin entender que el pastor también le estaba recetando prudencia y aceptación de su destino.

Para denunciar los hechos ante la policía tenía que esperar a que fuera lunes para ir a la capital del estado. Se le había ocurrido que los patrulleros interrumpirían los caminos y pedirían a los choferes de camiones, autos y motocicletas que dieran razón de una joven mexicana llamada Emmita. Lo que no se le ocurría aún era qué responder si le pedían el nombre del raptor.

—¿Me está escuchando, Dante? ¿Me está escuchando? —repitió el pastor Medina, sentado contra la ventana, pero ya se había terminado el sábado y en vez de mirarlo, Dante miraba detrás de él la noche interminable.

El domingo muy temprano, Dante recorrió ocho kilómetros hasta el vecino pueblo de Woodburn donde atendían Josefino y Mariana, una pareja de astrólogos que por unos cuantos dólares hacían de adivinos y de consejeros espirituales para los hispanos de todo el valle. Los conocía desde hacía mucho tiempo, y los había frecuentado en el tiempo en que Beatriz enfermara.

—Otra vez por aquí, amigo Dante. ¿Y que lo trae ahora? —preguntó Josefino, y a Dante le había parecido un contrasentido que un adivino se lo preguntara, aunque por gentileza, le mostró una foto de Emmita.

—Su hijita, claro. La está buscando, y quiere que nosotros lo ayudemos. ¿Cuántos años dice usted que tiene? Ah. Quince. Entonces, se ha escapado de la casa. No se preocupe porque vamos a ayudarlo. . . . Por supuesto, lleve usted consigo el "Detente de los tres deseos" al que ahora vamos a potenciar para que le sirva de escudo contra los enemigos que va a encontrar en la ruta. El Detente hará que usted y su van se tornen invisibles cuando estén siendo buscados por los malandrines.

Mientras tanto, Josefino continuaba hablando y haciendo preguntas disimuladas que estimulaban su capacidad adivinatoria y que provocaban un asombro mayor en el cliente. Pero cuando llegó el momento de fijar el precio para venderle el amuleto prodigioso, el adivino observó los ojos de Dante y se contuvo. Tras de los ojos, se dibujó un hombre inocente al que vio viajando y perdiéndose todo el tiempo, tragado por la distancia y por un mal destino. Era fácil adivinar que dentro de ese hombre ni siquiera había alma, sólo una obstinada esperanza.

—No, amigo Dante, no puedo engañarlo. No creo que usted se encuentre en condiciones de buscar a su hija. No creo que haya un amuleto en el mundo capaz de ayudarlo. Regrese tranquilo a su casa y quédese allí, y no se exponga más al peligro. Ya ha perdido todo.

Mañana, tarde y noche, preguntó sin obtener otra cosa que palmaditas en la espalda y vagos consejos para que aceptara la vida tal como se le presentaba. El martes, estacionó su vehículo junto al "Tapatío", la tienda que ofrecía productos mexicanos y tarjetas telefónicas, y entró. La tienda era atendida por la señora Quintana, pero sólo estaba la menor de sus hijas. La niña lo miró y de nuevo volvió la vista hacia el televisor que ofrecía una novela. Dante se quitó el sombrero a modo de saludo, pero fue un gesto innecesario porque la telenovela tenía captada toda la atención de la vendedora.

Entonces, Dante prefirió esperar a que llegara la madre. Ella estaba enterada de todo lo que ocurría en el pueblo y, además, su hija mayor era compañera de escuela de Emmita.

Sobre el mostrador había varios adornos de cerámica probablemente de Oaxaca, y en medio de ellos, volaba la falda de una bailarina semidesnuda hecha de plástico, pero nada de eso estaba para la venta. En la pared, detrás de él, había varios estantes que ofrecían diversas yerbas y una enorme imagen de la Mano Poderosa.

—¿Tendrás algo de beber?

—Lo que ve —respondió la chica sin que su fascinación por el televisor se rompiera.

Había unas botellas de refrescos Jarritos tamarindo y de jamaica. Dante escogió una de tamarindo y comenzó a buscar un abridor. En eso entró la dueña de la tienda quien se disculpó diciendo que solamente había salido un rato para comer en casa y amonestó a su hija por no atender a Dante.

—Estaba buscando el abridor —comenzó Dante, pero la señora Quintana decidió ahorrarle tantas vueltas.

—Quiere saber acerca de ella, ¿no es cierto?

—¿Mande?

—Hija, apaga de una vez esa televisión y atiende a los clientes —dijo mientras pasaba a la trastienda.

—Usted, entre aquí.

Dante entró.

—Siéntese.

Se sentó.

—Se lo había dicho hace tiempo, pero claro, quizás usted no pudo hacer nada. Nada. Los padres somos un cero a la izquierda en este país. Y las madres valemos menos que eso todavía.

Dante no se lo dijo, pero no estaba de acuerdo con lo último. Pensaba que si hubiera estado viva Beatriz, la niña no se habría escapado. La señora Quintana le hablaba desde la puerta abierta y detrás de ella se percibía un crepúsculo violento. El sol se sumergía y volvía a salir en un cielo lejano más rojo que la sangre; quizás también, más negro.

—¿Me está escuchando?

Dante Celestino asintió con la cabeza.

Allí se enteró del nombre del raptor. Era un tal Johnny Cabada, uno de esos jóvenes que se organizan en pandillas y ganan mucho dinero vendiendo drogas.

—Mi hija me contó que lo conocieron una noche cuando salieron de ensayar en el coro de la iglesia. "Qué bonita voz la que tienes. Yo creía que estaba cantando Selena", dice que le dijo a Emmita, y que Emmita sonrió porque siempre ha querido ser una gran cantante.

Pero Dante no estaba allí para indagar esa clase de pormenores. Solamente quería saber dónde encontrar al tipo.

—Eso está más difícil. Lo que me dijo mi hija es que Johnny trabaja en Las Vegas, en un tal Montecarlo. Dice que les dijo que allí administraba sus negocios.

—¿En Las Vegas? ¿En los casinos?

—Precisamente.

No preguntó más. Había tomado una decisión. No se despidió ni agradeció el dato. Tampoco destapó la botella de tamarindo.

Dante fue a ver a su patrón y le pidió permiso para ausentarse unos días. Regresó a su casa, y cuando llegó, ya era otro. Había desaparecido el inmigrante pobre y tímido, y en su lugar había un hombre dispuesto a recorrer el mundo para recuperar a su hija. Encontró al asno atado a un poste al lado de su casa y decidió buscarle un lugar en el patio. Pensó improvisar un toldo por si llovía, y mientras buscaba el toldo hablaba con él a sabiendas de que no le entendería, pero al menos lo escucharía sin interrumpirlo. Le dijo que le gustaba porque le parecía un buen chico y después se corrigió y le dijo un buen burro, y que le hubiera gustado tenerlo en casa, pero que se había enterado de que tenía dueños. Le hizo saber que lo llevaría al día siguiente a la estación de policía de Salem, y las orejas del animal se agitaron, pero Dante le pidió que no se preocupara y que confiara en él porque no permitiría que le ocurriera nada malo.

Después se fue a acostar, pero no conciliaba el sueño. Su vista estaba fija en la ventana por donde la Vía Láctea no terminaba de pasar y recordó que en medio de esa masa de estrellas vagan las almas de las madres. Pensó en la suya y también en Beatriz, y dirigió una sonrisa triste hacia el lugar del cielo por donde suponía que estaban pasando.

3
El llorar sin reír hace mal

La amistad entre el burro y el hombre se inició como la que se inicia entre un náufrago y un árbol en una isla desierta, empezó mientras Dante conducía hacia Salem en la van, el vehículo que años atrás había hecho funcionar en el taller de la empresa donde trabajaba. En la carretera se enteró de una vez por todas que estaba solo en el planeta, y que el único ser capaz de escucharlo era Virgilio.

La van era un vehículo inmenso que el patrón había abandonado hacía diez años, tenía dos camas, servicio de agua y desagüe, televisión y un gran espacio para llevar bultos.

—¿Quieres la van? Llévatela. En el taller ocupa mucho espacio.

Gracias a sus habilidades mecánicas, Dante había logrado reconstruirla a su antojo y transformarla en un vehículo capaz de llevar a la familia en viajes de recreo durante los fines de semana. Ahora ya no había una familia. Él era un hombre solo y dentro de él residía un recuerdo más grande que su cuerpo y que todo el mundo juntos.

Dante había arreglado a Virgilio en el espacio de carga y lo llevaba a la policía para que lo devolvieran a sus legítimos dueños. Claro que el primer motivo de su visita a la comisaría era denunciar la desaparición de su hija y exigir que detuvieran a quienes se la habían llevado.

—¡Qué mala suerte que nos hayamos conocido en estas circunstancias, Virgilio! —dijo mientras observaba las orejas del burro en el espejo retrovisor—. Tienes todas las trazas de ser un buen amigo, pero qué se va a hacer. Me han dicho que tienes dueños, y en vista de que no sé dónde viven, los señores policías los ubicarán . . . . Y te repito que no debes preocuparte por la pierna. La curación que te hice bastará, y muy pronto podrás trotar de lo lindo.

—Me dijeron que te llamas Virgilio, que te escapaste cuando estabas aprendiendo a leer.

Un policía gigante y pelirrojo lo recibió en la puerta de la estación de Salem, y le dijo algo que no podía entender por qué en todos sus años de residencia en los Estados Unidos Dante nunca aprendió a hablar inglés. Éste había tenido tres patrones, y los tres se hacían entender en español, y cuando había intentado aprender, le habían dicho que para recoger cosechas, cuidar animales o reparar las trocas, no era urgente hablar inglés.

Luego de varios intentos inútiles de comunicación, el agente sonrió y le entregó unos papeles para que los llenara con su nombre, dirección, edad, estado civil, origen étnico y descripción de los hechos que denunciaba.

—Están en español . . . Están en español . . . —repetía en inglés hasta que se dio cuenta de que Dante no podía leer ni escribir con mucha soltura en ninguno de los idiomas del planeta. Entonces lo hizo pasar y sentarse a esperar a la intérprete, pero Dante condujo por señas al policía hasta su vehículo y abrió la puerta trasera para que también recibiera al asno.

Por señas también, el pelirrojo le hizo entender que eso no era necesario y que la policía no aceptaba pagos por sus servicios.

—No, hombre, quiero devolverlo.

Pero el gringo insistía con la cabeza, los dedos y las palabras: —No, no, no.

—Este burro no es mío y quiero que se lo entreguen a su familia.

Y el policía declinaba el supuesto regalo: —*No, no, no. Thank you. . . Thank you! . . . But it is not necessary.*

Una hora más tarde llegó la intérprete. Era una señora rubia, alta y bastante gorda, vestida como pionera del siglo XIX con una falda que llegaba hasta el suelo y el pelo peinado en forma de cerquillo. Sus tareas en el puesto policial eran generosamente voluntarias, pero su conocimiento del español adolecía de algunas fallas bastante graves. De todas formas, apuntó los datos que Dante le iba dando y se equivocó en los números porque no los dominaba, y cuando le preguntó por la edad de Emmita, en vez de quince años, anotó cincuenta. Cuando terminó de llenar el formulario, se dio cuenta de su error y lo corrigió.

¿Altura? ¿Peso? ¿Señales particulares? Al final, le leyó la declaración de igualdad de oportunidades según la cual todos son iguales ante la ley y no se hace ningún tipo de discriminación por el origen, las convicciones ni la raza de las personas.

—A continuación, se pregunta aquí cuál es la raza de tu hija. ¿Puedes decir cuál es la raza de tu hija?

Dante se quedó callado un instante asombrado por el contrasentido, pero la señora no lo dejó responder.

—De color. Voy a poner aquí "de color" porque todos los hispanos son de color. Y ahora los datos del demandante . . .

—¿Mi nombre y mi dirección? . . . A mí me conoce todo el mundo en Mount Angel. Soy Celestino de los Celestino de Sahuayo, Michoacán. ¿Cómo que no sabe dónde está Sahuayo? Es allí donde se preparan los sombreros de palma y también los de hule. Le voy a dar un norte: si usted va a Michoacán, pregunte por dónde se va a Parangaricutirimícuaro. De allí nomás es como a la vuelta de la esquina. Mi apellido lo conoce todo el mundo allí, aunque a mí sólo me conozcan los ya mayores porque me vine para el norte hace más de veinte años.

—Tu nombre, por favor. Y aquí tu dirección. Y tu número de la seguridad social —repitió la señora que a pesar de saber un poco de español, ignoraba los modos de comunicarse con los hispanoparlantes.

Cuando Dante le dijo, bajando el tono de voz, que sus papeles eran falsos, la mujer no supo qué responderle, pero de pronto una luz de inteligencia asomó en su rostro: —La policía atiende a todo el mundo sin distinción de situación migratoria —dijo como si estuviera repitiendo de memoria un manual—. Pero aquí no estamos para bromas. No me va a decir que después de tanto tiempo aquí, todavía no tiene usted papeles.

—¿Y Virgilio?

—Virgilio, ¿quién es Virgilio?

—Virgilio es el burro, él tampoco tiene papeles. Bueno, me dijeron que se llama Virgilio, y que el hijo de su dueño le estaba enseñando a leer.

Entonces la voluntaria no pudo más, y le dijo a Dante que pusiera su huella digital en uno de los papeles, y que la policía le daría aviso cuando encontraran a Emmita.

—¿Y Virgilio?

La mujer comenzó a hablar en inglés con uno de los agentes. Probablemente se refería a la historia del burro porque el agente comenzó a reír sin parar. La intérprete le entregó un lápiz a Dante.

—Dice el policía que es para tu burrito —explicó—. Dice que se lo pongas sobre la oreja. Ya te avisarán acerca de tu hija. Pero tienes que entender que éste es un país libre y que aquí no funcionan los tabúes sexuales y machistas de los países atrasados.

—¿Quiere decir que no volveré a ver a mi hija?

—¡Cómo se nota que eres latino, Dante! Una mujer de quince años necesita su libertad. A esa edad, los padres son casi un estorbo. A esa edad, una joven necesita conocerse a sí misma. Necesita encontrarse a través de diversas experiencias sexuales, y no por el matrimonio con un hombre que la aplastaría y la convertiría en un objeto. Eso es para después, para mucho después.

—¿Y Emmita? ¿Voy a verla otra vez? —repitió Dante que no había entendido del todo el discurso de la intérprete.

—Es normal que se haya ido con su novio. Tiene que gozar de su libertad antes de casarse. Tiene que conocer el *dating*, o sea conocer a muchos hombres, antes de que la sociedad la obligue a hacer un compromiso tan serio como el matrimonio.

—¿Quiere usted decirme que Emmita no va a volver? ¿Que la policía no va a ayudarme a encontrarla?

—¡Cómo se nota que vienes de una cultura atrasada y patriarcal! Si quieres quedarte aquí, tienes que ser moderno. No puedes ser un macho anticuado sino una persona políticamente correcta. Éste es un país libre en el que deseamos la diversidad pero no queremos esa clase de inmigrantes. . . . Dante es tu nombre, ¿no es así? —repitió con furia—. Te lo advierto, Dante, si quieres imponer una autoridad eterna sobre tu hija, te convertirás en el macho brutal que en este país no queremos.

Aquélla era una tarde dorada en Salem, y al salir del recinto policial, Dante decidió pasear un rato por el parque Bush mientras tomaba una decisión sobre lo que haría de entonces en adelante. Se estacionó, escogió una banca debajo de un arce mientras un sol amarillo y cándido iba derritiendo el mundo y lo convertía en una inmensa gota de miel. Dante estaba cambiando súbitamente de destino como lo hacen las culebras cuando cambian de piel.

Decidió que iba a salir en dirección opuesta a la que tomara hacía veintitantos años cuando llegó de México. Johnny Cabada y su gente trabajaban desde un casino de Las Vegas, y hasta allí iría. Le habían contado que la banda de jóvenes delincuentes era ágil en replegarse cuando la policía estaba cerca de ellos, y por eso, podían irse aún más lejos, a San Francisco, a Los Ángeles, a San Diego, y tal vez más allá. Dante no se había movido de Oregon en todo el tiempo de residencia en el país, o más bien, lo había hecho solamente una vez, cuando acompañó hasta la frontera a los amigos que llevaban los restos de Beatriz, para enterrarla en Sahuayo. Pero ahora sí lo haría; iría hacia donde fuera necesario por su hija y regresaría del propio fin del mundo con ella.

Sí, por supuesto, ahora viajaría hacia el sur, y si la policía no quería quedarse con Virgilio, Dante lo cuidaría. Había encontrado un acompañante muy simpático. Abrió la puerta trasera de la van e hizo bajar al orejudo para que juntos vieran el pasto, los cielos y el destino. Entonces, sentado en la banca, Dante comenzó a contar la historia interminable de su vida a su nuevo amigo, y mientras llegaban los recuerdos, las hojas se desprendían de los árboles y se iban por los caminos del aire transformadas en pájaros y en desvanecidas imágenes de felicidad.

—En el camino que va de Parangaricutirimícuaro a Sahuayo hay una ermita, y en ella hay un santo muy milagroso al que iremos a buscar si no encontramos trazos de Emmita para rogarle que nos ayude a encontrarla.

Había comenzado a evocar los caminos de Michoacán, cuando de la puerta de una casa cercana surgió una incontenible explosión de risas femeninas que lo hizo pensar en alejarse de inmediato para no desafinar con su tristeza, pero su curiosidad pudo más, y continuó escuchando durante unos quince minutos una carcajada a dos voces que solamente era interrumpida por breves comentarios en español. Se trataba, como después comprobaría, de dos mexicanas, madre e hija; ésta última acaso tendría 20 años, la madre le doblaba la edad.

Era difícil saber de qué se reían porque sus frases entrecortadas no permitían adivinar lo que les producía tanta hilaridad, y Dante se pasó a otra banca más próxima para escuchar mejor. Muy pronto, sin embargo, la curiosidad tuvo su castigo porque la risa de las dos mujeres se le fue acercando y acercando hasta comenzar a contagiarlo como una cosquilla inaguantable que no pudo resistir, y arrancó a reír.

Pasaron diez, quince minutos, acaso media hora, y Dante que lloraba de risa se había tirado desde la banca a la grama y se revolcaba en ella sin dejar de reír. Trató de acercarse a Virgilio para decirle algo triste, pero no podía levantarse de la banca. Quería correr hasta la van, pero las piernas no lo sostenían. Quería pensar en los sucesos más desdichados de su vida, pero eso no le servía de nada y cuando por fin lograba evocarlos le causaban más risa. Intentó taparse los oídos, pero las malvadas mujeres ensayaban risas cada vez más agudas o usaban unas voces que le causaban más risa.

Luego de una hora, callaron. Se hizo silencio en el parque, pero acaso por inercia Dante siguió riendo. Las hojas, los pájaros y los dibujos que trazaban en el aire, su propia sombra, todo le causaba risa, y tenía la sensación de que todos estaban riendo en el universo. Logró callar por un momento, pero sus torturadoras se habían dado sólo un breve descanso; al instante, una de ellas hizo un comentario que Dante no entendió y volvieron a la interminable carcajada.

Entonces, se le ocurrió lo que debía de haber hecho desde el principio: se puso de pie y, con lágrimas en los ojos, avanzó hacia ellas para preguntarles de qué se reían.

—¿De qué nos reímos?

Mucho tiempo después, ya en el camino interminable, todavía se asombraría de la fuerza que tuvo para levantarse y caminar hasta el patio de la casa donde Carmen Silva y Patricia León reían hasta más no poder. Lo que no lograría recordar ni imaginar es la cara que ponen dos mujeres cuando un hombre con lágrimas y risa incontenibles se acerca a preguntarles "¿Por favor, díganme de qué nos estamos riendo?"

—Nos estamos riendo —explicó Carmen— de que Patricita se ha quedado sin trabajo.

Dante no conseguía entender.

—El jefe descubrió que su seguro social es chueco, falsificado, y hace un par de horas la mandó a la casa.

En vista de que no entendía todavía, Patricia aclaró: —Mi madre y yo somos ilegales. Ella no puede trabajar porque padece de un problema de salud, y a mí me acaban de echar del trabajo. Además, el dueño de los departamentos nos ha llamado para decirnos que tenemos una semana de plazo para pagar o irnos.

Dante entendió menos aún, pero tuvo que fingir que le parecía muy graciosa cada una de sus desdichas.

Entonces, Carmen le aclaró las cosas: —Nos reímos —le dijo— porque el llorar sin reír hace mal. —Y le contó que frente a todo lo que les estaba ocurriendo como inmigrantes ilegales en Estados Unidos: estaban solas, sin dinero y sin trabajo, optaban por reírse para sentirse bien.

—Nos reímos de todo lo malo, y nos reímos hasta llorar. Patricia a veces quiere regresarse a Guadalajara, pero yo le digo que si hemos llegado hasta aquí debe ser por algo, y se lo digo riendo porque, como le repito, el llorar sin reír hace mucho mal.

Horas más tarde, Dante logró regresar hasta el lugar donde había dejado el vehículo y el burro. La van estaba en el mismo sitio, pero el animal se revolcaba en el pasto y daba coces sobre la tierra con fuerza. El hombre corrió hacia él para auxiliarlo, y descubrió que Virgilio derramaba lágrimas como cuando nos morimos de pena o como cuando nos devora la risa.

4
Los árboles susurran y las ballenas cantan

El motor del vehículo roncó, graznó, arrancó, y por fin, Dante, Virgilio y la máquina comenzaron a empequeñecer mientras se perdían por los caminos de Oregon que van hacia el sur. La carretera que Dante había tomado no era la más veloz, pero sí la que menos dificultades le ofrecería a su vehículo. No había alturas ni pendientes muy empinadas, ni tramos de grandes velocidades, todo lo cual hacía fácil el paso estridente de la vieja van. Estaba seguro de que llegarían a Nevada, y solamente pensaba en buscar a su hija casino por casino hasta dar con Johnny Cabada.

Mientras la van chirriaba y avanzaba, Dante tuvo la impresión de que estaba viajando hacia el pasado y le asombró advertir que ese tiempo tenía un color de cosa quemada, tal vez de eclipse. Recordaba a Beatriz. Hacía veinticinco años, ella se había quedado en México esperándolo hasta que pudiera juntar suficiente dinero para llevársela y fundar una familia.

Ahora iba sin ella y eso lo hacía sentir el hombre más solitario del planeta. Además, el único ser que lo acompañaba era Virgilio. Por el espejo retrovisor observó las orejas de Virgilio que dormitaba. Miró un poco más y se le ocurrió pensar que unas palomas diminutas daban vueltas en torno del animal dormido.

—Debe de estar soñando con palomas.

El burro agitó las orejas y levantó la cabeza.

—¡Qué bueno sería que hablaras! La verdad es que yo tampoco fui a la escuela, y soy tan burro como tú. Si todavía no rebuzno, es porque no le he agarrado el tono.

El vehículo enfilaba por la cordillera de las Cascadas que separa el bosque y el desierto en Oregon, y sin embargo, Dante tenía la impresión de estar viajando por su Michoacán nativo. Sin perder de vista la supercarretera estadounidense, le parecía llegar otra vez a Sahuayo, su pueblo, que en sus recuerdos estaba coronado por un eterno aire amarillo y colmado de abejas que no dejaban de zumbar. O tal vez estaba conduciendo por el cielo porque súbitamente sintió un sabor a menta en la boca y todos saben que ese es el sabor del amor.

Si conducía por el cielo, Beatriz tenía que estar muy cerca, y sin embargo, no había nadie junto a él.

—No quería que viajaras solito en busca de nuestra hija, y pedí licencia para acompañarte siquiera por un rato, —le dijo la voz de su esposa.

¿Licencia? ¿A quién tenía Beatriz que pedir licencia? ¿También había licencias, papeles y visas en el cielo? Había olvidado que Beatriz ya estaba muerta, y que, a lo mejor, la voz que escuchaba era uno de esos ecos que duran diez, veinte o treinta años, o más, como los amores imposibles.

—¿Y cómo llegaste hasta aquí?

—Soñando —dijo la voz y repitió—: Soñando —y quizás explicó que todo allí arriba es un sueño permanente—. En realidad, tan sueño como el de aquí abajo, con la diferencia de que allá arriba podemos conducir nuestros sueños.

—Pero voy a viajar muy lejos. ¿Habrás traído siquiera un maletín con algo de ropa?

—Todo eso se quedó en el pasado.

—¿Y qué pasó con el pasado?

—Se quedó allá atrás.

De algún lugar del cielo, emergió una nube púrpura como el color y el sabor de la jamaica, que se elabora con las flores más rojas de México, y Dante se dio cuenta de que había estado fantaseando. Se le ocurrió que tenía que hablar con Virgilio para no quedarse dormido.

No es que intentara conversar; le bastaba con hablar y ser escuchado. Cuando esta historia se convirtió en noticia, *El Latino de*

Hoy de Portland, Oregon, publicó una colección de fotos de asnos en el oeste de los Estados Unidos, pero ninguno de ellos parecía hablar. Cada burro de la página publicada miraba hacia un costado, desinteresado, neutral, inexpresivo, como lo hacen los diplomáticos, los espías y los profesores serios del país, o las señoras cuando están planchando.

Dante vivía con un dolor muy grande que le daba una sensibilidad especial para percibir todo lo que aparentemente era extraño en la naturaleza. Por eso no era raro que le bastara con ser escuchado por Virgilio y que, incluso, interpretara su silencio como una forma de hablar.

Con la fuga de Emma, había visto desbaratarse la gran fiesta de su vida, había presenciado romperse lo que le quedaba de su familia, y había sido testigo de cómo caía en pedazos todo el mundo que conocía. Quedaba muy poco dentro de él. Ya era más una pena que una persona y, por eso, convertido en un dolor vivo había comenzado, sin saberlo, a saber que se puede hablar con los animales y con las estrellas, que se les puede contar recuerdos.

—Si al menos supiera dónde está mi hija . . . Estoy seguro de que cuando ella me vea de nuevo, vendrá a mis brazos porque es una chica buena. Seguro que ya se habrá dado cuenta de su error, pero no tiene forma de salir del problema. La verdad es que todos estamos en lo mismo. Desde que salí de mi tierra, desde que vine a estos rumbos, no he dejado de sentirme como encerrado, como si no tuviera forma de salir.

"Haga que los milagros ocurran" dijo "La Poderosa", la radio de todos los hispanos, y después comenzó a difundir la música de propaganda de una bebida gaseosa. Dante se preguntó si existían los milagros.

Ah, ¡cómo le gustaría que estuviera Beatriz para hablar de esos asuntos, o si por lo menos Virgilio hablara.

—Los animales hablan, las montañas conversan, los árboles susurran, la tierra canta y las ballenas la escuchan y le hacen coro. Lo único malo es que uno no entiende al otro. Todos hablan, pero todavía no hay comunicación. A veces ni siquiera hay comunicación entre los hombres que suponen ser los únicos que hablan. Hay muchas cosas que se le olvidaron al Señor en el momento de la creación, Dante, y la comunicación es una de ellas. El universo está incompleto —dijo Beatriz.

"El universo estaría incompleto sin usted, amigo. Por eso, no nos falle este viernes desde las 6 de la tarde a la gran fiesta en Los Dos Compadres del Universo, el gran restaurante y salón de bailes donde se reúnen todos los hispanos de Oregon. Habrá quebraditas, corridos y antojitos mexicanos. Las primeras cincuenta damitas en llegar entran sin pagar".

Dante prefirió pensar que escuchaba a su esposa y no a la radio.

—El mundo está incompleto, Dante. Eso lo sabemos bien los que ya estamos caminando por esos otros valles que existen allí arriba. Allá basta con pensar en alguien para quedar al instante conectado con la tierra donde todavía vives, Dante, esa facilidad está destinada sólo a los amores lejanos e imposibles.

Dante tuvo una sensación diferente de la carretera, no daba la impresión de que ni él ni su vehículo se movieran. Más bien las cosas venían una tras de otra hacia él.

"Lo único que se tiene que hacer es situarse en el camino, después ya no es necesario moverse. Todos los caminos lo conducen a Los Dos Compadres del Universo, donde esta noche harán su aparición luminarias de la talla de Marco Antonio Solís y Juan Pablo Seminario, los dos tenores de oro de la nueva canción mexicana".

La van seguía la ruta de la gran montaña, o más bien la montaña le iba mostrando la ruta. El corazón de las cascadas, entre Mount Hood y las Twins, era como una enorme serpiente al acecho.

—Por aquí se sale del estado. Por allí llegamos a Mount Jefferson. De allí para arriba basta que nos dejemos llevar un poco para que lleguemos a la línea del horizonte. En cualquier momento, pasaremos por debajo del horizonte. —Dante le iba diciendo a Virgilio seguro de que a éste le interesaría conocer la posición geográfica. Virgilio movía las orejas como si estuviera espantando moscas o pensamientos infaustos, el hombre tomó eso por una muestra de preocupación.

—Bueno, no es para preocuparse tanto. De todas formas, llegaremos a donde nos proponemos.

A Dante le hubiera gustado hablar más con Beatriz cuando vivía, pues en los viajes era tan silenciosa interlocutora como Virgilio. Generalmente era Dante quien hablaba, contaba historias, hacía preguntas, y después las palabras se le quedaban dormidas en la boca y no sabía cómo hacer para despertarlas.

No se puede saber si realmente Beatriz era quien hablaba con él con la misma voz y el mismo sabor de menta en la boca que siempre había tenido. No se puede saber porque nada se puede saber por completo acerca de los espíritus. Se dice que están en todas partes, aquí y allí y detrás de ti mientras lees un libro interesante, pero quién sabe. No se puede saber porque nadie los puede ver tan fácilmente. Ni siquiera los viejos que andan tropezándose con la muerte a cada rato, ni siquiera ellos pueden verlos. Los animales, sí. Por eso es que los perros ladran y los burros erizan las orejas cuando un espíritu se ha hecho presente.

—Ojalá que todo esto fuera un sueño.

Seguía masticando aquel "no me busques" y ese otro "yo soy una chica americana" y por fin aquéllo de que "si te quejas a la policía, no te harán caso porque aquí es normal lo que ustedes los mexicanos creen que es anormal, Dad".

Y bidi bidi bom bom. Y bidi bidi bom bom . . .

—No te preocupes por lo que te haya escrito. Cuando la encuentres, ya estará bastante arrepentida de eso. Pero no tienes que darte prisa en encontrarla, basta que la busques, e incluso basta con que estés en el camino, y, te repito, la encontrarás en el momento que debas encontrarla.

La voz se oía, pero no veía el rostro de quien hablaba.

—Si no fuera por Virgilio, me perdería en medio de los sueños, —dijo Dante tristemente—. Si Beatriz estuviera aquí en el mundo conmigo, seguro que me habría llevado a conversar con la doctora Dolores. Me habría dicho "Habla con ella. Dile que llame a nuestra hija a través de la televisión".

Aparte de las telenovelas, durante los últimos años, los Celestino no se habían perdido nunca el programa de la doctora Dolores. Los jueves cerca de la media noche veían los *talk shows,* y al final el programa que también se transmitía por radio. La doctora Dolores, una dama con el pelo pintado de rubio y la falda muy ceñida, interrogaba a sus invitados de la noche. A veces se producían reyertas en el escenario, pero más que todo, los programas solían terminar con algún dulce reencuentro en el que todos derramaban lágrimas, menos la conductora del programa.

Adúlteros y alcohólicos, travestis y prostitutas, huérfanos e hijos adoptivos que andaban buscando a sus padres reales, todas las desgracias y los desdichados se juntaban en cada *talk show.* Siempre era posible para la doctora ubicar un desdichado hispano en algún lugar recóndito de los Estados Unidos. Sus pestañas inflexibles por el rimel y sus ojos escrutadores de color verde alfalfa localizaban una historia temible en algún pueblo, y de inmediato los productores del programa embarcaban en un avión a los protagonistas. No había excusas para ellos porque la empresa de televisión pagaba todos los gastos, les compraba ropa nueva e incluso les daba una generosa remuneración para que declararan sus miserias en público.

Un vecino de Beatriz y Dante en Mount Angel, Emmanuel Cordero, había participado en uno de los programas. A Emmanuel, que por entonces tenía veintiocho años, le estaba ocurriendo una tragedia. Su amada novia Angelita se estaba mostrando muy indiferente, como resbalosa, y parecía evidente que salía con otro galán, cuya identidad el joven ignoraba, aunque algunos amigos le habían dicho que se trataba de un hombre maduro y apuesto, con mucho dinero. Ante doscientos millones de hispanoparlantes, el joven relató cómo había nacido su gran amor. Por su parte, Angelita declaró que todo aquéllo era cierto, que ella correspondía al cariño del buen Emmanuel y que no entendía por qué aquél se había puesto tan celoso últimamente.

—¿Quieres decir que no has tenido nada con nadie? ¿Que has sido fiel a este hombre honesto que te ha dado todo su corazón?

—Sí, —declaró Angelita.

—¿Podrías jurarlo?

—Sí, lo juro.

—¿Y si yo te dijera que eres una perjura?

Una cortina de música sepultó las últimas palabras de la doctora Dolores, y la cámara se enfocó sobre los ojos llorosos de Angelita, pero no se pudo saber de inmediato cuál era la verdad del asunto porque una mujer voluminosa apareció ante las cámaras para recomendar la compra de una medicina que resolvía el problema de la gordura en quince días. Después un hombre que tenía pelos hasta en las orejas dijo ser un famoso científico que había descubierto la cura contra la calvicie. Al instante llovieron llamadas telefónicas a la emisora, y el hombre tuvo que admitir que el remedio no era efectivo en todos los casos. "Tal vez en su caso no le va a hacer crecer el pelo de nuevo", dijo "pero al pelo que le queda se lo hará engordar".

—¿Podrías repetir que no eres una perjura? —insistió la doctora Dolores, y antes de que la chica ratificara su juramento, sin dejarla hablar, anunció que dentro de unos momentos aparecería en el escenario una persona capaz de revelar toda la verdad.

—Pero me han dicho —insistió—, que engañas a Emmanuel con la persona con quien menos deberías hacerlo. Marthita, —le ordenó a una mujer breve de ropas, que había sido abogada en Panamá—. Marthita, te ruego que abras esa puerta y hagas pasar al escenario al señor que está detrás de ella.

Un gong resonó en todo el mundo mientras la puerta indicada se abría y de ella salía un caballero maduro muy elegante y con un gran parecido a Emmanuel.

—Tú lo conoces, ¿verdad, Emmanuel?

El aludido no podía responder. No lo quería creer.

—Tú, Angelita, has traicionado la confianza que te brindó este joven honesto, y tendrás que pedirle de rodillas que te perdone. Usted, don Raúl, ha cometido la peor canallada de su vida. Le ha robado la novia a su hijo. Pienso que usted también debe pedirle perdón. ¿Qué piensan ustedes, distinguido y culto público?

Hasta allí recordaba Dante. Se acordaba también que Beatriz había quedado muy impresionada y que no cesó de llorar durante todo un fin de semana. Él había querido consolarla recordándole que su vecino Emmanuel nunca había tenido novia y que era huérfano de padre, pero Beatriz había continuado llorando y quejándose de lo desconsiderados que son ciertos hombres y de lo sabia, inflexible y serena que era la doctora Dolores.

—¡Ah, si ella estuviera enterada de la fuga de Emmita! —se decía ahora Dante.

Pero otro recuerdo doloroso y tremendo lo aguardaba en el camino a Las Vegas. La carretera entró por un túnel de tres millas de largo y al salir lo puso enfrente de tres montañas negras.

—Se llaman Las Tres Calaveras —dijo en voz alta como para que lo oyera Virgilio—. Vamos a tener que pasarnos por lo menos una hora mirándolas.

Dante no dijo nada más, y no podía hacerlo porque estaba dándole vueltas al recuerdo de su primer ingreso en los Estados Unidos. Lo había hecho a través del desierto con dos muchachos a quienes conoció en el camino. Los tres habían logrado entrar en el suelo amarillo y cuarteado de Arizona y, durante una semana, no vieron sino un yermo de arena y un amasijo de montañas un rato amarillas y otro negras como las alas de las aves de rapiña que se aventuraban por esos cielos vacíos.

El caminar se les hacía más y más difícil bajo un sol implacable, y cuando estaban ascendiendo una pendiente, el amigo que hacía de guía había hecho un descubrimiento macabro: tres cadáveres yacían allí. Probablemente la arena los había cubierto después de su muerte, pero luego se había ido lejos dejándolos momificados. En sus rostros se advertía que eran jóvenes y que habían caminado por esas tierras como ellos ahora lo estaban haciendo, conducidos por una pesadilla o llevados de la mano por alguna ilusión.

Pero eso no era todo. Un poco más allá, al cruzar el recodo, parecía escucharse una música de mariachis, y si uno aguzaba el oído, se notaba que el violín estaba desafinado. Sus amigos le habían pedido que se fijara en eso, y él no lo advirtió, pero luego de varios intentos, pudo escuchar la música e incluso entender la letra de un corrido interminable que mezclaba golondrinas con lluvias oscuras y balcones con ojos negros, y se continuaba en otro que rogaba, *México lindo y querido, si muero lejos de ti, que digan que estoy dormido y que me traigan aquí.* Los muertos eran mariachis. Dejando su tierra, enrumbaron hacia el norte seguros de que algún día su nombre sería escuchado en los grandes escenarios hispanos de California, Arizona y Nuevo México. Cruzaron la raya y se internaron en el desierto pensando que estarían en tierras verdes después de un par de días; pero el tiempo se alargaba, cada vez caminaban menos y al atardecer acampaban y se daban aliento haciendo música. Cierta noche, escucharon una música más poderosa que la de ellos y acaso más estrepitosa que la de todos los mariachis de México reunidos. Venía del norte y del sur y del este y del poniente, veloz y maligna como un aullido surgido de los infiernos. Fue una tormenta maldita la que sepultó sus guitarras y los enterró junto con sus corridos, con su *México lindo y querido*, con el violín que desafinaba y con sus sueños de triunfar en los Estados Unidos. Pero de vez en vez despertaban cuando pasaban viajeros, y entonces sus cuerpos resecos dejaban el lecho de arena, y sus manos, que no habían muerto, alisaban el negro y lustroso uniforme de mariachi y levantan la guitarra mientras sus gargantas vacías entonaban un homenaje a la tierra, a la vida, a las mujeres bellas y a los ojos negros como la perdición eterna, y así despiertos hasta el Día del Juicio seguirían tocando para los viajeros que por allí transitaran.

De repente Dante miró a Virgilio y advirtió que aguzaba las orejas. Entonces aminoró la velocidad, pero no pudo dejar a un lado sus recuerdos.

Generalmente, quienes llegaban a escuchar a los mariachis del desierto se quedaban con ellos en esas regiones de la muerte. El rumor de su música los hacía olvidar el camino e incluso perder de vista las diferencias que hay entre esta vida y la de los difuntos, y eso pudo haberles ocurrido a Dante y a sus compañeros porque de un momento a otro se dieron cuenta de que no avanzaban en la arena. Más de dos veces volvieron a la misma loma de donde habían salido hasta que, perdidos ya, sus ojos no veían otro cuerpo que el cuerpo anaranjado y violeta del sol.

Entonces, ya no supieron dónde estaban. Sintieron que sólo eran ojos y oídos, y que desde fuera y cada vez desde más arriba, podían ver sus cuerpos tendidos en el desierto. Se habían perdido y posiblemente ya estaban muertos por la insolación o enterrados en la arena. Acaso ya eran espíritus alejándose en camino hacia las nubes. Dante no olvidaría el hilito de humo que subía al cielo desde el hombre, tan parecido a él, tendido boca abajo con las piernas y los brazos en cruz como si quisiera adueñarse de la tierra. Tal vez se preguntó "¿Ése soy yo, así que así es la muerte?" y no pudo responderse. Quizás un rato más tarde se lo preguntó a los ángeles cuando se lo estaban llevando, y ellos tampoco lo sabían porque no habían muerto jamás, pero acaso le habían tocado ángeles conversalones, y fueron ellos los que le preguntaron:

—Dice usted que es de Sahuayo. ¿Se puede saber dónde queda eso?

—¿Qué dice, señor ángel?

—¿Qué digo? Que a lo mejor Sahuayo no existe, ni ha existido jamás.

—¿Qué quiere decir con eso?

—Que a lo mejor, lo que allí pasa, no pasa.

Pero no se lo terminaron de llevar porque quizás ese día lo habían tomado libre. O tal vez lo dejaron a medio camino entre la vida y la muerte, pero un poco más acá de lo que es muerte muerte. Lo cierto es que Dante escuchó un ruido que se acercaba hacia ellos, y que más se parecía al rugido de un motor que al batir de alas de los ángeles.

—Tienen que dar gracias a Dios de que los vimos.

Eran agentes de Inmigración que los habían salvado de quedarse allí enredados entre la muerte, las arenas, los vientos y los espejos ilusorios del desierto de Arizona. Los habían conducido en una camioneta arenera y los tenían en una prisión de la frontera para interrogarlos antes de enviarlos de regreso a México. Dante, sintió entonces que volvía a ser Dante, aunque recuperaba un cuerpo ennegrecido y colmado de ardores.

—Estos no dan para ser interrogados. A lo mejor comenzamos a preguntarles, y se nos mueren —dijo un agente.

—¿De qué tendríamos que interrogarlos? —replicó su compañero que era el otro bilingüe de la estación policial—. No los traía un coyote, y es a ellos a quienes debemos buscar. Si hubieran tenido un guía, no se habrían perdido.

Tendidos sobre mantas, los tres fracasados inmigrantes se pasaron cerca de tres semanas en un calabozo. Más muertos que vivos, se alimentaban con un caldo que les ofrecían los gendarmes, no podían comer alimentos sólidos y casi no lograban moverse. Aunque a veces trataban de conversar entre ellos, súbitamente alguno caía dormido o comenzaba a delirar. El hombre que estaba tendido a la derecha de Dante se llamaba Gerardo y era el más locuaz.

—Tiene razón el de la Migra. Además, si no nos mataba el desierto, nos habrían cazado los *Patriots.*

Gerardo había pasado varias veces la frontera y conocía bien los peligros que asechaban en el lugar por donde habían pasado. Algunos rancheros de Arizona, según explicó, se habían organizado en bandas para exterminar a los inmigrantes. Una vincha rojiblanca les ceñía la frente y, bien armados, se apostaban en las salidas del desierto para ver si lograban cazar ilegales. Lo hacían en nombre de la patria y de la pureza racial de los Estados Unidos.

—En mi tierra dicen que los coyotes no se pierden jamás porque se conocen de memoria el mapa de Juan Diego —aseveró el otro, un tal Arredondo.

¿Qué mapa era ése? Dante quiso saberlo, y Arredondo le explicó que eran las estrellas que brillan en el manto donde está pintada la Virgen de Guadalupe.

—Allí están las estrellas principales de las constelaciones de invierno. Si te las aprendes de memoria no hay fuerza alguna en el universo que pueda hacerte perder el camino. La Corona Boreal está sobre la cabeza de la Virgen; Virgo, en su pecho, a la altura de sus manos; Leo, en su vientre. Los Gemelos se encuentran a la altura de las rodillas y Orión donde está el ángel. El que las recuerda y las identifica con las del cielo, no se perderá jamás.

Hablaban sin mirarse en la oscuridad a la que los habían sometido para que ningún calor afectara su estado. Una tarde, cuando Dante ya estaba recuperado, los agentes lo pusieron en una furgoneta policial y lo dejaron en el primer pueblo de la frontera mexicana. A los otros muchachos ya los habían liberado, y de ellos nunca volvió a saber nada.

Todo esto recordaba Dante ahora que viajaba en busca de su hija, y otra vez los sonidos de la tierra y de los cielos se confundían. Largo rato había sentido que su compañera le hablaba desde algún lugar muy alto, pero de un momento a otro, la voz de Beatriz dejó de ser voz, y se convirtió en un murmullo o en una resonancia como la que emiten las campanas de viento, porque así suele ser la voz de los espíritus cuando se hacen presentes. Acaso no era una resonancia de campanas ni un murmullo del recuerdo. Era quizás Beatriz viva para siempre en la muerte y siempre junto a él, besándolo tan al azar como la brisa besa el mar.

—La vas a encontrar, y recuerda que yo siempre iré contigo —se le ocurrió que musitaba una voz a su lado.

"Por favor, mire el camino. Ya tendrá usted más tiempo de hablar largamente con sus recuerdos" recomendaron las orejas de Virgilio que hablaban por él, altas, frías, acaso erizadas de miedo.

5
Más falsos testimonios sobre Virgilio

Avanzaba por el carril derecho de la carretera con suma lentitud como si quisiera que los recuerdos tristes se le adelantaran, pero no era por eso que lo hacía sino porque se había dado cuenta de que el motor se estaba recalentando. Varios resoplidos y desmayos del vehículo se lo anunciaron. La aguja del marcador de temperatura estaba por llegar al máximo. Tenía que ser así porque se trataba de una máquina muy vieja y tal vez le hacía falta una reparación o un cambio. Pensó que era raro que el problema se le declarara tan de repente, pero luego se dio cuenta de que no había manejado el vehículo desde la muerte de Beatriz hacía un año. Ya para entonces, su hija prefería pasar los fines de semana visitando a sus amigas que ir de excursión en el carro de papá. "Entiende, Dad, no quiero que se rían de mí y me llamen una *arrested development*", le había dicho y después le había explicado que *arrested development* significaba retrasada mental y que así eran calificadas las chicas de catorce años que todavía salían con sus padres.

En todo caso, Dante comprendió que tendría que detenerse y esperar a que la noche enfriara la máquina. Comenzó a buscar el lugar adecuado, pero la carretera no parecía querer darle esa oportunidad durante más de diez kilómetros de curvas interminables. Por fin encontró un desvío y lo tomó. Era un camino rural muy poco transitado pero lo condujo unos minutos más tarde hacia un claro del bosque en el que se veía una abandonada estación de gasolina y, junto a ella, una taberna débilmente iluminada. Estacionó en el parking de aquélla y decidió sacar a Virgilio para luego atarlo con una soga al parachoques. Lo hacía más que todo para que éste no se sintiera encerrado y pudiera gozar de la grama y de la plenitud de aquella noche abierta y clara.

Solamente encontró al cantinero, un tipo muy gordo, muy rojo y muy amable que hablaba un poco de español porque había nacido en Texas. Le preguntó hasta qué hora estaba abierto su establecimiento y el hombre le respondió que toda la noche. Entonces, le pidió un sándwich y una botella de agua mineral con gas y le consultó si podía quedarse allí adentro unas horas, o si prefería que comprara otro sándwich. El gringo sonrió y caminó hasta un inmenso reloj que señaló con el dedo índice de la mano derecha dando círculos para indicarle que podría quedarse toda la noche y todo el día y todo el tiempo que quisiera.

Dante se sentó frente a una mesa de madera viendo hacia la televisión aunque no entendiera el programa de fútbol americano. Ello le permitiría dormitar de rato en rato con la cabeza hacia atrás sobre la silla como si fuera seguidor de alguno de los dos equipos.

Resolvió no preocuparse tanto por la van porque bastaba con llenar el radiador con agua cada cierto tiempo y conducir a poca velocidad para no tener problemas. Después decidió no pensar más en la van ni en su hija, y pensó en Virgilio, cuya imagen parecía haber sido copiada de un libro infantil. Tenía las orejas caídas y el largo hocico negro dirigido siempre hacia un costado como si no le importara observar a nadie. Se lo imaginó dueño de un corazón enorme que lo hacía ser compañero de un hombre triste sin dárselo a notar demasiado y, por fin, mientras cabeceaba, le pareció verlo en la pantalla de la televisión suplantando a los fornidos jugadores.

El tipo que le había dado información sobre Virgilio le había contado historias increíbles. Según él, a Virgilio le llegó el momento en que se hizo hombre, o más bien adulto.

—¿Cuándo fue eso? —le había preguntado Dante.

—Ah, fue cuando se dio cuenta de que entendía los dibujos que le traía Manuelito, y el atado de papeles se fue transformando en cuaderno, y luego en libro que le contaba qué hacían los hombres en éste y otros tiempos, y cómo hacían para sobreponerse a la brevedad de la vida y a las tardes largas de la muerte.

La muerte, sí, Virgilio no había pensado antes en ella, y mientras miraba el universo con sus ojos enormes no la vio jamás, pero acababa de enterarse que existía y que se llevaba a la gente por las tardes, y que la gente más querida se hundía una tarde en la tierra para no regresar. Generalmente, se les veía en el cielo volando hacia lo alto, elevándose hasta pasar las nubes y no verse jamás.

No, caramba, eso también iba a pasar con los padres de Manuelito, y con Manuelito mismo, y él se quedaría solo en el mundo. Había entendido que sobre su lomo cabalgaba la muerte y que también cabalgaba sobre los hombros de la gente, pero los hombres pueden soportarla tal vez porque son hombres y viven en familias amparándose los unos a los otros, contra el dolor, el miedo y la tristeza, contra la incansable eternidad del pasto sobre sus tumbas. Eternidad era la otra palabra que se le había prendido del cuello y lo atormentaba. "Ya va a cumplir un año, y es como nosotros cuando tenemos diez. Es como un hermanito mayor de Manuel. Y cuando cumpla dos, será como si tuviera veinte, y se convertirá en burro viejo y mañoso. Habrá que dejarlo ir entonces, dejarlo en algún camino para que busque burras". Las burras y la muerte son lo que encontraré en los caminos, se dijo Virgilio, y le dio mucho miedo saber tanto, y tal vez a Mario José, el padre de Manuelito también le estaba entrando cierto temor como cuando dijo frente de él como si hablara frente a un burro de madera: "Este burro ya sabe mucho. Quizás habrá que dejarlo que se vaya cuanto antes".

Por eso un día domingo, con gran dolor en su alma, esperó a que se hiciera muy de noche y a que Manuelito se hubiera dormido profundamente para abandonar la casa y lanzarse a los caminos y salió agachando la cabeza para que nadie le viera los ojos enormes y marrones disimulando una lágrima porque los burros no lloran.

Después subió, subió y subió, tenía ganas de llegar hasta la cumbre de Monte Hood que había visto desde la casa de la familia que lo albergara y desde todos los pueblos de Oregon que recorriera con ellos; además, había escuchado en las conversaciones de la familia que allá arriba, sobre la piedra de la cumbre, había que orinar en cruz para llegar a ser verdaderamente hombre. Hasta allá fue, y orinó en cruz, y no se hizo hombre, pero sí burro matrero. Desde lo alto, olisqueó el norte y el sur, el este y el oeste en busca de prados donde llevar una vida de burro salvaje. Si no hubiera sido porque no había pasto en la cumbre, se habría quedado a vivir allí porque todo era magistral: el viento gemía en sus orejas y después se transformaba en un coro de voces angélicas que no tenían cuándo terminar de subir a los cielos.

—¡Otro café! —proclamó el mesero mientras su mano inmensa ponía frente a Dante una taza humeante y olorosa—. No se preocupe. La casa paga.

Lo había visto cabecear y no quería que se durmiera del todo porque a veces entraban a la cantina borrachos y maleantes. Dante abrió los ojos, aceptó el café y se lo tomó de un golpe, y otra vez levantó la cara para ver a los futbolistas que avanzaban con su feroz uniforme. Los estuvo viendo un rato hasta que volvió a cerrar los ojos, y otra vez apareció Virgilio en la pantalla.

Según la historia, Virgilio se había lanzado después como un bólido hacia McMinnville, Woodburn, Monmouth y Corvallis para devorar en los alrededores de esos pueblos el mejor pasto del mundo. Había oído decir que ese pasto era cortado y enrollado como alfombras para ser enviado al Japón. Subió a la cumbre de Mary's Peake, la montaña más elevada en las costas del Lejano Oeste, y también orinó allí.

Se moría de ganas de conquistar las cumbres más escarpadas, en especial el volcán Santa Elena que hacía veinte años había hecho erupción convirtiendo al mundo en un valle de lágrimas, destrozando los puentes, creando bosques de ceniza y trastornando los cauces de los ríos Willamette y Columbia. Hacia allí se dirigió en el intento de hacer de aguas sobre un volcán, pero en el camino, al pasar por el pueblo de Independence, a pesar de que no era una cumbre, se puso a orinar y no lo hizo en cruz, y eso fue lo que le trajo mala suerte.

No había orinado más de veinte minutos cuando escuchó sirenas policiales detrás de él y descubrió que estaba rodeado por cuatro patrulleros y dos camiones de bomberos. Desde uno de los patrulleros alguien le dictaba órdenes en inglés, idioma que lamentablemente Virgilio desconocía por razones obvias, y continuó orinando. Entonces, un oficial bajó de su carro, abrió un libro y comenzó a leerle lo que Virgilio entendió eran los derechos contenidos en la tercera enmienda de la Constitución. Lo entendió así porque junto a Manuelito había visto muchas películas de policías y bandidos.

Los patrulleros continuaron emitiendo sirenas mientras la policía acordonaba el lugar con cintas amarillas y ordenaba con parlantes que los vehículos pasaran por un desvío de la autopista. Se trataba de evitar que un desborde del río que estaba originando Virgilio cortara en dos mitades la carretera, y tan sólo dos horas después, cuando el burro pareció haber calmado sus furores urinarios lo hicieron subir a una furgoneta para llevarlo preso, pero no le permitieron beber ni un trago más de agua a pesar de que se hallaban en las riberas del Willamette. En la comisaría de Independence, Virgilio fue obligado a atravesar por siete puertas y le sellaron una pata con tinta indeleble e invisible puesto que así estaba escrito en los manuales para evitar que otro burro viniera a visitarlo y se quedara recluso en vez del incontinente prisionero.

La mayoría de los muchachos que estaban en la cuadra de Virgilio eran mexicanos, y muchos languidecían allí por el mero hecho de no tener sus papeles de identidad en regla. Pero allí, Virgilio y sus compañeros pudieron escuchar los programas de la radio hispana "La Campeona" que, además de endulzarles la vida con música del norte mexicano, les ofrecía los consejos de la Noble Pareja, y los célebres medicamentos curalotodo de la farmacia Santo Remedio. Además, en el programa comunitario, se oyó la voz del señor Mario José Espino quien ofrecía doscientos dólares a quien diera razones acerca de un burrito llamado Virgilio que, entre sus muchas gracias, sabía leer de corrido. Los muchachos del penal, siguiendo una ley consuetudinaria imperante entre ellos, miraron hacia otro lado y no lo denunciaron. Alguien, incluso, le dio una palmada sobre el lomo y le dijo: —Así que te llamas Virgilio. Cosa seria eres. Pero no te preocupes que nadie aquí va a denunciarte, y mucho menos los güeros porque ellos no entienden ni una palabra de lo que se dice en la radio.

Dos semanas después, le dieron la libertad. Un policía atravesó con él las siete puertas y le explicó que estaba saliendo de allí porque nadie había formulado ningún cargo contra él. Le recomendó llevar consigo, tal vez atado al cuello, un paquetito que contuviera los papeles de identidad de su dueño y le encareció evitar la bebida en exceso y no hacer sus necesidades en público.

Dante se despertó cuando el locutor de la televisión interrumpió las escenas del fútbol para aparecer sobre la cumbre congelada de Monte Hood con una botella de agua purísima que vertía gota a gota sobre los espectadores. En ese momento le dieron ganas de orinar, pero se contuvo porque le vino el miedo de comenzar un flujo imparable. Otra vez, levantó los ojos hacia el televisor y, mientras se le cerraban, volvió a ver a Virgilio.

El reposo obligado le había dado más ánimos a Virgilio para continuar sus tropelías aunque tenía pensado encontrar una manada de asnos salvajes para irse a vivir con ellos. Mientras tanto, saltaba arroyos y cercas, atravesaba las autopistas tan veloz y tan invisible como un viento negro y buscaba los jardines de las hermosas casas victorianas para saborear en ellas unas flores deliciosas y, a veces, la comida que había servida sobre un mantel para un picnic.

Una noche, como a las once, se metió trotando alegremente por las calles céntricas de la ciudad de Corvallis; pacatán, pacatán, pacatán, hacía sonar sus cascos como llamando a la gente para que despertaran y salieran a verlo. Así ocurrió, porque los vecinos de ese pueblo solían acostarse temprano y ese sonido sólo lo habían escuchado en las películas. De varias ventanas asomaron los niños y sus padres con pijamas y gorros de dormir, y a todos les pareció imposible la escena que veían porque Corvallis es la sede mundial de una fábrica de computadoras, y los únicos burros y ratones que se han visto allí son cibernéticos. Entonces decidieron creer que estaban soñando y se volvieron a la cama para que no hubiera ningún problema, pero lo hubo porque esa noche, la mayoría de los niños mojaron las sábanas.

Pensaba avanzar luego hacia la costa para conocer el mar y, luego de varias jornadas y abundante pastura, divisó desde una colina la grandeza azul y fulgurante del Océano Pacífico. Era su día de sorpresas porque, un poco antes del puerto de Lincoln City, divisó varias carpas sobre espacios circulares. No muy lejos de allí podía verse lo que tanto había aguardado, una manada de cuadrúpedos que, por sus tamaños, no podían ser otra cosa que asnos. No lo podía creer porque no había llegado aún al oriente del estado.

Cerrando los ojos, corrió y voló en dirección de los cuadrúpedos. Cuando se encontraba a cien metros de ellos y ya podía escucharlos, se le antojó que en vez de rebuznar, relinchaban, pero ya nadie podía detenerlo e iba con los ojos cerrados. Después, los abrió para dar un salto sobre una cerca que impedía el paso de la manada pero inmediatamente los volvió a cerrar. Luego, ya adentro, sintió junto al suyo decenas de cuerpos similares. Feliz porque nunca había estado entre tantos congéneres, abrió los ojos pero tuvo que abrirlos más y más, estaba lleno de incontenible asombro porque se encontraba entre caballos enanos.

Pensó en escapar, pero ya era muy tarde. En el corral no había espacio suficiente para tomar impulso y saltar la cerca; además había sido visto una camioneta que se encaminaba veloz hacia su encuentro. Cuatro hombres velludos lo rodearon y, sin advertirlo, se encontró de pronto en un vehículo que se dirigía hacia una de las carpas, escuchó decir: "Es un burro. La carne que prefieren las fieras más exigentes y refinadas del mundo".

Un rato después, le pusieron una soga al cuello y lo guiaron hacia la carpa donde se encontraban las jaulas de los leones. Pasó por en medio de las jaulas de los perezosos reyes de la selva que ni se dignaron volver la cabeza hacia él, aunque le pareció percibir el saliveo de otros que parecían prepararse para una dieta leonina. Más allá de las jaulas se hallaban los mataderos, en los que mugían algunas vacas. Virgilio avanzaba con tanta docilidad y resignación que sus conductores le quitaron la soga del cuello y sólo le daban suaves empujones para que escogiera el camino.

—Ey, ey, esperen un momento —se escuchó la voz de un viejo domador—. Sáquenlo del matadero y llévenlo al corral porque quiero verlo.

—El jefe de alimentación dijo que lo trajéramos aquí.

—Pero yo soy el jefe de domadores, y soy el que manda. Ese burro está amaestrado . . .

Varias semanas después, el Tiffany Circus ofrecía el espectáculo de "Un asno, traído de la India, donde escuchó las lecciones de los derviches y brahamanes, que sabe leer su destino". Efectivamente, Virgilio, enjaezado con una montura y una capa que simulaba haber sido recortada de una alfombra persa, avanzó hacia las primeras bancas del público. Una dama de cierta edad le pidió entonces que le leyera su destino, y el cuadrúpedo luego de mirarla atentamente escogió dentro de una caja un papel que pronosticaba el futuro "Para una dama que no termina de ser un pecado mortal". Luego fue ofreciendo diferenciadas lecturas del destino según la edad y el sexo del cliente.

Se supone que, durante su permanencia en el circo, Virgilio tuvo que haber hecho amistad con los otros animales. Las palomas mensajeras eran las más conversadoras. Le narraron historias del oficio que inmemorialmente habían ejercido y de la manera en que habían servido para comunicarse en secreto a espías, amantes y guerreros. Su oficio había venido a menos en los últimos tiempos con la invención del teléfono, el telégrafo y el correo electrónico, pero la manía de comunicar se les había quedado en la sangre, y por eso se posaban, todas en línea y mirando hacia el mismo lado, sobre los hilos telefónicos

Los elefantes eran gente con gran sentido del humor; se sabían de memoria gran cantidad de chistes y siempre estaban riendo, aunque de puro recatados no estallaran en carcajadas.

Virgilio había entablado una relación casi filial con un viejo caballo; iba al corral a saludarlo y se quedaba de pie muchas horas a su costado. Tal vez se comunicaban en el silencio una vieja tristeza o un doloroso recuerdo. El caballo había galopado durante varios años a la cabeza de otros diez equinos acróbatas con los cuales saltaba obstáculos, atravesaba círculos candentes, daba la vuelta al ruedo en dos patas y acometía varios saltos mortales en los cuales debía darse una vuelta en el aire y caer de pie otra vez para escuchar los aplausos de la gente. Cuando se hizo viejo, los cirqueros quisieron jubilarlo, pero los otros caballos no daban ni un salto si no estaba él a la cabeza de todos ellos.

Una tarde, el caballo cayó de costado y se rompió una pata, y todos los esfuerzos por curarlo fueron inútiles. Quedó rengo y con una rodilla inmensa cuya hinchazón se expandía y había formado una especie de bolsa. Tuvieron que retirarlo entonces, pero no lo sacrificaron porque estaba muy viejo y porque las fieras se iban a negar a comerlo. Por eso, de pie y siempre imperturbable, moviendo tan sólo las orejas, permanecía en el corral. Casi nunca comía; sólo aceptaba algunos terrones de azúcar mientras bebía en el abrevadero. Eso hizo suponer a Virgilio que su amigo estaba esperando ver llegar a la muerte, pero la muerte no tenía cuándo llegar, y si él no hablaba era porque se sentía como avergonzado de seguir viviendo.

Sin embargo, sin que nadie lo viera, una noche, se derrumbó, y ése fue el momento en que Virgilio decidió terminar con su etapa de mago circense. No le costó mucho trabajo porque, acostumbrados a su docilidad, los cirqueros no ejercían ningún tipo de vigilancia sobre él, y cierto día en que lo trasladaban de una ciudad a otra en camión, dio un salto, cayó sobre la autopista de panza, se levantó y comenzó a correr. Se había hecho daño en la pierna derecha, pero continuó caminando. Seguramente fue entonces cuando, rengo, llegó hasta el centro comunitario donde se celebraban los quince años de Emma.

Dante se despertó de nuevo. Habían entrado siete hombres, seis estaban muy borrachos y lanzaban risotadas. No podía entenderlos porque hablaban un español muy mezclado con inglés, trataban de hacer ver que eran peligrosos.

El hombre que no estaba borracho se había sentado frente a Dante, pero no parecía estar muy interesado en él. Usaba un chaleco de cuero sin camisa. El cabello lo llevaba recogido en forma de cola de caballo y daba la impresión de estar muy orgulloso de sus botas porque tenía los pies sobre una silla y abría y cerraba los ojos fascinado por el brillo del cuero mientras jugaba a hacer ritmos con los tacones de un metal plateado.

—Cuero de cocodrilo —dijo y agregó—, legítimo cuero de cocodrilo.

Dante no sabía si debía felicitarlo por eso, pero optó por abstenerse de todo comentario. Después, el hombre se dedicó a mirar la inmensa hebilla de su cinto, los dos anillos de oro que lucía en una mano y la pulsera que se balanceaba en la muñeca de su brazo izquierdo.

—¿Cuánto vale?

—¿Señor . . . ?

—¡Cuánto vale! ¡Cuánto vale! . . . Te estoy preguntando cuánto vale el burro ése que tienes atado a la van.

Dante despertó por completo, —No está a la venta.

—¿No? ¡Qué interesante! ¿Y tú, cómo te llamas?

—Dante, señor. Dante Celestino.

—Ponte de pie cuando me hables. ¿Decías?

Dante obedeció.

—Dante Celestino.

Pero el hombre sonrió moviendo la cabeza de un lado a otro.

—Ése no es tu nombre. ¿Cuál es tu verdadero nombre? . . . ¡No te sientes! Te he dicho que te pongas de pie cuando me hables.

Dante se levantó otra vez.

—¿Sabes que somos de la patrulla de frontera? A nosotros tienes que decirnos la verdad. ¿Lo sabes?

No hubo respuesta.

—¿Dónde cruzaste la frontera? ¿Qué contrabando traías? ¿Con qué banda trabajas? ¿Dónde están tus armas? ¿A cuántos hombres has matado?

Dante quería responderle que era un hombre honesto, que no se había cambiado de nombre, que no pertenecía a ninguna banda, que no llevaba armas, que no había matado a nadie y que solamente andaba por el mundo buscando a su hija Emmita, pero el extraño seguía con la andanada de preguntas que repetía sin dejarlo hablar.

—Sácate la camisa.

Comenzó a obedecer y mientras se desabotonaba, pudo advertir que el mesero le hacía una seña. Tal vez quería decirle que los tipos no eran policías de inmigración y que solamente estaban tratando de jugar con él.

—Ya, muchachos, basta de juegos. Vengan a tomar un trago que la casa paga.

Pero los hombres no aceptaron la invitación. El más gracioso de todos ordenó: —El pantalón, también. Que se baje el pantalón.

—A las bestias se las marca. También a los mojados. Queremos ver qué marcas tienes.

Dante había terminado de quitarse la camisa obedeciendo al hombre que lo había interrogado, pero no se decidía a quitarse el pantalón. De súbito sintió la punta de un cuchillo contra el lado derecho del cuello y pensó que ya le había llegado la hora. Toda su vida había tenido la sensación de que la desgracia lo rondaba muy cerca. Casi le había visto el rostro cuando murió Beatriz. Siempre sabía cuando algo estaba a punto de ocurrirle porque lo olía. Ahora se le ocurrió que tal vez la desgracia se había enamorado de él.

A otra orden, aceptó quitarse las botas, pero no el pantalón.

—¡Qué mojado tan raro! No tiene marcas —comentó el gracioso señalando con la punta del cuchillo el dorso de Dante como si estuviera ofreciendo una clase de anatomía. La punta del arma volvió al cuello y luego subió hasta debajo de la boca y de allí pasó a la tetilla izquierda. De un momento a otro, el cuchillo llegó hasta el cinturón y lo cortó como si en vez de cuero hubiera sido de papel. El pantalón se deslizó hasta los pies.

Así estaba Dante, pálido, de pie, casi desnudo, preparándose para morir. Hizo un supremo esfuerzo y comenzó a ver el rostro de su hija, luego el de Beatriz que le extendía los brazos desde la muerte. Uno de los graciosos había salido a la calle para jugarle bromas al burro.

Entonces los tipos comenzaron a carcajearse mientras simulaban que se repartían la camisa, los pantalones y las botas del hombre que callado miraba hacia lo alto. Uno de ellos le puso un cigarrillo encendido sobre la mejilla derecha, pero Dante no reaccionó. Eso llamó la atención del que parecía ser el jefe. Eran delincuentes chicanos, y despreciaban a los mexicanos recién llegados. En la mayoría de las experiencias con ellos había bastado ponerles el cuchillo en el cuello para que se murieran de miedo, clamaran piedad y hablaran de sus hijos, pero éste era diferente. Lo miró con respeto.

El otro tipo cambió de lugar la punta del cuchillo, pasó del cuello a los sobacos y por fin llegó debajo de la tetilla derecha, y lo cortó. Dante no lanzó un solo grito. El arma filuda no se llenó de sangre sino de un líquido transparente como debe ser la amargura cuando está a punto de desbordarnos.

El respeto se convirtió en miedo.

—Vámonos de aquí —ordenó el hombre de los zapatos de cuero de cocodrilo. Abandonaron el bar en fila india. Afuera, al lado de la van, encontraron tirado al compañero que había salido un momento antes. Asustados, ni siquiera hicieron el intento de levantarlo. Subieron deprisa a la camioneta en que habían llegado y se alejaron.

Dentro de la cantina, el dueño apremió a Dante a que se vistiera y se fuera.

—Será mejor que se aleje porque van a regresar. Tome de nuevo la carretera principal y pronto va a encontrar un parque para su vehículo. Es un parque donde viven ancianos que se jubilan y salen a vivir en el camino. Hay centenares de ellos. Allí nadie lo encontrará.

—Pero, ¿y el muerto?

—¿El muerto? ¿Qué muerto? Ese hombre no está muerto sino borracho. Su burro tiene que haberle dado una patada.

Dante y Virgilio se dirigieron al refugio, y al llegar allí, luego de estacionarse, Dante no se tendió en el colchón dentro de la van. Hombre y asno salieron a descansar a la intemperie, y el hombre se tendió muy cerca de la quijada del animal que comía la yerba. Mientras escuchaba el viento que venía desde lejos y contemplaba las nubes que dibujaban rostros familiares, Dante observó los luceros que se prendían y apagaban, y pensó que los luceros eran las almas de los hombres que se iban volando hacia las fronteras de un universo sin fronteras. Los carros y los árboles eran sombras difusas perdidas en la noche. El cielo no terminaba de ser inmenso y blanco como si, allá arriba, todo el tiempo fuera mediodía.

6
El consuelo de rodar mundo es que uno se hace más duro

Dante se quedó dormido junto a Virgilio debajo de una secoya, a pocos metros de la van que los había traído al extenso parque de casas rodantes. Tirado así, con tanta estrella girando allá arriba y con el sombrero encima de la cara, desaparecían los problemas. Sus brazos hacían cruz con el cuerpo y tenía las palmas vueltas hacia el cielo. Sólo le importaba dormir y recordar.

Recordó que Beatriz había sido su enamorada desde que ambos tenían once años de edad en Sahuayo, su única enamorada, y fue al cumplir los 21 cuando le dijo que se iba a pasar al norte, y que allí trabajaría duro hasta tener dinero suficiente para pedirle que fuera a acompañarlo y formaran una familia.

—Formar un hogar aquí es realmente imposible. Tendríamos que vivir arrimados en la casa de nuestros familiares, y bien sabes que no hay espacio. Tampoco puedo conseguir un trabajo aquí. Tengo que salir de Sahuayo y de Michoacán y de México. Tengo que irme a los Estados Unidos.

Su prometida y su madre habían entendido.

—Rodar caminos es tan normal como cuando las aves empluman y echan a volar. Es lo normal para los hombres. Para las mujeres, lo normal es esperar. Yo estaba muy pequeña cuando tu abuelo se fue con los villistas para andar en la revolución. Se fue con sus ocho hermanos; los nueve quedaron regados por otros nortes.

Su madre siempre se quedaba silenciosa en esa parte, miraba al cielo, tal vez allí buscaba a su marido que también se metió a correcaminos y jamás volvió.

—Te aconsejo que, cuando puedas, te lleves a Beatriz. Es una buena mujer y te cuidará como yo lo he hecho. Eso sí, cuando ya te toque morir, déjale dicho que te traiga de vuelta para acá. Los muertos y las plantas tienen su tierra, hijo. Y si te plantan aquí, al igual que las plantas, florecerás . . .

Dante hablaba dormido. Virgilio lo escuchaba.

—Era yo el último de los hombres en irse del pueblo —siguió contando, o soñando Dante—. Allá se quedaron los viejos, los niños y las mujeres, pero no por mucho tiempo. Era como si un cometa de cola verde se hubiera detenido sobre el pueblo para obligarnos a rodar por el mundo. Ni siquiera tomé un autobús porque no tenía ni para eso. Me lancé al camino y dejé que el camino se moviera. Y creo que una de dos, o me equivoqué de camino, o el camino se equivocó conmigo porque en esas me topé con la frontera de Arizona. Allí fue donde la Migra nos detuvo a mí y a dos amigos y nos hizo volver. De vuelta en México, me di cuenta de que no podía volver a Sahuayo. Me acostumbré a vivir a campo traviesa. Por uno y otro lado, me arrimé a gente igual que yo errando por los caminos que van hacia el norte. Había algunos que se iban de sus pueblos con una mujer y a veces hasta con niños, pero la mayoría éramos hombres solos y andábamos con un maletincito de mano. Me parece haber visto a algunos que habían perdido hasta la sombra.

—Yo conocí a los famosos Facundo, e incluso me arrimé a caminar con ellos durante varias semanas en Sonora.

Los Facundo habían salido de Chiapas, en el sur de México, y ya habían caminado varios meses cuando él se les juntó. Se habían acostumbrado tanto a los caminos que ya no les importaba mucho el recordar a dónde iban, sino de dónde habían salido. El padre de los Facundo, cuyo nombre recuerdan pocos, pero Dante insiste en llamar don Moisés, contaba que se le había aparecido un ángel y le había dicho: —Levántate. Despierta a tu mujer y a tus hijos, y llévatelos para el norte porque ésa es la voluntad del Altísimo.

Por todo eso, medio muertos de hambre y de sueño, los Facundo salieron del sur durante alguna lluviosa madrugada. No tuvieron tiempo ni para llevarse las pertenencias de su casa que ya eran escasas porque a don Moisés le había ido muy mal durante mucho tiempo.

Primero fue maestro de una escuela estatal, pero dejó de serlo cuando el estado no tuvo suficiente dinero para continuar ofreciendo ese servicio; entonces, fue propietario de una pequeña fonda, cocinero, camarero, vendedor de lotería, vendedor ambulante de tacos, rezador y cantante, pero en todas estas profesiones le fue pésimo porque, según él, al demonio se le había ocurrido tentarlo como a Job para que renegara de Dios.

Una madrugada, en la época que trabajaba como rezador y cantante en los cementerios recibió la señal de Dios. —Levántate, —le dijo a su mujer— y levanta después a los muchachos, y salgamos de inmediato al camino.

Entonces, cuando ya estaban en la ruta, doña Lupe de Facundo quiso volver a la casa para traer algunas pertenencias que había olvidado con la prisa, pero el hombre vociferó: —No mujer, no te vayas a convertir en una estatua de sal.

En los arrastraderos caminos de México, los Facundo habían hecho de todo para sobrevivir. Cuando llegaban a un pueblo, la gente les ofrecía posada, les daba de comer y les obsequiaba ropa usada, que don Moisés aceptaba con gusto porque, según decía, "los pajarillos del cielo no trabajan y sólo saben volar, y sin embargo el Señor los alimenta". A la señora Facundo quizás se le habían gastado los rasgos de la cara, y debe ser por eso que nadie recuerda haberla visto, y tal vez ya era solamente ojos, unos ojos negros y brillantes que fosforecían en las noches cuando de súbito la levantaba su marido y le informaba que se le había vuelto a aparecer el ángel y le había ordenado cambiar de rumbo.

Por esa época, mucha gente se fue con ellos alentada por la creencia de que don Moisés hacía milagros y de que quizás cruzarían el río Bravo sin mojarse entrando a tierra norteamericana sin que los viera la Migra. Unas treinta personas, que después llegaban a noventa, llegaron a seguirlos, pero no por mucho tiempo porque don

Moisés se volvió muy estricto; les prohibía detenerse en las ciudades, beber tequila y entrar en los burdeles, y los obligaba a rezar, a meditar y a soportar prolongados ayunos.

Un buen día se encontraron en medio del desierto de Sonora, sin provisiones, en la indigencia, en el malcomer, en la sequedad y sin sombra porque todo era desierto. Fue entonces cuando todos le pidieron a don Moisés que rezara.

—Oh, Señor, oh, Señor . . .

Lo repitió como cincuenta veces, y ya le faltaba saliva para rezar cuando lo tuvo cerca. —¿Qué no te das cuenta cómo estamos? —le dijo—. A lo mejor tienes otras ocupaciones más importantes, y no te queremos molestar, pero eso sí, no te olvides que nos creaste como nos creaste, con esta lengua que necesita de otra persona para hablar y de por lo menos un litro de agua para beber al día y quizás algunas tortillas, amén de que no menciono todo lo que les diste a los israelitas en el desierto. Y si es que andas por otros lados del mundo y no te has dado cuenta, te aviso que toda la gente de aquí está próxima a quedarse dormida de hambre o de muerte, y ya no va a poder escuchar tu palabra.

—Señor, Señor, ¡qué no te das cuenta dónde nos has dejado! ¡Qué no te das cuenta cómo somos! ¡Qué no te das cuenta que nos has dado una lengua, y que se nos reseca!

—Amén —dijeron noventa personas, pero no todas a la vez, sino una a una.

—Amén.

—Amén

—Amén.

—Amén

—Amén.

—Amén.

—Amén

—Amén.

—Amén.

—Amén

—Amén.

Algunas personas solamente lo pensaron. Y antes de que pasara una hora, el cielo se puso oscuro y comenzó a llover.

Amén.

Y todo lo demás les fue dado por añadidura. Encontraron abundante comida en una carpa abandonada con botellas de vino para todos. Bebieron tanto que en vez de celebrar el milagro, un tipo de Jalisco corría de grupo en grupo gritando "¡Salud, cabrones!" pero la gente le corregía:

—Amén.

—Amén.

—Amén.

Bebieron tanto que las parejas comenzaron a despedirse muy apresuradas a sus respectivas tiendas, y también lo hicieron los que todavía no eran pareja, pero comenzaban, a partir de ese momento, a serlo.

—Amén.

—Amén.

—Amén.

En vez de rezos, en todas las tiendas se escuchaban gemidos, clamores, gritos destemplados.

—Amén.

—Amén.

—Amén.

Entonces, don Moisés Facundo, convertido en pastor, comenzó a gruñir y dijo que ésa no era la voluntad del Señor. Al día siguiente reunió a la asamblea comunal y amonestó a los que pecaban de pensamiento y de acto, a los que hacían cositas sucias, a los que amorecían, a los cabalgantes, a los procreadores y a los fornicarios, y ordenó que de entonces para adelante las hembras y los machos dormirían separados.

—Amén.

—Amén.

—Amén.

Un tiempo después, los Facundo adquirieron la fama de ser los elegidos por el Señor para caminar por el desierto, pero la gente que los había comenzado a seguir se fue por otros rumbos porque, si bien les gustaba recibir agua y maná del cielo, también les encantaba sollozar y gemir en este valle de lágrimas, amén y amén.

Y de no haber sido por el poder omnímodo que ejercía don Moisés, sus propios hijos no habrían tardado en apartarse y escoger cada uno su propio camino, pero siguieron con él. También lo hizo Dante durante un poco más, y todo lo que recuerda es que acampaban en un despoblado o dormían en algún colchón prestado, y cuando estaban en lo mejor del sueño, no tardaba el viejo en levantarlos y empujarlos a caminar aunque fueran las tres o cuatro de la madrugada. Era como si se hubieran olvidado de que iban a la frontera, y que tan sólo caminaran de prisa y en la noche decididos a borrar sus rastros para que la tristeza no los siguiera.

Una noche, cuando ya estaban cerca de la línea y dormían en carpas, Dante despertó sobresaltado y se encontró con las caras de don Moisés y dos de los muchachos que lo encaraban para que aceptara al Señor en su corazón.

—Ya lo he hecho. Creo que lo hago todos los días de mi vida —quiso responder. Pero don Moisés no lo escuchaba. Parecía contentarse con hacer el requerimiento y no esperar respuesta alguna. Dos días más tarde, Dante se escapó y resolvió caminar solo lo que le faltaba para llegar a su destino.

—De los Facundo no volví a saber sino muchos años después cuando me enteré que habían entrado por el desierto de Arizona, y que la mayoría de sus seguidores había muerto de insolación. Otros aseguran que los Facundo, enfermos por la resolana, se metieron en una casa enorme y no volvieron a salir de ella. Que en un momento determinado, como a cualquier otro cristiano, les llegó la hora de morir, pero que no se dieron cuenta. Eso dice un corrido, pero no creo que sea cierto, porque todavía no estaban en edad de morir.

—El corrido cuenta que los muchachos Facundo, ya muertos los padres, se fueron solos a recorrer el mundo que sólo habían conocido a través de los ojos hipnóticos de su padre, y de allí nació la historia de los Facundo fantasmas que se meten en los grupos de viajeros sin ser notados. Por eso a veces entre los que están caminando hacia el norte no se sabe quién está vivo o quién ya es difunto. Lo malo es que tampoco lo saben los Facundo. Ocurre con todos nosotros que de tanto caminar en las tierras de éste y del otro lado a veces nos entra el dolor de no saber quiénes somos ni hacia dónde vamos.

—No faltan quienes aseguran que en pleno desierto se encontraron con el rostro de don Moisés en una nube, desde la que amenaza a los que entran con transformarlos en estatuas de sal si dejan al Señor y veneran a los ídolos de los gringos. Por eso, a los que se van de México la gente les recuerda eso de "cuidado que no te vayas a encontrar en los caminos con el viejo Facundo".

—A veces veo a don Moisés explicándome cómo se formó el mundo. Según él, todo estaba oscuro, y de repente se escuchó una voz que hablaba como en secreto y decía "ya se está haciendo la luz", pero de pronto esa voz se dio cuenta de que estaba hablando sola y con sí misma. Entonces, se echó a pensar qué podía hacer para tener quién escuchara porque no había nadie más allí. Apenas se prendió la luz, le llegó la idea de formar seres a su imagen y semejanza, y se dio a la tarea. Pero como había estado un tiempo infinito sin hacer nada, sus diseños no le salían muy bien. Por eso fue que antes de hacer a los hombres, dibujó tigres, urracas, ballenas, águilas, ovejas, gatos, loros, ríos, vientos, elefantes y ángeles.

—El mundo se le había llenado de tantos seres que ya no cabía un alfiler. Entonces dibujó un nopal y se sentó a su sombra para pensar tranquilo. Allí es donde dicen que inventó a un hombre y a una mujer, y que nuestros primeros padres nacieron con alas, pero que se las recortó para que no se le escaparan por la noche. La población creció mucho y muy rápido y se distribuyó en el norte y el sur. Los del norte le salieron calladitos, ordenados, ahorrativos y buenos para la mecánica, rubios y castos, con la carne un poquito cruda como si el Hechor fuera mal cocinero, y a lo mejor no sazonaba muy bien. Pero al hacer a los del sur, se excedió en la sal, y los hizo intensos, algo tostados, amigos del revoltijo y de las fiestas, intrépidos, frenéticos y enamorados. Aprovechaban de cualquier momento que los dejara solos para crecer y multiplicarse.

—Entonces, un poco fastidiado, se dio cuenta de que no había distribuido bien las ardencias, los calores y las ganas, y aprovechando que los del sur dormían los hizo devorar las llamas que llevaban dentro de sí, y de allí nacieron las estrellas. Pero ni aun así andaban tranquilos sino que comían la manzana del bien y el mal hasta atragantarse.

—Allí, fue cuando el Señor tuvo que permitir que el demonio viniera a traer diferentes pruebas y tentaciones. "Ya es mi turno", dijo don Moisés que dijo el diablo. "Supongo que me dejarás que los tiente para que renieguen de ti. ¿No te parece?" Por eso nos cayeron todas las calamidades, la pobreza, las guerras, los tiranos, la falta de trabajo, el odio, la enfermedad, la desconfianza, el hambre, pero de nada de eso nos podía librar el Señor porque ya no era su turno.

—Asegura don Moisés que por eso el Señor comenzó a aparecerse en nuestros sueños para aconsejarnos que hiciéramos un poco de ejercicio y que camináramos hacia el norte.

—A nuestros muertos no los hizo revivir porque eso no es muy gracioso: uno sale de la tierra empapado de ella, y el brillo de los ojos ya no puede ser renovado. Pero, de todas maneras, aunque tengamos que morir, nos quedará el consuelo de caminar hasta el fin de los tiempos y de saber que las estrellas han salido de nosotros mismos. Debe ser por eso que muchos animales y algunos árboles suelen llorar, pero nosotros, no, porque con penas y todo, siempre se nos da por ser felices. El secreto es no llorar cuando uno recuerda, e ir recordándolo todo como si uno tuviera los ojos vueltos al revés, y anduviera buscando sus recuerdos.

—Eso fue lo que yo le escuché decir a don Moisés. Aunque no sé dónde se quedaría el viejo Facundo, ni si se quedaron con él sus hijos, lo cierto es que la gente también comenzó a correr la voz de que habían encontrado un tesoro y eran enormemente ricos, y tal vez tuvieron que esconderse para que no los mataran por su riqueza.

—El consuelo de rodar mundo es que uno se hace más duro, Virgilio. Una vez caminé junto a un tipo que andaba rodando tierra como debe andar el diablo cuando se queda sin almas y sin infierno, medio ángel, medio diablo, medio animal, medio vivo, medio difunto, medio hombre, con el pelo largo como una mujer y con una barba que le ocultaba la cara. Comía alfalfa, la revolvía durante horas en la boca como hacen las vacas, y por la noche parecía dormir con los ojos abiertos, y eso no era para cuidarse de los que estábamos a su lado, sino de sus propios recuerdos, que eran los recuerdos de alguien que no ha de volver a acostarse en la tierra de la patria.

Con esto, Dante se quedó dormido junto a Virgilio debajo de una secoya, a pocos metros de la van que los había traído, con los pies y los brazos en forma de cruz y con el sombrero encima de la cara.

7
El gringo más largo y viejo del mundo

Dante roncaba de rato en rato en medio de sus sueños. Tuvo que dejar de soñar cuando alguien dio fuertes golpes contra la puerta de la van para obligarlo a despertar.

Tendido sobre la yerba, Dante movió los brazos y las piernas y se estiró. Después, levantó los párpados con mucha lentitud porque el brillo del día no lo dejaba hacerlo de otra forma, y allí de pie, junto a él comenzó a divisar al ser más alto que había visto en su vida. Botas larguísimas y bien lustradas, a pesar de que hoyaban el campo húmedo. Jeans azules, camisa blanca, sus ojos tardaron en llegar hasta la cabeza porque el hombre se alzaba de pie contra la luz.

—*Hey, you. Guy. . . .* —dijo la figura iluminada.

A Dante le parecía de la altura de la secoya, y llevaba la cabellera plateada flotando.

—*Breakfast? Want breakfast?* —dijo el extraño y varias veces se llevó los dedos de la mano derecha a la boca, pero Dante no le respondía. Entonces se corrigió—. ¿Comer? —tradujo—. *You want breakfast?* ¿Quiere comer?

Se llamaba Sean. En la conversación declaró tener noventa años. Vivía desde hacía pocos meses en la casa rodante al lado de la cual Dante había estacionado su van. Hablaba bien el español porque había estado casado con una española, quien había muerto hacía tiempo.

—No, por favor, no se moleste —replicó Dante.

Pero Sean ya había tendido un mantel blanco bordado sobre una de las mesas de campo. Después, con la misma velocidad depositó tres tazas y tres cubiertos

—Después vendrá Jane, mi amiga. La llamaré cuando estés listo.

Lo decía con tanta seguridad que Dante no dudó más tiempo y fue hasta su coche, tomó un pequeño maletín con sus útiles de aseo y se dirigió hacia el baño.

Media hora más tarde, Dante se presentó de vuelta ante el caballero que lo había acogido. Juntos hicieron algunos arreglos más a la mesa y, por fin, Sean se acercó a su vehículo y dio tres toques comedidos para avisarle a su amiga que podía salir.

Se abrió una puerta lateral y de allí se extendió hacia afuera una plataforma que conducía, como en un trono, sentada sobre una silla de ruedas, a la dama más elegante que Dante recordara haber visto. Aunque no era necesario, puesto que la silla de ruedas era eléctrica, Sean se puso detrás de ella e hizo el ademán de empujarla hacia la mesa del desayuno. Ya no hubo más ceremonias. Sentados a la mesa, Jane hizo al comienzo una oración en inglés que los caballeros escucharon con los ojos cerrados y la cabeza inclinada. Pidió a Dios que recordara a los que habían muerto, su compañero tradujo al español. Después le recordó a Dios a los que han perdido a su familia y le rogó que los ayudara cuanto antes. Luego le hizo saber que había muchos enfermos que no podrían compartir ese *brunch* y le dejó caer una petición por ellos.

Le suplicó por los misioneros, por los navegantes, por las madres abandonadas, por los viajeros, por los maestros, por los pobres, por los presos, por los olvidados, por los pecadores, por los extranjeros, por los peregrinos, e iba a continuar sus ruegos cuando se dio cuenta de que Sean tardaba un poco en traducir sus palabras. Entonces, les recordó a sus compañeros de mesa que los pinos y las montañas crecen por la voluntad de Dios, y que sin esa voluntad no hay aire, ni amor, ni cosechas, ni caballos, ni carros, ni casas, sino una soledad sin aire y sin luz, una nada que no es sino oscuridad.

Por fin, Dante, que no podía creer en tantas imágenes felices, se vio tomando desayuno junto a dos ancianos quienes, en vez de mirarlo, le pasaban la panera, la jarra de jugo de naranja, la fuente de duraznos en almíbar, la fuente de huevos batidos, los paquetitos de mantequilla y un frasco de mermelada casera. Tras de ellos solamente se divisaban las siluetas de los árboles y la de Virgilio por en medio de una neblina que no terminaba de disiparse y que se sumergía en el campo en un intenso color violeta

No le preguntaron su nombre, pero él lo dio y les contó que estaba viajando hacia Nevada. Tampoco se les ocurrió indagar por los hematomas que tenía en la cara.

—Dice Jane que se sirva la mermelada. La hizo con cáscaras de naranja. ¿Sabe? —le dijo Sean cuando Dante terminó de hablar.

Sean Sutherland le contó que había peleado en la Segunda Guerra Mundial y que entró a Europa por las playas de Normandía. De regreso a los Estados Unidos, trabajó en una empresa inmobiliaria de la cual llegó a ser presidente, y se jubiló con mucho dinero muchos años después. Jane Moynihan era su vecina y tenía 84 años. Era la viuda de Bob Moynihan, quien también había ido a la guerra en Europa.

—Casualidad. Kah-sua-li-dad —remarcaba Sean—. Con Bob, anduvimos juntos por Francia y por Alemania en el mismo batallón. Presenciamos la muerte de Edward, el hermano de Bob, y de regreso de Berlín, nos quedamos en París hasta que nos licenciaron. No nos volvimos a ver otra vez, y solamente supe de su vida cuando me mudé a vivir al barrio sur de Salem, Oregon, hace quince años. Cuando conocí a Jane, le pregunté si sabía de un muchacho del mismo apellido que había estado en la guerra, y ella me contó que era su difunto marido. ¡Casualidad! . . . Kah-sua-li-dad.

Con el tiempo, la amistad entre Jane y Sean se había tornado firme y resistente, indispensable para ambos. Todos los días, Sean le llevaba los periódicos y el correo porque ella no podía salir a recogerlos. La visitaba diariamente y jugaban cartas y damas chinas. La invitaba a cenar con alguna frecuencia y a veces la acompañaba a la iglesia católica Queen of Peace a pesar de que él pertenecía a la religión episcopal.

—Usted me parece un viajero —le dijo Dante—. Sí, señor, tiene todas las trazas de un viajero.

—No se equivoca. Sí soy un viajero. Me parece que siempre lo he sido. Desde muy joven. Creo que todo el tiempo voy del oriente al occidente, y de allí otra vez hacia el oriente. Tiene toda la razón. Soy un viajero.

Haría seis meses, el médico que lo trataba de las dolencias de la senectud, le dio la noticia de que ya había llegado hasta donde todos debemos llegar algún día. Le pidió que se quedara en el hospital porque nadie iba a poder atenderlo en casa. No era posible combatir el cáncer que lo había invadido. Gracias a los adelantos en la supresión del dolor, Sean podría pasar el tiempo que le restaba sin mayores fastidios, le había asegurado el médico.

—¿Y sabe usted lo que hice? Comencé a prepararme para el viaje. Revisé mi testamento con un abogado. Dispuse de todos los preparativos con la empresa funeraria. No le puedo mentir, estaba fascinado, esperando.

Como Jane no podía visitarlo en el hospital, la llamaba y la tenía al corriente de lo que el médico le decía cada mañana.

—Dice que tal vez la muerte me sorprenderá en el sueño, y eso me apena porque me habría gustado saber cómo es el último momento.

—¿Sabes? —le dijo en otra ocasión—. Voy a verme con Bob, tu esposo, para contarle acerca de ti y de tus hijos y de todo lo que está ocurriendo en este mundo. ¿Te imaginas? Voy a encontrarme con todos los muchachos que cayeron en la guerra cuando estábamos llegando a Berlín. No, la verdad es que no tendremos cuándo terminar de reírnos como lo hacíamos en las trincheras.

Algo dijo la dama en ese momento, y Sean tradujo: —Dice que no lo dejo comer con mis historias.

Sin palabras, Jane le estaba ofreciendo a su invitado otra fuente con *corn beef* y le extendía un tenedor para que se sirviera.

—Le voy a dar un buen consejo. No crea en los médicos —dijo Sean y agregó—, Jean dice que debe comer el *corn beef* con col.

A Sean comenzó a fastidiarlo la inexactitud del doctor. Le había dado no más de dos o tres semanas de vida, y ya iba a cumplir un mes alojado en el insípido cuarto de hospital. Al principio no veía la hora de morir para ir a encontrarse con sus amigos en el otro mundo, pero cuando pasaron cuatro semanas, no veía la hora de partir, porque no había quién lo visitara. Su única hija era casada y vivía en Boston, y sólo una vez lo llamó para prometerle que viajaría a Oregon para sus funerales.

—Al cabo de ese tiempo, parece que el médico se cansó de mí. Me dijo que podía regresarme a casa porque me había mejorado y podía valerme por mí mismo, pero me recomendó que no me hiciera ilusiones con una vida larga.

—Eso fue hace seis meses. Fue entonces cuando se me ocurrió este viaje y Jane aceptó acompañarme. Queremos vivir un tiempo en la carretera. Si me ocurriera algo, Jane conduciría de regreso a casa porque es una excelente chofer.

—Oiga, Dante, Jane quiere saber si era bonita su esposa.

Dante respondió que Beatriz había sido muy hermosa y que tenía los ojos azules como ella, pero que no había podido acompañar su sepelio en México porque es indocumentado. Después se quedó callado, pensativo.

Jane dijo algo más a Sean, pero él no lo tradujo para respetar el silencio de su huésped. Pero le preguntó: —¿Y su burrito?

Dante les contó todo lo que sabía de él, y terminó diciendo que era un buen amigo.

—No me extraña. Lo sé porque he llegado a viejo y en medio de la soledad me he hecho muy amigo de los animales. Los perros me parecen encantadores porque lo miran a uno mientras uno les cuenta historias. Lo malo es que parece que después de escucharnos se están riendo todo el tiempo con la lengua afuera.

Dante se percató de un murmullo que revelaba la proximidad de un arroyo. El sol se encendió con más fuerza como si quisiera internarse en los cuerpos y las almas.

—Oiga, ¿le gusta la música de acordeón?

Dante no podía creer lo que escuchaba.

Sean Sutherland entendió ese silencio y sonrió. Después, con la
agilidad de un adolescente, voló hasta su casa móbil, entró en ella
unos minutos y volvió con un acordeón.

Too—ra—loo—ra—loo—ra
Too—ra—loo—ra—lai
Too—ra—loo—ra—loo—ra
hush now don't you cry.
Too—ra—loo—ra—loo—ra
Too—ra—loo—ra—lai
Too—ra—loo—ra—loo—ra
that's an Irish lullaby.

Repitió tantas veces la vieja canción irlandesa que Dante se
aprendió el *Too—ra—loo—ra—loo—ra. Too—ra—loo—ra—lai,* que
repetía junto a Jane, mientras Sean hacía respirar el instrumento.

Too—ra—loo—ra—loo—ra
Too—ra—loo—ra—lai
Over in Killarney many years ago
my mother sang a song to me
in tones so sweet and low.
Just a simple little ditty
in her good old Irish way.
Too—ra—loo—ra—loo—ra
Too—ra—loo—ra—lai

Tal vez Dante estaba en el cielo. Tal vez ya había muerto y su
Hacedor se lo había llevado a ese sitio para que fuera feliz. Tal vez todo
era un sueño, pero no quiso despertar tan pronto y tomó el instrumento en las manos. Lo primero que tocó fue "María Bonita".

Una hora más tarde, con el acordeón descansando bajo la sombra de un arce, Dante confesó: —Ando buscando a mi hija, se llama
Emmita.

—¿Qué pasó con Emmita?

—Es una historia larga.

—No importa, cuéntenos.

Cuando terminó de contar su historia, Sean y Jane estaban en silencio y no lo miraban. Estuvieron un buen tiempo así, hasta que Jane habló otra vez y Sean volvió a traducir: —Dice Jane que siga buscándola porque debe ser una muchacha buena y a estas alturas ya debe estar muy arrepentida de haberse perdido un padre como usted.

Un rato más tarde, Jane se despidió. Dio media vuelta a su silla de ruedas para avanzar hacia la casa rodante. Allí, de nuevo, la plataforma descendió lentamente para recogerla y otra vez subió llevándose la silla con la anciana dama que deseaba parecer impasible, aunque quería llorar.

Entonces Sean llevó a Dante a un inmenso baúl de herramientas.

—¿Dice usted que se recalienta su van? Tal vez se ha soltado algún empaque y hay que soldarlo para que no pierda agua.

Además de combatiente, Sean había sido mecánico de camiones en la Segunda Guerra, y le bastó echar una mirada al motor para dar su diagnóstico: —Me tomará dos o tres días arreglarla, pero no se preocupe porque aquí tengo todos los repuestos que hacen falta.

Sean se puso unos enormes lentes para protegerse de la luz de la soldadura autógena, y le pidió a Dante que escogiera el tubo adecuado. Luego Dante tuvo que sostenerlo sobre una superficie metálica, y con el auxilio del calor, Sean lo cortó por la mitad.

Al final de la semana, la van estaba curada de uno de sus males, aunque la vejez la tenía herida de muerte.

—No vaya usted muy rápido —aconsejó Sean mientras se despedían—. Déle agua al radiador y descanse con frecuencia. Hay muchos campos como éste en el camino.

Entonces, cuando Dante arrancó y comenzó a mover el brazo izquierdo en señal de despedida, Sean le gritó algo que él no pudo entender. Apagó el motor otra vez, abrió la ventana y preguntó:

—¿Qué dice?

—Que no crea en los médicos.

8
Esto que creemos aire, no es aire. Es agua.

—Mi abuela decía que esto que creemos aire, no es aire. Es agua. "¿Qué no ves que cuando la gente va de prisa menea los brazos como si estuviera nadando?" decía mi abuela.

Ya estaban de nuevo en el camino y la van parecía estar contenta. No emitía ni un sólo ruido, ni siquiera un silbido. Dante le hablaba a Virgilio, quien estaba sentado sobre sus cuatro patas, y de vez en cuando hundía el hocico en la ventana como si estuviera oliendo la grama y el destino.

—Lo que quiero decirte, Virgilio, es que en mi tierra ya no somos hombres. Creo que a lo mejor nos hemos comenzado a convertir en peces. Te lo digo porque apenas nacemos ya estamos camino al norte. Es como si comenzáramos a nadar en el vientre de nuestras madres y, al salir, siguiéramos nadando hacia el norte. Creo que así llegué a San Luis.

No recordaba cómo había llegado a San Luis, Río Colorado, porque los que han fallado una vez en ingresar a los Estados Unidos, ya no vuelven a recordar sus intentos posteriores. Pero llegó hasta esa ciudad y se gastó los últimos pesos que le quedaban en el pasaje de autobús que lo llevaría hasta Tijuana. La razón de su viaje era que tenía una carta de recomendación para un coyote que también había nacido en Sahuayo, Michoacán. El caballero había llegado muy alto en su profesión en esa importante ciudad de la frontera, y no tendría problemas en ayudarlo como había hecho con otros paisanos.

En el bus, Dante iba ensayando la conversación que tendría con el coyote y lo que le diría a Beatriz cuando regresara rico y triunfante para llevarla al norte. Tal vez sus pensamientos eran similares a los de la mayoría de las personas que viajaban con él, quienes tampoco pensaban en fracasar. Sus miradas reflejaban un espíritu cuya primera mitad era la esperanza de llegar pronto al país de los sueños y de las oportunidades, y la otra mitad, era una tristeza capaz de abarcar hasta tres mitades del alma.

Al llegar a Tijuana, no quedaba nadie en el autobús porque todos se habían bajado antes de llegar a la estación y habían corrido a ubicarse en un lugar clandestino. Lo hacían por el temor de encontrarse con la policía en la terminal. Ellos podían interrogarlos, golpearlos e incluso robarles el dinero.

—Tú debes ser Dante —le dijo un hombre maduro apenas lo vio entrar en el cuarto que le servía de oficina y de vivienda—. Todos los Celestinos son iguales —y no esperó la respuesta del joven para presentarse—. Yo soy Leonardo Ceja. Te estoy esperando desde hace seis meses.

Dante quiso explicarle que había pasado ese tiempo con la familia Facundo, pero el coyote no lo dejó continuar.

—Te falló la entrada por el desierto y ahora vienes aquí. A lo mejor te moriste allá y no lo recuerdas. Todos en tu familia se parecen —repitió—. Apuesto a que te has perdido como tu padre y como tu abuelo siguiendo ilusiones. Pero tú sí tienes suerte, muchacho, porque ya me encontraste.

Dante decidió iniciar el discurso que había preparado, pero Ceja también lo interrumpió: —No te preocupes, ya sé que no te queda dinero. Puedes trabajar un poco conmigo para pagar tu pasaje. Tú me vas a representar frente al grupo de gente antes de que yo llegue. Además, vas a ayudarme a pasar a una familia en la que hay dos mujeres. Tienes que estar cerca de ellas todo el tiempo para que las ayudes a correr cuando sea necesario. O sea, vas a ser auxiliar de coyote, a lo mejor hasta te gusta la carrera y te regresas conmigo.

A la noche siguiente, Dante recibió indicaciones para llegar a una cabaña abandonada en el campo, no muy lejos de la salida de la ciudad. Debía ir solo y encontrarse con el grupo de pasajeros.

—Les dirás que vas de mi parte, y que me esperen. Que no se preocupen mucho porque yo llegaré exactamente a la hora de la partida, pero no les puedes decir cuándo porque ni yo mismo lo sé. Hay que esperar que los de la Migra estén en otros negocios. Cuando eso ocurra, allí frente a la casa podrás ver una luz de linterna eléctrica que se encenderá y se apagará tres veces. En ese momento haces que la gente vaya hacia donde está la luz. ¿Me entiendes? . . . Ah, eso sí, no te olvides de preguntar por la familia Zegarra, y cuando los encuentres te arrimas a ellos. Son una señora, su hijita de 11 años y tres muchachos ya creciditos. Socórrelas a ellas. Por el resto de la gente no te preocupes, porque no hay otra mujer en el grupo.

Nada le costó llegar al sitio indicado, llegó a las 6 de la tarde cuando ya estaba empezando a oscurecer, pero tuvo que lidiar con las preguntas y el creciente miedo de los viajeros que no se sentían seguros sin Leonardo Ceja. A medida que iba entrando la noche, llegaban más personas, y más o menos a las once, ya eran alrededor de treinta. Felizmente el clima era tibio en esa época del año, y además había un par de lámparas de kerosene, todo eso permitió que se formaran pequeños grupos de conversadores. Había cuatro tipos con cara de comerciantes que jugaban a las cartas. A pesar de que era pasada la medianoche, nadie, ni siquiera los niños, cayó vencido por el sueño.

Al lado de la familia Zegarra, Dante sentía cómo pasaban las horas. Le preocupaba que Ceja se tardara, pero no se lo decía a nadie, ni mucho menos a la señora Zegarra con quien se había sentado. Lo único que le extrañaba era que además de ella y de su hija, había otra dama en el grupo.

Dante se acercó a ella, pero estaba de espalda a las lámparas, y la oscuridad no permitía ver su rostro; sin embargo, la sintió plena de tranquilidad y de dulzura. Quiso hablarle pero no llegó a preguntarle siquiera por su nombre.

—"No te preocupes por mí, hijito", fue lo único que le dijo la señora. Acércate a tranquilizar a los otros. Yo me hago cargo de tus protegidas.

A Dante le pareció raro que la señora supiera cuál era su misión, pero le hizo caso, y se fue a hablar con unos señores de Guadalajara que daban la impresión de estar muy nerviosos. Mientras hablaba con ellos, atisbaba a las mujeres y le pareció que estaban en una conversación muy entretenida. Entonces, comenzó a hablar de caballos con los tapatíos ya que él había cuidado de caballos en Sahuayo. Cuando las cosas todavía andaban bien, lo llamaban para que fuera a cuidar caballos en los ranchos, y él era inigualable en criarlos desde pequeños, en amansarlos, en ponerles la silla e incluso en ayudar a las yeguas a parir. Dante logró que los viajeros se distrajeran hablando de equinos. Según les decía, en la familia cuadrúpeda, no había animal tan noble como el caballo. El burro, en cambio, era un animal tonto e inexpresivo.

—Siempre está inmóvil, y no se sabe hacia dónde mira. Es como un dibujo en el aire. Es más orejas que cabeza. No parece destinado a comunicarse con nadie, ni siquiera con los suyos. Es un milagro que siquiera rebuzne.

Cuando sería aproximadamente la una de la mañana, Dante vio la señal luminosa y dio la orden de marchar. Todos debían correr, saltar una cerca y reunirse con el coyote que los estaba llamando. Aunque no era noche de luna, había una extraña claridad sobre el terreno, y los viajeros se dieron cuenta de que estaban en una verdadera tierra de nadie. Allí no había carreteras de ningún tipo, y lo único que podía verse eran lomas y unos arroyos por los cuales solamente corrían desperdicios.

—"Si uno de nosotros es detenido por la Migra, toda la familia debe regresarse a San Luis" dijo la señora Zegarra.

Eso le preocupó a Dante porque en la conversación previa le había contado que ella había vendido todo lo que tenía para poder emprender el viaje.

Junto al coyote, tuvieron que esperar otra larga hora hasta que, ya completamente seguro, Ceja les dio la orden de avanzar.

Entonces todos corrieron a trechos y caminaron cuando se les ordenaba, entre lomas y sembradillos de trigo. Varias veces oyeron las conversaciones en inglés de los de la Migra e incluso olieron el humo del tabaco que estaban fumando, pero gracias a la pericia del coyote, no fueron percibidos.

Ya en territorio de Estados Unidos, uno de los lugares más difíciles fue San Isidro, California. Para llegar, tenían que cruzar una autopista de muchos carriles. En su carrera, la señora Zegarra tropezó y cayó, pero se levantó de inmediato, y con las rodillas sangrantes, siguió adelante.

En San Isidro, Ceja los hizo caminar por ranchitos que tenían propietario y donde los perros por milagro no ladraban, hasta que llegaron a un lugar donde estaban esperándolos dos microbuses. De allí no se detuvieron sino hasta llegar a San Diego. En esa ciudad, el coyote distribuyó a sus clientes en dos casas y les deseó mucha suerte. Al despedirse de Dante, le ordenó no separarse de la familia Zegarra hasta que llegara el esposo de la señora a buscarlos.

En el pequeño departamento que les había tocado en suerte, se cobijaron unas catorce personas con Dante. Cada uno no tuvo más alimento en todo el día que un taco de dos tortillas con huevo. Por la noche, todos durmieron en el suelo y se sintieron muy fastidiados porque en ocasiones tenían los pies de otros sobre sus cuerpos.

A las once de la mañana siguiente, el esposo de la señora Zegarra tocó el timbre del departamento, el viaje había llegado a su fin para Dante. En el momento en que la señora le daba las gracias y se despedía de él, Dante le preguntó si sabía algo de la dama que los había acompañado.

—¿A qué dama te refieres?

—No le vi la cara, pero la dejé conversando con usted.

—¿Conversando conmigo? ¡Qué raro! . . . Fíjate que no me acuerdo.

—Ella me mandó a hablar con los señores de Guadalajara y me dijo que se encargaría de ustedes.

—Ah . . . pues claro. Entonces te refieres a la señora bonita que no terminaba de hablar conmigo . . .

—Pues, sí, supongo que a ella me refiero. ¿Sabe usted quién era? ¿Con quién se fue?

—Pues, fíjate que no lo sé.

—Por lo menos, ¿me podría decir de qué conversaban?

—¿Que de qué me hablaba? ¡Cómo que de qué me hablaba! ¿De qué hablamos las mujeres cuando somos madres? . . . No dejó de hablarme de su hijito que parece ser un niño muy malcriado. Parece que se le ha escapado varias veces para ir a platicar con unos doctores. Lo que me llamó la atención eran sus ojos tan bonitos, y el hecho de que no llevara ni siquiera un maletincito de mano. Lo único que cargaba era un milpita de esas que sirven para llevar flores.

❡ ❡ ❡

Nadando, volando o quizás con tanto soñar Dante atravesó California, y no le había costado mucho entrar porque andaba tan flaco que ni siquiera se le podía notar. Pero estaba tan acostumbrado a nortear que siguió caminando y no paró hasta llegar a Salem, la capital de Oregon. Los primeros años se empleó en una granja de caballos de paso como amansador, y todo el día comentaba con los caballos cuáles eran sus planes, lo linda que era su prometida y cuántos hijos iban a tener.

—Tal vez de allí perfeccioné la facilidad que tengo para comunicarme con los cuadrúpedos. Dicen que tengo sangre dulce para los animales . . . —le dijo Dante a Virgilio.

Con Dante dormían, en el mismo galpón, unos cuarenta muchachos, y de ellos, veinte habían llegado de México. El resto eran salvadoreños, colombianos, ecuatorianos, peruanos y chilenos, lo cual según le explicó un paisano de Michoacán, era bastante raro porque los inmigrantes de Centro y Sudamérica llegaban como máximo a California, y casi nunca a Oregon, y además no solían trabajar en las tareas agrícolas. "El tiempo está enfermo" les decía Dante, "porque nosotros llegábamos antes por temporadas, y tan luego ganábamos algo, nos íbamos de regreso. En cuanto a la gente del sur, ellos ni siquiera venían para acá. Algo debe estar enfermo en nuestras tierras. Para mí que hay algo que las hace malditas. Para mí que el tiempo está al revés".

Dante había notado que, durante la noche, uno de los hombres lanzaba gritos espantosos. Parecía querer decir algo en medio de sus sueños, pero lo decía con sollozos roncos y palabras gangosas que nadie alcanzaba a comprender. Como aquéllo se repetía demasiado, varios trabajadores se quejaron ante el *manager* de que las pesadillas del tipo no los dejaban dormir bien. Le pidieron que lo mandara a otro sitio, pero no había otra cuadra disponible y tuvieron que sufrir el problema por espacio de dos meses más. El hombre de las pesadillas era un salvadoreño alto y membrudo, seco, duro y silencioso. Parecía evitar a sus paisanos. Era muy fuerte, y hacía dos tareas en el mismo tiempo que el resto se tardaba en terminar una a las justas, y ésta era la razón por la que la empresa no quería deshacerse de él. Pero algo había que hacer y, por fin, el *manager* ordenó que desocuparan un depósito de herramientas próximo a la cuadra, y le armó un dormitorio allí.

Sin embargo, el pasado es como ciertos pájaros que aún después de muertos siguen gorjeándole al oído. Una mañana, no se presentó al trabajo, y como no lo vieron en el campo en todo el día, sus compañeros supusieron que se había ido sin despedirse. Se fue, pero al otro mundo, porque al entrar a revisar el cuarto, el *manager* lo encontró colgado del techo con una soga. Junto al cuerpo había un sobre con dinero y una carta donde le rogaba al dueño que se sirviera enviar ese dinero y su salario a una mujer de El Salvador.

—¿Te imaginas, Virgilio? A partir de entonces, no escuchamos las pesadillas, pero de vez en vez, cuando alguien salía a hacer sus necesidades, decían que lo veían caminando con una soga al cuello. Un año después me amisté con los cuatro salvadoreños del galpón. Ellos averiguaron quién había sido el ahorcado. No me preguntes su nombre porque prefiero seguir llamándolo Sánchez, pero me enteré que había pertenecido a un escuadrón de la muerte especializado en crear miedo entre los opositores del gobierno. Me leyeron el recorte de un periódico en el que se narraba una de las

hazañas del grupo. Un campesino, que ni siquiera tenía ideas políticas, llegó una noche a su casa y encontró a su madre, a su hermana
y a sus tres hijos sentados alrededor de una mesa, sus cabezas sec-
cionadas yacían frente a sus cuerpos, y sus manos habían sido colocadas sobre las cabezas a fin de que pareciera que estaban dándose
palmaditas. A los asesinos les había resultado difícil conseguir que
las manos del bebé de 18 meses se mantuvieran en su sitio, y se las
clavaron en la cabecita.

—Los salvadoreños me explicaron que el gobierno quería lograr
que el miedo inhibiera a los campesinos de sumarse al movimiento
revolucionario. Me contaron que después llegó la democracia, pero
que el gobierno civil no quería meterse en problemas con las fuerzas
armadas, de manera que les facilitaron la salida a todos los asesinos,
y por eso Sánchez andaba por aquí. Lo malo para él fue que los
recuerdos también pasaron la frontera. Se vinieron siguiéndolo.

—El más viejo del galpón era un tal Jesús Díaz al que apodamos
Profesor porque pasaba de los 40 años y había estudiado para maestro en Ecuador, pero no había encontrado trabajo y había tenido que
venirse al norte. Había dos ingenieros de Colombia y también dos
muchachos de Chile que probablemente también habían llegado allí
por razones políticas. El nombre de los dos era Rodrigo. El Rodrigo
más alto, al que todos llamaban Rodrigo Grande, decía que había
sido pintor en su tierra, y el patrón lo empleaba para pintar de blanco las cercas de los caballos. El Rodrigo Chico, nos leía las cartas a
los que no sabíamos leer. Un día, el dueño supo que Rodrigo Chico
había estudiado medicina en su país y le dio trabajo para que
atendiera al ganado en los partos.

⑥ ⑥ ⑥

Aunque Dante cuidaba su paga, y enviaba la mayor parte de sus
ahorros a México, siempre guardaba algún dinero para acompañar a
sus compañeros al Cielito Lindo, un bar de Salem en el que la mayoría de la gente hablaba español. La verdad es que además de bar,
era una especie de centro para concertar matrimonios con gringas. Al

comienzo, pensó que las inmensas rubias eran estudiantes de español. Ninguno de sus compañeros le pudo confirmar esta impresión en ese momento porque ellos estaban en la misma situación de inocencia, pero un buen día alguien les confirmó que el bar era un lugar para juntar el corazón de un hispano con el de una gringa cazadora.

—Lo que pasa es que buscan un novio, y si luego de vivir con él por un tiempo la cosa anda bien, se casan y eso cambia toda su vida. Si te casas con una gabacha, unos meses más tarde, tienes papeles para trabajar legalmente y hasta puedes estudiar en algún colegio.

En el centro del bar, había dos o tres mesas de hispanos a quienes era fácil reconocer como aspirantes al amor porque se vestían de la forma en que solían hacerlo los hombres cuando están desesperados por encontrar mujer. Las mujeres, casi se podía decir las compradoras, llegaban a la barra, pedían un trago y se tomaban el tiempo en escoger. A veces estiraban un pie coquetamente y guiñaban el ojo con malicia a alguno, pero no era suficiente. Era necesario esperar a que la gringa se acercara a la mesa y le dijera a alguno "¿Quieres venir conmigo?"

Pero eso les tomaba tiempo porque parecían examinar a los aspirantes con lupa. A veces le pedían al candidato que caminara como una modelo en la pasarela, que exhibiera sus bíceps para mostrar su fortaleza o que abriera la boca para revisar su dentadura, pero luego de una sonrisa desdeñosa seguían tomándose su tiempo.

Dante les explicó a sus compañeros que no estaba interesado en ninguna de las gigantas, y que nunca, ni siquiera por la reina del mundo, iba a romper su compromiso con Beatriz. Resistió heroicamente durante dos años, mientras sus amigos iban pasando al bando de los casados o comprometidos. Al fin, solamente Rodrigo Chico y él seguían viviendo solteros en el galpón.

Rodrigo Grande había sido uno de los primeros en encontrar mujer en el bar, pero todavía no había logrado casarse con ella. "Vamos a ver cómo te portas" decía la gigantesca rubia que lo sacó de la granja y lo instaló en su casa. De tiempo en tiempo le repetía que si se portaba bien, en un año se casarían, y le pediría una visa de trabajo. Pero no parecía tener prisa, porque en la pequeña vivienda de Salem, adonde lo había llevado, la mujer dormía casi todo el tiempo y vivía del seguro de desempleo. Por su parte, en vista de que el trabajo no era muy seguro, Rodrigo Grande tenía que aprovechar todo lo que encontrara, y a veces tenía dos o tres ocupaciones para cubrir el máximo de horas que pudiera lograr. Por eso, a menudo volvía a casa casi a la medianoche, pero ni en ese momento tenía seguro el descanso.

La cama era estrecha, y la mujer únicamente lo aceptaba en ella si estaba dispuesto a cumplir con sus deberes maritales. Si llegaba muy cansado, lo mandaba a dormir en un viejo Ford sin motor que tenía en el garaje de la casa. La rubia dormía hasta tarde, porque era alcohólica, pero ni aun así era lo peor que Rodrigo hubiera podido encontrar. Lo peor se había ido con un muchacho de Jalisco. La mujer que le había tocado en suerte era celosa, y le preguntaba adónde iba, con quién iba y qué había hecho las veinticuatro horas del día. Una noche, mientras dormía, el jalisquito abrió los ojos y pudo advertir que la dama estaba tratando de escuchar sus sueños para saber si mencionaba a alguna mujer, y tenía preparadas unas tijeras para caparlo en caso de comprobar una traición.

Rodrigo Grande se lo contó a Rodrigo Chico, y éste a su vez a Dante, por lo que ambos decidieron no salir nunca más del galpón, o por lo menos no ir al Cielito Lindo.

Dante a veces creía que Virgilio le estaba haciendo preguntas, y se sentía obligado a contestarlas.

—No sé por qué adivino lo que quieres saber, Virgilio. No sabía que los burros fueran tan chismosos, pero ya que estamos en eso, te lo digo de hombre a hombre, nunca me enamoré de otra mujer. Pero no te puedo mentir, las necesidades obligan, lo llaman a uno, le tocan la puerta cada cuarto de hora. Una vez ya no pude aguantar y fui al Cielito lindo. ¿Y sabes a quién le gusté más? . . . A una mujer gorda y enorme como todas las demás, pero con un rostro muy dulce y a la vez idéntico al de una vaca que aparecía en la cubierta de una caja de queso muy popular. Me llevó a su casa, y de frente se dirigió al dormitorio y me pidió con señas que le hiciera el amor. Entonces decidí que si iba a hacer eso con otra mujer que no fuera mi esposa, lo haría sin besarle los labios, y por lo tanto, seguro de que no iba a traicionar a Beatriz, comencé a desvestirme. Lo malo es que en el momento de la verdad me vino un ataque de risa de tan sólo verle la cara a la vaquita que ríe. Pero más tarde, la necesidad pudo más y me eché encima de ella, me zambullí con los ojos cerrados, pensando que no faltaba a mi promesa con Beatriz, sin besos y con los ojos bien apretados.

—No estaba buscando matrimonio sino aplacar el hambre de mujer que casi me hacía reventar, Virgilio. Lo malo es que la gringa me comenzó a agarrar cariño, me dijo que podíamos casarnos cuando yo quisiera y que ella iba a pedir al Departamento de Inmigración un permiso de trabajo para mí. Yo no podía hacerle eso a Beatriz, ni tampoco a la gringa, y pensé que las cosas ya habían ido muy lejos. Así que me despedí de ella y le pedí que quedáramos como amigos. La gringa cumplió. Algunas noches, yo sentía que el deseo me jalaba de los pies para ir a verla, y me aguantaba. Cuando no podía aguantar, me imaginaba cómo se nos veía cuando hacíamos el amor y me reía pensando que en la cama seguramente dábamos la imagen de una mujer enorme en el momento en que está pariendo, y no podía más, me reía, lloraba de risa.

Hasta entonces, Dante y Rodrigo Chico vivían recluidos en el galpón sin deseos de vivir aventuras como las que vivía el resto de sus compañeros. Sin embargo, la tentación llegó a buscarlos hasta allí. No todas las americanas tenían que ser aquellas cazadoras gigantescas, y no lo eran las dos gringuitas que los visitaron un sábado para leerles la *Biblia*. Delgadas, jóvenes, bonitas y muy corteses, Heather y Jessica los invitaron a visitar su iglesia y a partir de entonces comenzaron a llevarlos a conocer algunos lugares del valle.

Heather y Jessica hablaban español porque lo habían estudiado en Chile y en el Perú donde habían sido misioneras, y de regreso a su país hacían tarea evangelizadora entre la población hispanoparlante. Al poco tiempo de conocerlos, Heather, que había comenzado una relación especial con Rodrigo Chico, los invitó a la casa en la que vivía con sus padres para festejar el Día de Acción de Gracias.

Allí Rodrigo Chico y Dante conocieron y trataron, por primera vez, a una familia norteamericana, y fueron acogidos con mucho cariño. Por su parte, Jessica decidió enseñarle a Dante a leer, pero éste sentía cada clase como una suerte de traición a la novia ausente. Como era de esperarse, Rodrigo Chico terminó por casarse con Heather y eso le permitió conseguir un permiso legal de trabajo. Aunque la relación entre él y su amigo no se extinguió, sus encuentros se hicieron algo esporádicos y, a veces, durante varias semanas, Dante no tenía quién le escribiera ni leyera las cartas que cruzaba con la lejana Beatriz.

Dante amaba a Jessica lo mismo que a Beatriz, pero de maneras muy diferentes. Sin embargo, su honestidad le impedía continuar con Jessica, pero continuaba, y Rodrigo Chico era su confidente.

—Es como si todo se llenara de neblina cuando ella aparece. Y cuando comienza a mostrarme las láminas con letras, me las aprendo todas de golpe, y después me las olvido para que vuelva a explicármelas. Tal vez por eso, por tantas explicaciones que me da, me he aprendido todas las letras y me las sé desde antes de que aparezcan, pero tal vez nunca he querido terminar de aprender.

—Quizás sería bueno que terminaras tu relación con Beatriz, Dante. A lo mejor lo comprende —le dijo Rodrigo.

—Tal vez, ella, pero yo no porque soy muy bruto.

Un buen día, habló con la gringuita y le rogó que no lo viera más ni continuara enseñándole a leer. Ese mismo día fue a visitar a Rodrigo Chico y le pidió que le escribiera una carta a la noviecita de Sahuayo contándole todo lo que había ocurrido.

—Con todo lo que te ha enseñado Jessica, ahora tú mismo podrías escribir esa carta.

—Sí, pero he decidido aprender a olvidar.

La carta tenía que contarle que ya se sentía seguro económicamente para formar una familia y le avisaba que viajaría a México para ayudarla a cruzar la frontera. Iba a pasar al otro lado por Tijuana, y muy pronto estarían juntos. La carta llegó en la época en que Beatriz se casó, y nunca llegó a las manos de ella, sino directamente a las de don Gregorio Bernardino Palermo, su marido, quien sabía muy bien lo que había que hacer en esos casos. Ordenó a sus hombres que ubicaran a Dante Celestino en Tijuana, que lo capturaran y que lo llevaran a dar un paseíto. Cuando le preguntaron qué tenían que hacer después, Palermo solamente se miró las botas.

—A buen entendedor, pocas palabras —musitó.

Los hombres, fascinados por el brillo de las botas, entendieron bien, y también entendieron lo que les pasa a los malos entendedores.

6 6 6

Dante y Virgilio habían recorrido cerca de doscientas millas. Se habían detenido cuatro veces para que se enfriara la van y para que Virgilio hiciera sus necesidades. La noche estaba cayendo sobre ellos y en vista de que no había un parque de reposo cercano, Dante desvió el vehículo fuera de la carretera hacia una planicie. Desde ahí, se podía contemplar la cordillera de las Cascadas a un lado y al otro una llanura que parecía flotar. La noche se hizo extensa, penetrante, sin orillas.

Dante se aprestaba a dormir, pero antes de dormir se preguntó cuál dormir era más largo, si éste que parece dormir o aquél, el de la noche, que lo conducía siempre a Beatriz como una luz fosforescente en un bosque pleno de tinieblas.

9
Beatriz no se veía

A Beatriz le habían dado agua de azahar mezclada con unas gotitas de miel de abeja para que aprendiera a olvidar. Después le fueron agregando pétalos de rosa, flores de jamaica y raíces de orégano en el desayuno, en la sopa y en el café de la tarde. A todo esto añadieron una oración que rezaban en su nombre cuando estaba fuera de casa y cuyo texto cosieron en una bolsita de tela que supuestamente le traería buena suerte, pero en realidad era para que sus ojos, su corazón y su memoria se cubrieran con una espesa cortina de olvido.

Sin embargo, no lograron nada con todo eso porque los grandes amores crecen en la distancia como enredaderas que rodean tu casa, tu vida, tus manos, tus pies, tu boca, tus palabras y tus ojos para que no se vaya de ellos nunca jamás el nombre de la persona que amas. Todo eso estaba pasando con Beatriz, quien andaba tan enredada en el recuerdo de Dante que se tomaba de un solo sorbo el vinagre de Bullí antifebrífugo que confundía con agua de manzanilla.

Tampoco reparaba en el sabor diferente del café que le daban a tomar mezclado con miel de abeja, raíces de orégano, pétalos de rosa, flores de jamaica y las letras del papel que contenía la oración secreta contra los encantos de la memoria.

Beatriz recibía un sueldo de la municipalidad por administrar la pequeña biblioteca del pueblo y vivía con su madre y con dos tías que no habían parado de aconsejarla sobre el error que estaba cometiendo en esperar indefinidamente a su prometido.

—Es pobre, es muy joven —le decían—. Apenas comience a ganar dinero en el norte, encontrará a alguna mujer, si es que no la ha encontrado ya. En cambio, tú, hija, mírate en el espejo, eres una maestra y una bibliotecaria, eres blanca, eres bonita y naciste en San Marcos, Aguascalientes, donde proceden las mujeres más bellas del mundo, la perdición de los hombres.

Luego discutían y no se ponían de acuerdo en si se parecía más a María Félix o a Silvia Pinal, a quienes habían visto en la pantalla en sus mejores tiempos. Pero por entonces la televisión empezó a transmitir películas extranjeras. Descubrieron que Beatriz era idéntica a Isabella Rossellini, bonita con be mayúscula, tanto o más bonita que su madre Ingrid Bergman, con una belleza que hacía llorar a quienes la miraran con demasiada atención en la pantalla.

— ¡Amparo, Señor! ¡Ampáranos, si son como dos gotas de agua!

Tal vez Beatriz o Dante se unirían con otras personas y acaso se morirían muchas veces, pero no iban a poder olvidarse uno del otro. Ella había leído en alguna parte que los grandes amores existieron en el mundo antes de que llegaran las personas, e incluso existen antes de que nazcan aquéllos en los cuales se encarnan. Forman parte del universo, y su eventual rompimiento podría ocasionar un desequilibrio en el sistema sigiloso y perfecto por donde transitan los soles en elipse y no terminan de pasar las constelaciones.

¿Pero era lógico que una bibliotecaria se enamorara de alguien que era casi un analfabeto? No lo era del todo, se decía Beatriz, y estaba segura de que a su lado Dante no sólo leería de corrido, sino que también se enamoraría del aparato más portentoso que hubieran inventado los hombres, el libro. Si no lo había hecho hasta ahora era por su pobreza abrumadora que no le dejaba tiempo sino para trabajar en el campo y con los caballos.

La madre de Beatriz era una mujer dulce y callada. No quería intervenir en sus decisiones y le bastaba con decirle que siempre se dejara llevar por su corazón porque Dios no permitiría jamás que diera un paso equivocado, siendo ella una hija tan buena de quien dependía toda la familia. Sin embargo, si Beatriz alimentaba alguna duda, ésa era fundada en la condición de su madre. Le dolía pensar qué iba a ser de ella e incluso de las dos tías viejas cuando viajara a los Estados Unidos a reunirse con Dante. Pero en las largas conversaciones que sostuviera con éste antes de su partida, él dijo que enviaría a las ancianas una mensualidad, o incluso que podría llevárselas al norte.

En sus recuerdos lo veía de pie mientras ella le decía adiós con el brazo al verlo partir. Él no se llevaba otro retrato de ella aparte del que guardaba dentro de su corazón. Ella lloraba mientras él se perdía de vista. Pensaba solamente que la vida es recuerdo, es memoria y la memoria se termina.

Pero los meses iban pasando y la comunicación era muy irregular porque Dante dependía de amigos de mucha confianza para que le escribieran las cartas que luego hacían un largo viaje hasta Sahuayo, si es que no se perdían en el camino o en los bolsillos de un empleado del correo. El teléfono tenía una central en el pueblo, pero era tan primitiva que había que solicitar que una operadora hiciera la conexión y esperar en cola para ocupar el único locutorio público y finalmente hablar a gritos frente a muchos oídos curiosos. Así pasaron 27 meses, dos semanas, cuatro días y 7 horas desde la partida de Dante en el cálculo triste y exacto de Beatriz.

—Mírate en nuestro espejo, hija. Nos hemos quedado solteras por no haber sabido escoger a tiempo. ¿Cuánto tiempo hace que no tienes noticias de ese hombre? . . . A ver, ¡di cuánto! De aquí a un año o tal vez menos, recibirás el parte matrimonial en que te hace saber que se casa con una muchacha de allá. No tendrá la valentía de decírtelo por teléfono ni por carta, y recurrirá a un parte matrimonial para que te enteres y no le hagas problemas. Y mientras tanto, ¿qué habrá pasado, Beatriz? . . . La belleza no es eterna, y los pretendientes se cansan de esperar. Fíjate en don Gregorio Bernardino Palermo, te lleva algunos añitos, pero es alto, colorado y de buena familia, y no cesa de enviarte flores, pese a todos los desplantes que le has hecho. Es todo un rey. Tiene el rancho más próspero de Michoacán, una constructora en Uruapan y varios desarrollos urbanos en Guadalajara. Dicen que hasta hace negocios con los Estados Unidos. Quiere casarse contigo porque quiere tener una esposa de lujo.

La tía menor, aunque parecía ser la mayor porque estaba muy gorda, añadía con un sonrisa muy pícara, —Está solo, hijita. Solito en el mundo, como tú.

Extrañamente, cuando llegaba ese consejo, siempre había una radio que estaba tocando, *con dinero o sin dinero, Hago siempre lo que quiero y mi palabra es la ley. No tengo trono ni reina, ni nadie que me comprenda, pero sigo siendo el rey* . . . Pero Beatriz no parecía estar dispuesta a seguir esos consejos. No le interesaban las canciones fantasmas. Cuando se miraba en el espejo, no se veía. Tan sólo veía al hombre que estaba lejos: "Anda, protégelo, Virgencita de Guadalupe, que todo le vaya bien, que encuentre trabajo, que no descubran sus papeles falsos y que no lo metan a la cárcel. Tápales los ojos a los hombres de la Migra para que no lo vean, o hazlo invisible. Aquí está mi corazón y aquí está mi vida, y bien sabes, Madre, que los cambiaría por los de Dante. Que no le pase nada porque siempre ha sido muy noble y muy inocente, y por favor, haz que me llegue una carta suya porque ya se ha pasado un día más sin saber qué ha sido de su vida. Pero, sobre todo, haz que cuando nos encontremos de nuevo, nos reconozcamos de inmediato. La mera verdad, a veces pienso que ni siquiera vamos a reconocernos".

Cuando se cumplieron exactamente cuarenta meses de la partida y más de un año sin noticias de su novio, Beatriz recibió una noticia desdichada. Luego de mucho insistir, había logrado que su madre aceptara ir al hospital para que la examinaran de unos dolores terribles que ella atribuía a un mal de aire y prefería dejar que se curaran solos. Pero en el centro de salud y luego de una cuidadosa investigación, el médico le informó que padecía de una enfermedad incurable en los riñones.

—Lo único que la ciencia puede hacer es reemplazar uno de ellos con un transplante, pero eso es muy caro, y hay que encontrar un donante. Además, no podemos pronosticar qué ocurrirá con el otro riñón. La alternativa es someterla a una diálisis periódica, una o dos veces por semana, y ésa es la única forma de que permanezca con vida. Pero, le advierto que no disponemos de esos aparatos en este puesto. Más bien, tendrá que viajar usted con ella a Morelia, Uruapan o Zamora. Algo que también me preocupa es que el costo de la diálisis es muy alto, y usted me ha dicho que su madre no tiene seguro.

—Tú sabes lo que tienes que hacer, jovencita —le dijeron a coro las tías tres días después de que la mala noticia comenzara a volar por la casa como una mosca verde, esas que anuncian muertes cercanas.

—Tú sabes lo que tienes que hacer si de veras amas a tu madre y quieres salvarle la vida. Don Gregorio Bernardino no tendría problema alguno en pagar la diálisis en un buen hospital de Morelia —dijo la tía más gorda.

—Fíjate que ayer conversé con él y me habló otra vez de sus nobles intenciones —agregó la otra tía.

Con dinero o sin dinero,
hago siempre lo que quiero
y mi palabra es la ley.

Un mes después, Beatriz se convirtió en la esposa de Palermo, quien la llevaría a vivir a Morelia en una hermosa residencia cerca de la cual había alquilado un piso para la madre y las tías. La diálisis comenzó de inmediato y a un ritmo de dos intervenciones por semana.

Por otra parte, Beatriz no había encontrado forma alguna de comunicar al ausente Dante la decisión que había tomado ni las motivaciones que la habían obligado a dar ese paso. Tan sólo pudo enviar una carta apresurada a una de las casas donde él había vivido hacía algún tiempo, pero nunca recibió respuesta.

Beatriz aprendió lo que significa vivir como viven pocas personas en México. Mariachis, mansiones, puestas de sol, canciones de amor, zapatos de León, aretes de Taxco, blusas de china poblana tejidas con hilo de oro, fuegos artificiales, loros plateados de Veracruz, dulces de leche de Querétaro, maleantes silenciosos dispuestos a cumplir el menor capricho de don Gregorio, un bar con dos pianos, dos pájaros arrogantes en la ventana de cada dormitorio, una pérgola donde cabían catorce bandas de músicos, varios coches con lunas oscuras y blindadas, dos carros repletos de hombres inmensos con altoparlantes que ordenan que la gente se mueva del camino, un lago que se continúa en el cielo, una población de grillos que anuncia la felicidad perpetua, dos columnas dóricas a la entrada de la casa, dos columnas jónicas en el primer patio, dos columnas corintias en la sala de recepciones, una araña de la que pendían prismas de cristal y piedras preciosas que narraban la historia del mundo y, por fin, le fue entregado un anillo de oro blanco que proclamaba la eternidad del matrimonio que se ata en el cielo y que nadie puede desatar aquí en la tierra.

De todo tuvo desde el primer instante el matrimonio Palermo y quizás también un poco de amor, si don Gregorio Bernardino se contentaba con la aceptación obediente de Beatriz, con su sonrisa triste y con su mirada que, como bien lo sabía, no lo miraba a él sino a alguien que estaba muy lejos de allí. *Dirás que no me quisiste pero vas a estar muy triste y así te vas a quedar.*

Pero don Gregorio no se contentaba con eso. También quería ser amado. Decidió conseguir a cualquier precio lo que no tiene precio.

—Nos vamos a ir lejos para que conozcas mis propiedades y todo el contorno de México. Vamos a estar viajando solos durante todo un año, y aún así quedarán cosas de mi empresa que no llegarás a ver. Ésta va a ser nuestra luna de miel.

La resistencia de Beatriz no se hizo esperar. Pensaba que si ella no se había muerto de verdad y por completo era porque tenía cerca a su madre y a sus tías, y porque de alguna forma ellas la unían al recuerdo doloroso de Dante. Si partía, iba a tener que vivir de verdad con ese hombre extraño que, por más que lo intentara, no dejaría jamás de ser un extraño.

—¿Te preocupa la salud de tu madre? Beatriz, querida, por eso he dispuesto que tenga servidumbre todo el tiempo y que una enfermera la atienda y se encargue de conducirla a su centro de diálisis. He pagado el alquiler del apartamento por un año anticipado, y ni ella ni tus tías tendrán que hacer el menor gasto ni el menor esfuerzo. Arregla tu maleta porque partimos esta misma tarde, y no lleves muchas cosas, lo que necesites lo compraremos en el camino.

Por la noche llegaron a un hotel de la ciudad de México en cuya habitación, reservada para ellos, en vez de techo, había una bóveda transparente que permitía pasarse la noche atisbando el camino flamígero de los planetas. Eso fue lo que hizo Beatriz con los ojos fijos en el cielo mientras el cuerpo pesado de don Gregorio la aplastaba y transitaba como una locomotora desde sus pies hasta su pelo. Después la locomotora recorrió los tobillos, las rodillas, las uñas de los dedos de los pies, el ombligo, los párpados, las cejas, las axilas, las colinas, las cavernas, las curvas y los caminos de Beatriz. Pero ella continuó mirando atentamente los luceros que se reflejaban en sus lágrimas silenciosas. La locomotora se perdió por los caminos de aquella prodigiosa geografía aullando sin remedio y sin encontrar por ningún camino el prodigio del amor.

De día ya, la paseó en una barca por Xochimilco y caminaron juntos en medio de mujeres que se dejaban crecer flores sobre la cabeza y entre vendedores que ofrecían la serpiente y las manzanas del paraíso. Transitaron entre hombres que devoraban fuego porque eran vegetarianos y entre mujeres solteras vestidas de blanco. Pasearon por en medio de ciegos que hacían hablar a las marimbas y entre indios viejos ataviados con ponchos que los miraban fijamente como si fueran adivinos y como si se les revelara el secreto de su desamor.

Beatriz se imaginó que el mundo había sido pintado de blanco por orden de don Gregorio, cuando la llevó a inspeccionar sus algodonales en La Laguna. Luego lo pintaron de marrón oscuro tirando para negro en los cafetales de Coatepec. Por fin hasta el aire tenía color amarillo pecoso en las plantaciones de mangos de Tepanatepec. En Yucatán vieron un cementerio cuyas lápidas parecían de oro macizo, y don Gregorio hizo que Beatriz posara, y le tomó una foto en una que tenía a la virgen que baja al purgatorio para rescatar a los pecadores.

Desde allí saltaron hasta Cuernavaca, y don Gregorio compró unas velas inmensas y gordas, pintadas con adornos de pavorreales, que despedían un olor penetrante al ser encendidas y servían, según le habían dicho, para encender los deseos malos y buenos de los amantes. Pero su esposa no pareció ser afectada por esas magias y prefirió que guardaran esas velas para llevarlas de regreso a la residencia de Guadalajara, donde harían buen juego con los muebles.

En el hotel de Cuernavaca, don Gregorio se sentó y comenzó a saltar con su potente trasero sobre la cama para lograr que rechinara y acaso estimulara así las ansias dormidas de su cónyuge. Pero el rostro de Beatriz no perdió gravedad ni tristeza.

Entonces le mostró camas de agua, camas de arena, camas angostas, camas olorosas, camas con espejos, camas húmedas, camas musicales, camas de aire, camas sin cabecera, camas calientes como el infierno, camas ascéticas, camas donde había reposado el emperador de México, camas místicas, camas suavecitas y camas duras sobre las que se sentaba para cantar al oído de Beatriz *de piedra ha de ser la cama, de piedra la cabecera y la mujer que a mí me quiera, me ha de querer de a de veras . . . ¡Ay, ay, ay, me ha de querer de a de veras!*

Cuando ya habían pasado varias semanas, Beatriz le informó que había intentado muchas veces comunicarse con su madre, pero que nadie respondía al teléfono. Don Gregorio respondió que había hecho desconectar la línea para que madre e hija descansaran un poco y se acostumbraran a la idea de que los Palermo eran una familia diferente, sin contactos con el resto del mundo.

—Eso servirá también para que se te vaya de una vez por todas ese estrés que te sigue por todas partes y que te impide gozar de los placeres de la carne y de la vida —le dijo y continuó saltando sobre la cama. Su trasero recibía golpecitos de la cama de piedra, los cuales tal vez lo compensaban de todo el afecto que su esposa, por sumisa que fuera, no podía darle.

Pasaron meses viajando. Eran recibidos en los aeropuertos por hombres sigilosos que daban al patrón cuenta detallada de sus negocios mientras que un grupo de tipos enormes los rodeaba con pistola en alto, mirando hacia todos los costados.

Fueron a Baja California, a Chiapas, a Monterrey y a Tijuana. En esta última ciudad, don Gregorio parecía estar preocupado. Dejó a Beatriz en el hotel y se encerró con los administradores diez horas. Al final, todos salieron del cónclave con el rostro iluminado como quien ha conversado con un muerto o ha ganado la lotería.

Allí en Tijuana, don Gregorio compró un bálsamo de tigre y varias mezclas afrodisíacas de procedencia asiática que debía devorar para convertirse en un hombre potente e irresistible. Pero todo lo que logró fue que se le achinaran un poco los ojos y que todas las lociones francesas adquirieran el olor amarillo y la fragancia penetrante del mentolatum chino al contacto con su piel.

—Tenemos que conversar —le dijo a Beatriz y le pidió que lo escuchara, lo cual hizo con una docilidad de difunta. Le explicó que los mexicanos que pasan la raya como inmigrantes ilegales pierden la memoria nomás al cruzar. Se olvidan para siempre de las novias que dejaron atrás, y de inmediato se casan con las mujeres que les están destinadas. Por lo tanto, ninguna mujer inteligente debe pensar más de diez minutos en el novio que partió, por más promesas y por más anuncios que haya recibido del cielo.

Beatriz no pareció reparar en la indirecta tal vez porque, mientras el marido hablaba, ella dormía con los ojos abiertos y soñaba con un hombre transparente que acaso nunca volvería a ver, pero que jamás podría olvidar porque residía dentro de ella.

Permanecieron una semana en Tijuana porque allí estaba una de las centrales de los negocios de Palermo. Pero todas las noches luego de que terminaba la reunión con sus gerentes, don Gregorio se llevaba a su mujer a uno de los mejores cabarets de la ciudad, en el que también tenía acciones, y ordenaba cerrar las puertas y se ejecutaba un espectáculo para ellos solos y para los matones que lo cuidaban.

De inmediato, el lugar se transformaba en mil lugares de México, en Guadalajara con sus mariachis y sus trompetas interminables, en Veracruz donde la gente bailaba danzón toda la noche sin cansarse en Tepozotlán donde un hombre vestido de negro aparecía rasgando un violín que había sido fabricado por inspiración diabólica. Pero al fin, bien fuera allí o en el hotel, don Gregorio no cesaba de repetir la monserga de los inmigrantes ilegales que cruzan la frontera y no vuelven jamás *y tipitipití tipitín, tipitipití, tipitón, todas las mañanas, frente a tu ventana, canto esta canción.*

Al día siguiente, mientras la limusina la conducía al cabaret donde su esposo la estaba esperando, Beatriz ordenó al chofer que se detuviera, porque pensó que había visto pasar a un hombre parecido a Dante. El hombre se metió en una iglesia. Ella entró y descubrió que el templo estaba vacío. Supuso que había visto a un fantasma y que tal vez Dante estaba muriendo en esos momentos.

Pero no había visto un fantasma, sino a Dante que, al cabo de cuatro años de ausencia, había entrado a México por la ciudad fronteriza y estaba tratando de embarcarse hacia Michoacán para reunirse con su prometida. Iba a anunciarle que tenía un trabajo fijo en Estados Unidos y que venía a llevársela. Ni ella ni él se vieron en la iglesia.

En el momento en que Dante entró a la iglesia sintió que lo asían con fuerza por los brazos y luego todo se volvía oscuro. Pero no era el demonio, que a veces hace esas bromas a la puerta de la casa de Dios, sino un par de tipos inmensos que de inmediato le pusieron un saco que lo cubría de la cabeza a la cintura.

—Vamos, andando —le dijeron—. Esto que tienes sobre las costillas es una pistola y puede dispararse sola. Haznos caso, no sea que ocurra un milagro y vueles de aquí al cielo como los ángeles.

Lo tuvieron con la cabeza dentro de la bolsa todo el tiempo y luego lo llevaron a pasear en un carro alto de doble tracción. Probablemente lo condujeron a un edificio porque lo hicieron subir escaleras y cuando llegaron al techo lo pusieron en un lugar y luego lo empujaron para que pensara que lo estaban arrojando al vacío.

Después lo dejaron en una habitación fría y húmeda. Le pusieron música religiosa para que creyera que estaba entrando en territorios de la muerte y que estaba a punto de encontrarse con los doce apóstoles.

Más tarde volvieron y lo molieron a garrotazos. Luego lo metieron en el baúl de un carro que no cesaba de correr y de saltar sobre terrenos sin asfalto. El vehículo se detuvo, y los secuestradores

lo arrojaron en el camino. Si era día, era lo mismo porque la noche
y el día tienen la misma cara cuando la cara está dentro de un saco y
cuando quizás uno ya está muerto.

—Oye, no está muerto —advirtió uno de los secuestradores
cuando, por el espejo retrovisor, vio que su víctima se revolcaba en
el camino.

—No importa, te garantizo que éste no regresa otra vez a México —le respondió su compañero mientras el carro se alejaba a toda
prisa.

—Eso es lo que ordenó don Gregorio, ¿te acuerdas?

—No, no me acuerdo. ¿Qué es lo que ordenó?

—¿Qué es lo que ordenó? —Ninguno supo decifrar la orden
pero sí sabían lo que les pasaría por no entender bien.

—Tal vez estoy muerto —supuso Dante porque le llegaba un
olor donde estaba tirado a flores blancas, a azaleas, claveles, nardos
y violetas, como se supone que debe oler el mundo de los muertos.

Pero todavía no era un difunto. Lo llegó a saber cuando pudo
sacarse el saco y se encontró tendido sobre un zacate rodeado de edificios y estrellas en pleno parque Central de San Diego, en los Estados Unidos. No iba a poder entrar otra vez a México porque le
habían quitado el dinero. Llegó de regreso a Oregon y el amigo que
recibía cartas en su nombre le hizo saber que le había llegado una de
Beatríz con varios meses de retraso. La carta le borró la alegría, los
sueños, la última ilusión que le quedaba y lo guiaba.

Justamente aquella misma noche en el cabaret, Beatriz preguntó si ya había transcurrido el año de la luna de miel, pero su marido le respondió que apenas estaba comenzando. Cuando la vio des-
fallecer, la sacó a bailar y, al oído, le repitió las historias sobre la
gente que nunca vuelve y *tipitipití tipitín, tipitipití, tipitón, todas
las mañanas, frente a tu ventana, canto esta canción*. Pero su voz
metálica fue silenciada por la potencia de un imitador de los Panchos
que proclamaba que *adiós, chaparrita ingrata, no llores ya por tu
Pancho, que si él se va del rancho, ya muy pronto volverá*.

Entonces don Gregorio la arrastró por la sierra Tarahumara e
hizo que mirara los árboles cuyas copas se pierden en el cielo y las

cascadas fantásticas que obran el prodigio de silenciar al mundo y hacer que una pareja se idolatre. Pero Beatriz miró hacia otro lado. Después transitaron por Comala y conversaron con mucha gente, pero todos eran difuntos y sólo narraban chismes del cielo. De allí, hicieron una peregrinación al santuario de Zapopan, donde las mujeres cantan hasta la muerte, y entraron a un mercado donde vendían hierbas que rejuvenecían al marido y hacían cosquillas a la esposa. Les ofrecieron la flor de campanilla que puesta bajo la almohada hace soñar con el que ha de volver y la corteza del árbol cilulo que limpia la sangre y la deja rojísima, libre de malos pensamientos. Les vendieron las pulseras de acero electrolítico que estimula la circulación y la nuez moscada que desata las pesadillas y el té de la Mano Poderosa que atrae el dinero. Envolvieron para ellos la raíz de la mandrágora que apaga la frialdad y la coraza del armadillo que hace feliz y duro el trasero de los maridos incapaces. Pero no había nada, nada, absolutamente nada para encender el amor porque ese día se les había acabado lo poco que tenían. Entonces pasaron por los altos de Jalisco y los azulejos de San Miguel de Allende, y después volaron en helicóptero en torno a las puertas y paredes y ventanas de hielo del Ixtaccíhuatl y del Popocatépetl, y anduvieron por todas partes como la gente que anda buscando el amor y de súbito descubre que el amor no es cosa de este mundo.

Don Gregorio finalmente la llevó a Veracruz para que respirara los aires colmados de fósforo del Golfo de México, y también a Cancún y a Mazatlán para que los océanos le contagiaran a su esposa los ojos extraviados y el aullido de las lobas en celo. Como es bien sabido, el amor brota del mar, pero este milagro no estalló en ella. En ella sólo había sumisión y obediencia como dicen que ocurre cuando se compran esclavas y sirenas.

Entonces, por decisión de don Gregorio Bernardino Palermo, se terminó de golpe el año de luna de miel, porque la luna no le sirvió para calentar a su mujer inapetente y la miel le hizo daño porque no había aprendido a amar a quien debía amar.

—Aquí se acabó el año, y se acabó la luna de miel. Ya tú verás cómo haces para que aprendas a quererme —afirmó don Gregorio.

La pareja arribó una noche silenciosa a la residencia de Morelia. Beatriz tuvo que pasar unos días de reclusión meditando en lo importante que era ser toda una Palermo y reflexionando en lo sabio que era dar la felicidad al hombre que le había otorgado un apellido tan insigne. Cualquier visita a su madre estaba prohibida como también lo estaban las novelas románticas y las canciones de ese jaez que sólo saben traer recuerdos.

—En esta casa, como bien lo sabes, la memoria está expresamente prohibida.

Por eso, Beatriz tuvo que refugiarse en sus sueños, y en sueños vio a su madre quien venía hasta ella para anunciarle una triste noticia.

—No llores, hijita, pero quiero que sepas que ya no me vas a encontrar. Vengo a agradecerte por todo lo que has querido hacer por mí, y vengo a que sepas también que yo voy a estar aquí en el cielo para ayudarte, sea cual fuera la decisión que ahora tomes. No llores. No dejes que te vean llorando.

Quiso creer que un sueño era sólo un sueño, al día siguiente, todo tuvo la verdad de los sueños. Don Gregorio le informó que su madre había fallecido hacía ya varios meses y que él no había querido causarle un dolor tan grande dándole cuenta de lo sucedido y destrozándole los maravillosos días de luna de miel.

—¿Y mis tías? Quiero ir a visitarlas.

—Lamentablemente, no creo que puedas. Ignoro su paradero. Desde la muerte de tu madre, no consideré necesario seguir pagando la renta del departamento donde estaban ellas. Por eso di órdenes de que las colocaran en un asilo que las Hermanas de la Caridad brindan a los ancianos pobres, pero ellas no aceptaron y se fueron quién sabe a donde.

La mandó a dormir, y en el sueño, volvió a ver a su madre que insistía: —Anda, hijita, dile que quieres ver al médico. Dile que quieres saber cómo fueron mis últimas horas.

—Beatriz, no es necesario que veas al médico. Además va a ser difícil que lo localices porque ahora debe estar trabajando en algún pulguiento hospital del estado. Ya que lo quieres saber, hablemos claro, debo ser yo, tu esposo, quien te lo diga. No te vayan a sorprender con las habladurías . . . . El caso es que las famosas diálisis, además de costarme un ojo de la cara, no servían para nada. Mantenían a tu madre sana y saludable durante tres días o una semana a lo más, pero luego había que aplicárselas de nuevo. Mi administrador me llamó con urgencia cuando tú y yo estábamos en Tijuana y me hizo un análisis del costo y del beneficio que podía traernos tener a tu madre en ese estado. Como soy un hombre generoso, di la orden de que continuaran las diálisis por dos semanas más, pero después de eso, tuve que concluirlas.

Calló un momento para calcular el impacto que la revelación había causado.

—Como comprenderás, yo no soy yo solamente. Soy el jefe de una empresa que proporciona puestos de trabajo a centenares de mexicanos, y por eso, hay que proteger la economía de la empresa. El mediquito ese se pasó de insolente. Habló con la administración del hospital para que le administraran diálisis gratuitas a la paciente y, como no lo lograra, se le ocurrió ir incluso hasta la policía federal para acusarnos al hospital y a mí de estar cometiendo homicidio. Ya te imaginas lo que le respondió la policía. Lo tuvieron arrestado varios días hasta que se le pasaran los humos de comunista y de terrorista. Después, a la salida, se encontró despedido del hospital. ¿Hay algo más que quieras saber?

No había nada más que ella necesitara saber porque, a partir de ese momento, ya lo sabía todo, y lo que no sabía, lo adivinaba. A un gesto sin palabras del marido, que debía interpretar como una orden, entró en la residencia que le estaba destinada. Pasó por en medio de la población de grillos que anunciaban la felicidad perpetua y por debajo de las columnas dóricas de la entrada, por las columnas jónicas del primer patio y las columnas corintias en la sala de recepciones. Por fin subió por una escalera de caracol que la conducía hacia su habitación y se dejó caer exhausta sobre el lecho luego de dejar sobre la mesita de noche el anillo de oro blanco.

Luego se sumergió en una noche de dormir sin parar y en un sueño del que no podía salir y en el cual no era mujer sino un ave que se adentraba en selvas ondulantes, que planeaba sobre mesetas y seguía el curso de ríos de torrentes atronadores para luego introducirse por la ventana de una casa maravillosa que era a un mismo tiempo su casa y su jaula, y donde además de ella, no había nadie, sino la voz melosa de un hombre que le cantaba al oído que era su reina, que era su paloma y que lo sería para siempre.

Tipitín tipitón, todas las mañanas junto a tu ventana canto esta canción, pero no había nadie a su lado porque todo esto sucedía el día séptimo del Génesis, y a su lado descansaba la forma inmensa de don Gregorio Bernardino Palermo, pero eso era una forma y no un hombre porque tal vez el Señor se había quedado dormido y había dejado incompleta su creación, o quizás recién estaba pensando cómo se fabrican los hombres y para qué sirven.

10
El rey no es rey. Ni su palabra es la ley.

Hacía varias semanas que Dante y Virgilio se habían adentrado en lo que parecía la armazón de los Estados Unidos. La van subía lenta por farallones de basalto y luego se internaba en un túnel para encontrarse con montañas de granito de intenso color púrpura en donde parecía terminarse todo. Dante no podía hablar porque lo superaba el fausto de la piedra desnuda anterior a los hombres, lo último que alguna vez quedó del planeta. Aunque no despegaba los labios, sentía que un rumor intenso comenzaba a envolverlo. Había un olor de naranjas secas. Pronto llegaría al desierto luminoso de Nevada.

> *Después me dijo un arriero*
> *que no hay que llegar primero*
> *pero hay que saber llegar.*

❧ ❧ ❧

De un momento a otro el aire se había vaciado de toda la gente que alguna vez amara a Beatriz. Ya no estaban en él su madre, ni sus tías, mucho menos Dante. Sin él, el mundo había perdido toda el agua y el maíz, la sal y la miel y el cielo se había colmado de iguanas y zopilotes. Volverse a Sahuayo era cada vez más imposible. Morelia era su sitio ahora y también su destino aunque deseaba irse.

—No sé de dónde se te han venido esas ideas raras de irte de esta casa que es tu casa y lo será para siempre porque eres una Palermo. ¿Qué haría una mujer tan bonita como tú en algún remoto pueblo de indios marrones? Recuerda de una vez por todas que eres mi esposa y que me representas ante la sociedad y que me matarías de dolor si se te ocurriera dejarme. ¿Qué podrías encontrar afuera si aquí lo tienes todo?

Beatriz erraba por toda la casa, mañana, tarde y noche, con el único consuelo de que los negocios de su marido lo obligaban a ausentarse por lo menos tres semanas de cada mes. A veces, incluso, se quedaba en otras casas de la misma Morelia donde, según él, sostenía reuniones de negocios. Pronto se dio cuenta que la disculpa salía sobrando porque ni Beatriz la requería, ni parecían importarle demasiado sus ausencias. Transcurrieron tal vez dos años o tres o más porque el tiempo ya había perdido su olor para Beatriz, que ovillada en la cama, muda, con los ojos en el cielo, los brazos atravesados sobre el pecho, vestida toda de negro, le pidió el divorcio cuando regresó a casa después de una de sus ausencias.

—¿Cómo? ¿El divorcio? ¿Con qué dinero vas a vivir? ¿No se te ha ocurrido pensar en el pecado mortal que cometes de tan sólo pensar en el divorcio? ¿No sabes que el matrimonio nos ha hecho una sola persona en cuerpo y alma para siempre? No, Beatriz, pierdes tiempo hasta en pensarlo porque no te lo aceptaré, y sin mi autorización ningún juez de México te lo concederá. Si se te ocurre irte por las malas, bien sabes que tengo gente en todas partes, mi reina, y con esa maravilla de rostro es bien fácil encontrarte.

❦ ❦ ❦

En lo más alto de la montaña, la van en la que viajaban Dante y Virgilio se sumergió de pronto en una humareda sin comienzo ni fin. De lejos, parecían chispas de todos los colores, pero cuando se fueron acercando era como si el cielo hubiera comenzado a hervir. Dante aminoró la velocidad, pero aun así la humareda no permitía que divisara lo que estaba más próximo. Tuvo que detenerse al costado del camino, y un espectáculo glorioso lo dejó sin saber qué hacer.

Miles de mariposas volaban en escuadras. Se alternaban en el ascenso al cielo y en los descensos en picada. Colmaron la llanura inmensa y ya no tenían lugar en el cielo. En los espacios no era de día ni de noche sino del color de la tribu de mariposas que rodeaba el vehículo.

Eran las mariposas Monarca que salen de Québec y de Nueva Inglaterra para atravesar los Estados Unidos e irse volando hasta El Rosario de Michoacán. Siguen un camino de más de cuatro mil kilómetros cada invierno cuando salen de sus nidos nórdicos y se internan en los cielos de los Estados Unidos hasta llegar a las calientes montañas del centro de México, exactamente a Michoacán y, con más precisión, a la iglesia de la Inmaculada Concepción de Angangueo y después a los pueblos y campos de El Rosario. Son como 300 o 400 centenares de millones y vuelan tan alto como los aviones para luego descender sobre las tierras amarillas que son su destino. Allí se quedan a pasar la temporada caliente, y después deben encontrar los vientos que las lleven de regreso. La generación que llega morirá en esos meses, y luego habrán de pasar de tres a cinco generaciones para arribar otra vez a los cielos de su procedencia.

—Entonces, si los abuelos y los abuelos de los abuelos murieron en el destino, ¿cómo hacen los hijos de los hijos de los hijos de las mariposas para saber que deben regresar a su tierra?

Siempre hablaba en voz alta porque quería suponer que estaba hablando con Virgilio, y guardaba escondido el mágico deseo de que su compañero de viaje alzara la cabeza hacia él y le contestara.

Beatriz estaba recostada en un sillón cuando comenzó a pasar por los cielos el desfile de las mariposas Monarca. El pequeño tragaluz del cuarto de música le permitió ver el vuelo de una de las tribus, pero no la dejaba observarlas en todo su esplendor devorando el cielo y los cuatro horizontes.

Beatriz se internó en la mansión, a través de las columnas dóricas, jónicas y corintias. Entró como sonámbula en el inmenso salón de reuniones. Vio sus ojos repetidos en los fantásticos prismas de las arañas. Subió los fatales peldaños de la escalera caracol y, al final, se acurrucó en una sala de estar cuyo techo era el universo. Desde allí las vio pasar, y comprendió que las mariposas eran una señal de que todo se mueve en el universo, incluso las mariposas y las personas. Ese pensamiento la empujó a entrar en su recámara y sacar de uno de los roperos el pequeño maletín que había estado preparando durante años, y que contenía algunas joyas y dinero para sobrevivir por algún tiempo.

—Ni se te ocurra pensar en escaparte porque nadie en México te dará cobijo si saben que me perteneces —le había dicho muchas veces don Gregorio recordándole que nadie le daría trabajo— a una mujer que huye de su señor y contraria las leyes de Dios que nos juntan en el cielo y en la tierra y en el panteón y cuando seamos almas por los siglos de los siglos, amén.

Pero ella no pensaba quedarse en México. Como las mariposas, volaría de regreso hacia los cielos de los Estados Unidos.

Por extraño que le pareciera, nadie intentó detenerla. Lo imputó a la oscuridad. Ni el chofer, ni los criados, ni uno solo de los guardaespaldas estaba allí para impedirle la salida. La puerta principal de la casa estaba abierta de par en par y por todos lados soplaba ese viento que suele meterse en las casas vacías. Era como si la sombra de las mariposas se hubiera tragado a toda la gente del mundo. Su equipaje era ligero, y ella misma avanzaba como si fuera volando.

Al llegar a la línea fronteriza entre México y Estado Unidos volvió la mirada para recordar eternamente lo que estaba dejando, y no vio nada. Era como si su país entero se hubiera hecho invisible. Las montañas, los pájaros, la gente, los caminos: todo se le había borrado, o más bien se le derretía porque había empezado a llorar de felicidad y no se había dado cuenta.

Le habían dicho que para cruzar era necesario que a uno se le bajaran todos los malos recuerdos porque eso impide caminar rápido, y ella decidió caminar rápido para que las penas no la alcanzaran. Avanzó a toda prisa y se adelantó a la hilera de los viajeros hasta casi ponerse apenas unos metros detrás del coyote, pero el hombre volteó a mirarla y le hizo una seña para que se calmara. El sendero por el cual los estaba llevando era infalible para llegar hasta la parte estrecha y vadeable del río, les había dicho antes y agregaba que por él había conducido durante varios meses a mucha gente que en esos momentos ya estaba bien instalada en el otro lado.

—¿Ven ese cerro azul? Eso ya es tierra de los Estados Unidos. No nos falta nada para llegar hasta allí. Cuando la luna salga, ya habremos pasado el río y veremos otro color en la tierra porque hasta eso cambia al llegar a Estados Unidos.

Lo que no sabía Beatriz era que muchos metros arriba de ella, en un jet de Mexicana de Aviación, don Gregorio Bernardino Palermo también viajaba hacia el norte. Se había afeitado el mostacho y depilado las cejas, como tratando de parecer otro. La mala le había llegado el día en que llegaron las mariposas. En medio de las oscuridades y los colores, alguien le dijo que la policía judicial estaba buscándolo, y él no pudo recurrir a los hombres que tenía a sueldo dentro de ese organismo porque ninguno le quiso responder el teléfono.

—Si yo fuera usted, Gregorio, no esperaría más. Aquí nadie va a querer ayudarlo —le dijo uno de sus hombres más leales, pero se olvidó de decirle "don" y ya no lo trató de "jefe".

La noticia lo sorprendió en casa de una de sus amantes, quien le rogó que se fuera de inmediato para no comprometerla. Entonces, despidió al chofer y subió al carro. Lo importante era salir pronto de la ciudad.

Muy pronto, la policía cercaría la residencia pensando que había gente armada, y al entrar en ella tan sólo iban a encontrarse con Beatriz. Y eso no le importaba. Encontró rápidamente la salida hacia el norte y aceleró. Su plan era contactar en la ciudad de México a algunos amigos influyentes que lo sacaran del aprieto, aunque podría ser tarde, pensó. En la capital se convenció de que era mejor limitarse a tomar todo el dinero que pudiera, comprar un pasaporte falso y dirigirse a los Estados Unidos.

Eso le tomó algún tiempo, y mucho más pasar de un refugio a otro con la policía tras sus huellas ya que buscaban interrogarlo por ciertos negocios sospechosos y algunos cargamentos de *la buena* que habían sido confiscados a varios de sus distribuidores. Tres meses después, tomó el avión que lo conduciría a San Francisco, pidió el asiento junto a la ventanilla, y se distrajo mirando el movimiento sigiloso de los ríos, la fumarola de algún volcán, el verdor amargo del bosque, las tierras rojas y los caminos negros. Lo que más le llamó la atención fue el sabor agrio que tiene la saliva cuando uno ha sido derrotado. Miles de metros abajo, Beatriz seguía los mismos rumbos.

❦ ❦ ❦

—¿Y adónde piensa ir cuando salga de esto? —quiso saber el coyote.

Beatriz miró la corriente de aguas. El río desaguaba en el horizonte.

—¿Hay fondo en este lado del río? ¿Cree que saldremos de esto?

—No ha respondido a mi pregunta. Le pregunto que adónde piensa ir, si se puede saber —insistió el coyote. Beatriz no respondió, porque nadie más que ella tenía que saberlo. Lo que pensaba era que cualquier lugar de los Estados Unidos sería aceptable, excepto aquel en el que más le hubiera gustado estar, Oregon. No quería que Dante volviera a verla. Era mejor que la creyera muerta.

Como si hubiera amanecido, de repente, las ondas del río adquirieron la luz de un sol esplendoroso porque allá abajo, en el horizonte, había comenzado a crecer y a rodar una luna gigantesca.

—Ya es hora de que pasemos —dijo el coyote y miró con tristeza a la mujer.

Le había advertido que aquéllo no era para mujeres, que tal vez debería buscar otro sitio para entrar, y no precisamente el río, pero ella había insistido con una determinación tan grande que parecía haber nacido caminando hacia el norte.

—Por aquí hay un paso. Yo voy a ir delante de ustedes, y todos deben tomarse de la soga.

Otra vez el agua del río se encendió y un ramalazo de luz cayó sobre ellos como una estrella zambulléndose en el agua. Después, todos comenzaron a pasar en fila india aferrando la soga como el coyote lo indicó. El agua estaba calma y ni siquiera chapoteó cuando comenzaron a hundirse en ella talones, rodillas, cinturas, pechos, manos asustadas. Un momento después, ya estaban en el otro lado.

Cuando los viajeros daban saltos para secarse, se escuchó un estruendo de sirenas policiales y una voz por altoparlante: —Escuchen, por favor. Están detenidos. No traten de escapar. No opongan resistencia porque sería peor. Somos agentes del Servicio de Inmigración de los Estados Unidos.

No entendía cómo podían haber sido divisados si nunca habían visto un helicóptero sobre sus cabezas. Se atrevió a preguntarlo.

—Por el reflejo —le respondió un guardia amistoso.

—¿El reflejo? ¿Qué reflejo?

—Estábamos muy lejos de ustedes, detrás de esos bosques, y sin embargo los vimos así como los estamos viendo en estos momentos. Yo pensé que era un espejismo, pero mi jefe me dijo que no era así. Que la gente que ha comido ilusiones generalmente despide reflejos.

En los meses que siguieron, trató de entrar por distintos lugares de la frontera y siempre fracasó. La última vez había logrado llegar a San Diego, y desde allí fue trasladada a Los Ángeles en la cajuela de un carro junto con una familia. Entonces pensó que lo más difícil de la jornada ya había pasado, pero no fue así. El carro se detuvo en un edificio aparentemente desocupado, con las luces apagadas. El coyote, convertido de repente en un mandón, comenzó a ordenar con groserías a los viajeros que bajaran y entraran rápidamente.

Una vez adentro, Beatriz y el grupo fueron puestos en un cuarto donde ya se hacinaban unas veinte personas desde hacía varios días. Dos tipos armados los custodiaban. Nadie sabía si las pistolas les servirían para resistir un posible ataque de la policía o si las tenían preparadas para impedirles la fuga.

Acosados por esa duda, a todos los viajeros se les veía desesperados, cansados, molestos y sin esperanzas. Un hombre decía que estar en Los Ángeles era para él como haber llegado al infierno. Ocurría que esas personas estaban allí hasta que sus familiares residentes en los Estados Unidos pagaran por ellos. El hombre que se creía en el infierno confesó que no tenía cómo pagar por él y por su familia. Beatriz se dio cuenta que ella estaba en una situación similar porque, por razones de seguridad, le había dicho al contrabandista que su marido la estaría esperando.

Todos estaban agobiados tanto por el cansancio y la desesperación como por el hambre. En tres días de reclusión sólo recibieron comida dos veces, y en ambos casos les dieron un taco de frijoles con chile. Aquéllo era parte de la estrategia para que los inmigrantes presionaran a sus familiares a que fueran por ellos y pagaran por el cruce. Por su parte, Beatriz tenía el dinero dentro de la maleta y podía pagar, pero sabía que correría más peligro si lo hacía porque podrían quitarle la maleta, o incluso matarla.

Los dos custodios habían comenzado a mirarla con demasiado interés, y la tercera noche, uno de ellos se le acercó para informarle que le había conseguido una habitación mejor. Le ordenó que lo siguiera. Comprendiendo lo que el hombre le estaba sugiriendo, Beatriz decidió que se defendería con un tubo de acero que había encontrado en el dormitorio, pero no fue necesario. En ese momento, como había ocurrido en otras oportunidades, se escucharon sirenas policiales. Se oyó una voz en perfecto español ordenando a los coyotes que se rindieran.

Otra vez en México, Beatriz intentó el cruce. Sin saberlo, tomó el camino que muchos años atrás había usado Dante. Siguiendo un derrotero que le habían dado, viajó a Ciudad Juárez, pero no cruzó el puente internacional que lleva a El Paso porque sabía que los hombres de Inmigración tenían su fotografía y toda su información al igual que las de todos los reincidentes. Compró ropa limpia y se alojó en un buen hotel. Después, por la noche, tomó un taxi y se hizo conducir a una casa con rebuscados adornos arquitectónicos en uno de los suburbios de la ciudad. En vez de ir a la puerta principal, avanzó hacia una puerta estrecha que había a la izquierda y, según lo convenido, tocó el timbre tres veces. No tuvo que esperar mucho rato, porque de inmediato una mujer en quimono de seda le abrió la puerta y se la quedó mirando estupefacta. Sin dejarla hablar le dijo.

—Ni hablar, hijita. Nos malogras el negocio.

Antes de que Beatriz pudiera replicar, la mujer la había tomado de un brazo mientras cerraba la puerta.

—Te hago pasar para que no te vean desde la calle, pero el tipo de clientes que tenemos aquí no es como para ti. No tienen cómo pagar tanto, y es más, si te ven las otras chicas se irán corriendo a otra casa menos pretenciosa.

No la dejaba tomar asiento. Se le acercó y la palpó como si quisiera ver si era de verdad.

—Éste no es un burdel para putas de lujo.

—Tengo que hablar con Augusta —logró decir Beatriz.

—Augusta Robusta, ésa soy yo, pero aunque trajeras recomendaciones del presidente, no te admitiría.

—Busco a los Facundo. A la familia Facundo.

Recién en ese momento, Augusta Robusta se dio cuenta del error que estaba cometiendo.

—Pase por aquí —le dijo y la condujo a una pequeña oficina—. Perdone el error.

Después se puso a murmurar acerca de lo mal que estaba el país que incluso las damas más ricas y bonitas estaban intentando escapar de él.

—No me diga que usted no tiene pasaporte ni visa —añadió, pero no recibió respuesta.

❻ ❻ ❻

Con el correr de los años y muerto el padre, los jóvenes Facundo habían instalado un sistema de contrabando de personas que era uno de los mejores de la frontera. La convicción religiosa de que estaban obedeciendo el mandato del Señor los mantenía juntos y en el mismo trabajo. Según ellos, su padre había sido un profeta, y el Señor les había encomendado a él y a sus descendientes conducir a su pueblo hasta la tierra prometida. Tenían oficinas en lugares insospechados en las principales ciudades de la frontera. Desde allí, luego de pagar una cantidad inicial, los futuros inmigrantes eran conducidos a un lugar en pleno desierto. Aunque algo caro, el servicio era el más recomendable porque estaba en manos de un grupo religioso, y esto ofrecía garantías a todos, sobre todo a las mujeres que viajaban solas. Los Facundo eran vegetarianos y ascéticos, pero diestros en el manejo de las armas y capaces de enfrentar cualquier eventualidad como las que entonces se estaban presentando. Según le contó Augusta Robusta, un grupo paramilitar de norteamericanos, los *Patriots,* había declarado guerra a muerte a los ilegales, y en uno y otro lado de la prolongada frontera había grupos armados dispuestos a darles caza. A veces, los inmigrantes lograban cruzar la línea y avanzar decenas de kilómetros sin ser descubiertos, pero casi siempre el camino los llevaba directamente a la boca del infierno.

❻ ❻ ❻

—¿Sabe usted montar a caballo? —le preguntó uno de los Facundo.

De un salto, Beatriz se hizo dueña del que le estaban ofreciendo. Partieron de un lugar que ella nunca podría recordar. Todo estaba tan oscuro que la forma más segura de seguir al que iba adelante era observar las chispas que sacaban las herraduras en el cascajo. Ya de día se metieron en la arena y las bestias comenzaron a tener dificultades para sacar las patas que se les hundían en la tierra suelta. Entonces, los jinetes tuvieron que bajar y caminar sosteniendo las riendas. Durante una hora, no pudieron verse porque las dunas alzaban a unos para esconder a otros y porque de pronto una furiosa flota de arpías y gallinazos comenzó a volar tan cerca de ellos que tuvieron que quitarse el sombrero para espantarlos. Por fin, el grupo llegó a una pequeña llanura limpia, y todos descabalgaron. Sin embargo, para su sorpresa, ninguno de los Facundo se encontraba entre ellos.

Eran unos quince viajeros, y de ellos la única mujer era Beatriz. Cuando la luz del sol se abrió paso en el mundo, pudieron advertir que la guía también era mujer. Entonces uno de ellos comenzó a murmurar que habían sido engañados y que si hubiera sabido que iban a ser guiados por una mujer, no habría pagado tanto dinero. Los otros también comenzaron a protestar y uno dijo a gritos que eso no parecía cruce de fronteras, sino verbena para conseguir hembreo.

—Después de todo, dos para catorce parece mucho, pero las dos son muy buenas y seguro que aguantan.

El hombre quiso hacerse el gracioso y se acercó sonriendo a la guía, pero la mujer levantó el fusil con una sola mano y le puso el cañón en medio de la frente. Era sumamente delgada, y sus ojos eran los más negros que jamás alguno de ellos había visto. Cuando su fusil viró para apuntar uno por uno a los rebeldes, todos se convencieron de que la muerte es fría, apasionada e intensa. Después ya no hubo problemas.

La guía explicó que iban a cabalgar hacia el oeste, y si alguno llegaba a perder el contacto con el grupo, debía hacer avanzar el caballo hacia el lado donde fulgara el sol. En realidad, ya estaban en terreno de los Estados Unidos, pero el poblado más próximo se encontraba a cien kilómetros de distancia.

—De todas formas, si algo llegara a ocurrir, no les recomiendo avanzar tierra adentro. Se los comería el desierto. En ese caso, lo mejor es volverse para México.

Cuando alguien preguntó a la mujer cuál era el paso siguiente, ella les dijo que los llevaría al campamento del grupo religioso. Allí estaban los Facundo con sus fieles, y con ellos a su lado entrarían sin problemas a cualquier ciudad de los Estados Unidos.

—Cuando ustedes lleguen a verlos, ya podrán decir que están a salvo.

Pero no fue así. Durante el transcurso del día, todo ocurrió como la muchacha les había anunciado, y llegaron hasta un pequeño vergel nacido de las filtraciones en pleno desierto. Allí debían estar los miembros del grupo, y allí estaban, pero no iban a poder ayudarlos. En principio, no hubo ni siquiera un vigía que los saludara, les sostuviera la empuñadura del caballo y los ayudara a apearse para ir a saludar a los hermanos. Nada de eso. Sólo un intenso olor a desgracia reptaba por el camino mientras que una turba de zopilotes avanzaba tras de ellos y los adelantaba, para después continuar volando a flor de tierra.

Entonces, Beatriz vio al vigía y a tres hermanos más. Yacían cara al suelo comiendo sangre. La guía saltó del caballo y empuñó el arma, pero los asesinos ya no estaban allí, y el resto de sus víctimas habían caído más lejos. Junto a una rústica choza se alzaba una cruz. Hasta ella habían llegado algunos de los fieles arrastrándose para invocar el favor de Dios, pero los asaltantes los juntaron allí para darles tortura y rematarlos. Al parecer, los habían hecho arrodillar y después los habían acuchillado. Mujeres y hombres yacían destripados, y a uno de los Facundo le faltaba la cabeza.

Sin bajarse del caballo, Beatriz siguió la senda que conducía hasta una pequeña vivienda. Allí vio a una vieja de espaldas, arrodillada y con la mirada en el suelo.

—Madrecita, ¿qué ha pasado aquí?

No hubo respuesta. Beatriz descendió del caballo, pero al tratar de tocar la espalda de la anciana, sintió que solamente tocaba aire. Había visto tantas viejecitas hambrientas que ésta no la asustó. Siguió acariciándole el hombro mientras le decía que ella era de Michoacán, que había sufrido mucho, y que el amor y la vida a veces parecían implacables. El velo de la mujer cayó y debajo del abundante pelo negro solamente había, vuelto hacia el cielo, un rostro de papa cuarteada cuya luz se había llevado la muerte.

Entonces, la guía ordenó: —Hacia el este. Tenemos que irnos pronto porque esos malditos deben estar por aquí. Por el filo de esas dos montañas de arena llegaremos a México cuanto antes.

Pero Beatriz no podía liberarse de esa visión aterradora y parecía no escucharla. A su alrededor, los difuntos daban la impresión de haber comenzado a convertirse en plantas; sus cuerpos y extremidades habían sido devorados por las bestias del desierto. Sólo quedaban de ellos sus cabezas como sandías resplandecientes recién abiertas a la luz del mediodía. Levantó la vista para dirigir una muda pregunta a la guía, pero aquélla no respondió, y Beatriz tuvo que formular en voz alta lo que quería saber: —¿Por qué los mataron?

—Tal vez fueron los *Patriots*, son unos racistas. Pero también hay algunos narcotraficantes a quienes se les da por matar. O algún coyote que quiso sacar del negocio a los Facundo.

Algo quiso agregar Beatriz, pero la guía la calló.

—No hay tiempo para nada. Esos malditos pueden volver.

Mientras cabalgaba a su lado, la guía le explicó que en los días que vinieran, la sangre se transformaría en brea en torno de la cual surgirían hormigas y alacranes por generación espontánea. Los vientos del desierto darían cristiana sepultura a los fantasmas, y todo volvería a ser lo mismo por los siglos de los siglos.

—Hay peligro en estas tierras, ¿sabe? pero se nota que usted es valiente —le dijeron los ojos oscuros y solemnes de la guía.

Beatriz no sabía si de veras era valiente. Sabía que debía huir de México y llegar a los Estados Unidos. Después de esa experiencia, fracasó tantas veces que un coyote no la quiso aceptar en su grupo, aduciendo que estaba hechizada, pero la esposa de él se compadeció y decidió limpiarla del maleficio. Le frotó un huevo por todo el cuerpo mientras iba rezando, y de pronto el huevo estalló, lo que era señal de que Beatriz había padecido muchos años de brujería y ahora estaba curada.

Aún así el contrabandista de gente no se la quiso llevar, y entonces ella tuvo que tomar una decisión. Aunque el deseo vehemente de irse no la abandonaba, el dinero con el que había escapado comenzaba a menguar. Decidió viajar a Sahuayo y permanecer algún tiempo allí, acaso unos meses, hasta saber que se había curado de cualquier maleficio, especialmente de los maleficios del miedo. De autobús en autobús, se desplazó desde un pueblo de la frontera hacia el centro de México. El último vehículo, el que la llevaba por fin hacia su pueblo, se metió como trotando en las montañas. Arriba, más arriba, continuó trepando mientras sus ejes gemían a cada cuesta vencida. El carro se inclinaba del lado del precipicio, pero subía y subía, y por más que subía, las montañas crecían aún más.

Mientras el ómnibus se internaba en los pedregales y las llanuras de la tierra mexicana, por primera vez en mucho tiempo Beatriz tuvo sueños felices. En uno de ellos se veía conversando con su madre:

—¿Qué?

—¿Qué de qué? —le respondió su madre a quien le encantaba jugar con las palabras.

—¿Qué vienes a decirme?

—¿Que qué vengo a decirte?. . . ¿Y cómo voy a saberlo? ¿Acaso está prohibido que una madre visite a su hija?

—¿Qué?

—Muy pronto vas a saberlo. A saberlo, hijita —le repitió riendo en su oído.

Después de tres días de viaje, el carro pasó una cordillera y bordeó un lago, y entonces Beatriz comenzó a sonreír. El ómnibus se detuvo en la plaza principal de Sahuayo, y Beatriz fue la última en bajar del vehículo.

—¿Sólo traes esa maleta tan flaca? —le preguntó alguien que la estaba esperando.

Quiso saber quién le hablaba. Cuando miró hacia el lugar de donde salía la voz, se encontró con una mujer que ella conocía bien.

—Te preguntaba por la maleta. No te preocupes, Beatriz. Sabía que tendrías que venir y te estaba esperando. Casi diría que me avisó tu madre.

Beatriz ya estaba acostumbrada a que los viejos en su pueblo confundieran de rato en rato los sueños con la vigilia, la vida con la difuntez.

Le extrañaba que la madre de Dante estuviera allí esperándola.

—¡No, qué cara tienes, hijita!. . . Si lo haces por Palermo, ya no temas más. Le descubrieron los negocios sucios y se fugó, creo que antes que tú. Ahora tendrá que andar escondido en todas partes porque los policías de este país y los del otro lado le andan siguiendo los pasos.

El pueblo estaba igual a como lo había dejado. Las palomas revoloteaban sobre las paredes bajas de adobe y sus voces parecían cruzar mensajes.

—Te digo que no te preocupes, hijita. Vas a vivir unos meses conmigo. Quizás menos o quizás más, y después te vas a los Estados Unidos. Dante sabe todo lo que te ha ocurrido y te está esperando. Voy a avisarle que ya estás aquí conmigo. Ahora, yo te ayudaré a esperar.

11
Detrás del detrás del señor de Sinaloa

Dante detuvo el coche en un lugar de reposo para leer los mapas y dar con la mejor manera de llegar a Las Vegas, pero no encontró el mapa que buscaba.

—Un amigo me obsequió esos mapas —aseguró Dante— y me dijo que uno de ellos es el de Nevada. Te aseguro que tiene que estar aquí —le dijo a Virgilio, y éste no le respondió.

—Buenas.

—Buenas —insistió como si quisiera hacerle ver a Virgilio que era un maleducado—. Tal vez he traído los mapas equivocados. No hubo respuesta.

—Debo haber puesto los de California en la guantera.

—Creo que en estos casos, y siempre, lo más importante es guiarse por el corazón. —Siguió hablando y después se quedó pensando. Observó a Virgilio, lo miró a los ojos como si quisiera hipnotizarlo.

—Voy a darte un norte de lo que voy a hacer: en cada cruce de caminos, avanzaré por el lado que me dicte mi corazón. Por supuesto, voy a continuar viajando por el lado de las montañas y no cambiaré el rumbo hacia el oeste. ¿No te parece?

Los ojos de Virgilio continuaban clavados en la distancia, pero agitó las orejas. Entonces, Dante sonrió y continuó la marcha.

—Te digo que para ese lado está Nevada. Cuando lleguemos al límite estatal, comenzaremos a encontrar señales que nos indiquen cómo ir a Las Vegas.

Por una larga hora, Dante no intentó hablar con su compañero de viaje. Iba como embebido en las montañas, como si el mundo de afuera le estuviera hablando. Al cabo de un tiempo, a Dante se le ocurrió decir, —¿No te parece que viajamos silenciosos como si estuviéramos orando?

Una nube de pájaros envolvió la van, el cielo, las montañas y el camino, y Dante tuvo que aminorar la marcha hasta casi detenerse.

—Beatriz decía que reza bien el que está tan absorbido por Dios que no sabe que está orando. La verdad es que no sé qué quería decir. Se fueron los pájaros, y todo volvió a quedar en orden. Entonces Dante quiso ensayar una conversación de hombre a hombre, como las que se escuchan en las cantinas, sobre mujeres. Comenzó hablando, y después se olvidó de hablar y continuó el recuerdo en silencio.

—Siempre recuerdo cuando ella logró pasar al norte. Ya habían pasado diez años desde que nos habíamos separado, y de todo nos había ocurrido, hasta el punto de que llegué a pensar que estábamos malditos. Ella se casó con un hombre muy poderoso que había urdido una treta para conseguirla, pero cuando el tipo se desenmascaró, y ella quiso divorciarse, él le negó esa salida.

—Tú sabes que de esa manera, los matrimonios sin amor pueden ser eternos, aunque marido y mujer estén separados. O sea, ellos continúan casados aunque la muerte ya los haya separado. Imagínate. No había pensado en eso.

La van se estaba recalentando otra vez, y Dante tuvo que buscar un sitio de descanso. Acampó en lo alto de un promontorio. Allí había café, baños, energía eléctrica y hasta un pajar donde dejar descansando a Virgilio. Pero sus recuerdos no descansaron porque tenían que atravesar por un territorio maldito de su vida.

—A mí, cuando quise entrar a México para buscarla, me atrapó la gente de Palermo y me devolvieron para acá casi muerto. Ella quiso entrar a los Estados Unidos muchas veces, pero todas las veces la detuvieron. La última vez decidió volverse a Sahuayo. Allí se quedó con mi madre hasta que yo encontré una forma de traerla. Pero en todo eso habían pasado diez años. . . . A mí mi abuela me hizo saber que las historias no se acaban nunca. Pasan de unos seres a otros. Esto que nos ha ocurrido terminará con nosotros, pero luego les ocurrirá a otros.

Dante se quedó dormido entre sus recuerdos y Virgilio se recostó a su lado y lo acompañó en los sueños por unas cuantas horas. Al despertar, Dante echó suficiente agua en la boca del radiador y arrancó otra vez por la carretera. El paisaje parecía repetirse cada vez que pasaban una curva. Por fin llegaron hasta un puesto de pago de peaje. Dante sacó tres dólares y se los entregó al guardián, quien se acercó a la van y escudriñó lo que iba adentro. Extrañamente no pareció notar a Virgilio. Al salir del peaje, el paisaje volvió ser el mismo y Dante retomó el recuerdo.

—Por fin me dieron el nombre de un trasbordador confiable, y yo le envié a Beatriz dinero suficiente para que pudiera pagar por ella y por mi madre, pero mi madre no quiso venir.

—La muerte ya me anda buscando, hijita —le dijo a Beatriz cuando ella le pidió que viajaran juntas—, y no quiero darle el trabajo de ir a buscarme en los Estados Unidos. Aquí me quedo —insistió—, y no me cansaré de mirar hacia el norte. En el reino de los cielos, me van a dar una silla para continuar mirándolos.

Despues de insistir mucho en llevársela, Beatriz tuvo que ceder y, de acuerdo con el trasbordador, decidió pasar al otro lado el 4 de julio de aquel año porque ese día los gringos estaban en los festejos de la independencia, y los fuegos artificiales hacían que descuidaran de su frontera.

Beatriz salió de Sahuayo al lado de otras doce familias que habían vendido todos sus enseres para cruzar el borde.

ⓢ ⓢ ⓢ

Dante hablaba mirando hacia el frente. No importaba si emitía palabras o no. Lo que valía era tener a alguien al lado.

—Tú, Virgilio, no puedes imaginarte lo pobres que eran. Estaban tan flacos que no fue difícil acomodarlos a todos en la parte trasera de una camioneta sobre la que habían puesto carga para que no los fastidiaran en los retenes. Su mejor amiga, Adriana Herrera, también iba con Beatriz. Fíjate que se animaron a viajar juntas porque Adriana iba en busca de su compañero que también la esperaba al otro lado de la frontera.

—"Antes de que partiéramos, mandé a hacer una misa a San Jesús Malverde, y le he rogado por ti y por mí". Le dijo Adriana a Beatriz. "A San Jesús. Sí, a San Jesús. ¡Cómo que no sabes quién es San Jesús Malverde! Es guapísimo. Mira, aquí está su estampa. ¿Has visto alguna vez un santo con ropa de charro y con pistolas? Tiene un no sé qué de Pedro Infante. Otros le encuentran un parecido a Jorge Negrete. Me dicen que Malverde no era su apellido, sino Juárez. ¡Cómo será! Lo cierto es que era un bandido muy correcto. Todo un caballero. Robaba a los ricos para ayudar a los pobres, y el gobierno no pudo atraparlo durante muchos años porque la gente lo escondía.

—"Era de Culiacán. Allá nacen hombres, no cabrones. Y él era un hombre y un santo. Le ocurrió lo mismo que a Jesucristo, un compadre suyo lo traicionó. Le tendieron una emboscada y le metieron cuarenta balas en el cuerpo. Dicen que el gobernador, para complacer a los ricos, hizo que lo colgaran de un árbol y ordenó que nadie descolgara el cadáver bajo pena de muerte.

—"Con heridas y todo, se descolgó del árbol, y una familia muy pobre lo escondió bajo su techo. Pero cuando él se dio cuenta de que de todas formas iba a morir, le rogó al dueño de la casa que fuera a denunciarlo para cobrar la recompensa y le pidió que usara ese dinero para comprar un rancho y ayudar a otros pobres como él.

—"San Jesús Malverde es el ángel de los ladrones y el santo de los mojados. Me dicen que también es amigo de los contrabandistas, pero eso no me interesa. Yo le mandé hacer una misa, y le rogué que nos ayudara".

—Cuando llegaron a Tecate, cerca de Tijuana, los hicieron bajar a todos y caminar varios kilómetros por un camino polvoriento en el que las huellas eran de inmediato borradas por el viento. Beatriz me contó que por ratos iban todos tomados de las manos por temor de que los vientos los llevaran de regreso . . . Después de tres horas de camino, llegaron hasta una granja de cerdos cercada por una valla junto a la cual había un tosco letrero que prohibía el paso. Allí esperaron todo el día hasta que por la noche llegó otro grupo de gente, quizás de alguna zona más próspera de México porque iban mejor trajeados y se notaba a la legua que comían bien.

—Recién entonces apareció el coyote, un tipo de los que se suele llamar "duros", pero de muy buenos modales. "Casi puedo decirles bienvenidos a los Estados Unidos porque saliendo de esta casa van a estar ustedes en la tierra de los gabachos", comenzó el hombre, y como la gente no diera señas de haberle entendido, dio varias patadas al suelo. "Es hueco", dijo, "¿Se han dado cuenta de que es hueco? . . . Aquí debajo corre un túnel que los va a llevar directamente hasta territorio americano. Tengan cuidado porque en el camino hay ratas, y a la salida puede haber agentes de la Migra. Sin embargo, ésta es una noche muy buena porque los gringos están afuera como idiotas observando los fuegos artificiales. Señora, usted que está cerca de la ventana, ábrala y vea el cielo. Miren, ésas son las estrellas de los gringos".

—La salida había sido preparada en orden. Allá, en el otro lado, había varias personas encargadas de recibirlos y llevarlos a un sitio seguro. "La casa les garantiza movilidad en Estados Unidos y también cambio de ropa". Tenían que salir en grupo de a cuatro. "No es bueno que vaya más gente porque el túnel es estrecho y no tendrían suficiente aire. Cada media hora irán saliendo. . . .".

—El orden de las salidas fue sorteado porque "como podrán ustedes ver, la casa no hace preferencias. Éste es un negocio respetable y acreditado", y para su buena suerte, a Beatriz le tocó salir inmediatamente después de Adriana y de un caballero algo subido de peso que las precedería.

—Unos instantes después, el coyote les estaba mostrando el orificio de entrada del túnel, y a Beatriz le pareció increíble que ese punto negro la pudiera conducir al paraíso. La estrechez del mismo, su falta de luz y los chillidos de rata le causaban miedo, pero sabía que luego de una hora de sufrimiento, Dante la estaría abrazando. El caballero de Sinaloa se había inclinado y ya estaba entrando de cuclillas en el agujero con Adriana detrás de él cuando

Beatriz volvió a mirar la ventana por donde se vislumbraba el cielo y las estrellas de los americanos.

—"Ahora le toca a usted, señora" contó después Beatriz que el coyote le dijo a Adriana. "Recuerde que tiene que avanzar gateando como hacen los niños. . . . ¿Me ha escuchado? . . . Le digo que usted debe entrar en el túnel. . . ."

—Como una autómata, Adriana se dejó conducir de la mano hasta la boca oscura, y allí, sin que lo advirtiera, su mano derecha la persignó. Unos minutos más tarde, ya estaba avanzando. A pesar de la oscuridad, el coyote la había provisto de unas gafas oscuras que servían, aunque no se lo había dicho, para evitar el posible ataque de una rata contra su rostro.

—Avanzó un metro, un metro y medio, dos . . . La estrechez del agujero le impedía hacerlo más rápido, pero en su cabeza ya no existía el tiempo, sino una obsesión. Allá, al otro lado, en alguna casa de San Diego, su compañero estaría contando los minutos para reunirse con ella después de tanta lejanía.

—Estos pensamientos la hicieron más veloz, y en unos minutos más que no alcanzó a precisar cuántos eran, se encontró con el corpulento y bamboleante trasero del señor de Sinaloa que también avanzaba gateando hacia los sueños de América.

—"Señor, señor . . . ¿es usted el señor de Sinaloa?"

—Se le ocurrió que tal vez conversando un poco el tiempo se le haría menos pesado, pero no encontró respuesta sino algo así como un ronquido.

—"Señor . . ." —insistió pero no obtuvo respuesta. Un rato después se dio cuenta de que nunca la escucharía porque su gigantesca panza bloqueaba el camino de la libertad e impedía el paso de cualquier sonido.

—Y si el asunto era así, ¿de dónde venían esos ronquidos? No quiso imaginárselo. Además, no podía porque el bulto de adelante también le estaba quitando el oxígeno y la imaginación. Un rato después ya casi no podía respirar, pero de cuando en cuando seguía escuchando los ronquidos, y un momento más tarde, comenzó a ver visiones. Todo lo que veía adelante eran unas estrellas que salían del cuerpo del señor de Sinaloa como las estrellas con las que los gringos celebraban su independencia.

—No lo dudó más. Con las pocas fuerzas que le quedaban, viró su cuerpo y corrió de vuelta, sin obstáculos en su camino porque Beatriz todavía no entraba en el túnel. Pronto se vio emergiendo por la boca por donde había entrado, junto a dos señoras semiasfixiadas y un coyote que no sabía qué explicaciones dar.

—"Adoro a mi marido y me muero por llegar a Estados Unidos, pero ya no puedo más. No aguanto el trasero de ese gordo".

—"Un momentito, un momentito, por favor, culto público. Espérenme un momentito" dijo el coyote, y se metió en el túnel del cual emergió arrastrando por los fondillos al señor de Sinaloa.

—"La casa", según proclamó, "asegura el derecho de todos a llegar sanos y salvos a San Diego, sin ningún tipo de molestias. La casa, además, no puede darse el lujo de perder clientes tan frecuentes como los michoacanos". De inmediato, dio la solución, "Así, amigo sinaloense. Así" le dijo al robusto cliente que había provocado la crisis. "Usted debe de hacer como yo, ponerse de espaldas, y avanzar".

—Y comenzó ayudarlo a introducirse en el túnel en la posición que le indicaba.

—"Muy bien, muy bien, con la cabeza para acá para que recuerde su pasado, para que jamás olvide su tierra. Con el culo por delante porque trae buena suerte".

—Esa vez sí llegó Beatriz a los Estados Unidos, Virgilio.

12
Armando el rompecabezas con la ferocidad del amor

—Y así fue, Virgilio. En cuanto Beatriz salió del túnel, se subió en un microbús que la llevó a San Diego, California, la primera ciudad del país cuando se entra por la frontera californiana de México. En medio de la algarabía y de los festejos por el 4 de julio, fue fácil que el vehículo pasara inadvertido. No podía quedarse en San Diego porque era peligroso: en esos días se habían producido muchas redadas de inmigrantes, pues la Migra estaba sobre aviso. Los agentes de inmigración habían redoblado la vigilancia en San Diego; eso se podía advertir por la cantidad de hombres uniformados que transitaban por las áreas más pobladas de inmigrantes y además, por la cantidad de helicópteros que daban vueltas en torno a la ciudad.

—El microbús en que iba Beatriz ni siquiera tomó la carretera principal. Se fue por diversos caminos rurales y sus ocupantes tuvieron que aguantar todo el viaje con la cabeza agachada para evitar que se notara su presencia en el vehículo. Dos hombres comenzaron a vomitar. Una señora pedía a gritos al chofer que se detuviera porque tenía que hacer sus necesidades corporales. Un niño muy pequeño que se había desprendido de los brazos de su madre corría de un lado a otro aullando de miedo.

—De todas formas y a pesar de todas esas peripecias, el microbús arribó hasta la entrada sur de Los Ángeles después de varias horas de suspenso. Llegaron hasta un paradero donde yo, tras cruzar de norte a sur todo el estado de California, estaba esperando a Beatriz. —Dante calló, parecía estar en otro mundo.

Al comienzo no se vieron. Dante aguzó la mirada para distinguirla dentro del grupo, pero sintió que ella no estaba allí. Quizás sólo estaba dentro de su corazón. Quizás era un invento provocado por la larga espera, o quizás ella ya no era ella.

Beatriz no lo pudo distinguir entre las personas que aguardaban a sus familiares. Había pasado tanto tiempo, y ella había dudado tanto que ya no podía creer en que realmente alguna vez se verían. Quizás él ya no era él.

¿Qué pasaría si ella hubiera cambiado, y no fuera esa joven delgada que lo miraba con susto sino aquella señora pequeñita que caminaba con los ojos en el suelo? ¿Qué pasaría si él hubiera olvidado el rostro de Beatriz? ¿Qué ocurriría si la vida les hubiera cambiado los sentimientos, y ahora se estuvieran recibiendo sólo por compromiso? No supieron en qué momento comenzó el largo abrazo, el beso permanente, las manos inseguras, los ojos cerrados. Quizás ya estaban muertos como suelen estar los enamorados cuando se reencuentran.

—Ya estamos juntos. Ya nada va a separarnos. —Aseveró Dante con la certeza de quien sabe que dos personas como ellos siempre terminan por convertirse en una sola, y agregó— No te preocupes. Ya estás en los Estados Unidos. Ésta es la libertad.

Diez años son diez años y las personas cambian mucho, como los carneros cambian de lana cada verano y asumen una tonalidad de color diferente. Carneritos negros se hacen blancos o cremas o manchados, y es probable que además de la lana, intercambien el alma; nadie lo puede saber. Por eso, Dante y Beatriz, de puro miedo, bajaban los ojos, para no comprobar cuáles cambios se habían producido.

En el cuarto del hotel, se sentaron al borde de la cama y, con los ojos bajos, Dante habló: —Hace un año soñé que la luna bajaba a la tierra, y que tú estabas de pie sobre ella vestida de blanco, y me pedías "por Dios, Dante, ven pronto por mí". Pero yo no tenía cómo hacerlo porque no tenía el dinero suficiente y te rogaba que me siguieras esperando pero no podía hablar y mientras tanto tu cara se iba borrando y tus ojos se iban yendo quién sabe dónde. A la mañana siguiente me desesperé pensando que a lo mejor ya habías muerto. Pero esa misma mañana, llegó una carta tuya contándome que estabas bien de salud, y el amigo que me hacía el favor de leérmela, me dio a conocer que los sueños en los que la luna baja a la tierra nunca tienen que ver con muerte, sino con dicha y reencuentro.

Horas más tarde, Dante y Beatriz se olvidaron del miedo al reencuentro y a los cambios, y ya no miraban al suelo, pero omitían mirarse, y dialogaban como si cada uno estuviera buscando un objeto distante. Beatriz también había soñado a Dante volando sobre el mundo, jinete en un caballo negro, y le rogaba que lo esperara, pero el caballo se transformaba sucesivamente en león, en águila, en río y por fin en un burrito manso.

Después siguieron sentados en el filo de la cama sin saber de qué conversar. Dante pensaba que tenían que conversar de algo porque cuando eran enamorados no habían llegado a la relación íntima y no habían hecho más cosas que conversar. Por un momento, se le ocurrió que mejor habría sido alquilar alcobas separadas.

Eran las diez de la mañana, pero de pronto oscureció para ellos, y dejaron de hablar de sueños, se hablaban con los ojos cerrados como si creyeran que dormían y temieran despertarse. Así a oscuras, comenzaron a palparse el uno al otro, y cuando reconocieron que no habían cambiado, ya no podían reconocerse porque el uno había comenzado a ser el otro como si se hubiera terminado de armar un rompecabezas con la ferocidad del amor.

De súbito, diez años de lejanía se transformaron en un recuerdo dudoso, mientras se acariciaban, se hurgaban, se pulsaban, se sobaban, se olían, se saboreaban, se absorbían, se lamían, se mordisqueaban y se devoraban con la misma curiosidad que lo hicieran Adán y Eva a la hora del Génesis y con la ferocidad de dos animales que no acaban de descubrirse y temen evaporarse otra vez.

Para Beatriz ésa era la primera vez, aunque había estado casada con don Gregorio Bernardino Palermo. Cuando aquel hombre montaba su cuerpo, ella no era ella ni estaba allí. Mientras la respiración dificultosa, los hombros velludos y el vientre hinchado de don Gregorio la aplastaban, la babeaban y transitaban como una locomotora gorda por su cuerpo, ella no estaba allí jamás, y por eso sus ojos conocían de memoria las líneas geométricas del cuarto y del techo, las fotografías de la pared, la frecuencia de las nubes, de los pájaros y de las constelaciones que pasaban por su ventana.

Ahora todo era diferente. Manos con manos, manos con labios, labios con lengua, lengua con lengua, dientes con cuello, senos con dientes, lengua con dedos, lengua con pezones, lengua con piernas, lengua con muslos, lengua con vientre y otra vez, lengua con lengua, vientre con vientre y rodillas con rodillas, y por fin, la guerra, la ocupación y el asalto, la invasión de la vida, la penetración y la fiebre y la rendición y el bamboleo, la tormenta y el diluvio, y el infinito dolor y el grito que dura para siempre.

Quizás se produjo un eclipse que a Beatriz le permitió dejar la timidez de virgen violada y aprovechar de las sombras para gozar por primera vez de un hombre que de veras era suyo.

En el primero de los descansos que se dieron, estuvieron abrazados e inmóviles durante mucho tiempo como si les hubiera llegado la muerte en medio de la dicha, pero el resuello mutuo revelaba que en esa oscuridad habían dos animales vivos que estaban conociéndose por el olor. Después, Dante salió de la cama y se dirigió a la ventana. Allí comprobó que ya era de noche y que no habían salido de la habitación desde la mañana. A solas, en la cama, Beatriz se examinaba. Se miró complacida los senos duros, el vientre hundido y las piernas largas y el color de su carne blanca y rosada que solamente la luna había bañado y que Dante se complacía en lamer. Se acarició la cintura y el ombligo, siguió tocándose y después se llevó los dedos a la boca. Sintió que la humedad había formado un río que avanzaba hacia sus rodillas. Después comenzó a olerse y le llegaron las sonoridades del mar y el gusto de las almejas. Al final, sintió que la cadena de oro y la imagen religiosa se hundían en medio de dos senos tremendamente hinchados, y decidió quitarse la cadena y la imagen religiosa para no ofenderlas con los pensamientos y las palabras que se le venían incontenibles, y entonces no pudo saber si pensaba o decía: yo soy la chingada que ha dejado de ser chingada para chingar. Frente a la ventana, Dante atisbaba el mar y le pareció que las aguas eran fosforescentes y que las estrellas se habían derretido, o acaso todavía no habían sido creadas y tan sólo estaban en el limbo.

Agua con agua, tambor con tambor sobre el techo del hotel, empezó a llover mientras Dante y Beatriz volvía a devorarse. Ella se dio cuenta de que todo el tiempo había estado con los ojos cerrados por timidez. Entonces, los abrió, y cuando lo hizo, salió del norte una bandada de patos silvestres y volaron lejos hacia la luna, salió una nube del sur y se hizo más grande que el cielo, salió el sol otra vez del oriente y otra vez se puso, pero nada contenía ni la invasión ni el bamboleo. Entonces lanzó un grito furioso y otro y otro, y supo que el amor es grito y es música y que los animales enfermos de amor bufan, relinchan, gruñen, chillan, rugen, aúllan, hablan, gritan, cantan, gimen, clamorean, se lamentan y se quejan.

Unos golpes pesados en la puerta les recordaron que habían sido escuchados. Algo gritó el supervisor del hotel, pero Dante se acercó a la puerta y por debajo de ella le pasó un billete, y entonces, el empleado sugirió a los ocupantes del piso de abajo que se mudaran de cuarto. Llegó una noche y pasó otra. Cuando recuerda, Dante está seguro de que ése fue el momento en que Emmita fue concebida, y cree que esa noche era tan noche que tal vez sus cuarenta amigos del galpón, en uno y otro lado del Far West, o tal vez todos los latinos en los Estados Unidos, estaban haciendo el amor al mismo tiempo y generando más vida, temblorosos y brillantes por los naturales hervores de la pasión que son entre nosotros veinte veces más cálidos y fosforescentes que los de la gente de las regiones frías del mundo. Sí, en ese momento tienen que haber sido concebidos, Emmita y miles de niños, por culpa de un calentamiento global que recae ciertas noches americanas sobre un grupo humano muy caliente y dispuesto a extenderse; ojos, manos, piernas, pies, ombligos, senos, voces, labios, ganas, espíritus que no dejan de buscarse y de enroscarse en los días buenos y en los días lobos, en el santo matrimonio y en los amores difíciles, día tras día y hora, aún en la lejanía, aún después de la muerte.

Dante y Beatriz no viajaron inmediatemente a Oregon, donde él tenía su vivienda. A su paso por California, Dante había conocido a algunas personas que le informaron sobre un modo de lograr legalidad en los Estados Unidos. Bastaba con que fuera enrolado en los grupos de trabajadores que hacían servicio temporal en los viñedos, en las granjas de fresas y manzanas o en los campos del algodón de California. Podrían acogerse a una tal ley del bracero que les otorgaría residencia temporal en el país, y ésta, según sus amigos, podía extenderse cada año y convertirse por fin en un permiso de trabajo por tiempo indefinido o en una visa permanente.

—Te das cuenta, Beatriz, me has traído la suerte.

Tomaron un bus que los condujo al valle de San Fernando, próximo a Los Ángeles. Ese vehículo pertenecía a un contratista con el que ya había tratado Dante, y no fue necesario decir muchas palabras porque el chofer los llevó sin rodeos a un campamento donde tendrían que pasar unos días. El reclutador de braceros había convencido a Dante de que una nueva vida comenzaba para él. No tendría por qué preocuparse de la vivienda, pues la empresa se la ofrecía libre de pago. Les iban a proporcionar un departamento individual en vez de las grandes cabañas destinadas a albergar cuarenta o cincuenta personas porque ellos eran recién casados. Beatriz también podría trabajar en la cosecha del algodón. No era cosa del otro mundo: una mujer fuerte y joven bien podía cosechar algodón; sería una experiencia emocionante en el inicio de una joven familia. Por supuesto, Dante no quería que su mujer trabajara en la cosecha. Pero ella argumentó que si iba a cocinar, también podía hacerlo para el resto y que vendería tacos a quienes desearan comerlos, y tanto insistió que el recién casado aceptó su propuesta.

Tampoco era necesario que Dante se preocupara por el instrumento de trabajo, la empresa se lo daba, aseguró el contratista, y le entregó un costal que medía unos cinco metros de largo en el que se iba depositando la mota de la flor del algodón. Al día siguiente de llegados, los Celestino estaban listos para el trabajo.

Beatriz consiguió una rudimentaria cocina a gas entre los centenares de objetos almacenados en el depósito. Sobre la mesa de madera, extendió una pasta de harina de trigo. Después, con las manos, lo convirtió en una lámina redonda y delgada. Luego de haber cocinado las tortillas, puso sobre ellas los frijoles y juntó todo ello en una canastilla para luego acompañar a su marido en el trabajo. Ambos subieron al camión del contratista, quien les explicó que la visa llegaría cuando el patrón enviara una carta al Departamento de Inmigración señalando que Dante era un flamante miembro del programa de braceros, capaz de obtener un permiso temporal de trabajo.

Poco después se encontraron en la zona de cultivo, un impresionante mar de color verde y blanco en el cual las plantas crecían hasta más o menos un metro de altura y daban unas flores amarillas con rojo envueltas en capullos verdes. Dentro de ellas se encontraba el tesoro invalorable del algodón. Sin embargo, había que saber extraerlo porque las cáscaras del capullo eran como las garras de un tigre, y las heridas ocasionadas por ellas eran siempre un cruento bautizo. El cosechador bisoño, por lo general, tenía la mano y todo el brazo cortado en largas zanjas como si se hubiera batido a cuchillo.

La primera jornada, Dante, llevado por su entusiasmo, trabajó cerca de 10 horas. No se daba cuenta de que en realidad estaba exhausto desde la segunda, y caminaba como aquellas personas que han sido atravesadas por un rayo y siguen de pie sin saber que ya están muertas. Cuando llegó la noche, Dante no pudo ni siquiera aceptar un taco de frijoles y cayó rendido sobre el camastro que compartía con Beatriz.

Al final de la semana, por todos esos sinsabores, Dante recibió una paga de no más de 60 dólares, a razón de 12 dólares promedio por día. El dueño pagaba entre 15 y 20 centavos por cada libra de algodón, y eso significaba que había estado cargando algo así como 500 libras en un día, y de ello le quedaba como estigma una espalda parecida a la de un esclavo tasajeado con un látigo muy delgado y un dolor de cuerpo del cual no habría de recuperarse en mucho tiempo. Sin embargo, Dante insistió en que aquéllo tendría un final feliz. Su inscripción como trabajador del programa bracero habría de realizarse en los próximos dos meses, y él continuaría trabajando el tiempo que durara esa cosecha. Luego agradecería al dueño, y junto a Beatriz se encaminarían a Oregon para gozar de la vida, de la libertad y del permiso de trabajo.

Tampoco el negocio de las tortillas había funcionado. Los trabajadores eran muy pobres, y hacían las suyas o sencillamente no comían.

—¿No sería bueno, Dante, que de una vez por todas hables con el contratista o con el patrón para que sepas cuándo tendrás el papel ese por el que te estás matando?

La desconfianza de Beatriz crecía al mismo tiempo que la tristeza de ver a su marido convertido en una bestia de carga. Por ello insistió en esta sugerencia muchas veces, pero Dante no tenía siquiera tiempo de escucharla más que en sueños.

Cuando llegó la quinta semana, Dante pesaba quizás 20 kilos menos. Nunca había sido un hombre corpulento, pero sí atlético, y ahora estaba a punto de perder la sombra. Una mañana no pudo levantarse y por más intentos que hizo, las piernas no le dieron para ir al trabajo. Hacia el mediodía se presentó el contratista para informarle que su rendimiento había disminuido día tras día y no era lo que la empresa esperaba de él. Le dijo que ese año, el patrón no lo iba a inscribir en el programa de braceros; había muchos otros trabajadores que lo merecían un poco más. Tal vez, el próximo año . . .

No fue tan fácil sacar a Dante del barracón en el que había pasado varias semanas y ponerlo en pie para llevarlo a la ciudad y allí embarcarlo en el Greyhound, porque recién había salido de una larga fiebre y tenía dolores en todo el cuerpo que le impedían ponerse de pie. Sin embargo, el contratista estaba impaciente porque necesitaba entregar la cama a otro trabajador. Por eso, después de 48 horas de haberle dado aviso, mandó a dos peones fuertes para que lo levantaran y lo pusieran sobre la camioneta que lo llevaría hasta el autobús.

Dante durmió casi todo el tiempo que duró el viaje, pero de vez en cuando podía admirar los extraordinarios molinos movidos con la energía del sol que daban fuerza y vitalidad a toda la tierra cultivable de California. En sus sueños, Dante sentía que esos molinos lo custodiaban.

—Ya verás que pronto terminaremos de atravesar California y entraremos en Oregon.

En Oregon, no parecía existir la muerte. Los árboles conversaban con otros árboles. De ellos salían ardillas, halcones, golondrinas, águilas, gansos salvajes y caballos de paso. Las hojas en el otoño cambiaban de colores. Bajo los árboles, crecía sin cesar una tierra extensa y generosa.

—Ya verás como Oregon será lo mejor para comenzar nuestro matrimonio —dijo Dante.

—No hables más, por favor. No es necesario.

Beatriz no quería que su marido se cansara en vano. Prefería que siguiera descansando. Tal vez de esa forma, no sólo el dolor, sino también la decepción continuarían evaporándose. No necesitó insistir porque en la parada de la estación de Paso Robles, subieron dos señoras, una pareja con su bebé y detrás, dos hombres uniformados de verde.

Dante no volvió a hablar.

13
Su corazón tenía miedo; él, no.

Luego de unas veinte paradas forzadas por el problema del motor y otros desajustes mecánicos, Dante y Virgilio divisaron las luces de Las Vegas, tan radiantes como suelen ser las ilusiones. Dante decidió detenerse. Era pasada la medianoche y decidió aparcar en el estacionamiento de casas rodantes más próximo, un pequeño claro del bosque bajo un cielo intenso y una tierra con fulgores fantasmales. Una luna gigantesca y amarilla se suspendía a plomo sobre la van.

Las luces de la ciudad eran reales. Lo que era una ilusión era la ciudad misma porque la van no estaba aparcada cerca de Las Vegas sino de Salt Lake City, en Utah. En realidad, la intuición no le había servido mucho a Dante, y en vez de bajar hacia el sur, había atravesado la cordillera de las Cascadas en dirección hacia el este y había continuado por tierras montañosas que lo habían confundido por completo. Las luces ondulantes que se divisaban a lo lejos no pertenecían a los lujuriosos casinos de Nevada sino a los ábsides rojos de la catedral y a los templos de la austera ciudad de los mormones. Dante no lo sabría sino hasta mucho más tarde.

Mientras tanto, parecía que todos los choferes del mundo hubieran decidido estacionar en el mismo parque, y Dante daba vueltas y más vueltas en busca de un sitio libre. Cuando lo encontró, ya estaba muy cansado. Tal vez ya estaba en medio de los sueños cuando apagó las luces frontales.

—Oye, Virgilio, a lo mejor me equivoco, pero ese lago de enfrente está donde no está, o no está donde debería estar.

Ya eran las seis de la mañana, pero Luna, Marte y Venus todavía navegaban en el azul intenso del oriente. Flotaban en línea, lo cual es habitualmente fatídico porque hace que los viajeros se confundan, los barcos naufraguen y los amores difíciles se vuelvan imposibles. Dante recordó que en su infancia uno de sus abuelos le enseñó a orientarse por las estrellas de la Osa, y le aconsejó recelar de las perfidias de Luna, Marte y Venus cuando se tropezara con ellos, sobre todo si estaban en línea y dieran la impresión de andar acompinchadas.

—Virgilio, tengo que decirte algo. Este lago no está en Las Vegas. Mejor dicho, no estamos en esa ciudad, y de acuerdo al mapa, quizás hemos llegado a Lake Tahoe, donde hay un lago como éste. Por lo tanto, vamos a salir cuanto antes de este campamento, y en unos cuantos minutos estaremos en la ciudad.

Pero avanzaron y avanzaron y avanzaron sin llegar a ninguna parte. Como si estuvieran en la luna, los prados se convirtieron en desiertos y las suaves colinas en montañas pardas de cristal. Varias horas y mucho cansancio fue la señal de que habían llegado a Salt Lake City, Utah, y que habían pernoctado a orillas del Gran Lago Salado. Ya no había forma de intentar desde allí un viaje directo hacia Las Vegas porque eso involucraba muchos días más de viaje, y la van había llegado hasta allí con las justas.

—Creo que nos volvemos a Mount Angel —dijo Dante después de un largo silencio. Estaba avergonzado de haber tomado varias carreteras equivocadas y de haberse perdido en los caminos—. Nos volvemos, Virgilio —añadió.

Hablaba solo como las personas que toman las decisiones más recias de su vida. Le dio al arranque, pero el vehículo no le quiso obedecer. Insistió, y tan sólo escuchó una melodía triste de motor agonizante. Entonces, bajó de la van, abrió el capó y comenzó a lijar los bornes de la batería. Volvió a su asiento, pero esta vez no se escucharon sino chasquidos.

Eso no lo iba a impacientar de ninguna manera. Extrajo la caja de herramientas y comenzó a trabajar con ellas en el motor. A dos horas de trabajo, todavía seguía como al principio. Entonces, un pájaro azul emergido desde algún árbol lejano se posó en una rama que daba sobre el vehículo como si le interesara la mecánica. No parecía tener miedo del hombre. Dante alzó la vista y recordó que los pájaros de penacho azul son los más cercanos a Dios porque su silencio y su trinar son el eco de un silencio muy grande y el resonar de un pensamiento muy profundo.

Eso le dio más seguridad. Cuando subió otra vez a la van, oprimió el acelerador con la certeza de que todo iba a ir bien, y así fue. Después, alzó la vista para buscar al pájaro, pero ya no lo vio. Entonces, se volvió hacia atrás para ver cómo estaba su compañero de viaje. Esta vez, Virgilio se dignaba a mirarlo, pero lo hacía como si le estuviera preguntando "¿Se ha terminado la búsqueda de tu hija?"

—Me regreso a Mount Angel, pero sólo para cambiarle el motor a la van. Después volveremos a la carretera, Virgilio.

El regreso comenzó rápido y feliz. En vez de volver con los ojos de la derrota, Dante parecía tener el ánimo de quien ha conquistado la etapa más difícil de un camino muy largo. Luego de un día de viaje, la van se deslizó paralelo a las ondas perezosas del río Willamette, en pleno corazón de Oregon, mientras un verano indio se extendía sobre el valle y coloreaba el bosque. Roja y caliente estaba la tierra, y los aires repletos de pájaros y de vida daban la impresión de que Dios hubiera ordenado que por lo menos durante una semana nadie falleciera. La carretera se hundía y levantaba para entrar y salir a través de pequeños pueblos donde las casas y la gente eran leves. Era como si, en el camino, Dante, Virgilio y la van se hubieran puesto de acuerdo en ser felices, o como si los tres se hubieran curado por fin de un hechizo interminable.

De pronto, el receptor del vehículo se prendió e hizo que entraran "las ondas amigas de La Grande, la radioemisora de todos los hispanos" que justamente en ese momento propagaba un programa en vivo de la Noble Pareja. Dante puso el receptor a todo volumen.

La carretera se convirtió en un hilo que alguna vez terminaría en Mount Angel. Dante trató de imaginar qué sería de él si el bosque no existiera, o si él no pudiera verlo. Se preguntó qué sería de él sin el recuerdo interminable de Beatriz y de su pueblo lejano, y pensó que era un hombre afortunado. Mientras avanzaba hacia su destino, jugó a recordar todos sus bienes, y no pudo terminar de hacerlo. Dio gracias por las tunas de color encarnado y los tamales fragantes y calientes, por el metate y el molcajete que sirven para preparar tortillas y salsas picosas, por el churipo que se hace con chile rojo y verduras, por los cazos de cobre donde se cocinan las carnitas, por el olor que trascienden el pozole y los chilaquiles, por los nopales que se limpian de espinas y son excelentes para la ensalada, por la forma de los tréboles y el aroma de la hierbabuena que inundan la memoria, por las papayas y los membrillos, por las guanábanas y los tejocos, por las piñas, las mandarinas y los plátanos, por el olor de las limas y el sabor de las naranjas en pleno mediodía.

Mientras Virgilio entornaba los ojos, Dante evocó los caballos que había conocido en su profesión y desenredó de su memoria los pura sangre que había curado, alimentado, domado y acompañado en jaripeos y charreadas donde todo el mundo bailaba y se emborrachaba. Pero no terminó de pensar en ellos porque empezó el programa que daba consejos a la gente.

¡Gong!

¡Gong!

Ése era el sonido característico con el que se anunciaba el programa de los astrólogos.

Entonces, nada estaba perdido. Nada, realmente, porque ahora su memoria se ponía roja y se embarcaba en la calentura, y agradecía por su mujer, por la pasión, por la cama, por las rodillas, por los ojos, por la ternura, por el deseo, por el encantamiento, por el amor a escondidas y otra vez por los caminos que había recorrido cuando dejó que los caminos lo llevaran por las colinas de Taxco, por el volcán de Colina, por el bosque de Tapalpa donde hay un laberinto y el que entra en él se pierde para siempre y tiene que nacer otra vez para volverse a encontrar, por la señora muerte que viene a buscarnos y nos trae saludos de los que se fueron antes y recuerdos de los que no volverán, y también por la ley de la vida que junta el reír con el llorar en una misma canasta de la misma forma que empierna al hombre con la mujer y a Jalisco con Michoacán, y, por fin, por el guitarrón y la trompeta cuyo alarido eterno será lo primero que escuchemos apenas se nos acabe este mundo.

¡Gong!

¡Gong!

El gong que escuchaba no provenía de un místico templo oriental ni siquiera del departamento de efectos de la radio, como antes lo había pensado. Eran piezas del motor y de la estructura del vehículo que se habían ido soltando en la carretera y que, por fortuna, habían rodado fuera de ella. Al último gong que escuchara, se encontró rodando con Virgilio a su lado en la cabina.

Mientras emergía de la cabina, el piloto comenzó a pensar cómo se podía hacer para llegar hasta Mount Angel en esas circunstancias. En las carreteras norteamericanas es imprescindible tener un mapa porque en ellas no aparece gente caminando. Además, en los servicios de gasolina no se puede encontrar a una persona dispuesta a ofrecer un derrotero porque los empleados sólo conocen 20 cuadras a la redonda. De todas formas, familiarizado con el paisaje que había visto durante años, Dante se dio cuenta de que estaba en el valle central del río Willamette y muy cerca de la ciudad de Eugene, a unos 80 kilómetros de su destino. Decidió abandonar lo que restaba de "la poderosa van". No había mucho que sacar de la cabina. Tan sólo puso sobre el lomo de Virgilio una bolsa con algunas fotografías y los pocos comestibles que le quedaban. Dejó la autopista número 5 y se encaminó hacia la 99 porque la primera era de alta velocidad, en tanto que en la otra había una vereda para ciclistas. Por allí caminó al lado de Virgilio.

La carretera parecía estrecharse al adentrarse en los bosques y a veces desde una altura podía verse perfectamente el zigzag que trazaba al descender. Entonces, Dante y Virgilio dejaban el camino principal y caminaban por las pendientes robando distancias. Pero 80 kilómetros son 80 kilómetros, o más, cuando uno va caminando cargado de tantas penas. Al anochecer, Dante encontró una era de alfalfa y empujó a Virgilio para que se alimentara. Dante devoró los dos tamales que tenía en la alforja. Después acamparon en un pinar protegidos sólo por los flacos troncos en contra de un frío que se acrecentaba a esas horas.

Muy temprano, se detuvieron frente a la línea ferroviaria porque estaba cruzando un tren interminable, de esos que cargan maderas y provisiones. Ni una cara humana se asomaba a verlos, y eso tranquilizó a Dante, quien no sabía cómo iba a explicar su situación al que se lo preguntara. Pero los vagones eran centenares, y el tren, además de ir muy lento, se detenía con frecuencia. Entonces, el viajero decidió dejar la carretera perpendicular al ferrocarril y, por el contrario, ir siguiendo un camino de herradura al lado de la línea ferroviaria. Así, avanzaron unos diez kilómetros. Lo único malo del asunto es que ese camino atravesaba propiedades particulares con rótulos amenazantes que rezaban PRIVATE PROPERTY. NO TRESPASSING, y ya no había manera de volverse a la carretera.

Al lado de un pequeño puente, había una casita de aspecto pobre y tremebundo. De allí salió cojeando un perro triste y muy sucio que se acercó a Dante y comenzó a olisquearlo.

—¡Perrito, perrito! —dijo Dante.

—Muérdelo, Sultán —gritó una voz que salía desde detrás de la casita. El animal dio un salto y logró rasguñar la cara de Dante.

—¡Mieeeerda! —clamó Dante.

—¡Chingao, ladrón! ¡Muérdanlo! ¡Cómanselo! —siguió ordenando la voz, y comenzaron a salir perros de todas partes. Después, la voz se perdió bajo los ladridos que la ahogaban.

Virgilio, cargado con la bolsa de Dante, estaba detenido y no mostraba reacción alguna. No corría y no se defendía.

—Parece que hay dos. Mátenlos de una vez, cabrones —dijo de nuevo la voz pero luego de un rato reflexionó—. ¿Mierda? ¿ha dicho usted mierda?

Dante no respondió.

—Le pregunto si ha dicho mierda. La palabra mierda.

—Usted disculpe. Discúlpeme. Era por los perros. . .

—¿Disculpe? ¡Qué tengo que disculpar! Sultán, Duque, Maldito, vuelvan. Vuelvan, que son gente de bien. ¿Y se puede saber de dónde es usted, amigo? El viejo era guardián de una casa en la que se guardaban herramientas. Su tarea consistía en vivir en la casa con los perros y evitar la entrada de extraños.

—De Sahuayo, Michoacán.

—No le oí, repita.

—Sahuayo, Michoacán. Mi-choa-cán.

—No tan fuerte, que no soy sordo.

Cuando logró entender que Dante era de Michoacán, le pidió disculpas y le rogó que pasara.

—Pues, mire usted qué casualidad, yo también soy de allí. ¿De qué pueblo dijo que era?

Pero antes de que Dante mencionara otra vez el nombre de su pueblo, el viejo se metió a la cocina. La casa olía a tortillas de maíz podridas.

—¿Quieres comer algo? —dijo, pero no encontró respuesta. Entonces se acercó más a Dante y descubrió que no tenía más de lo que llevaba puesto y que la alforjita del burro sólo parecía cargar papeles.

De nuevo, entró en la cocina que podía verse desde la pequeña sala. Comenzó a tararear una canción de José Alfredo Jiménez. Se paseó de un lado a otro sin encontrar nada. El viejo abrió la puerta de un refrigerador amarillento y sacó un plato con unas enchiladas viejas y las metió en un microondas para calentarlas.

—Aquí muy cerca hay un corral de caballos. Podemos dejar a su bestia un momento en el pesebre. Se va a dar un atracón de alfalfa.

El viejo habló de Michoacán, de la época en que salió de allí, de su mujer fallecida y de sus dos hijos, pero no preguntó qué hacían un hombre y un burro transitando cerca de una autopista de los Estados Unidos. Tal vez lo supuso un perseguido por la justicia, pero respetaba a los hombres valientes, y había aprendido desde niño que nunca es bueno saber más de lo necesario, y que los soplones son unos miserables.

Era guardián porque, ahora viejo, sólo servía para eso. Se le había dormido el brazo izquierdo, pero con la pistola en la mano derecha hacía maravillas, aseguró. Tenía voz bronca, un porte escuálido, llevaba un sombrero gigantesco y disparaba al aire cada vez que escuchaba pasos o cuando sus perros ladraban.

—Sírvase, también hay frijoles —le dijo a Dante cuando puso el plato calinete en la mesa.

—No puedo pagarle.

—¿Pagarme? ¿Y de qué si se puede saber? —preguntó el viejo. Tomó una enchilada y se la llevó a la boca.

El perro sucio y tristón que recibiera a Dante estaba allí con ellos.

—Se llama Sultán —dijo mientras le ofrecía al animal un pedazo de enchilada.

Sultán, quijada en el suelo, levantó los ojos y se entusiasmó. Dio un salto, se puso en dos patas y mordió el bocado.

—Lo había tomado a usted por uno de los mártires, y por eso no disparé.

Dante le preguntó quiénes eran los mártires.

El perro levantó el hocico y escrutó con sus ojos tristones al visitante. Lo olfateó unos segundos y por fin pareció aprobarlo.

—Los mártires son buena gente. ¿Sabe? Un poco tronados, pero buena gente.

—¿Entonces, no son forajidos?

—Disparé al aire sólo para asustarlos.

—No entiendo bien. ¿Por qué les disparó?

—Ya le dije que disparé al aire. ¿Forajidos? ¡no tienen nada de forajidos los mártires!

Los mártires pasaban por los caminos rurales de uno en uno o en pequeñas caravanas. Cargaban el agua en cantimploras hechas con cuero de cerdo. Se dejaban la barba y el pelo muy largo. En vez de ropa convencional, vestían con túnicas como la gente de la *Biblia*. El pellejo de cabra les servía de abrigo. Se detenían en las casas rurales para leer la *Biblia* a sus ocupantes, pero no eran muy bien recibidos porque apestaban. No se molestaban en convertir a su fe a los mexicanos porque sus profetas hablaban solamente inglés, pero no disimulaban su interés en hacerles conocer algún día la nueva fe. Acogían con gran simpatía a quienes ya eran bilingües. Eran naturistas, vegetarianos, orgánicos y enemigos de todos los males de la civilización. Para ellos, Satánas había inventado la televisión y el microondas. Sin embargo, enviaban sus mensajes por correo electrónico y tenían una página web. El sol y la vida a la intemperie los habían tornado morenos y rojizos como las cebollas cuando se dejan en un frasco con vinagre. Aseguraban que el segundo diluvio estaba por llegar, y por eso habían dejado sus casas y ciudades y todo lo que oliera a pecado, a gasolina y a dedeté.

—A mí quisieron llevarme con ellos porque hablo bien el inglés y porque les conté que en mis buenos tiempos había sido amansador de ganado.

—¿De veras? Como yo. Pero, ¿de qué podemos servirles los amansadores?

—Es para cuando llegue el fin. Primero, la tierra se va a poner bien roja. Eso me dijeron. Fíjese en la huella que usted deja, ¿se da cuenta que está un poco más roja que ayer? Según ellos, eso es seña de que la caldera se está calentando y cuando hierva, el cielo se va a venir abajo. Y todo eso ocurrirá debido a los pecados de la gente, a los insecticidas, a la gasolina, a los abonos artificiales y al poco cariño con que hemos estado tratando a la tierra. Lo cierto de esto es que lloverá cuarenta días y cuarenta noches, y todas las llanuras del mundo serán inundadas. Por eso ellos están llevando ganado a las montañas.

—Le estaba preguntando por los amansadores. . . .

—A eso iba. Después del diluvio, los animales se pondrán muy nerviosos, y allí es donde entramos nosotros. Será necesario domesticarlos de nuevo, darles de comer azúcar, hablarles despacito, silbarles. Los hombres con sangre dulce para los animales seremos muy necesarios, valdremos nuestro peso en oro.

—Pero no creo que para entonces haya animales suficientes.

—Ni animales ni gente, señor. Pero ellos dicen que saldrá el arco iris, y detrás de él, se presentará el Señor para hacer un nuevo pacto con la humanidad y ordenar a gritos que se multipliquen la gente y los animales. En mi humilde opinión, el Señor va a volverse ronco gritando porque usted sabe que los güeros son un poco flojos para esos menesteres. "No esperen el sábado ni la noche", gritará el Señor, "creced y multiplicaos", y los güeros tendrán que desvestirse, lavarse los dientes, pasar por la ducha y a veces incluso recurrir a ciertos medicamentos, además de pedir permiso a la señora para levantar la cobija y meterse en su cama gemela. No, Señor, para mí que en ese momento, seremos más útiles los hispanos.

Los mártires pasaban con frecuencia por el rancho porque tenían campamento en un monte cercano. Estaban instalando corrales, y de vez en cuanto se llevaban alguna herramienta sin pedirla porque, según decían, esas eran órdenes del Señor, pero el viejo no estaba dispuesto a permitirles que le robaran.

—Algunas familias construyen el arca con medidas tomadas de la *Biblia*. Los últimos que pasaron por aquí eran hombres solos. Cuando les pregunté por sus familias me dijeron que las mujeres y los niños iban a subir al arca y permanecer en ella hasta que las aguas se calmaran. Los hombres estarán en los lugares altos cuidando el ganado, pero algunos viajarán en el arca como navegantes. Allí también irán los pájaros, los perros y los gatos.

Cuando Dante quiso saber más, el viejo comenzó a fastidiarse porque no le gustaba ser chismoso, pero le contó que en California, Oregon y Washington había gente construyendo arcas, aunque lo hacían muy en secreto debido a la incomprensión de la policía.

—Me parece que estoy abusando de su tiempo —dijo Dante pensando en el suyo. Las enchiladas lo habían reconfortado, pero estaba impaciente por volver al camino y llegar de vuelta a Mount Angel cuanto antes.

—¿Dijo usted que también ha trabajado como amansador? —preguntó el guardián con los ojos brillantes.

—Sí señor.

—¿Y se puede saber qué pura sangre ha conocido?

—Conocer, lo que es conocer, no. Pero he oído mentar a algunos muy buenos y sé quiénes fueron sus padres.

Ese era un tema preferido por huésped y anfitrión. Dante se olvidó de que tenía prisa. Los dos hombres repasaron y describieron todas las bestias que habían conocido y de las que habían oído hablar. No se pusieron de acuerdo en el origen de los caballos de paso, y ese asunto les tomó más tiempo y unos tacos de frijoles. El viejo concebía la sociedad humana como un inmenso corral de caballos. Su lenguaje estaba colmado de términos equinos. Para él, Adán había sido un semental de parada y Eva, una potranca fina. Por su parte, Noé también era cosa seria. Antes de embarcarse, había hablado con dos ángeles (probablemente criadores) quienes le dieron instrucciones para que fuera más rápida la reproducción de la especie.

Los latinos, según él, eran una preciosura de raza, pero sus corrales estaban un poco descuidados.

—Los güeros no saben lo que se pierden. Deberían aceptar a todos los que quieren entrar. No sólo eso. Deben invitarlos para que vengan a mejorar estas razas frías del norte.

Dante nunca había pensado en eso, pero le pareció muy sabio. Ese fue el momento escogido por Dante para recordar a Beatriz y la lejanía de Emmita. Ansiaba escuchar los consejos del viejo. A lo mejor él sabía cómo recuperar a la joven. Hundió la mano en la alforja y extrajo de allí las fotos de ambas. Las tendió sobre la mesa. Pero antes de que dijera quiénes eran, el viejo hizo sus comentarios.

—¡Qué buena potranca! —exclamó al ver la foto de Beatriz. Es el mejor producto que he visto en mucho tiempo —comentó acerca de Emmita.

Así se les fueron pasando las horas. Habían comenzado a desayunar a las siete de la mañana, y ya era mediodía cuando una camioneta negra, enorme y polvorienta se estacionó frente a la casa.

—Viejo, *what's going on here?* —dijo una voz desde el interior del vehículo.

Y el viejo respondió en inglés: —*Nothing. Want* enchiladas?

Los dos hombres de la camioneta trabajaban para la misma empresa en que laboraba el viejo. Dijeron que no querían enchiladas porque ya habían comido y le dieron algunas instrucciones. A Dante ni siquiera lo miraron.

Al cabo de una hora, vinieron otros. Uno era norteamericano; el otro, chicano y hablaba la mitad en inglés, la mitad en español.

—¿Algún problema? —preguntó el viejo.

—El burro.

—Ah, el burro. Allí está en el pajar. Estaba hambriento el pobre.

—El burro no vino solo. ¿Quién lo trajo?

—¿Quieren llevarse unas enchiladas para el camino?

—El güero quiere saber quién es el hombre que está contigo para reportarlo al *boss* —dijo el chicano, quien veía a través de Dante.

—¿Quieren llevarse unas enchiladas para el camino?

—No te hagas el gracioso. Oye, ¿se puede saber quién eres?

—También tengo huevos rancheros y pimientos morrones.

—*Who are you?*

Recién entonces Dante comprendió que se estaban refiriendo a él. No estaba acostumbrado a hablar con chicanos porque le parecía que hablaban muy cerrado. Salió a la puerta de la casa y vio que los hombres tenían a Virgilio. Luego de descubrirlo en el pesebre, le habían puesto un lazo al cuello y habían logrado que subiera a la tolva de su vehículo.

El polvo que levantó la camioneta al entrar en el pesebre seguía flotando lentamente. El americano estaba al timón y el chicano lo esperaba con una escopeta apoyada verticalmente sobre el muslo.

—Te pregunté quién eres.

El chicano puso el cañón de la escopeta contra la oreja izquierda de Virgilio, pero Dante estaba paralizado y no sabía qué responder.

—¿O prefieres que le quiebre la pata primero? —dijo el chicano apuntando hacia la pata de Virgilio mientras el americano sonreía. Le susurró algo al oído.

—Dice el güero que subas a la tolva.

Dante obedeció, sin decir palabra.

—No sé por qué te pregunté quién eras. Tú no eres nada. No eres nada, pinche cabrón.

Antes de partir, el chofer comenzó a usar un teléfono celular.

Movía los brazos al hablar, y eso a Dante le parecía extraño porque los americanos casi no hacen gestos. De vez en cuando, lo señalaba con el dedo y luego volvía a la conversación. Al final rompió a reír y le dijo algo a su ayudante y éste también se rió.

—*Hold on.* No te vayas a caer —grito el chicano quien se comía las palabras con la risa—. No te vayas a caer . . . a caer.

La camioneta partió a toda prisa. Se dirigía hacia el norte y Dante creyó que lo estaban llevando a su destino, pero luego viró hacia el oeste y avanzó hacia la montaña más alta de la costa oregoniana, Mary's Peak. Allí tomó uno de los caminos de ingreso y comenzó a subir curva tras curva durante más de dos horas. En ese escaso tiempo, el paisaje cambió por completo. El pacífico bosque se borró atrás, y en su lugar una montaña negra daba rápido acceso a la camioneta. Eran centenares de curvas las que subían, como si marcharan en vertical pero haciendo enes hacia la cumbre. Apenas serían las cuatro de la tarde, pero el sol se quedó olvidado allá abajo.

La camioneta por fin se detuvo en una gélida explanada que debía ser la cumbre, pero el chofer no apagó el motor, acaso por miedo de que el frío lo paralizara. Dos golpes dados en la ventana por el chicano desde la cabina alertaron a Dante.

—*Get off.* Oye, tú, *get off with your ass.*

Se lo repitió a gritos porque Dante no le había entendido.

—Dice el americano que si te encontramos otra vez *trespasando* propiedad ajena, no vas a vivir para contarla. Ni tú ni tu burro.

Así llegó Dante al mundo de la oscuridad, pero no podía quedarse allí porque hacía mucho frío. Tomó la soga de Virgilio y comenzó a buscar el camino de regreso. Cuando lo halló, se le ocurrió que estaba entrando en un embudo en el que sólo había árboles que se quejaban y rocas negras. Tal vez era noche de tormenta y quizás el cielo era rasgado por relámpagos, pero no podía ver el cielo. Salió del embudo más allá de la medianoche y el camino lo condujo por un valle blanco. La luna, que recién se dejaba ver, le permitió divisar un pálido lago y una covacha abandonada donde podrían pernoctar. Todavía estaba lejos, y mientras se dirigía hacia ella con el animal detrás de él, sintió que todo parecía un sueño.

Durmieron en la covacha hasta bien entrado el día porque el día no entraba del todo en esos andurriales. Serían las nueve o diez de la mañana cuando Dante sacudió la rienda de Virgilio y lo guió hacia el camino. Todavía estaban en un lugar muy alto y deberían caminar algunas horas para llegar hasta la planicie en la que encontrarían la carretera principal.

—Apúrate, Virgilio, que ya no tenemos alimentos —apremió Dante mientras soltaba la rienda para que la bestia se adelantara un poco y le mostrara el camino. Así marcharon durante casi una hora cuando de repente Dante escuchó algo parecido a la explosión de un globo de luz eléctrica. Echó a correr, pero no encontró a Virgilio que le había estado adelantando unos cincuenta metros. Avanzó hacia la cornisa de la montaña y vio que Virgilio había resbalado por la pared del cañón y se había ido volando en el vacío hasta perderse en la sima blanquecina donde posiblemente lo esperaba la muerte.

Para llegar hasta allí, Dante tuvo que caminar otra hora. Corrió, voló, resbaló varias veces, saltó y volvió a caminar y a correr para llegar cuanto antes al lugar donde había caído Virgilio, y mientras lo hacía, se iba preguntando si los burros tienen alma. Se dijo que deberían tener una y que Dios no podía ser tan injusto en ponerles tanta carga sobre sus espaldas y negarles un alma. Por fin lo divisó y se asombró de que el cuerpo hubiera caído entero. Cuando llegó hasta él, no pudo creerlo, Virgilio estaba vivo y descansaba sobre un pozo de arena. Fue una de las pocas veces en que Virgilio dejó de mirar imperturbable hacia un costado. Esta vez, levantó la cabeza, sacudió las orejas y se lo quedó mirando.

Una primera inspección lo convenció de lo increíble. Virgilio estaba entero y ni siquiera se había golpeado contra las rocas mientras caía. Había aterrizado sobre una pendiente de arena y en ella había resbalado como en un tobogán. Le tocó la nariz y estaba húmeda; le palpó las costillas y estaban completas, y antes de que le diera la orden, Virgilio se levantó y comenzó a seguirlo como si nada hubiera ocurrido. Un rato después llegaron a la carretera que pasa cerca de Mary's Peak.

Abajo había un grupo de hombres reunidos junto a una flota de camionetas. Por su aspecto, que se parecía mucho al suyo, barbas, túnicas, melenas sucias, supuso que había llegado a un campamento de mártires.

No le hicieron preguntas porque seguramente lo creían uno de ellos.

—*Want a ride? Hey, want a ride to Salem? . . . Get in, man.*

Desde la tolva de una camioneta, un hombre le extendió la mano: —*Get in, brother.*

Aunque Dante no entendía inglés, sí entendió que le estaban ofreciendo llevárselo a Salem, donde estaría ya muy cerca de su destino. Sin embargo, se aferró a la rienda que sujetaba a Virgilio y no extendió la mano al tipo que lo quería ayudar. A ningún lugar del mundo se iría sin su amigo.

El chofer intercambió una mirada con otro que iba a su lado. Primero fue de perplejidad; después, de alegría. De súbito se habían dado cuenta que era una excelente idea llevar el animal a la manifestación.

—*Of course, no problem. Get in, man. Get in with your donkey.*

Dante gozó de un viaje agradable. Los mártires no le hacían preguntas. Le ofrecieron naranjas y le dieron palmaditas en la espalda. Iban a realizar una manifestación pacífica frente al capitolio de Salem. Se trataba de protestar contra el uso indiscriminado de pesticidas que estaban deteriorando la calidad de vida de los animales silvestres. Entraron en la ciudad y se dirigieron al complejo de edificios del gobierno en el centro. Después bajaron la puerta trasera de la camioneta para que sirviera de plataforma a Virgilio, y tanto a él como a su amo los acomodaron en un lugar muy próximo al capitolio. Un hombre gordo y rubicundo le ofreció un cartel a Dante y, con gestos y señas, le dijo que debería alzarlo cuando pasara el gobernador y también cuando los periodistas y los fotógrafos lo miraran.

Un periodista se le acercó y Dante posó junto a Virgilio. Esa foto la publicó un año después un diario que calificó a Dante de fanático ecologista y "mártir del arca".

Concluida la manifestación, una hora después, Dante avanzó

sosteniendo por la rienda a Virgilio por State y Center, las calles más importantes de la ciudad y dobló en Church. Curiosamente, nadie se fijaba en él. Un patrullero pasó veloz a su costado, pero los policías ni siquiera lo miraron.

En la intersección entre Church y Chemeketa, sin pensarlo, se dirigió hacia la iglesia San José. Ése era el camino para comenzar a salir de la ciudad, pero allí sí fue notado porque se había celebrado una boda mexicana, y toda la gente estaba en el atrio y en la calle felicitando a los novios y a sus padres.

Dante pasó por en medio de ellos sin atreverse a pedir un *ride*, y ésa fue la primera vez que lo vio el reportero. Lo habían invitado a la boda de Hortensia Sierra. Le preguntó a otro invitado.

—Oye, ¿y qué le pasa a éste?

Al reportero le dieron ganas de acercarse y preguntarle qué hacía en esa extraña tenida, pero no lo hizo porque alguien le preguntó si era amigo del novio o de la novia. No adivinaba que un año más tarde estaría escribiendo sobre Dante.

A Dante y a Virgilio no les hicieron ninguna broma, pero tampoco se acercaron a preguntarle qué hacía. En esos momentos todos se estaban distribuyendo para saber quién iba con quién y en qué carro a la recepción. Alguien dijo que el padre Victoriano Pérez seguro que estaba preparando una dramatización para el Domingo de Ramos y que el hombre y su burro harían de Jesucristo entrando en Jerusalén.

Un poco más tarde, Dante y Virgilio atravesaron el campus de la universidad de Willamette, transitaron por la avenida Lancaster y doblaron en Silverton, el camino que los llevaría a Mount Angel. Se tardaron unas cuatro horas entre caminar por la capital del estado de Oregon y avanzar hacia el pueblo, pero en todo ese tiempo, nebuloso, casi irreal, salvo los asistentes a la boda, nadie los vio. Quizás ocurrió lo mismo con el redentor del mundo cuando dejaron de vitorearlo a su entrada en Jerusalén.

Al atardecer llegaron a Mount Angel. Mientras Virgilio se hacía dueño de un tibio patio trasero, Dante se quedó dormido en su habitación. Soñó que cruzaba las fronteras junto a un inmenso grupo humano al que nadie podría detener jamás. Huellas sobre la tierra, talones, rodillas, pechos, hombros, nucas, cuellos, codos, manos, rostros, ojos, almas, sombras, todo caminando. Nadie les había impedido entrar. Nadie podría impedirles lograr lo que se propusieran. Nadie le iba a impedir a él conservar a su familia. Soñó que a la mañana siguiente volvería a preparar otro vehículo en el que saldría en busca de Emmita. Se preguntó si tenía miedo de lo que podría pasar y supo que aunque su corazón sentía miedo, él, no.

14
El corazón, los mandiles y los pantalones del motor

Al día siguiente, comenzó otra actividad febril para Dante. Consistía en construir un vehículo, pero había que hacerlo con amor, lo cual no era difícil para él porque siempre había tratado a los carros y a los animales de esa manera. Hacía como diez años, el dueño de la granja le había obsequiado la van cuando era un caos de partes mohosas. "Si la quieres, llévatela, allí verás lo que haces. Creo que el motor funciona, pero tienes que meterle trabajo", le había dicho. Dando algunas palmadas sobre el capó, Dante le había dicho: "Pobrecita, no te preocupes, yo te voy a armar". Se había dado maña en buscar o inventar los repuestos que faltaban e ir armándolos en sus horas libres. Cuando hizo todos los arreglos, pintó los colores de la bandera mexicana sobre el exterior de la van. Con ella, la pequeña familia hizo viajes semanales a diversos lugares cercanos.

Pero la van se había quedado tirada en la carretera. Felizmente para él, el patrón, asombrado ante el trabajo que había hecho con la van, le había regalado otro camión viejo. "Cuando te falten partes en la van, puedes sacarle las que te sirvan a este camión". Ahora al camión le faltaba de todo, pero había que poner harto amor en la nueva obra.

Dante tenía amor de sobra, dinero era lo que le faltaba. Por prudencia, al regreso de su fracasada expedición, Dante tuvo que volver al trabajo del que se había ausentado desde la quinceañera. Cada tarde al volver a casa, se tiraba al suelo a trabajar en la máquina mientras que Virgilio se acercaba a olfatear cerca de él. Primero, extrajo el motor viejo y se asombró de la situación en que se encontraba. Las lengüetas de latón revelaban muchos años de uso, la coloración amarilla hacía evidente que estaba sumamente oxidado, pero parecía tener ganas de girar otra vez como en sus lejanas juventudes. Después, le conectó a una manguera que apretó como si le estuviera midiendo la presión sanguínea.

—No, no hay que negarlo. Estas maquinitas tienen alma, Virgilio.

Día tras día, retiró una tras de otra las partes del motor para determinar cuáles tendría que sustituir. Después de dos semanas de trabajo, se dio cuenta de que las partes necesarias le iban a costar un dineral, pero no le asustó el problema porque sabía que también le hallaría solución.

Antonio Nole, un mecánico peruano amigo suyo, le obsequió la cabeza y las válvulas de un motor desechado. A Dante le correspondía la tarea de buscar el corazón y armarlo con los pistones, los casquillos, los anillos, las mangas, los tubos, el pantalón y los mandiles.

Semana tras semana, con su paga, compraba alguna de esas partes, y se pasaba toda la noche en el jardín. Los niños del barrio se asomaban fascinados por el esplendor de luces que armaba con la soldadura autógena. A sus vecinos, sin embargo, les parecía que estaba trabajando en vano, pero nunca se lo dijeron porque le tenían mucho aprecio y porque suponían que, despojado de la resbalosa esperanza, Dante dejaría de existir.

Los niños y sus padres lo acompañaban hasta un poco más tarde de las 8 de la noche. Mientras estaban los extraños, Virgilio, de pie junto al motor, fingía ser un burro indiferente, pero cuando aquéllos se retiraban, se acercaba a Dante y olisqueaba la construcción.

Una tarde, Dante estaba llegando a su casa en una camioneta prestada cuando notó que era seguido. La lejanía del carro trasero y el hecho de que estaba contra las últimas luces del sol impedían identificarlo. Bajó la velocidad y el carro tras él hizo lo mismo. Dante pensó que estaba equivocado y continuó la marcha hacia su casa, lo cual fue interpretado como una orden para que el carro de atrás acelerara.

Cuando estaba a una cuadra, percibió en los espejos las luces rojas y verdes destelleantes de un patrullero policial. Empezaba a ponerse al lado derecho de la pista. Cuando escuchó el altoparlante:

—Detente, estás rodeado.

Tenía que ser una equivocación, estaba rodeado por tres patrulleros que habían llegado a sumarse al que lo seguía.

—El arma. Tira el arma. Hazlo de inmediato —gritaba una voz en español. Dante no sabía qué hacer porque nunca había usado un arma.

—Tira el arma por la ventana izquierda.

—No, armas, no —fue lo único que Dante alcanzó a balbucear.

—Pon los brazos sobre tu ventana. . . . Muy bien . . . Ahora con la mano derecha, abre la puerta y sal.

—Ahora, las palmas de la mano sobre la cabeza . . . .

Bajó del coche y avanzó en la posición que le indicaban.

—¡Cuidado! . . . No avances más.

No fue necesario advertírselo porque antes de que diera un paso, un policía lo tomó por la espalda y le puso las esposas.

Luego el custodio lo condujo hacia uno de los patrulleros que tenía abierta una de las puertas traseras y lo obligó a entrar empujándolo por la cabeza.

—No, no, sácalo de allí y métVelo en su casa. Vamos a tener una conversación muy instructiva con él —gritó la voz del que probablemente era el sheriff.

Lo metieron en su propia casa por la puerta de atrás. Allí Dante contempló una escena desastrosa. El vehículo que construía había sido desarmado pieza por pieza. No habían podido alzar el viejo motor, pero lo habían dejado caer y se había rajado. Más de un año de trabajo estaba perdido, y habría que buscarlo entre los pistones, los casquillos, los anillos, las mangas, los tubos, el pantalón y los mandiles que había juntado laboriosamente durante todo ese tiempo. La cabeza y las válvulas yacían en el suelo, húmedas de aceite negro como las sangrientas cabezas de los degollados.

—¿Dice el sheriff que dónde está tu *Biblia*?

No tenía palabras, ni entendía a qué venía esa pregunta.

—¡Tu *Biblia*!

Más silencio.

—Y también pregunta por tu carnet del culto . . .

—¿Del culto? ¿Cuál culto?

—Lo destruiste. ¿Destruiste el carnet?

Dante no podía dar respuesta.

—¿Qué respondes a lo que se te acusa?

No hubo respuesta.

—¿Quieres decir que te estamos acusando en falso? ¿Insinúas que el sheriff miente?

Dante volvió a mirar el panorama de su trabajo destruido, y se levantó del asiento. No dijo palabra, sólo alzó los hombros.

—El sheriff quiere saber cuántas ovejas has matado.

—¿Cuántas qué?

—No te hagas el sordo. ¿Cuántas ovejas quemaste tú en los sacrificios?

Había dos policías que hablaban español. Uno de ellos quiso ayudar a Dante: —Ovejas. Ovejas para los sacrificios de los mártires. Mejor responde porque estás agravando tu situación.

—¿Cuántos niños has matado?

Dante no sabía qué responder. Su vista recorría los restos esparcidos del camión como si con los ojos pudiera armarlos de nuevo. Abría y cerraba los ojos para convencerse de que estaba soñando.

Entonces, el sheriff sacó de su carro un panfleto bilingüe que había sido encontrado cerca del capitolio cuando los mártires hacían su mítin.

—El sheriff quiere que te lo lea y quiere saber qué opinas. Es una cita de la *Biblia*.

El policía que parecía haber simpatizado con Dante leyó lentamente: —En aquel tiempo el Señor le habló a Noé y le dijo: "Dentro de 6 meses haré llover cuarenta días y cuarenta noches, hasta que toda la tierra sea cubierta de agua y toda la gente mala sea destruida. Pero quiero salvar a los buenos y a dos criaturas de cada clase viviente en el planeta. Te ordeno construir un arca". Y entre rayos y centellas le dio las instrucciones de lo que debía hacer, mientras, tembloroso, Noé sólo atinaba a decir: "Está bien Señor".

—¿Entiendes?

Dante los veía sin decir nada.

—Te estoy preguntando si entiendes.

—Está bien, señor.

El policía continuó leyendo: —"¡Dentro de seis meses se iniciará el diluvio!" llorando en el patio de su casa y no vio ninguna arca. "¿Dónde está el arca, Noé?" preguntó Dios.

—No te vamos a preguntar dónde está el arca, Dante, porque ya sabemos que estás construyéndola, pero queremos que nos cuentes otras cosas.

—Está bien, señor . . .

—Porque eso es lo que quieres hacer con ese camión, ¿no es cierto? ¡Un arca! Ya vimos que empezaste a juntar animales.

Dante vio con claridad el error de la policía, y trató de contarles que en el camión iba a salir de nuevo a buscar a Emmita. Pero lo interrumpieron.

—No te vamos a detener. Pero tú tienes que colaborar —añadió y después de quitarle las esposas fue hasta el patrullero a ver al sheriff quien no había salido de allí durante toda la inspección. Algo le dijo, y el hombre volvió.

—Dice el sheriff que hay libertad de palabra y de culto en este país. Dice que no estamos persiguiendo a los mártires, sino evitando que cometan actos criminales. Debes decirnos ahora mismo en qué montaña hacen los sacrificios de bestias y de niños. Nos lo dices, y nos vamos.

En vista de que Dante callaba, el policía utilizó argumentos más contundentes: —¿Tienes un permiso de construcción? ¿Has pagado el *copyright*? ¿Tendrá el arca un sistema de seguridad contra incendios? ¿Y los animales? ¿Tienes los certificados de vacunación? . . . Por último, ¿estás seguro de que no transportaras drogas en esa nave?

Sus palabras eran traducidas de vuelta al sheriff, quien parecía muy contento con la intervención. Pero, de pronto, sintió que faltaba algo. Llamó otra vez al policía, y éste corrió con otra pregunta.

—Dice el sheriff que en este país se respeta la diversidad, y quiere saber si en el arca estarán representados todos los grupos étnicos y las minorías sexuales . . . Aquí no hacemos discriminación contra nadie.

Mientras se desarrollaba la conversación, un técnico de la policía revisaba las piezas y la estructura destruida bajo la mirada de Virgilio. Luego de hacer la inspección, movió la cabeza en forma que indicaba una negación y fue hasta el carro del sheriff para decirle que el aparato que Dante había estado construyendo no era un arca. Más bien, parecía ser un camión.

—*Shit. Impossible!*

El jefe tomó su celular y comenzó a hablar a gritos con la persona que le respondía. Sólo se le escuchaba decir: *Impossible, impossible!* Después, volvió a llamar al policía y le transmitió otras preguntas para Dante.

—El jefe quiere saber si eres Dante Celestino. Y si eres el hombre que fue a denunciar la desaparición de su hija hace más de un año.

Cuando escuchó la respuesta, se la transmitió al jefe otra vez.

—*What? What do you say? His daughter? Is he crazy?* —El sheriff añadió otras frases, antes de estallar en una carcajada. Dio la orden y los policías se subieron a sus patrulleros.

Cuando todos los policías se fueron, Dante prendió una linterna eléctrica y comenzó a buscar pieza por pieza desde la cabeza hasta el corazón del motor. Le iba a tomar otros veinte meses arreglarla, pero lo haría. El recuerdo de su llegada a Oregon de la mano de Beatriz se empezó a formar en su mente mientras rastreaba el jardín en busca de otras piezas.

❻ ❻ ❻

Cuando Dante y Beatriz llegaron a Mount Angel huyendo del dolor y la agonía sufridos en el valle de San Fernando, Dante no alcanzaba a recuperarse del dolor de espalda y no pudo levantar a su mujer en brazos y hacerla entrar de esa manera en la casa. Apenas atinó a abrir la puerta y dejarla pasar. Después, entró él, se tendió en la cama y permaneció allí como un muerto hasta el día siguiente.

—Ésta va a ser nuestra casa —le había dicho a Beatriz mostrándole un pequeño dúplex que formaba parte de un conjunto y compartía con los otros departamentos los servicios de un parque, un gimnasio, un depósito de basura, un pequeño correo y una sede social comunitaria. Era lo máximo que, luego de vivir en galpones múltiples, había conseguido ahora que iniciaba su vida conyugal. Con Beatriz, entrarían también una familia de ardillas, un tucán, un halcón, un perro, un gato vagabundo y un pájaro cardenal de penacho azul, de esos que anuncian con un chillido que están viendo el otro mundo.

Las ardillas se mudaron a vivir en el árbol de enfrente. El perro buscó un rincón caliente en la cocina y lo ocupó como si ése fuera su derecho. El tucán murmuraba maldiciones contra los enemigos del dueño de casa. El halcón daba vueltas para hacer saber al mundo que protegía a los Celestino. El gato jamás entró en la casa, pero emergía del bosque a las siete de la mañana para ser alimentado por la dueña de casa. El pájaro cardenal era invisible, pero no cesaba de cantar todo el tiempo y de inundar con sus trinos el recinto de la nueva familia.

Años más tarde, Beatriz saldría de allí difunta, y todos aquellos animales se irían en silencio, lo cual para Dante sería la prueba de que los animales domésticos suelen ser ángeles guardianes. A la semana de que ella falleciera, Dante pensó que él también se iba a evaporar, que no habría fuerza sobre el planeta capaz de mantenerlo de pie. Los animales y los ángeles se habían hecho aire; el suelo se volvía aire, y el aire también el aire. La ventana de enfrente era lo único estable; a través de ella podían divisarse el cielo permanente y los bosques eternos de Oregon. Quizás de allí le vino el pensamiento resignado de que la vida dispone de un número limitado de sueños, y que aquéllos se van gastando uno tras de otro, y que no tiene sentido aferrarse a ninguno de ellos.

❻ ❻ ❻

Ahora que preparaba el camión para su viaje, Dante comenzó a sentir las pulsadas anunciadoras de que su viejo dolor de espalda estaba volviendo, pero esta vez no tenía a Beatriz para que lo ayudara a reponerse. Para distraerse del dolor, volvió a repasar lo que iba a hacer para no confundirse en la carretera. También le vinieron las dudas que lo azoraban. No sabía cuáles habrían de ser sus palabras con Emmita cuando estuviera frente a ella, ni cuál habría de ser la reacción de aquélla.

En otros momentos, no podía creer la historia que estaba viviendo; en principio, porque no entendía cómo la joven, a quien recordaba como una dulce niña, podía haberse hecho tan dura como para irse y alejarlo de su corazón. Cuando llegaba a casa, buscaba sin éxito la carta filial y cariñosa que durante todas las horas del trabajo esperaba, pero nunca le llegó. En la noche, mientras trabajaba, estaba atento a los vehículos que pasaban de rato en rato porque pensaba que la niña, súbitamente arrepentida, iba a bajar de uno de ellos. Desde que había regresado a Mount Angel, cada fin de semana viajaba a Salem para averiguar en el puesto policial si ya tenían una noticia. La noticia era siempre la misma, que cada año, millones de jóvenes desaparecían en los Estados Unidos y que no se preocupara porque la mayoría de ellos lo hacía por su propia voluntad y a veces para formar una linda familia. Cuando respondió que su hija no era una joven sino que todavía era una niña, el policía le preguntó entre risitas contenidas hasta qué edad eran niños, los niños en su país.

Luego de más de dos decenas de meses de trabajo, un inmenso vehículo plateado sacaba la cabeza por la puerta del jardín de Dante. El constructor podía sentirse feliz de que, no sólo había terminado la obra, sino que su patrón le había dado permiso para ausentarse e ir a buscar a su hija.

—No podría encontrar otra persona como tú, de modo que no te preocupes, puedes ausentarte con la seguridad de que tu trabajo te estará esperando, —le dijo y agregó— . . . al menos por un mes o dos.

Al día siguiente, cuando Dante quiso convertirse en chofer, no pudo ni comenzar a serlo. En el trance de subir hasta su asiento, una convulsión en su cuerpo se lo impidió. Era el viejo dolor que lo había atacado cuando recién llegara a la casa con Beatriz muchos años atrás y que ahora volvía con rabia. Era una tortura que venía desde el infierno y que le agarraba los brazos y lo sujetaba, lo asía de las manos y jugaba con ellas, lo tomaba de los pies y le impedía caminar, o le torcía el cuello para que sólo mirara hacia el norte. Hacia el norte.

Eran las once de la mañana, la hora exacta en que comenzaba el programa de la Noble Pareja. Dante se abalanzó hacia el interior de la nueva van y prendió la radio. Un instante después se escucharon el gong y los acordes musicales característicos y Virgilio levantó las orejas largas y peludas.

"Señoras y señores: aquí comienza un nuevo capítulo en sus vidas. Josefino y Mariana, la Noble Pareja, están ahora con ustedes para enrumbar e iluminar sus pasos hacia el porvenir, para eliminar esos odiosos dolores del cuerpo que los han venido atormentado desde hace tantos años y para que la suerte de ustedes cambie a partir de este momento. Sean bienvenidos a un consejo desde el mundo del éter con Josefino y Mariana, la Noble Pareja, desde las ondas amigas de la emisora hispana más escuchada del Lejano Oeste.

"Señoras y señores, durante el mes de marzo que estuvimos ausentes de este punto del dial, Josefino y yo viajamos a la Tierra Santa para traerles dos obsequios que ya muchos de ustedes conocen. El primero es el Cristo Afortunado y el segundo es el Detente Milagroso de los Tres Deseos" dijo Mariana dando paso para que Josefino hablara.

"Está de más decirles que el Cristo Afortunado y el Detente Milagroso de los Tres Deseos son verdaderos reflejos de salud y, gracias a ellos, ustedes estarán poseídos por la energía positiva y los majestuosos rayos ultravioleta que emiten, ya que, hablando dentro de las leyes de la parapsicología, son los verdaderos y los únicos rayos sensoriales contra la mala suerte de una persona y contra los dolores sin piedad que pueden haber sido causados por algún envidioso de su felicidad" aseveró Josefino.

Por más que Dante rebuscaba en sus recuerdos, no podía encontrar a nadie que envidiara su felicidad. Claro que había sido muy feliz con una mujer y una niñita maravillosas, pero ese tipo de felicidad no lo consideraba intercambiable. Además, no creía que la falta de papeles, su vulnerable condición de ilegal o la imposibilidad de visitar Sahuayo fueran hechos que alguien pudiera envidiarle.

Dante decidió ir a ver a la Noble Pareja. Estaba seguro de que si Beatriz viviera, aprobaría su decisión.

Acordes del corrido "Se van los gavilanes" interrumpieron por las bocinas del van.

❦ ❦ ❦

La noche de un viernes, Dante se unió a un grupo de personas que buscaban auxilio en el apartamento de la Noble Pareja en Corvallis. Una mujer de 35 años quería remedio para su artritis; sus manos deformes parecían las de una anciana. Un carpintero confesó que el serrucho se le resbalaba por el dolor intenso de las coyunturas. Dos mujeres estaban allí porque el marido de unas de ellas la engañaba, y por eso ella había ido acompañada de su madre. Una dama cuarentona y pálida había encontrado el amor de su vida, pero el amor de su vida no quería casarse con ella.

La Virgen de Guadalupe, gloriosa y bella, junto a un crucifijo del Cristo Afortunado y el Detente de los Tres Deseos conferían respetabilidad al lugar. El departamento estaba repleto de cachivaches, de periódicos amarillentos y de diplomas conferidos a la Noble Pareja.

El departamento se encontraba en un edificio para inmigrantes que habían logrado algo en la vida. Enfrente se extendía el inmenso campus de la Hewlett Packard, que había convertido a Corvallis en uno de sus centros mundiales.

La curación de Dante era uno de los actos programados para el final de la sesión. Como a las nueve de la noche hicieron que la clienta enamorada sin esperanzas de boda pasara al interior. Dante escuchó las indicaciones de que aspirara caldo de tabaco por la fosa nasal izquierda mientras contemplaba con amor implacable el retrato del hombre perseguido.

—Repita conmigo: "Te tendré a mis pies".

—Te tendré a mis pies.

—Vendrás.

—Vendrás.

—Me llorarás.

—Me llorarás.

—Me suplicarás.

—Me suplicarás.

—Me dirás que soy el amor de tu vida.

—Me dirás que soy el amor de tu vida.

—Me dirás que me buscas afanoso en tus noches y en tus sueños.

—Me dirás que me buscas afanoso en tus noches y en tus sueños.

—Me buscarás hasta volverte loco.

—Me buscarás. . . . —comenzó a decir la mujer, pero se interrumpió—: *Oh my God*, eso no es lo que deseo, no quiero que se vuelva loco . . . .

—Claro, pero usted me interrumpió. Repita, pero con más cuidado por favor: "Me buscarás hasta volverte loco de amor por mí y hasta rogarme que te acompañe al altar".

Mientras esto ocurría, Dante vio por la puerta entreabierta que Josefino, alto, calvo y con gafas de ciego, daba pasos como si marchara a paso de ganso en torno de la mujer que solicitaba la gracia del matrimonio.

Cuando le llegó el turno a Dante, los maestros le informaron que sus dolores de cuerpo iban a requerir varias sesiones para curarse. Lo hicieron aspirar caldo de tabaco y beber agua de Jamaica mezclada con perfume de Genciana. La mezcla de todo aquéllo le produjo náuseas y diarreas. Además, un sueño vehemente lo dejó postrado sobre su cama durante todo el fin de semana, pero la mañana del lunes se sintió mejor.

Libre de sus dolores, Dante se veía tan libre y tan sano como cuando Beatriz lo miraba con dulzura, le tapaba los ojos con las manos y lo llamaba "Dante, Dante" hasta lograr que la salud y la felicidad regresaran.

Dante intentó convencerse de que otra vez se hallaba sano y en paz, como las noches en que luego de una maravillosa batalla de amor, ambos se quedaban con los ojos en paz mirando el cielo y escuchando los corridos de su lejano Michoacán.

Sano, pero sin Beatriz y sin Emmita, pensó que sin ellas, todos los luceros se oscurecerían uno tras de otro. Sólo perduraría la luz de la luna, pero sería inservible para él porque aquélla sólo ampara a las parejas y a las familias unidas. El dolor lo hacía sabio, y le hacía saber que no hay mayor felicidad que aquélla que emana de ese rompecabezas de cuerpos, ayes e ilusiones que es el amor. Su entendimiento se hizo más sutil, y lo tornó a él, casi un analfabeto, en un hombre capaz de escuchar la voz de su difunta esposa y de comprender lo que dicen las plantas y los animales. Ese mismo día emprendió el segundo viaje con Virgilio como copiloto.

15
Emmita bajó al mundo por un túnel

De Mount Angel, Dante y Virgilio debían viajar hasta el centro de Salem y de allí salir por la calle Church, voltear a la derecha en Center y otra vez a la derecha en la 12. Llegar hasta Misión y de allí avanzar al este hasta la I-5. Tomar la I-5 hacia el sur, y no parar hasta llegar a Sacramento, California. Con el camión harían el recorrido en veinte horas.

Se aprendió de memoria el camino durante los largos meses que duró la construcción del vehículo. En Sacramento se quedarían un día y una noche en la casa de Che Maldonado que lo había invitado desde hacía mucho tiempo y lo había introducido al mate.

De allí venían calles con nombres tan bellos como River City Way, Millcreek Drive, El Camino hasta llegar otra vez a la I-5, donde recorrería 400 kilómetros hasta llegar a la ruta CA 46, que lo llevaría a la CA 99 y ésta a la CA 58 y después a la CA 14 y otra vez la CA 58 hasta llegar a la I-15, la cual lo llevaría hasta Las Vegas.

Lo iba repitiendo en forma de canto para no olvidarlo mientras Virgilio sacaba el hocico por la ventana. Salieron de madrugada y rodaron por carreteras que se adentraban en pastizales interminables. Las latas del vehículo crujían a ratos, pero Dante se lo achacó al frío. Puso el motor a velocidad moderada para no esforzarlo demasiado, era como si trotara a medio galope. El camino subió de un momento a otro en forma casi vertical hasta la cumbre de una montaña que parecía estar muy cerca de los luceros. A las tres de la mañana, las constelaciones daban la impresión de estar por fin en el sitio que les correspondía y Dante pensó que el destino de los hombres también había comenzado a arreglarse. Después, sólo hubo estrellas y silencio, pero de alguna parte del universo comenzó a llegarle el tañido de una campana que no cesó de vibrar por más que se alejaran.

Dante y Virgilio llegaron a la casa de su amigo Maldonado, y éste se quedó asombrado de ver el vehículo en que había llegado Dante y de saber que, luego de casi dos años, continuaba en una búsqueda tan difícil.

—Pero ya no me asombro de nada, ¿sabe? A propósito, ¿y ese animal?

—¿Se refiere a Virgilio?

—El asno. El asno, che.

Le estaba invitando a una parrilla y hablaba mientras atizaba el fuego. Las brasas surgían rojas en el corazón del fuego, pero no conseguía que los carbones prendieran. De pronto, los carbones se pusieron luminosos como estrellas, y el argentino, contento, olvidó la pregunta que estaba haciendo.

A la mañana siguiente, River City Way, Millcreek Drive, El Camino y por fin la I-5 se sucedieron unas a otras con la regularidad que anticipaban, pero luego de conducir cerca de 300 kilómetros, Dante no encontró la ruta CA 46 y tuvo que salir hacia una gasolinera donde llenaría el tanque y trataría de encontrar a alguien que lo ayudara. No encontró a nadie, porque en California, a diferencia de Oregon, los propios automovilistas se sirven de la bomba y no pagan en una tienda. Allí no había nadie que hablara en español. Sin embargo, no había que desesperar porque a un par de cuadras se topó con el letrero "Restaurante Cheverón", y le pareció gracioso.

Silabeó: Che-ve-rón.

Le pareció más chistoso: —Puertorriqueño, a mucha honra —dijo una voz amable desde dentro. Añadió— ¿Le parece increíble encontrar a un puertorriqueño en estos andares?

La voz pertenecía a un hombre bigotón y peludo tan ansioso de ayudar como de conversar con alguien.

—¿Que por dónde se va a Las Vegas? ¡Cómo no lo voy a saber si yo he trabajado allá mismo! ¡Chévere! Voy a ayudarlo. Pero, eso sí, déjeme que le invite un cafecito para explicarle.

Dante no podía declinar la invitación para no incomodarlo, pero quería decirle que su tiempo estaba algo medido.

—El café . . . ¿solo o con leche? —El de bigotes interrumpió sus pensamientos—. Oiga, a propósito, dice usted que va a Las Vegas. . . Y si me lo puede decir, ¿le parece bien ir a esos lugares?

Dante no quería contar la historia de Emmita a todo el mundo y decidió dar una explicación que obviara el asunto, pero ya estaba su anfitrión indicándole que todo café viene acompañado de un sándwich bien conversado.

—Porque yo tengo algo muy importante qué decirle, ¿sabe? Tengo muchas cosas que contarle.

Dante hizo además de levantarse y el hombre se levantó primero, le dio una palmadita en el cuello y le rogó que se pusiera de rodillas. Pero Dante pareció no entenderle.

—Ya sé quién es usted. Usted es una de esas personas que van por la vida alternando el juego con el alcohol y las mujeres. Alguien que todavía no ha conocido la Palabra como yo la he conocido. . . .

—Le agradezco mucho la invitación, pero debo seguir mi camino.

—Se la voy a barajar más despacio. Le estoy proponiendo que acepte al Salvador en su corazón.

Después sacó una foto y se la mostró.

—Éste era yo hace cinco años. ¿Se da cuenta de la diferencia?

Dante no podía hallar diferencia alguna. Algo más pálido, tal vez, pero igual de bigotón y peludo.

—Míreme —dijo el dueño del restaurante. Se puso de pie y dio una vuelta completa sobre el taco de su zapato derecho. Posó para Dante—. Soy otro.

Dante lo veía ahora más feo que hacía cinco años. Quizás hasta más palido y flaco.

—He cambiado. No lo niego. No niego que era como usted. El casino era mi vida. Las birras y las hembras. Un día estaba tan ajumao que me robaron hasta los zapatos. Felizmente me dieron un trabajito allí para sobrevivir. Pero también lo perdí.

Dante examinó con más detenimiento las dos fotografías. Si había diferencias, jugaban a favor del tipo cuando era un rozagante pecador. Pensó que le iba a costar mucho trabajo hallar más diferencias.

—Me costó Dios y su ayuda. A la cañona. Un día llegó el pastor Juan Paredes Carbonell. Nunca voy a olvidar su nombre. Me leyó el libro. Me exigió que aceptara al Señor. Guardó silencio.

—¿Y qué cree que pasó? Nada, lo acepté. Cerró los ojos e hizo como si roncara.

—Un demonio y un ángel se peleaban en mi corazón. A la cañona, sí señor, a la cañona. Veo que lo mismo está pasando en el suyo. Pero, el Señor habló conmigo. De hombre a hombre.

Dante estaba esperando un descuido de su amable anfitrión para irse. El hombre abrió los ojos, levantó su cabeza y se puso a mirar el cielo.

—¡Arrodíllese! ¡Se lo pido, se lo ruego! ¡Se lo exijo!

Cerró los ojos y Dante hizo a un lado la taza de café humeante. Hizo evidente su deseo de salir de allí cuanto antes.

—No huya. Por favor, no huya de esta ocasión que se presenta una sola vez en la vida. Arrodíllese y renuncie a su pasión por el juego. Renuncie a Satanás, a sus vanidades y a sus pompas. Haga penitencia por sus pecados y retírese a la montaña a orar. Escuche lo que le digo. No es mi voz la que le habla, eso ya lo sabe. Ahora, levántese de la mesa y venga conmigo.

Dante tuvo que obedecerle, pero se puso de pie y huyó. Huyó a toda prisa del amable hombre bigotón y peludo. Mientras arrancaba, escuchó que aquél le seguía gritando desde la puerta del restaurante:

—¡A la montaña! ¡Vaya usted a la montaña!

Uno de los lados del camino en que se encontraba iba hacia la costa; el otro, hacia la cordillera. Dante y Virgilio enfilaron hacia la dirección propuesta por el amable hombre. Dante le comentó a Virgilio que no iba a incomodarse por los pequeños obstáculos. Sonrió, miró con fijeza el horizonte hacia el que avanzaba y, con los ojos en ese rumbo, volvió hacia la memoria incansable de sus años felices con Beatriz.

❧ ❧ ❧

Mount Angel no tiene más de tres mil habitantes, la mayoría de los cuales son descendientes de alemanes. Los letreros de los negocios están escritos en gráficos góticos, y el 90 por ciento de la población se considera católica. En el reducido espacio del condado, coexisten descendientes de tres naciones tan lejanas y dispares como Alemania, Rusia y México. Los de ancestro alemán son propietarios de las granjas modernas y de las industrias agropecuarias. Los rusos, que aún visten ropas decimonónicas, poseen pequeñas granjas. Los mexicanos hacen el trabajo dependiente para unos y para otros. Lo común entre ellos es la descendencia abundante y la devoción por la religión católica, aunque también sean diferentes las tradiciones que se expresan en ella.

En septiembre se celebra Oktoberfest. Los alemanes se disfrazan de alemanes y brindan con bien servidos "chops" de cerveza que ellos mismos han preparado. Como el pueblo es pequeño en tamaño, basta tomar la calle principal para conocerlo en muy poco tiempo. Esa calle de diseño irregular y de subidas y bajadas abruptas atraviesa el convento de monjas y una iglesia de reminiscencias góticas, la de Santa María, para luego subir por una senda empinada hacia una abadía en la que se detienen el tiempo y el camino.

La Abadía de Mount Angel fue edificada en 1879 con el modelo de las construcciones religiosas europeas de los siglos góticos, y sus habitantes, los monjes benedictinos, repiten cada día un ritual milenario en el que se alternan rezos y canciones en latín y en alemán entonadas por un coro que pareciera haber estado allí cantando desde hace mil años y una mañana eterna.

Si terminado el tour, el viajero desciende y se equivoca de calle, pasa por alto los deliciosos chalets en los que viven los bávaros y, sin detenerse en las granjas de los rusos, va a dar de frente con los pequeños apartamentos en los que se hacinan las familias que hablan en español. Allí fueron a vivir apenas llegados Dante y Beatriz. Era una especial concesión del patrón que les dio la vivienda porque, aparte de ser dueño de todo el condominio, vivía cerca de allí y quería disponer de Dante a cualquier hora.

Mount Angel, como Salem, Portland, Corvallis, Eugene, y otras tantas ciudades de Oregon, existen en un mundo verde dividido en montañas verdes en que las copas de los árboles esconden las casas y borran a la gente, y sólo dejan ver el humo de alguna chimenea junto al vuelo de las aves migratorias.

Tal vez no fue por decisión del patrón que los Celestino vivieran allí sino porque Dios se lo ordenó a Dante en sueños, pero como siempre se olvida lo que Dios dice en sueños, Dios quizás le dijo: "He allí, hijo, la vida y el mundo que te toca. No será como Sahuayo, pero no te quejarás. No encontrarás allí ni las tunas más rojas del cosmos ni la fragancia de los chiles picosos, pero eso sí, no encontrarás en el cosmos árboles como estos porque aquí fue donde me ejercité en hacerlos cuando inventé los pinos y los arces. Aquí es donde debes trabajar y vivir.

"Multiplicar, lo que de veras es multiplicar, no es lo que te estoy ordenando porque sólo tendrás una hija, pero tampoco te quejarás, yo sólo tuve uno. Si haces memoria, yo soy quien los sacó a tu mujer y a ti de las tierras de Michoacán para traerlos, a ti caminando a través de los desiertos y a Beatriz reptando por un túnel oscuro.

"Acuérdate de lo que te voy a decir: ésta es tu tierra y la tierra de los hijos de tu hija y de los hijos de los hijos de tu hija. No me preguntes si podrás volver a Michoacán porque eso no te lo quiero decir". Dios calló un momento como si estuviera pensando si le decía o no lo de la vuelta a Michoacán, y después, hizo un *ang ang* para aclararse la voz, y decidió decírselo. "No, en vida, no volverás a oler la fragancia de los chiles picosos ni a contemplar las tunas más rojas del universo.

"Escucha bien lo que te estoy diciendo y no te hagas el dormido que te conozco. Comerás el pan con el sudor de tu frente y con el dolor de tu alma y con la nostalgia de tu tierra, y a veces será pan duro bien diferente de los tamales de Michoacán. Serás feliz con la

compañera que te he dado pero odiarás haber sido tan feliz cuando
la pierdas y cuando lleves de regreso su cuerpo a Michoacán, y hasta
se te dará por olvidar lo que ella te debe enseñar del arte de escribir
y leer. Sí, aunque no me creas, ella te va a enseñar eso porque es una
bibliotecaria, pero cuando la pierdas, te comerás lo que aprendiste.

"Serás feliz con la hija que vas a tener, pero morderás la sal de
la desgracia cuando ella también se te haya ido, y cuando salgas a
los caminos a buscarla".

Quizás Dios hizo otra larga pausa y no quiso decirle si encontraría a su hija.

Dante sintió sobre su hombro el brazo de un hombre anciano y
paternal que se quejaba de hombre a hombre, "¡Ay, hijo!, no es tan
fácil esto de inventar destinos". Después sintió que un espíritu como
una luz se esparcía por todos los rincones de la van iluminando a Virgilio. Continuó esparciéndose por el corazón, por el norte y el sur,
por el este y el poniente y por toda la redondez del planeta.

Dante no cesaba de recordar lo que Beatriz le había contado de
la experiencia en el túnel; y de repente se le ocurrió pensar que también Emmita, su hija, había entrado a los Estados Unidos por un
túnel.

Allá arriba, en lo más alto de los cielos, le habían dicho, hay una
gran puerta donde se asoman las almas de quienes van a nacer, y allí
como jugando, escogen a la mujer que va a ser su madre. Seguro que
desde allí Emmita divisó a Beatriz cocinando en una casita en medio
del bosque y, sin pensarlo ni un instante se dejó caer en el tobogán
celeste que pasa por la luna y desciende en un bosque dentro del cual
hay una mujer esperando.

En esos días, Beatriz no paraba de cocinar platos de Michoacán:
churipo de res con chile rojo y carnitas de cerdo, tamales rojos,
verdes y rosados y atole de elote con maíz tierno y anís, uchepos de
harina de trigo y corundas rotundas como tortillas. Todo se acompañaba con salsa de tomate y crema de leche y chile picoso. Que

delicia, era un secreto infalible para atraer el almita de algún niño maravilloso. No puede saberse qué atrajo más al alma de Emmita, si fueron los tamales de ceniza y la crema con rompope, si la deslumbró el esplendor de los ajos y la fragancia de los chiles picosos, si la llamó con ternura ese aroma intenso de nostalgia y de recuerdos, de hierbabuena y de esperanzas guardadas que desde esa casa subían hasta el cielo.

Se acordaba Dante que estaba él regresando del trabajo cuando alcanzó a percibir una nube de color celeste que se había posado sobre su casa y que se colaba por la ventana de la cocina, y fue entonces cuando consultó su reloj y se dijo: "Mi madre decía que ésta es la hora en que bajan las almas".

Dante recordaba que al abrir la puerta de su casa sintió que tanto su mujer como él estaban en medio de una luz intensa, pero no comentó ese hecho con ella porque tenía algo más importante que contarle. El jefe le había ofrecido gestionarle la *green card*.

—"Dante" le dijo el gringo Patrick McWhorer, "he consultado con el abogado de la empresa y cree que ya calificas para adquirir legalidad. Por mi parte, no puedo quejarme. Has trabajado muy bien conmigo, y voy a llenar unos papeles para pedirte".

—"¿De veras, jefe? Y si usted me pide ahora, ¿cuándo me darán los papeles?"

—"Cuestión de meses. Quizás un año o dos".

—Eso me respondió, ¿te das cuenta? ¿Te das cuenta, Beatriz? En uno o dos años seré legal y yo te pediré. Eso significa que podremos ir a Michoacán otra vez, y volver allá tantas veces como se nos ocurra, ¿te das cuenta?

El silencio de su mujer le hizo pensar que tal vez había sido inoportuno y le había hecho recordar su ingreso a los Estados Unidos.

—No temas. Viajaremos como los gabachos, como las personas normales. Tomaremos un avión en Portland y pasaremos volando por encima de la frontera, y ya nadie volverá a fastidiarnos.

Avanzó hacia la cocina porque Beatriz no se había movido de allí en ningún momento como siempre lo hacía cuando cuidaba que un plato estuviera en su punto.

—Te digo que volaremos . . .

Pero no repitió la frase porque en ese momento pudo ver con nitidez a su compañera y advirtió que tenía los ojos entrecerrados y que se dejaba caer sobre una de las sillas.

Beatriz abrió los ojos y con una mirada iluminada atisbó la ventana. Según algunos, las nubes que traen a las almas tienen un no sé qué de indecisas. Aceleran, se detienen, cambian de dirección, como si no supieran lo que quieren, pero la nube que les llegó sabía perfectamente lo que hacía. En su camino, se había sumergido en un lago de estrellas amarillas, anaranjadas y rojas, como ciruelas de temporada, y luego bordeó la luna, apuntó hacia la tierra, y cuando la tierra ya era un globo inmenso, escogió América, el norte, Oregon, siguió el curso del río Willamette, escogió la casa de techo marrón de los Celestino, escogió un olor maravilloso de pimientos morrones y se internó en el vientre y en la vida de Beatriz.

—Creo que estoy embarazada, Dante, y creo que será una niña. Hay que comenzar a prepararnos para cuando cumpla quince años. La fiesta tendrá que ser con mariachis traídos del mero Michoacán. . . .

16
Tuvo que ponerse piedras en los bolsillos para no volar

—Hay que tomar River City Way y tirar a la derecha, y después Millcreek Drive, y luego El Camino hasta llegar otra vez a la I-5, Virgilio.

Dante repetía el camino que le dictaba su memoria en voz alta. Podía jurar que había tomado las carreteras indicadas y había dado vuelta a la derecha o a la izquierda según el derrotero previsto. Sin embargo, nada daba la impresión de que la I-5 estuviera cercana. Ahora, más bien, había entrado en una senda alegre al lado de un riachuelo para después subir hasta un monte que le parecía conocido. De pronto tuvo la impresión de que sólo había dado vueltas en redondo. La senda se estrechó y terminó abrupta en una fonda que él conocía bien.

Resignado, Dante se bajó del camión y abrió la puerta de atrás para que Virgilio también pudiera bajar a descansar.

Se dejó llevar por el paisaje. Altas y delgadas bandadas de aves se sumergían en los remolinos del viento y luego seguían su rumbo al sur. Los árboles cambiaban de un momento a otro de colores, y sus hojas amarillas o rojísimas inundaban el mundo. Volvió la cabeza hacia las montañas y miró en dirección al oeste donde una nube alargada trazaba formas asombrosas en el firmamento azul. Después se hizo noche, y de un lado del universo surgió una bola de fuego y una cola con millones de colores. De repente, una tranquilidad lo embargó.

Dante comenzó a pensar en el cometa que aparecía en diversas etapas de su vida para anunciarle algún acontecimiento tremendo. Recordó, que en los días próximos al nacimiento de Emmita, el meteoro errante había estado dando vueltas por los cielos y agitando la cola como si hubiera perdido el rumbo. Mientras dormía, en el sueño vio a la que sería su hija, dotada de un par de alas como deben ser los ángeles.

—Deja de volar, hijita, ya es hora de que vengas al mundo —le dijo.

—No quiero nacer —respondió la niña—. Pero debes nacer —le respondió Dante, con cariñosa autoridad paterna.

—No.

—¿Por qué no?

—Porque haré sufrir mucho a mi madre. Quizás también a ti.

—Pero ésas son las reglas de la vida.

—¿Por qué?

Dante no había sabido responderle.

Emmita nació nada menos que el día de Navidad. La noche del veinticuatro, Dante condujo a su esposa hasta el hospital de Salem mientras él descansaba en la van. Lo extraño de todo es que, a pesar de que en invierno la luz del día llega a las nueve o diez de la mañana, el 25 el sol salió a las cinco de la mañana envuelto en una aurora azul brillante que invadió los cielos y los bosques y despertó a muchos de los habitantes, entre ellos a Dante.

"Eso debe ser señal de buena suerte", se dijo, y sin embargo, no era tal. En esos momentos el trabajo del parto ya había comenzado, pero Beatríz no la estaba pasando bien.

Los dolores eran intensos y casi inaguantables, pero todavía la criatura no intentaba nacer, y faltaban varias horas hasta que eso ocurriera. A las ocho de la mañana se le permitió a Dante el ingreso al hospital. A esa misma hora, su mujer silenciaba los aullidos del dolor pero no podía contener el desborde callado de las lágrimas.

Ignorante de lo que estaba ocurriendo, en el pasillo del hospital y frente a una amplia ventana, Dante pensaba que aquel era un día muy bello, una mañana de primavera en plena Navidad. Sin embargo, en el momento en que probablemente el médico intervenía a su esposa escuchó una serie de detonaciones en el cielo que de pronto se oscureció por completo y comenzó a dividirse en negruras y rayos infernales. Era como si allá arriba hubiera estallado una gran guerra final y como si se hubieran superpuesto diez, veinte o treinta astros solares. Asombrado por el cielo que vomitaba llamas y truenos, Dante no sabía en qué mundo estaba porque durante los diez años que había pasado trabajando y observando los cielos del lugar donde vivía, jamás había visto nada como eso.

A pesar de que el estado de Oregon se encuentra situado en el mismo paralelo de Nueva York, raras veces hace demasiado frío, apenas se producen una o dos nevadas por año y nunca se presenta una tempestad tan espantosa como la que estaba presenciando. De pronto un rayo estremecedor comenzó a buscar un lugar en la tierra donde posarse y bajó y subió en diversos lados de la ciudad de Salem hasta que aterrizó en el jardín del hospital sobre una enorme secoya a la que partió en dos.

Pero eso no era lo más extraño ni lo que más debía preocuparle. Un médico, con aire cansado, salió del quirófano. Dante se acercó para preguntarle por Beatriz. El facultativo por toda respuesta bajó los ojos con tristeza como si le quisiera decir que su esposa no había podido soportar el parto.

—Su mujer está bien, aunque tal vez nunca podrá tener otro bebé. Su problema es el azúcar en la sangre. . . . Su niña es linda. Eso sí, tenga paciencia porque va a tener que esperar unas horas más antes de verlas. No vamos a sacar a su esposa de la sala de cuidados intensivos porque se encuentra muy débil.

A Dante no le quedó otra cosa que dedicarse a mirar por la ventana, donde vio que la tempestad ya no estaba allí y, en vez de ella, un sol, acaso el más grande que había visto, se había posado sobre la mitad del cielo de Salem. Miró a todos los lados y no vio ni una sola huella de los rayos que habían estado peleando. Además, los cielos emitían destellos, la gente pasaba como levitando por la calle y los árboles se estremecían de felicidad.

❀ ❀ ❀

Unos días antes del segundo cumpleaños de Emmita, Dante pensó que ya había llegado el momento de conversar con el patrón sobre el ofrecimiento que le había hecho para obtener un permiso de trabajo. Fue a la oficina varias veces, pero Mr. McWhorer siempre estaba sumamente ocupado.

Una mañana, se le acercó un salvadoreño que trabajaba en la oficina de contabilidad: —Dante, no lo tome a mal si acaso me meto en sus asuntos, pero creo que tengo que decirle la verdad. El patrón no va a cumplir con el ofrecimiento que le hizo. Él ya cambió de idea. Ayer le escuché decir que si a usted le dan el permiso de trabajo, cualquiera lo va a contratar por mucho más de lo que le pagan aquí. Es mejor que se lo diga y que usted lo sepa.

El mismo día en que Emmita cumplía dos años, un vecino fue a avisarle a Dante que lo habían llamado por teléfono desde México, pero que no habían podido ubicarlo porque la familia Celestino había salido a celebrar el cumpleaños de la niña.

—Lo llamó un señor que dijo ser su tío.

—No hay teléfono en Sahuayo, y por otra parte, todos mis tíos están muertos.

—Sonaba como si lo estuvieran llamando desde muy lejos. Me dijo que le dijera que la madre de usted se murió.

En los días que siguieron, Dante y su mujer no hablaron entre ellos sino lo necesario, pero una noche mientras cenaban, escucharon que Emmita lanzaba gritos jubilosos desde el cuarto contiguo: —Nana, Nana.

Nana era el nombre con el que Dante y Beatriz conocían a la recién fallecida. La niña agitó sus manos como hacen los niños cuando les falta algo, —¿Nana? ¿Nana? —Dante no pudo contestar, pero su esposa señaló el cielo—. Está allá arriba. Ahora es una estrella. —Beatriz tomó a la niña en sus brazos y la llevó a la mesa mientras le repetía que Nana era una estrella.

—Nana allí —dijo la niña apuntando con su dedo a una silla cercana—. ¡Nana!

Dante prefirió no preguntarse si los niños eran capaces de hablar con los difuntos queridos; se levantó de la mesa, abrió la puerta de la casa y miró hacia el cielo. Las estrellas se movían, caminaban de norte a sur como lo hacen las aves al llegar el invierno. Dante temía irse con las aves de regreso hacia el sur, hacia México y tuvo que ponerse piedras en los bolsillos para no volar.

۞ ۞ ۞

Más solo que nunca, inmóvil, sin lágrimas, rencoroso con el tiempo que le había tocado vivir, Dante prefería callar. Pero allí le llegaba de nuevo el recuerdo de Emmita. Esa niña fue como una estrella desde el nacimiento. Quizás iba a pasar los peores trances en la vida, pero siempre saldría indemne.

Luego del embarazo, Beatriz, había quedado muy débil ya que la concentración de la glucosa variaba demasiado y le ocasionaba algunos shocks y a veces convulsiones. Pero Beatriz no quería sentirse inservible y seguía cuidando de Dante como antes. A veces ella y Emmita se paseaban en la van, como el día que fueron a Salem para visitar a Rosina, la madrina de Emmita, y de paso comprarle un regalo de cumpleaños a Dante. Él le había dicho muchas veces que no gustaba demasiado de las fiestas de cumpleaños. Además, le preocupaba que Beatriz saliera sola porque los médicos se lo prohibían. Al dar a luz, los trastornos diabéticos se habían agudizado y los médicos le habían dicho que padecía de una enfermedad llamada hipoglucemia, y que periódicamente su sangre perdía el contenido de azúcar. Por eso, ella siempre debía llevar consigo dulces, o cuando se presentaba el shock tenía que acercarse a la posta médica más cercana para que le aplicaran insulina, pero hasta esos momentos se había sentido bien, demasiado bien y su cuerpo le había permitido producir leche abundante y amamantar a la niña. Por eso Beatriz estaba completamente segura de que podía hacer ese pequeño viaje para que Rosina viera a su ahijada.

Entre Mount Angel y Salem hay veinte kilómetros de distancia, y para llegar a la casa de su amiga, Beatriz no tendría que haber tardado más allá de una media hora. Pero lo que debió haber sido un breve paseo se convirtió en una pesadilla durante varias horas. Sin que Beatriz lo advirtiera, el trastorno diabético ya se estaba produciendo desde el instante en que subió al coche, y unos minutos más tarde, en la carretera comenzó a viajar sin rumbo, deteniéndose frente a los semáforos y avanzando en el instante que tenía que avanzar, pero sin memoria exacta de quién era ni a qué lugar se dirigía. Se había perdido, pero Beatriz no lo sabía, y aún no se había sumido en la inconsciencia.

A pesar de que tenía las manos aferradas al timón y los ojos puestos en la distancia, su alma recorría espacios de asombrosa felicidad y le permitía conducir dormida. En medio de la inconsciencia, oprimía el acelerador o el freno, giraba con destreza el timón cuando era necesario y soñaba que había salido a caminar. Durmiendo, se veía volar sobre los campos dorados de Michoacán en los cuales los días se hacían inmensos y las noches vibraban de luces y de estrellas. En la luna gigante e interminable ella trataba de adivinar en qué caminos se encontrarían su madre y sus abuelos.

Al llegar al puente de Independence, en vez de tomar la curva para internarse en él, el vehículo avanzó hacia el río, chocó contra una pequeña roca y, debido a su velocidad inicial, dio una vuelta de campana y comenzó a hundirse con las llantas hacia arriba en las aguas marrones del río Willamette. En esos momentos despertó y por propio instinto de conservación hizo grandes aspiraciones hasta que llegó a tener plena conciencia de que la van estaba a punto de ser anegada y que detrás de ella, atada a la sillita, se encontraba la pequeña Emmita que no lloraba.

De repente, fue como si todos los caminos de este mundo se hubieran comenzado a borrar.

Dante contó después que en el establo donde estaba trabajando tuvo la súbita impresión de que su hijita entraba caminando. Emmita todavía no había aprendido a ponerse de pie y, sin embargo, Dante aseguró que la vio caminar con los brazos extendidos hacia él, y sintió que algo malo estaba ocurriendo. Lo demás transcurrió en un tiempo que Dante no siente como tiempo. Subió a una vieja camioneta que alguién le prestó, arrancó el motor y comenzaron a transcurrir los campos, las calles, los pájaros, los otros vehículos y los árboles. Pensó que se dirigía a su casa, pero no entendía por qué tomo sin pensarlo, la carretera I-5 e ignoró por qué avanzaba tan veloz.

Lo mismo pensó Maureen Dolan, una profesora de Western Oregon University que se dirigía en su coche al aeropuerto de Portland. Declararía después al periódico *Statesman Journal* que sintió una necesidad irresistible de detener su coche para mirar por uno de esos recodos que ofrecen al viajero vistas panorámicas del valle. Aunque tenía apuro en llegar al aeropuerto, estacionó su carro a un lado y bajó a mirar hacia el río. Allí, está segura de que escuchó la voz de una niñita llamándola "Maureen, Maureen".

Al poner sus ojos sobre el río, advirtió que un carro se estaba hundiendo. Miró hacia todas partes. No había quién pudiera prestar el menor socorro. Prendió las luces de emergencia y bajó corriendo hacia el río. Vadeando la corriente, se abrió paso entre las malezas y las ramas caídas hasta llegar a la van cuyo motor estaba encendido y arrojando vapor. De inmediato, se dirigió hacia el lado donde debía estar el conductor y trató de abrir la puerta pero fue en vano. Se sumergió para ver cuántas personas habían en el interior, y pudo distinguir a Beatriz y a Emmita. Quebró la ventana de una de las puertas posteriores, y sacó a la niña. Había notado que la mujer al volante estaba respirando, pero pensó que la prioridad era sacar a la niña y ponerla en la orilla. Felizmente, varios automovilistas habían sido advertidos por las luces de emergencia de su coche y algunos ya estaban en la orilla cuando ella llegó con Emmita. Un policía logró arrancar el cinturón de seguridad que sostenía a Beatriz para luego sacarla del agua y entregarla a los paramédicos. Los bomberos empezaron a buscar la manera de sacar el vehículo del río.

Dante, como un autómata, había manejado hasta la clínica de emergencias de Salem, y algo le decía que debía ser paciente y esperar.

En el interior de la ambulancia, un policía preocupado por las estadísticas trató de pedirle a Beatriz sus datos personales. Como no lograba despertarla, no sabía si era "blanca o hispana, "casada o

soltera . . ." La profesora Maureen Dolan se acercó y se ofreció a
ayudar como traductora cuando Beatriz dio señas de despertar..
   —Pregúntele si ha tomado drogas . . . Si ha bebido alcohol . . .
Maureen creía que esas preguntas eran una estupidez, pero se
vio obligada a repetirlas en español.
   —No, no —respondió varias veces Beatriz—. ¿Y mi hija?
¿cómo está mi hija?
   —¿Cómo te llamas? —le preguntó Maureen—. ¿Había alguien
contigo? ¿Tu esposo, cómo se llama?
   —No sé, no sé —decían los ojos asustados de Beatriz mientras
uno de los policías se acercaba para ofrecerle un caramelo. Cuando
Beatriz lo ingirió, comenzó a salir por fin del shock diabético y pudo
decir que se llamaba Beatriz, que su niña era Emmita, que su esposo
era Dante Celestino y que vivían en Mount Angel.
   Llegaron a la puerta de emergencias y allí estaba Dante, quien
comenzaba a creer que cuando Emmita estuviera en un apuro siempre llegaría un ángel guardián para salvarla.

❻ ❻ ❻

   El recuerdo de Emmita lo hizo sentirse optimista, y entendió que
nada malo podía ocurrirles a ella y a él. La luz de la luna se abrió
entonces paso a través de un soberbio agujero abierto entre las nubes
y agrandó la sombra de Virgilio cuyas orejas estaban paradas mientras sentían que el paisaje de enfrente se tornaba fantasmal.

❻ ❻ ❻

   Era evidente que Emmita tenía un destino tan terco y empecina-
do en cumplirse como el carácter que ella misma mostraba desde
pequeña. Por eso, su padre pensaba que habría de salir airosa en todos
los problemas que afrontara. Antes de cumplir seis años, sus padres
la llevaron a la escuela John Kennedy, que era la más cercana a su
domicilio. Al examinarla para decidir qué nivel le correspondía, los
maestros quedaron asombrados por su madurez y sapiencia y le
dieron lugar en una clase para alumnos avanzados. La clase era en

inglés. Emmita estudió tres años sin el menor problema, y se le consideraba siempre como la mejor alumna.

Sin embargo, Mr. Flint, un comisionado de reforma de la educación estatal llegó a la escuela para hacer investigaciones de esa índole y centró su tarea en la sección donde estudiaba Emmita.

—¿Qué significa esto? —preguntó—. Hay una niña de apellido Celestino en la clase. Es una hispana. Ella no puede estar en una sección donde sólo se habla inglés.

Le explicaron que Emmita dominaba el idioma a la perfección, pero Mr. Flint replicó que una niña hispana debía estar en una clase bilingüe donde paulatinamente adquiriría el inglés. Aunque las clases bilingües estaban en un nivel inferior, el comisionado insistió:

—Es hispana, y debemos de impartirle un tratamiento especial para protegerla de acuerdo con la ley de igualdad de oportunidades.

Pidió conversar con la niña y la mandaron llamar. Cuando Emmita estuvo frente a él, le dijo "Sorry, it is a mistake" y la hizo salir.

—He pedido que me trajeran a la niña hispana —insistió, enojado con los profesores. Aquéllos le respondieron que era la que acababa de salir. El comisionado conocía a los hispanos tan sólo por un estereotipo en el que no cabían la tez blanca y los ojos verdes de Emmita.

—Bueno, bueno, ésta es una orden: cámbienla de salón y envíenla al que le corresponde. Un hispano es una persona de color, y nosotros estamos obligados a protegerlos —subrayó con energía Mr. Flint, quien se preciaba de ser una persona de ideas progresistas.

Ser pasada a un nivel muy inferior al que le correspondía fue algo que nunca comprendió Emma Celestino. Tampoco le gustó que los maestros le explicaran, en español, conceptos que ella había aprendido hacía dos años. Comenzó a experimentar una ira contra esas disposiciones y también contra el idioma de los suyos. Muerta su madre, Emma creía que no había posibilidad de que alguien la entendiera. Aunque se sentía el centro de un inmenso amor paterno, sabía que su progenitor no podía entender su problema ni acudir a la escuela a protestar porque los administradores lo mirarían con burla o le pedirían que firmara mil papeles a sabiendas de que era casi analfabeto.

Por su parte, Dante nunca entendió por qué Emmita guardaba mutismo cuando estaba a solas con él, o cambiaba la televisión a los canales en inglés y bostezaba cuando llegaban a visitarla chicos mexicanos.

❀ ❀ ❀

Dante sabía que Emmita tenía poderes secretos. Un día, ella y sus compañeros fueron llevados a un *arboretum* para estudiar las diversas variedades de los pinos y los arces de la región. El bosque contenía varios miles de árboles, y todos estaban cubiertos por un musgo que fosforecía en medio de la oscuridad. Las ramas se entrelazaban con el afecto de los viejos amigos y sólo dejaban pasar el sol en rayos que parecían contener la densidad del oro y la luz. Los niños escuchaban las explicaciones sobre la vida vegetal agrupados en torno del profesor en uno de los breves claros de la foresta. Emma, sin embargo, se mantenía aparte y estaba como abstraída en la contemplación del escaso cielo que podía divisarse desde allí. De pronto, le pareció que el aire estaba desapareciendo mientras un silencio sepulcral se apoderaba del paraje y acaso de todo el mundo. Había tenido esa sensación antes, y sabía de qué se trataba. Era como si el bosque entero la estuviera llamando.

"Seguro que el alma del mundo habla contigo" le explicó su madre cuando se lo contó. "Cuando te ocurra eso, escúchala con respeto".

Miró a su profesor y a sus compañeros, y le dio la impresión de que sus rostros habían perdido nitidez. Se miró los pies, y parecían suspendidos a unos diez centímetros sobre el nivel de la tierra. Sintió que una desgracia estaba por ocurrir, y le pidió a gritos al profesor que los hiciera retirarse cuanto antes del corazón del bosque.

—Pero si apenas hemos comenzado la exposición, Emma. Tienes que aprender a ser más paciente.

Emma comprendió que no iba a conseguir nada si le comunicaba su extraña percepción. Entonces, pretextó un terrible dolor en el pecho y rogó que la llevaran al pueblo. Sólo entonces y a desgano, el maestro inició el retorno con los jóvenes.

—Vamos, vamos pronto —ordenó.

La pequeña caravana se hallaba a un kilómetro de donde habían estado escuchando la lección cuando una llamarada gigantesca salió de en medio de los árboles, subió a los cielos y volvió a caer sobre el bosque. El profesor y varios chicos aseguraron después que el incendio llegó acompañado por una música como de una marcha militar. Otros porfiaron que no era una marcha sino una balada muy triste. Los chicos estaban de acuerdo en que Emma les había salvado la vida.

17
Rosina no era Rosina

En Salem, Dante y Beatriz conocieron a quien había de ser la mejor de sus amigas, Rosina Rivero Ayllón. Rosina había nacido con otro nombre en Venezuela, pero cuando llegó a México, dispuesta a cruzar la frontera, encontró un tramitador algo carero pero más eficaz que la mayoría.

Aquél le dijo que no necesitaba meterse en un túnel, ni caminar por los montes, ni mucho menos correrle a los agentes de inmigración. A cambio de una cantidad razonable de dinero, estaba en condiciones de ofrecerle los papeles legales y el nombre, el seguro social y hasta los recuerdos de una señora fallecida que había nacido al mismo tiempo que ella.

Rosina aceptó el trato y se pasó varias semanas en Tijuana aprendiéndose de memoria los recuerdos de la otra Rosina. Supo que la había abandonado su marido cuando vivía en Berkeley y su hijo estaba a punto de nacer. Supo que había querido volver al hospital donde antes trabajaba, pero le había resultado difícil, y había pasado el último año de su vida trabajando como costurera de "arreglos" y cuidando viejitos y retrasados mentales. La muerte le había llegado cuando su hijito apenas tenía un año de edad.

Supo también que Rosina había pertenecido a una iglesia evangelista y que se reunía con sus hermanos de culto todos los miércoles y domingos hasta que le tocó morir. Por último, aprendió la entonación del español venezolano que hablara la verdadera doña Rosina.

La relación amical entre Beatriz y Rosina había nacido cuando, en la biblioteca de Chemeketa Community College, ambas descubrieron que tenían la misma profesión.

—¿Acaba usted de llegar de México?

—No —respondió de inmediato Beatriz quien debía de dar esa respuesta a las personas extrañas para ocultar su condición de ilegal—. No —aclaró— vivo aquí desde hace mucho tiempo.

Pero Rosina conocía esas respuestas porque ella también las había ensayado a su tiempo. Se notaba a la legua que Beatriz era indocumentada porque revisaba libros sin poner atención.

—No quería causarle una molestia.

—Molestia, ninguna. Lo que me causa molestia es que me trates de usted.

—El problema es que no tengo un carné.

—Para eso estoy aquí, para que lo consigas —le contestó Rosina y le dio los formularios que tenía que llenar.

Beatriz se la quedó mirando. Aunque Rosina le inspiraba confianza, no podía revelarle que era ilegal y que no tenía documentos.

—No te preocupes. Voy a darte un carné sin que tengas que mostrarme nada. Así podrás sacar todos los libros que desees.

Al poco tiempo, Rosina se convirtió en la mejor amiga de la pareja, y cuando nació Emmita le pidieron que la bautizara.

Más de una vez, Rosina intentó convencer a los esposos Celestino de que hicieran lo mismo que ella y compraran documentos falsos. Ella todavía conservaba el nombre del tramitador y sabía cómo ubicarlo. Pero Dante y Beatriz ya habían hecho su vida en Oregon, y aquéllo habría significado dejar Mount Angel, atravesar el país e irse a vivir en alguna ciudad donde nadie los reconociera.

Debían morir como Dante y Beatriz para hacerse propietarios de otro nombre y de otro destino, y esa idea no les gustaba mucho. Por lo tanto, no aceptaron sus consejos, pero siempre la consideraron como una amiga excelente. Rosina muchas veces cuidaba de Emmita para que la pareja pudiera darse un descanso o viajar a la playa durante un fin de semana. Por su parte, Emmita la llamaba "madrina Rosina" y decía que cuando fuera grande, quería ser tan bella y tan buena como ella.

Nunca el fisco norteamericano ni la entidad de inmigración pusieron en cuestión los papeles de la señora. Por eso, se instaló con facilidad en Salem, Oregon, e hizo una vida como la de cualquier otra ciudadana americana. La verdad es que ella se había recibido de abogada en Caracas y, por lo tanto, con sus papeles en regla, no le fue difícil encontrar un empleo compatible con su formación universitaria.

Durante todos los años de su vida en Oregon, había trabajado como bibliotecaria en Chemeketa Community College, y allí pensaba jubilarse. A veces sentía nostalgia de su identidad perdida y le costaba trabajo hablar con las amistades acerca de sus recuerdos.

Sin embargo, a veces en sus sueños, emergían rabiosos sus recuerdos de Caracas, y sentía que su alma se había quedado enredada como un aullido largo en el túnel que une la capital de Venezuela con el puerto de La Guaira. Entonces se consolaba pensando en que, al jubilarse, volvería a Caracas, y allí buscaría a sus familiares y amigos, a quienes no les había escrito durante todos esos años para guardar secreta su antigua identidad.

No sólo la asediaban sus recuerdos de Caracas; también la identidad postiza parecía enfrentarse con ella. A veces la muerta Rosina, se le aparecía en sueños para reclamarle su nombre y sus señas personales. En ocasiones, llegaba hasta sus pesadillas aullando de dolor para confiarle cuánto la había maltratado el abandono en que la dejara su marido. Una noche entera, el espíritu de Rosina la persiguió por toda la casa con una copa de sangre en las manos diciéndole "Tú no has sufrido como he sufrido yo, y te atreves a llevar mi nombre".

Rosina hablaba de estas persecuciones con Dante y Beatriz, y ellos sabían que dormía con la luz prendida por el temor de que la oscuridad hiciera materializarse al fantasma. A veces, Emmita iba a acompañarla y lograba que el fantasma de Rosina se pasara de frente sin tocar la puerta de aquella casa.

Era normal por eso que la relación entre Rosina y Emmita fuera tan próxima como la de madre e hija, y la pequeña se sentía feliz de tener dos madres. Rosina le dejaría como herencia las interminables conversaciones sobre la geografía de América del Sur, el amor a los libros y la multitud de conversaciones sobre fantasmas.

Emmita se sabía de memoria el rostro, la voz y el modo de caminar del hombre que había abandonado a la verdadera Rosina, tenía la impresión de que si alguna vez se encontrara frente a él, iba a poder decirle: "Usted es Leonidas García. Nació en Guadalajara. A usted juraron ahorcarlo sus enemigos, los Santamaría, y por eso huyo hasta San Diego. Allí conoció a Rosina Rivero Ayllón a quien apodaban La Venezolana. Usted la hizo su mujer y la trató como una princesa, pero cuando le llegó el cargamento que lo hizo rico, las cosas cambiaron y usted se consiguió no una sino varias reemplazantes de Rosina. Ella estaba embarazada de usted, cuando usted la abandonó".

Pero el pasado de la otra Rosina se materializó con una voz suplicante de un joven en el teléfono. Le rogó le concediera la oportunidad de verla. Rosina declinó con delicadeza. El joven le dijo que estaba de paso por Salem y que le bastaría con saludarla para sentirse satisfecho. Rosina ya un poco asustada ante la insistencia, replicó que en ese momento estaba saliendo de su casa, que no volvería en todo el fin de semana y le pidió que no la volviera a llamar.

—¿No le parece mejor llamar a la policía? —le sugirió Dante—. Puede tratarse de un delincuente, tal vez de un drogadicto.

—¿Y decirles qué? ¿Que ese hombre me persigue, pero no me persigue a mí, sino a la verdadera dueña de mi nombre? . . . ¿Decirles que soy, pero que no soy Rosina Rivero Ayllón y que no me llamo así? ¿Revelarles que soy una indocumentada? No voy a darles la oportunidad de que llamen al Departamento de Inmigración y destruyan quince años de esfuerzo, trabajando decentemente y esperando mi jubilación.

Ese fin de semana, el joven que habló por teléfono se materializó. A trompicones, quiso hablarle en español, pero comprendió que el inglés le serviría más para desahogarse y revelar lo que quería de Rosina.

Le dijo que había cumplido dieciocho años y que ya era mayor de edad y podía hablar con las personas mayores de cara a cara, que lo único que le interesaba era saber la verdad, aunque ésta fuera dolorosa. Se lo dijo todo de una vez sin detenerse como si fuera un discurso que hubiera estado ensayando toda la vida.

Rosina no entendía, pero el joven le inspiraba confianza. Le pidió que se sentara, que descansara un instante, que tomara aliento.

—¿Esa motocicleta es tuya?

—Sí, señora.

—¿Has venido desde muy lejos?

—Sí, para verla.

—¿No crees que podrías estar equivocado? ¿Estás seguro de que yo soy la persona que buscas?

—No.

El muchacho vestía de negro de los pies a la cabeza. Tenía puesta una gorra negra, pero se la quitó cuando reparó en que la señora se sentía incómoda con eso.

—Te vendría bien un café.

La invitación hizo que el chico se sintiera de pronto feliz, y pasó hasta la mesa adonde Rosina lo estaba invitando.

—¿Quieres unas tostadas?

—No, gracias. Vine a verla . . .

Rosina ya anticipaba lo que iba a decir el muchacho, pero no sabía qué podía responderle, y trataba de ganar tiempo para pensarlo. No podía revelarle que el nombre que llevaba no era el suyo. Eso resultaba peligroso.

El joven se sirvió el café con lentitud como para darse ánimos. Sorbió un poco y colocó con cuidado la taza humeante en la mesa antes de hablar.

—Soy hijo de Leonidas García. Hace dieciocho años que usted y mi padre me trajeron al mundo. Si usted no quiere, no me abrace ni me bese. Diga que no me reconoce y que no me parezco a mi padre. No le estoy pidiendo nada porque no estoy acostumbrado a pedir. Sólo quiero saber dos cosas. Quiero saber si mi padre vive y con qué nombre debo buscarlo y quiero saber por qué me abandonaron. ¿Por qué me entregó a la familia Cabada? Un día me enteré que usted vivía, y por eso he venido a verla.

Cuando Rosina le dijo que la había confundido con alguien más, el joven la vio incrédulo. Rosina no quería hacerle daño.

—Es posible que estés hablando de otra mujer que llevaba el mismo nombre que yo.

—¿Y que tenía su misma edad? ¿Y la misma historia?

Se hizo el silencio.

—¿Por qué no me dice que no quiere verme?... No se preocupe, no volveré a fastidiarla. Voy a dejarla en paz.

Más silencio.

—Muchísimas gracias —dijo el muchacho, se levantó y salió de la casa.

El joven cumplió con su palabra porque no volvió a tocar la puerta ni a hacer llamadas telefónicas a Rosina, aunque a veces estacionaba su moto frente a la casa y miraba la puerta. En una de las visitas que Emmita hizo a su madrina, alcanzó a verlo y le pareció muy guapo y misterioso.

18
Morir en Estados Unidos es morir dos veces

La luna es nada. Es nada con un anillo amarillento. Nada más que puro anillo. No tiene luz. La luz que tiene es prestada del sol. Por eso lo único que podemos recibir de ella son bocanadas de aire frío, de recuerdos, de augurios. En esto pensaba Dante mientras recordaba la luna verde en los cielos la noche de la quinceañera.

Dante tiene que haber presagiado que nada bueno estaba por ocurrir, pero siguió adelante porque él y Beatriz se habían estado preparando quince años para la celebración. No estaba preparado, sin embargo, para las palabras hirientes de la carta de despedida de su hija, ni para pensar que nunca jamás volvería a verla.

También había estado verde la luna un año atrás, el día en que se encontraba haciendo sobretiempo, y llegó corriendo a la granja uno de sus compañeros de trabajo para comunicarle la noticia: —Tengo que llevarte, Dante.

—¿Llevarme?

—Sí.

—¿Llevarme? ¿Y se puede saber adónde?

—A tu casa.

—Todavía no he terminado, y Beatriz ya está avisada que voy a llegar tarde.

—Se trata de ella. Nadie sabe lo que le espera a uno en este mundo.

Ambos callaron. Dante subió al carro y quiso preguntar algo, pero se contuvo. Todo el camino, permaneció sentado con la cabeza baja.

—Nadie sabe . . . nadie sabe . . . —iba repitiendo el amigo, pero se olvidó del resto de la frase, y no habló más durante todo el recorrido.

Cuando llegaron a la casa, la esposa del vecino estaba tratando de abanicar a Beatriz, quien yacía sobre un sillón. Pero ya nadie podía ofrecerle aire en este mundo. Sus ojos abiertos y asombrados se habían quedado mirando la ventana, y su alma se escapaba. Dante quería preguntar qué había pasado, pero no podía hablar. Se quedó con el sombrero entre las manos. Después tiró el sombrero, se acercó a su compañera y le habló al oído, como en secreto.

—Beatriz, Beatriz —atinó a llamarla, pero ella ya no estaba dentro de ese nombre, ya no estaba en el mundo.

Dante miró a sus amigos como esperando que alguien le explicara por qué existe la muerte, pero ellos bajaron los ojos. Parecía que nadie quería encontrarse con los ojos del hombre triste ni con La Muerte que, probablemente, todavía revoloteaba por el cuarto.

Beatriz logró llamar a su vecina antes de dejar de respirar.

—Me pidió que le dijera, Dante, que no fuera a olvidarse nunca de la fiesta de los quince años.

Faltaba un año para que Emmita los cumpliera.

—Que no la llore mucho. Eso me dijo. Que no la llore mucho. No se le vayan a voltear los ojos.

De un momento a otro, la luz del día se hizo oscura y turbia. Dante miraba a través de la ventana para tratar de ver el alma de Beatriz, y ella, volando lejos, cercana ya a un lucero, volvió los ojos hacia él, y se miraron el uno al otro con las bocas, se miraron el uno al otro con todo el cuerpo. Pero ya era tarde y ya estaba cumpliéndose el destino.

Dante se dejó caer en una silla y miró al suelo. Nadie lo vio llorar. Una hora más tarde, cuando se puso de pie, era otro.

Dante descubrió que cuando un mexicano muere en los Estados Unidos, muere varias veces. Es necesario hacerle los funerales en esta tierra que no es la suya, pero con prisa mientras se preparan los papeles para llevarlo de regreso a su tierra.

Dante recordaría siempre a los amigos que lo abrazaron y le murmuraron frases tranquilizadoras para hacerlo sentir mejor, aunque él no se sentía consolado por nada de lo que le decían. El frío glacial que ocupaba su cuerpo se ahondaba con cada Ave María del rosario que todos rezaban, hasta que sintió que nada había dentro de su cuerpo; ni siquiera había espacio en él para el dolor porque todo en él era una sombra.

No había tiempo que perder. Llamó por teléfono y acudió a casas funerarias y aerolíneas. En las oficinas de éstas últimas, le informaron muy corteses que no trasladaban cadáveres a menos de que fueran acompañados por alguien, pero Dante no podía viajar a México.

—Es mejor que se entierre en Estados Unidos porque no va a encontrar una aerolínea que lo transporte.

Pero el hombre no podía ni quería escuchar a nadie, e insistía en que su mujer hiciera por los cielos y en avión el camino que antes había recorrido a través de las oscuridades de un túnel.

El cielo terminó de caerse sobre Dante cuando le exigieron treinta mil dólares por el traslado del cadáver. En los diez años de vivir con Beatriz, apenas había llegado a juntar la mitad de eso para la quinceañera, pero aunque hubiera tenido todo el dinero junto, se le presentaba otro problema.

—Tiene que entregarnos los documentos de la fallecida. Necesitamos papeles que prueben que se trata de una persona nacida en México y legalmente residente en los Estados Unidos. ¿Cómo dijo usted que se llamaba?

—Beatriz, ¿no le basta con eso?

—Perdone usted, señor, pero hasta este momento no tenemos siquiera la constancia de que existe o de que existió. ¿Estaban ustedes casados? ¿Tiene usted una constancia de su matrimonio? ¿Tiene su pasaporte o su visa? ¿Su número de seguro social? Necesito comprobar que usted y su mujer existen; mejor dicho, que usted existe y ella dejó de existir. . . .

Dante no pudo continuar escuchando a la traductora de las aerolíneas porque, en ese momento, había comenzado a dudar seriamente de su propia existencia.

El problema tenía una solución. La dio el vecino William Gil quien, junto con su esposa Edila, decidieron acompañar al cuerpo de Beatriz hasta México. Ellos tenían papeles legales y una posición económica más o menos holgada, de modo que se prestaron gustosos para ayudarlo.

—¿Quién dice que las dificultades nos vencen? Nosotros siempre tenemos una manera de superarlas. ¿Qué le parece si la llevamos en nuestra camioneta hasta el mismo Michoacán?

—¿Hasta Sahuayo?

—Hasta el mismísimo Sahuayo, pasando por Parangaricutirimícuaro, Michoacán. En estos últimos años le han hecho una carretera que está rechula.

Se pusieron a la obra. En un solo día de llamar por teléfono a los amigos de Dante, William Gil reunió mil setecientos dólares y consiguió que varios paisanos de Michoacán con sus carros se sumaran al cortejo fúnebre. En cuestión de horas, catorce vehículos de gente de Mount Angel y Woodburn iniciaron el viaje fúnebre hasta California; de allí en adelante, viajaría solitaria la gigantesca camioneta de recreación que habían prestado los Gil. Había que evitar sospechas de los agentes de inmigración, quienes por otro lado, en caso de detenerlos, no sabrían qué hacer, o encarcelar a la difunta o expulsarla del país. Otra cosa no se podía hacer porque para ser enterrado también es necesario tener papeles que prueben la existencia previa del occiso. Mientras pasaban las horas, lo recaudado creció y creció y se hizo suficiente para llegar hasta San Diego y de allí pasar la frontera hacia Mesa de Otay y luego continuar el viaje hacia el corazón de México. Habría dinero también para hacer una misa cantada en la iglesia de Sahuayo. Por su parte, el viudo tendría que permanecer en la frontera porque si entraba ya no iba a poder regresar.

El padre Victoriano Pérez les obsequió un retablo que había servido para instalar una Virgen de Guadalupe de tamaño natural, y como ahora estaba sin uso lo mandó para que instalaran en él a la difunta y la hicieran regresar a su país.

Entonces, como las horas iban pasando, se dieron prisa en hacerse a la marcha de inmediato, y camuflaron el retablo con el cuerpo dentro de él bajo una montaña de rosas y margaritas. Un señor de Sinaloa experto en curaciones había preparado el cadáver para lograr su conservación durante el tiempo que durara el viaje. Aunque no reveló cuáles eran sus procedimientos, se sospechaba que había hecho que la muerta ingiriera un kilo de sal, varios litros de agua del Perpetuo Socorro y un menjurje de su invención. Luego, había colocado bajo ella, dentro del retablo, un colchoncito de hojas de hierbabuena y flores de durazno, todo lo cual les dejaría unos cinco días sin que se iniciara la putrefacción. Ellos calculaban que en poco menos de cuatro días llegarían a su destino.

Los amigos se despidieron en la frontera de California, y desde allí la camionta avanzó a toda velocidad. En Los Ángeles, comenzaron a perder fuerza y a aminorar la velocidad. En un momento determinado, no pudieron avanzar a más de 30 millas por hora.

Era domingo e iba a ser difícil encontrar un taller de mecánica, pero ni siquiera eso los detuvo. Se salieron de la carretera porque era de alta velocidad, y el amigo Gil, siempre colmado de soluciones inmediatas, pidió al viudo no preocuparse. Entró a la gran ciudad, pero a un barrio poblado exclusivamente por gente de Michoacán.

En el mapa descomunal de Los Ángeles emergieron por la placita Olvera del centro, cerca de la antigua misión. No bien habían llegado allí cuando comenzaron a encontrarse con gente que se apellidaba Gil, Carrasco, Fonseca, Céspedes, los apellidos que más abundan en Michoacán. Les bastó con entrar en una pequeña iglesia para chocarse cara a cara con el pastor, un tal Carrasco de Sahuayo, con quien tenían conocidos en común. Los otros hermanos se fueron presentando uno a uno, y les ofrecieron ayuda. El pastor los llevó hasta el taller de un hermano que los atendió con mucho gusto, pero no hasta el día siguiente porque estaba de viaje.

El pastor les advirtió que no podían dejar el ataúd en el templo porque, a otras horas, era ocupado por los hermanitos gabachos. Tuvieron que pasar la noche en el corralón del mecánico. En vista de que no había otra solución, los amigos de Dante se quedaron velando a la difunta con él. Se acomodaron en la oficina que era bastante abrigada y estaba provista de muchos muebles. Comenzaron a contar las historias que suele narrar la gente cuando se encuentra en un velorio. Los relatos se fueron convirtiendo en chistes y los chistes se tornaron picantes hasta el punto de que el pastor, muerto de risa, les rogó que no continuaran.

En la madrugada, cuando casi todos dormían, Dante creyó escuchar un zumbido de abejas. "Deben venir atraídas por las flores", se dijo, pero cerca de las cinco de la mañana se dio cuenta de que las abejas no zumban de noche. Entonces recordó que las almas de los difuntos se transforman en mariposas y en abejas. Se lo comentó a los Gil, que también estaban despiertos.

—Tal vez tiene usted razón. Deben de ser sus ancianos padres y toda la gente que se murió en Sahuayo en estos años. Habrán venido para saludarla y acompañarnos en el duelo.

Temprano por la mañana la camioneta fue reparada, y volvieron a emprender la marcha mucho más veloces que antes. Pero por más que se apuraran, Dante tenía la sensación de que iban volando dentro de una nube de abejas y se dijo que ésa debe ser la razón por la que en los tiempos de la fatalidad la gente siente que le zumban las orejas.

Cuando estaban a punto de llegar a San Diego, un patrullero se lanzó en pos de la camioneta y les hizo señas de que se detuvieran. Mientras el señor Gil se hacía a un lado de la carretera y comenzaba a buscar sus documentos, Dante pensó que todo había fracasado justo cuando se empezaban a ver los primeros cerros azules de México. Quizás les harían abrir las puertas laterales, y allí adentro encontrarían la caja mortuoria. ¿A dónde se la llevarían? ¿En qué oscuro depósito sería abandonada para siempre?

Cuando el agente llegó a la ventanilla, solicitó los documentos del chofer y comenzó a mirar con curiosidad la cabina. Entonces pareció recordar algo.

—*Romero* —gritó— *Romero, just come here.*

Del carro policial salió otro agente de rasgos aindiados. Algo le dijo en secreto cuchicheo, y Romero llegó hasta ellos para informarles en español que, según las disposiciones de la ciudad, tenía que ser él quien los abordara en su propio idioma.

—Todos los documentos están en orden, ¿por qué venían a esa velocidad, los vienen persiguiendo?

—Lo que pasa es que tenía miedo de que nos agarrara la oscuridad —comenzó a decir Gil y se metió en una explicación muy larga que Dante no podía escuchar porque lo rodeaban los ecos de sus propios recuerdos. Sólo escuchó la palabra oscuridad, y le pareció que la oscuridad no estaba afuera sino que había ido metiéndose por todos los rincones de su cuerpo y de su vida.

Mientras los dos hombres conversaban, el policía gringo comenzó a inspeccionar a través de la ventana la carga del vehículo. Le pareció extraño encontrar tantas flores. Más allá, ubicó una pareja de ángeles y junto a ellos los cabos de las velas que habían ardido la noche anterior. Otra vez cuchicheó con el policía de ancestro mexicano.

—¿De dónde vienen? Por favor, abran la puerta lateral para inspeccionar lo que hay adentro.

El señor Gil no podía hacer otra cosa que obedecer. Sin moverse de su sitio, oprimió un botón que abrió automáticamente la puerta solicitada. Mientras el policía rubio se introducía a investigar, Romero le hacía al chofer una conversación sobre camionetas y motores, en la que no podía participar Dante porque se sentía muy mal. Un espejo retrovisor le permitía al señor Gil seguir los movimientos del policía y pronto se dio cuenta que, luego de hacer a un lado las rosas y las margaritas, había encontrado la puerta del retablo y comenzaba a abrirla.

—¿De cuántos cilindros dijo que es esta máquina? ¿Cuántas millas da por galón? . . . No le pregunto por la velocidad que desarrolla porque ya la he podido ver. Si aceleraban un poquito más, nos iban a dejar en la zaga, y éste ya tenía ganas de llamar al helicóptero.

—*Romero. Romero. Come here, immediately!*

El policía rubio había logrado abrir la puerta del retablo y estaba paralizado por el asombro. Sólo atinó a llamar a Romero otra vez y a hablarle en secreto. Luego alzó el teléfono celular y comenzó a llamar a alguien.

Para Dante eso significaba la destrucción de otro sueño, y no supo qué hacer. Se limitó a dar golpes con el pie sobre el piso de la camioneta.

—No quiero que vayan a pensar ustedes que esto es una mordida, pero mi compañero se acaba de poner de novio y bueno, pues, ahora me ha pedido que les diga como si fuera yo el de la idea que a ver si le obsequian algunos ramos de rosas porque quiere llevárselos a la chica con la que está saliendo. Dice que por ahora no les vamos a poner un *ticket*, pero que no vayan tan veloces y que se lleven su Virgencita de Guadalupe adonde quieran.

Al fin llegaron a la frontera, y allí, en plena frontera, antes de llegar a Tijuana, en el último cerro que pertenece a los Estados Unidos, se quedó Dante haciendo señas de despedida a sus amigos y a la mujer que lo había acompañado en su vida. Miró hacia el sur y pensó que allí siempre era de día. Se le ocurrió que él siempre había vivido en la noche.

Después, comenzó a desandar lo andado. Desde el punto de frontera que da a Mesa de Otay hasta San Diego, tenía que caminar por lo menos una hora y, con el aspecto desdichado que tenía, los ojos enrojecidos, los labios resecos, las manos como de difunto, podía ser sospechoso a cualquier agente de policía. Prefirió detenerse a comer en el restaurante AmPm que estaba cerca de allí.

No tenía hambre, pero quería matar el tiempo. Algo raro comenzó a ocurrir entonces. Tenía que escoger alguno de los platos de una pizarra sobre el mostrador, pero no podía entender lo que allí decía. Las letras se movían o se borraban, y terminaban por no decirle nada. En los años que duró su unión, Beatriz había logrado enseñarle a leer durante las tardes y los fines de semana, ahora parecía haber olvidado todo.

Pensó que estaba mal de la vista o que tal vez alguna lágrima se le había quedado escondida, pero no era eso. Era como si la muerte de Beatriz se hubiera encargado de borrarle todo lo que había aprendido. Trató otra vez de leer la pizarra. Las letras ya eran todas iguales, como las penas, y no le decían nada.

—¿Puedo ayudarlo, amigo?

—No, gracias.

—Ande. Déjeme ayudarlo. En este lugar del mundo, todos nece-sitamos de todos. Así es en todo el mundo, pero en ninguna parte se siente como aquí.

El hombre que estaba a su lado vestía de negro severo. Tenía sur-cos en la cara que era roja como un tomate y hablaba con mucho imperio. Tal vez su vejez le autorizaba su imposición.

—¿Le gustan las enchiladas de pollo?

No hubo respuesta.

—¿Qué tal unos tacos al pastor?

Dante continuó en su mutismo.

—El caballero desea unos huevos rancheros, yo también —ordenó.

—Y para después, ¿qué prefiere? ¿una soda o un café?

—Le he dicho que no necesito ayuda —insistió Dante.

—Dos cafés.

El hombre de negro se sentó enfrente de él, y comieron silen-ciosos, sin mirarse, como lo hacen los ciegos.

—Si hubiera sabido cómo preparan aquí los huevos rancheros, nos habríamos ido al restaurante de enfrente —dijo el extraño mien-tras se arreglaba la corbata que había aflojado antes de comer.

Después, ambos exploraron en su respectivo plato para ver si encontraban algo comestible aparte de los infames huevos rancheros. En ese momento, se miraron y sonrieron.

Al final, la mesera trajo café para ambos. Dante comenzó a hablar. No hablaba con el viejo, sino consigo mismo, dijo tantas cosas que el hombre volvió a quedarse mirando su plato de puro bien educado.

—¿Qué sentido tiene el mundo si existe la muerte? Dios mío, ¿y ahora qué hago sin ella?

El viejo no quería interrumpirlo.

—Dígame, ¿se ha puesto todo oscuro o es la pena?

—No, no se ha puesto todo oscuro.

—Le digo que para mí todo está oscuro.

—No, no es oscuridad. Debe ser la pena.

Dante se animó a preguntarle quién era.

—Nuestros nombres no importan, sino por qué estamos aquí y por qué aparecemos de repente en la vida de una persona.

—¿Es usted un ángel?

El viejo rió de buena gana y extrajo un mazo de naipes de su chaqueta.

—No creo que les permitan esto allá arriba —dijo.

—Entonces, usted es el demonio. ¿Es el demonio?

El tipo volvió a reír. Reía hasta que le saltaban las lágrimas. Se hubiera tirado al suelo, pero no lo hizo para no arrugar su traje negro.

—No creo haber dicho nada chistoso.

—Entonces fue uno de los demonios. Tal vez el que acompaña a los viajeros y a los hombres descontentos.

Después el hombre de negro se puso los dedos en la frente haciendo el signo de cuernos.

—¿De veras parezco un demonio? —Rió de nuevo. Después se calmó y se volvió a arreglar la corbata. Le informó que procedía de Veracruz y le recordó que estaba esperando a que partiera el mazo.

—No sé jugar. Y aunque supiera, no jugaría a los naipes. No estoy con ánimos.

—¿Y quién le ha dicho que vamos a jugar a los naipes?

El extraño comenzó a arreglar las cartas y a barajarlas de distintas maneras, y a Dante no le quedó otra cosa que mirarlo. Tenía que matar el tiempo allí porque le habían dicho que los autobuses saldrían más tarde.

—A lo mejor estoy viendo en estos naipes muchas historias que usted no me ha contado.

—¿Ah . . . sí?

—La verdad es que soy un jugador retirado. Ahora me dedico a leer las cartas a la gente que me lo pide.

—¿Y qué ve?

—El campo. Las praderas. Algunos animales. Hmm . . . ésta es la espada de la justicia. Se ha pasado muchos años encima de usted. ¿Es usted un perseguido o un mojado?

—Para eso no es necesario observar las cartas.

—A lo mejor sí.

—Hmm . . . aquí está la muerte bailando un danzón.

Después barajó de nuevo y le pidió que partiera el mazo en dos.

—¿Qué quiere preguntar?

—Nada.

—¿Cómo que nada?

—Nada. Muerta Beatriz, no me queda nada.

—¿Está seguro?

Dante pensó en su hijita quien se había quedado al cuidado de Rosina. Prefirió no preguntar por su destino. Le parecía malo hacerlo. Entonces el viejo le dio el mazo y le pidió que sacara una carta.

—¿Y qué ha visto de mí?

—Nada.

—¿Nada?

—Nada, solamente lo que usted dice, que no le queda nada. Dos hijos.

—Uno, o mejor dicho una.

—Aquí dice que dos. A lo mejor se le casa pronto.

—Es muy joven para eso. Apenas tiene catorce años.

—Razón de más.

—Gracias por tratar de distraerme, pero no se puede. Todo se me está haciendo oscuro de nuevo.

—Oiga, corte de nuevo. Ándele.

Dante obedeció.

—Ahora vaya sacando las cartas, una por una. ¿Qué ve?

Salió el rey. Salió la reina. Salió la muerte. Salió una espada. Salió la justicia con los ojos vendados. Salió una guitarra. Salió un camino. Salió una corona. Salió un ataúd. Salió el sol. Salió la luna. Salió un lobo, y se comió al sol, a la luna, al ataúd, a la corona, a la guitarra, a la justicia, a la espada, a la muerte, a la reina y al rey. Solamente quedó el camino.

El hombre le dijo que no se preocupara por las oscuridades. Le recordó que todas las luces del mundo están escondidas en el corazón de los hombres. Le hizo saber que a veces basta con encontrar el interruptor y levantarlo para que la luz vuelva a prenderse.

—La tierra es un globo achatado y opaco que avanza girando por en medio de la negrura, y la negrura es su verdadera naturaleza. Somos nosotros los que le damos luz —aseveró seguro de lo que decía mientras caminaba con Dante hasta la estación de autobuses Greyhound.

Dante compró un boleto hasta Salem, Oregon, y el viejo le dio un abrazo de despedida.

Acomodado en un asiento junto a la ventana, Dante intentó leer lo que decía el boleto, pero las letras no le hablaban y no le decían nada. Miró por la ventana y divisó la soledad sin fronteras que le esperaba en los Estados Unidos.

19
Los ojos encendidos de Dolores Huerta

Pum, pum, pum . . . Las gotas que caen sobre la tierra tocan a la puerta de los difuntos nuevos y Beatriz, cansada de tanto morir y de haber recorrido todo lo largo de los Estados Unidos y la mitad de México, desea dormir. *Pum, pum, pum*, las gotas golpean y bailan en el suelo, y la obligan a despertar. Ya se han ido todos sus amigos y el sol está volando. El viento quiere llevarse las guirnaldas que se han colocado sobre las tumbas en todo el cementerio. Hay varios manteles que vuelan sobre el panteón con la mesa servida, lista para quienes regresan del otro lado. Da la casualidad de que la enterraron en el cementerio de Sahuayo la tarde anterior al Día de los muertos. La gente lleva, de un lado a otro, guitarras y botellas de tequila.

> *Voy a cantarte un corrido,*
> *santa de los mojados*
> *niña blanca de los presos,*
> *beata de los contrabandistas,*
> *Niña blanca. Niña blanca.*
> *Santa Muerte de mi vida.*
> *Ámame en silencio,*
> *pero no me lleves todavía . . .*

Todavía se escuchan algunas plegarias, varias risas y la voz del charro que no tiene cuándo terminar un corrido de sus amores con La Santa Muerte. Entre tanto, Beatriz despierta, abre y cierra los ojos para recordar los últimos días, meses y años de su vida. Se levanta y

199

camina, se desliza y hasta vuela por todo el camposanto hasta que se cansa y se va a sentar sobre la piedra que cubre a un desconocido. Su rostro de pronto se humedece porque comienza a llover con más fuerza. La lluvia cede paso a la tormenta. *Cerrito de Tijuana, tú que me has visto pasar, saluda a La Santa Muerte cuando se quede allí a descansar.* Ha cesado de cantar el mariachi y escapa porque teme que la lluvia empape su guitarra. Las botellas de tequila permanecen dóciles frente a las tumbas, y los platos de menudo, tamales y mole continúan humeando impasibles ante la lluvia bajo los toldos que les han colocado encima. Beatriz se pregunta entonces qué tan larga es la mirada de los difuntos, y si es posible que le alcance para ver a Dante penando en la frontera. Recuerda con cólera que sus amigos tuvieron que ir a buscar un sepulturero en el pueblo vecino porque el de Sahuayo se marchó a los Estados Unidos el año pasado.

Beatriz se ve de nuevo llegando a Oregon con Dante quien apenas si podía andar por el trabajo en la cosecha de algodón. Recuerda que le pidió que le permitiera trabajar en el campo aunque fuera por un tiempo. Por supuesto, Dante se opuso aduciendo que su cuerpo no era para esos quehaceres, y tuvieron su primera discusión conyugal.

—Los tiempos han cambiado, amor —le hizo saber ella—. La vida ya no es como tú la dejaste al emigrar, ni aquí ni en México. Lo que pasa es que no terminaste de aprender, y no te enteraste que las mujeres ya somos iguales a los hombres y podemos trabajar. Si no me dejas hacerlo, voy a sentir que no eres capaz de quererme tanto como me has dicho.

Dante le recordó que se había pasado diez años deslomándose para que ella pudiera cruzar el túnel y venirse a vivir con él sin necesidad de trabajar.

—Déjame trabajar unos meses en la cosecha de cerezas, y te prometo que dejaré de hacerlo dentro de muy poco, cuando esté por darte un hijo.

Mientras él miraba el techo, ella soñaba en el niño que vendría, en las mañas que le iba a enseñar y en el nombre que le darían.

Beatriz encontró trabajo en la cosecha de fresas que estaba demandando centenares de brazos. *You want to pick strawberries?* Se encontró metida en un mar rojo de fresas que luego se transformaban en cerezas, y por fin en uvas, moras, y zarzamoras, donde laboraba a pesar de las débiles protestas de Dante porque ella siempre vencía y convencía con sus razonamientos femeninos.

En muchos carteles plantados sobre los campos, ella leía: *GREEN REVOLUTION,* y no entendía a qué se referían esas palabras que sin embargo anunciaban una temporada temible. Un día, preocupada por la sombra y el ronquido incesante de los aviones, le preguntó al capataz si estaban siendo vigilados desde el aire para comprobar su eficiencia.

—Lo que nosotros estamos haciendo es racionalizando la producción —le contestó el hombre. De acuerdo con él, ciertos productos químicos iban a hacer maravillas en el campo: las calabazas nacerían el doble o el triple de su tamaño natural, la tierra daría seis cosechas al año, las plagas desaparecerían de los Estados Unidos, ah, y los trabajadores producirían el doble o el triple de lo que hacían hasta ese momento.

Por su parte, una mujer nacida en Nuevo México, llamada Dolores Huerta, no cesaba de organizar sindicatos, asambleas y boicots para mejorar las condiciones de vida de los campesinos inmigrantes, y para demandar que se les dieran los mismos derechos de todos los trabajadores en los Estados Unidos.

Una sola vez la vio, pero nunca pudo olvidar esos ojos negros y encendidos ni esa flotante cabellera negra. Ni mucho menos sus palabras sublevantes que recorrían los campos y denunciaban que los pesticidas ponían en peligro la salud de los campesinos y de los consumidores y envenenaban el ambiente. Un día, logró convencer a Dante de que la acompañara a Salem, donde debía presentarse la famosa dirigente.

Escucharon a Dolores Huerta, pero Beatriz no se acercó a ella por timidez. Un momento después, en el salón parroquial de la iglesia de Santa María, la buscó con la vista y no la encontró. Se dijo que tal vez la mayor gracia de esa mujer admirable era que se parecía tanto a cualquiera de nosotros que no era posible distinguirla.

—¿Y tú, hijita? Se nota de lejos que has llegado hace muy poco, y hasta adivinaría que eres de Michoacán. ¿Estás trabajando en la cosecha de uva? Tienes que cuidarte mucho y no dejar que se te vaya jamás esa luz que tienes en los ojos.

Beatriz y Dante estaban tan fascinados que al principio no sabían de dónde salía la voz de Dolores Huerta, con quien conversaron un buen rato. Más tarde agitaron un pañuelo blanco mientras la despedían. A la semana siguiente, durante la homilía del domingo, el padre Victoriano Pérez les pidió que rezaran por César Chávez, el otro dirigente de los derechos de los campesinos. Su salud peligraba porque había hecho un ayuno muy prolongado para exigir que se diera a los jornaleros mexicanos el mismo salario que a los norteamericanos.

Huerta y Chávez les estaban dando una lección de inmensa fortaleza a los trabajadores del campo. Gracias a ellos, Dante y Beatriz se dieron cuenta que tenían que ponerse de pie y no rendirse para que les hicieran caso, y se unieron a la huelga. Se circularon rumores de que Chávez ya estaba muerto y se les recomendó que se rindieran de una vez. Por último llegaron los especialistas en mediación, un latino pretencioso que fumaba en pipa y se hacía llamar doctor que quiso hacerles ver que nada iban a ganar con estos movimientos estimulados por comunistas antiamericanos, pero los campesinos no dieron un paso atrás. Salieron tomados del brazo y cerraron algunos caminos con resistencia humana y triunfaron.

El recuerdo viene y se va. Empapada por completo, Beatriz camina por el cementerio y descubre que todos se han ido. Nota que la tormenta está por terminar y ha dejado intactos los panes de muerto, las tortillas y la botella de tequila que pusieron junto a su sepulcro.

—¡Ay! Si estuviera Dante aquí nos la tomaríamos juntos, pero Dios nos ha condenado desde antes de nacer a caminar como topos libando tristeza y agua sucia mientras avanzamos hacia el norte. ¡Ay Dios mío, qué hago para aplacar estos recuerdos!

Beatriz da un trago a la botella, se siente contenta de ser mexicana y de que la hayan llevado a enterrar en su pueblo. Cierta vez en Oregon contempló un entierro de americanos, y le dio mucha pena saber que luego de llorar al difunto por unas horas, lo dejaron solo para siempre, que de inmediato pusieron en subasta todos los muebles de su casa y que no le dejaron ni una quesadilla siquiera al lado del sepulcro, ni mucho menos una maravillosa botella de tequila como aquélla que ahora estaba disfrutando ella.

La tequila le trajo aquellos recuerdos en los que Dante le señaló una estrella errante la primera noche que compartieron. "Rápido. Subámonos en ella, y pase lo que pase, siempre vamos a estar juntos." Se habían pasado la mayor parte de la vida separados, y ahora venía una eternidad rumorosa, pero siempre vivirían bajo el cobijo y el amparo de la estrella errante.

Pensó en las lecciones de lectura de Dante. Había conseguido varias novelas en la biblioteca local, y apenas llegaba él a casa, se las leía en voz alta hasta lograr entusiasmarlo con ese río de historias que surgía del libro. Sentía que era como llevar a su marido del brazo por en medio de la oscuridad. Un día se dio cuenta de que él ya podía entrar y salir solo y a su antojo de la oscuridad de las letras y del río de las historias.

—Nunca terminaré de agradecértelo —dijo él—. No sabes cómo me gusta leer historias. Ahora puedo escuchar a la gente del libro. A veces hasta me siento un personaje.

—¿Y qué sabes de nuestra historia?

—Que termina bien.

—¿Que termina? ¿Has dicho que termina?

—No creo haber dicho que termina.

Beatriz guardó silencio.

—Dante, quiero pedirte que me prometas algo.

—No sé por qué te pido esto, pero después de que yo muera, quiero que leas y que leas mucho. Que nunca te olvides de hacerlo.

Dante no le prometió eso. Estaba muy interesado en decirle que la historia de ellos nunca se iba a terminar.

—La historia no se termina nunca, Beatriz, porque el contar no tiene fin.

El alma de Beatriz recordaba. Detrás de la muerte, se daba cuenta de que Dante tenía razón, su historia no tenía fin. Tomó otro trago de tequila.

De pronto le vino un recuerdo nefasto. Fue la época en que reapareció don Gregorio Bernardino Palermo. Eran tiempos de felicidad, y la esperanza inundaba la casa porque a Dante le habían dicho que le iba a conseguir la visa de residencia. Emmita había cumplido nueve años y era una estudiante muy aprovechada cuando Beatriz recibió esa llamada telefónica. Se puso el teléfono al oído, pero sólo escuchó un rumor como el que a veces hace la desgracia.

—¿Bueno?

Estaba a punto de colgar porque nadie hablaba, pero la curiosidad le ganó.

—Bueno, ¿quién llama?

Al otro lado había murmullos y ruidos eléctricos. Beatriz pensó que la estaban llamando de México, y la comunicación telefónica estaba mala. Se acercaba la Navidad, y creyó que algún pariente o amigo intentaba comunicarse con ellos.

Se identificó.

—Habla Beatriz. Habla la señora Celestino. ¿Con quién desea usted hablar?

—¿Conque ahora te llamas la señora Celestino? No, mi reina. Tú eres mi señora legítima, y si yo no acepto, nadie nos va a divorciar. Recuerda que soy tu esposo, tu señor y que, además, no hay lugar en el mundo donde no te pueda hallar.

Cortó.

Dante llegó por la noche y la encontró demacrada.

—¿Te pasa algo?

Beatriz prefirió no preocuparlo, aunque las llamadas se repitieron durante varios meses.

—Voy a ir a verte, y tú te tienes que venir conmigo. Si te niegas, algo malo podría ocurrirle a ese infeliz que vive contigo. Ya lo sabes.

No sabía por qué razón no le cortaba. El miedo la paralizaba y la obligaba a escuchar.

Las llamadas eran calculadas, y se producían siempre en el momento en que Dante estaba en el trabajo.

—La verdad es que me gustaría hablar una de estas veces con tu maridito. Tal vez le cuente muchas cosas. Tal vez se ofenderá contigo. La verdad es que después de que yo hable con él, jamás va a poder olvidar.

Beatriz quería desenchufar el teléfono, pero pensaba que eso haría que el tipo apareciera. Al año de la primera llamada le dijo que iba a ir por ella.

—Ahora sí, prepárate. Ya estoy pronto a salir de aquí, dentro de dos semanas. Para ser exacto, el jueves te estaré visitando. Pero, habla. Di algo. Di que me quieres y que siempre me has estado esperando.

Beatriz, asustada, llamó a Rosina.

—Deberías habérselo dicho a tu marido.

—No quería preocuparlo. No quería empujarlo a una locura. Siempre pensé que don Gregorio se cansaría de llamarme.

—No te quedes sola en tu casa. Saca de la escuela a Emmita, y quédense unas semanas conmigo.

—¿Y Dante? Tú no sabes todo lo que ese hombre le puede hacer. Es todopoderoso.

—Y si lo es, ¿por qué no ha aparecido antes?

Una frase se le había escapado a Gregorio Bernardino Palermo "dentro de dos semanas voy a salir de aquí".

Como bibliotecaria, Rosina tenía acceso a mucha información. Llamó a diversos centros penales de los estados próximos, pero no obtuvo lo que buscaba. Escribió cartas a la administración carcelaria de todo el país, y se decidió a esperar las respuestas.

Pero los días de la desdicha no iban a volver tan pronto. El jueves nada ocurrió. Tampoco el viernes ni el fin de semana. El martes siguiente, sonó el teléfono en casa de Beatriz. Era Rosina.

—Está en Florida. En la penitenciaría federal, y debería haber salido la semana pasada.

Eso no tranquilizaba a Beatriz.

—Acabo de recibir una carta de la administración penitenciaria de Florida. Salió, pero le ocurrió algo muy raro.

Uno de sus antiguos socios lo esperó en la puerta de la prisión en un delicioso Mercedes Benz del año. "No podía ser para menos", quizás pensó Gregorio cuando uno de los guardaespaldas lo hizo pasar al asiento posterior. Entró sonriendo, pero le extrañó un poco que su amigo no se sentara a su lado, sino al lado del chofer. Por su parte, él tuvo que arreglarse entre los guardaespaldas.

—Veo que no pierdes el buen gusto . . .

Tal vez su socio no lo escuchó.

—Quizás sea bueno que me lleves a un hotel cerca del aeropuerto.

No hubo respuesta.

—Me interesa estar cerca del aeropuerto porque mañana muy temprano debo partir hacia Portland, Oregon.

El hombre de adelante había sido su representante en Florida. Había estado bajo sus órdenes todo el tiempo y siempre había sido obediente hasta el servilismo. Le ofuscó su silencio.

—¿Tienes las orejas tapadas?

Entonces el hombre volvió la vista al asiento de atrás, pero no miró a Gregorio, sino a uno de los guardaespaldas.

—Dispara.

El matón se tardó en extraer una pistola del maletín y en ponerle un silenciador. Pero Gregorio no lo vio: —¿Tienes las orejas tapadas? Te he dicho que me lleves a un hotel cerca del aeropuerto.

—Chinga tu madre, déjate de dar órdenes. Y tú, mata de una vez a este cabrón.

El ejecutor se tomaba su tiempo. Sacó una pistola de un estuche impecable, y con un trapo la limpió como para sacarle brillo. Despacioso, estudió el cráneo de su víctima y escogió el lugar más conveniente. Por fin, colocó el cañón sobre la sien derecha de Gregorio Bernardino Palermo.

—Chíngalo de una vez.

El hombre pareció hacer un gesto con el dedo y luego se vio una pequeña chispa. El ruido de la bala al salir, como el de una llave al abrir una puerta, se confundió con las voces de una radio en español que el chofer estaba escuchando.

Con el silenciador, la pistola era larga. Dio varios saltos al estallar, y una mano entera de sesos emergió del hoyo abierto en la cabeza de Palermo y ensució la impecable camisa del que le disparó. El antiguo dueño de Beatriz se quedó con la cabeza en alto como si hubiera decidido tomarse una siesta con un solo ojo abierto.

—Llévanos rápido a donde tú sabes. Hay que deshacerse de este güey antes de que comience a apestar.

Lo llevaron hasta un sitio donde lo bañaron en gasolina, y el antiguo socio le prendió fuego con su cigarro. Su cuerpo se estremeció hasta que el fuego lo dejó convertido en un tronco de árbol quemado con las raíces en alto.

En las fotos periodísticas que guardan los archivos de entonces, se habla de un posible arreglo de cuentas entre narcotraficantes. El reportero describe la mancha dejada sobre la tierra como "uno de esos fosos que comunican este mundo con el infierno" y añade que "no habrá entierro porque se deshizo en el fuego".

Beatriz sintió que las manos de Dante recorrían su cuerpo, que sus labios se confundían con los suyos, que sus palabras le juraban por Dios y por todos los santos que nunca la dejaría sola, que la vida y la muerte no tenían razón de ser para ellos. La próxima vez que alzó la botella le pareció que alguien la chocaba con la suya.

20
Nacer en Sahuayo es como nacer caminando

Dante y Virgilio habían pasado por la I-210, la CA-30, la I-15 hacia el norte y después de 320 kilómetros sobre la I-15, ahora sí estaban llegando a Las Vegas, pero los recuerdos de Dante eran tan rápidos como el prodigioso camión que había construido en su jardín y que el padre Victoriano había bendecido, sin mayor ceremonia, antes de que Dante y Virgilio salieran de nuevo.

—Hablando de guitarras, todos saben que las mejores se hacen en Sahuayo, y también es allí donde se toca el acordeón al mero estilo michoacano —dijo Dante y Virgilio olisqueó la ventana.

Dante quería seguir hablando de acordeones y de su pericia para sacar de ellos melodías y recuerdos, pero no se atrevía. Temía que Virgilio volviera la enorme cabeza con desprecio hacia los caminos que iban dejando. Por eso, seguía hablando de su tierra.

—En Sahuayo no sólo terminan las tierras de Michoacán, sino las de todo el mundo. Por eso se puede escuchar la música del cielo, que no es audible en otros lugares.

Tampoco ese comentario obtuvo la atención de su copiloto, aunque sabía que incluso si lo escuchaba, continuaría mirando el viento.

—Creo que ya estamos llegando —dijo Dante para llamar la atención e insistir.

—Me refiero a que nacer en Sahuayo es como nacer caminando hacia el norte, por supuesto. Por las noches, aunque no haya gente, la campana de la iglesia no deja de sonar como si continuara llamando a los que se han ido. Y esos somos los únicos que la escuchamos desde cualquier punto de la tierra donde vivamos. Dante hablaba de su pueblo como si todos lo conocieran. Más de una vez, otro mexicano le preguntó: "Sahuayo, ¿y eso dónde queda?" Otros, cuando lo escuchaban hablar, pensaban en sus propios pueblos muy parecidos al que él estaba describiendo, y entonces cada pueblo se transformaba en un fantasma o en una pena.

—A veces en sueños me veo en Sahuayo, Virgilio, me veo caminando hacia el ranchito donde mi padre me dijo que iba a aprender a ser hombre. En esos sueños escucho a los pollitos, pero no aparecen las gallinas porque ya nos las hemos comido todas, y veo unos vientos verdes y feroces que se llevan los techos y los árboles, las ventanas, la iglesia y la escuela. Se los llevan hacia el ayer, hacia un tiempo que no tiene cuándo regresar.

Dante detuvo el camión en uno de los lugares de descanso de la carretera para tomarse un café y para que Virgilio orinara. Cuando estaba por empezar de nuevo la marcha, un hombre le pidió un aventón.

—*Give me a ride* —dijo, sin un por favor. Pero cuando advirtió que Dante lo miraba sobresaltado, pensó que lo hacía porque no entendía inglés.

—Le he dicho que me dé un aventón. Mejor dicho, que nos lo dé.

No hablaba, ordenaba.

—¿Cómo dijo?

—Abra de una vez la puerta, y déjenos subir.

El hombre era viejo, cegatón y reumático. Avanzaba con lentitud provisto tan sólo de un maletín como los que suelen usar los mecánicos y los médicos de pueblo. Suponía que su edad le daba el derecho de hablar como hablaba. Dante no pudo hacer otra cosa que abrirle la puerta y pensar que estaba predestinado para conversar con todos los tipos raros de esos caminos. A su lado, entró un joven delgado, de buena presencia, con cara de zorro.

—*Go back, near the dog* —le ordenó el viejo a su acompañante. El joven puso el acordeón de Dante sobre el suelo y se sentó en el asiento enseguida de Virgilio.

—¿De dónde es usted, señor?

—Soy yo el que pregunta. ¿No será usted un delincuente? —Se detuvo a observar a Dante quien, superado por la incredulidad, no podía responderle, ni siquiera comenzar a decir una palabra.

—De El Paso, Texas, si quiere usted saberlo, aunque me crié en Los Ángeles. La mera verdad es que a lo mejor mis padres me hicieron en México, y mi madre me dio a luz en El Paso, cuando brincaron el charco. Es cosa seria ser hijo de mojados. He pasado casi toda mi vida en Los Ángeles.

—¿Qué hace tan lejos de casa?

El hombre no respondió. Dante insistió. El viejo guardaba los brazos en cruz sobre el pecho como hace la gente que por mucho tiempo no ha abrazado a nadie. El joven que iba con él, casi su lazarillo, no hacía sino obedecerle.

—No tengo casa.

—¿Qué no dijo que nació en El Paso y se crió en Los Ángeles? ¿uno de esos lugares no es su casa?

—Lo eran. Eso es un decir cuando no se tiene ningún lugar adónde ir.

—Y si no tiene ningún lugar adónde ir, ¿por qué me pide un aventón? ¿Sabe usted a dónde voy?

—Se nota de lejos que va usted a Las Vegas, aunque no tiene el aire de la gente que va a los casinos.

—Nunca he ido a ninguno.

—Pero ahora está yendo, ¿me equivoco?

Dante no contestó.

—En todo caso, lléveme a Las Vegas. Llévenos allá.

Otra vez, el viejo ordenaba en vez de pedir.

—¿Y el perro que lleva detrás? Bastante grande para ser un perro, ¿no? Esos perrotes son los más tontos. Éste lo parece. Sí, señor, es un perro tonto. . . .

Dante quiso desagraviar a Virgilio, —Virgilio, sabes muy bien que no eres un perro.

—¿Con quién está hablando?

No hubo respuesta.

—¡Con quién está hablando! No me diga que está hablando con el perro . . . aunque la verdad es que no sería raro que usted hablara con su perro. Se nota que es lo único que usted tiene en este mundo.

Asombrado de que el viejo supiera tanto, le preguntó cómo hacía para adivinar.

—Es que voy a morirme.

—¿Quién le ha dicho que va a morirse?

—Ya no recuerdo, pero tampoco me han dicho lo contrario.

—¿Quién le ha dicho, dice? —preguntó otra vez Dante que estaba un poco sordo porque el motor de su vehículo sonaba como una explosión.

—El doctor me dijo que mi corazón funciona como el de un caballo, pero también los caballos tienen que morir. Un día cualquiera las rodillas les flaquean, y entonces se acuerdan de toda su vida. —Hizo una pausa y preguntó—: ¿Sabe usted quién soy yo?

—No —respondió Dante—. Pensándolo bien, por allí es por donde deberíamos haber comenzado. Lo educado es que usted se presente.

—Ya le he contado dónde nací y dónde me he criado. Supongo que sólo falta que le diga que yo sí voy al casino. . . .

—¿Y usted? ¿Se puede saber quién es? ¿Alguna vez ha matado a alguien? No es raro encontrar a bandidos en esta carretera, y los más sospechosos son los que viajan en un camión y llevan atrás un perrazo hediondo.

El viejo volteó a mirar el interior del vehículo.

—¡Qué perro tan raro! Nunca había visto uno tan grande.

Se caló los gruesos anteojos, pero ni así vio con claridad a Virgilio.

—¿O es un mulo? Juan Pablo, *don't play with that dirty dog.*

Juan Pablo acariciaba las orejas de Virgilio y prefirió no hacer aclaración alguna.

Dante cambió la conversación: —¿Y usted, señor, alguna vez ha matado?

—¿Que si he matado? He matado muchas veces —confesó el viejo riendo—. Matado, lo que es matado. No creo haberlo hecho nunca. No lo he hecho. Pero me mandaron a la guerra de Corea, ¿sabe?

Otra vez se hizo silencio, y el carro comenzó a pasar por un extenso corral en el que se veían unas reses inmensas, que a Dante le parecían desnutridas y casi transparentes porque las traspasaba la tristeza que invade el mundo a ciertas horas de la tarde.

—Ya veo que es usted de los míos. Aunque he nacido en este país y nunca he tenido el tipo de problemas que usted tiene, lo entiendo, hombre. Maneja usted con las manos apretadas sobre el volante como si fuera en busca de un enemigo.

Dante pensó en el muchacho que se había llevado a su hija, pero no lo consideró un enemigo.

—Puedo ayudarlo, ¿sabe?

El camino se iluminó entonces un instante y luego se oscureció y otra vez volvió a iluminarse debido a las errantes nubes que volaban sobre ellos.

—Le dije que puedo ayudarlo —proclamó el viejo y lentamente abrió el maletín que llevaba—. ¿Se da usted cuenta?

Dante no podía darse cuenta de nada porque solamente miraba hacia delante. No le parecía muy cortés examinar el maletín que el hombre había subido a su camión.

El viejo cerró el maletín.

—¿De dónde me dijo que era?

Dante sonrió, miró al hombre y le lanzó una mirada de simpatía. "Ahora sí me está gustando el viejo", pensó, pero su entusiasmo no duró mucho rato porque el extraño era del tipo de personas que hacen una pregunta para responderla ellos mismos.

—Yo mismo no sé de dónde soy. A veces soy de aquí. A veces soy de allá.

—Pero usted dijo que había nacido en El Paso.

Llevaba puesto un sombrero tejano claro y vibrante de esos que sus dueños inclinan por el lado del ojo derecho con el objeto de parecer distinguidos.

—Quiero decir que mis padres eran mexicanos, pero mi señora madre me parió en tierra americana y hablo inglés como primera lengua, pero las más de las veces sueño en español. Cuando era joven todo el tiempo hablaba, pensaba y comía en gringo. Ahora vivo más de recuerdos y de sueños, y todo me viene en español.

Se alzó el sombrero para dejar al descubierto toda su frente. Probablemente estaba sintiendo mucho calor.

—La verdad es que no sé ya lo que soy. A veces me saco los recuerdos y los remuevo para ponerlos en orden, pero creo que no se puede.

—¿Y dónde vive?

—No lo sé.

Dante pensó que el hombre o le estaba tomando el pelo, o era un santo de esos que se encuentran en las carreteras y no saben dónde se hallan.

—¿Qué día es hoy?

—Sábado.

—Quiero decir ¿qué día del mes?

—No lo sé.

—¿Y entonces cómo sabe que es sábado?

—Porque la semana tiene siete días. . . .

El viejo volvió a inclinar el sombrero, pero esta vez sobre el ojo izquierdo como se hace para inspirar algún miedo.

—Y esas preguntas, ¿está tratando de saber si soy un viejo reblandecido?

No hubo respuesta.

—Pero ya que quiere saber mi historia, a mis padres se los llevaron las ilusiones. Regresaron a México para que pudiéramos tener un ranchito que nos correspondía por ser pobres y descendientes de Pancho Villa. Me apellido Villa, ¿sabe? . . . Y allí se murieron más de pena que de hambre porque la famosa tierra que nos dieron no tenía derecho al agua. En esa época, me regresé y lo que me ha ayudado siempre es haber nacido aquí y ser ciudadano americano.

Era la primera vez que daba tanta información.

—Y por eso también me mandaron a la guerra, y al regreso, me fui a Los Ángeles. Me casé, tuve tres hijos, me cabreé con la vieja, y nos separamos. Ella se murió hará quince años. —Calló un rato y prosiguió—: ¿Quiere saber más? De uno de mis hijos no sé nada. El otro murió de algo. Su viuda me localizó hace dos años, y me rogó que me encargara de mi nieto, Juan Pablo. —Señaló al joven—. Se llama Juan Pablo, y es un zorro para las computadoras, pero no tiene dinero para estudiar en la universidad, y yo pienso conseguírselo.

A Dante no le pareció bien educado preguntarle cómo iba a hacerlo. Sin embargo, quiso saber si el joven era mudo.

—¿Mudo? No, pero no habla español. O lo habla así, así.

El joven no se inmutó. No parececía saber que se referían a él.

—Mi otro hijo vive por Florida y de rato en rato me ubica y me manda una carta. La última vez que lo hizo fue hace cinco años. Es ingeniero eléctrico. Yo soy mormón. O más bien, lo fui porque me convertí cuando estaba en la cárcel, pero al salir me olvidé del asunto —dijo lo último viendo por la ventana.

Dante estaba asombrado de recibir tal información en un instante.

—¿Es fugitivo? —preguntó—. ¿Está usted huyendo de la justicia?

—No. Me metieron a la cárcel por un asunto de negocios. Por un contrabando que ayudé a hacer. No me pagaron mucho, ¿sabe? Pero me comí un par de años adentro porque no tenía para pagar un abogado. El abogado que me ofrecía el estado no se interesó en el asunto. Por supuesto que los dueños de la mercadería nunca entraron a la cárcel. Después, he tenido uno y otro trabajo.

—¿Va a buscar trabajo en Las Vegas? —Dante se preguntaba qué tipo de trabajo podía hacer un anciano como su pasajero.

—Pues algo así —repitió varias veces el viejo, y se quedó mirando a la lejanía.

Dante sintió su tristeza y comenzó a compartir sus recuerdos. Sabía que cuando los recuerdos no se comparten, se desgastan. Habló de Beatriz. Habló de su hija. Habló de la fiesta. El sombrero le cubría la cara al viejo mientras Dante hablaba.

—No lo vaya a tomar a mal, pero traté de meter sus recuerdos dentro de mis sueños. Y creo que lo logré. Yo ya no le voy a contar más de mi historia porque de aquí para adelante ya no tengo. En este momento de la vida me he quedado solo, sin familia, sin dinero, sin derecho a jubilación, y con un nieto a quien quiero mandar a la universidad. Lo único que tengo para vivir es esto.

Mientras hablaba, abrió despacio el maletín, y dejó ver un revólver anticuado con algo de herrumbre sobre un fondo de terciopelo rojo.

—¿Es usted coleccionista?

El viejo no respondió.

—Pero, ¿se puede vivir de eso? ¿De coleccionista?

—No le he dicho que lo sea.

El viejo pareció sobresaltarse, y añadió, —Hombre, como vivir, vivir, no. Usted sabe cómo están los tiempos.

Se hizo un largo silencio después del cual el anciano se quejó del artritis que a veces le impedía caminar con soltura.

—Disculpe, ¿para qué tiene esa pistola?

—Se lo voy a decir, aunque la verdad es que no me gusta que me hable casi sin mover la boca. La llevo a Las Vegas, y pienso asaltar un casino.

El camión avanzó varias millas en silencio como si además de la gente, el motor también hubiera decidido ser lacónico.

—No estoy especializado en estos negocios, ¿sabe? Pero en la cárcel les escuché ciertas mañas a los muchachos.

Estaba hablando en serio, y Dante quiso advertirle que esa clase de trabajos ya no eran para su edad.

—Ya sé lo que me quiere decir. Sí, estoy viejo, y puede ser que me detengan, pero no me queda alternativa. Si el asalto es exitoso, tendré dinero suficiente para vivir los años que me quedan. Si no lo consigo, me llevarán a la cárcel, y allí también tendré un buen lugar donde vivir. Además, conozco gente allí, ¿sabe? Y a veces, es un lugar muy divertido.

Por fin pasaron un puente y entraron en Las Vegas. A Dante le llamó la atención una inmensa pirámide.

—Es una pirámide de Egipto, amigo. Después pasaremos junto a la torre Eiffel y se dará cuenta de que no es necesario moverse mucho para ver el mundo.

Dante pensaba en la carta de Emmita que decía que se iba con Johnny Cabada, y que lo primero que harían sería instalarse en Las Vegas. Ella siempre había soñado con llegar a ser una gran cantante como Selena, y sabía que Las Vegas era uno de esos lugares donde nacen los grandes talentos.

—Un momento. Deténgase. Hágase a un lado del camino, por favor, —dijo el viejo.

Asombrado, Dante detuvo de inmediato el vehículo. En toda su conversación, era la primera vez que escuchaba un "por favor" del viejo.

—*Let's go!* —le ordenó a Juan Pablo—. ¡Gracias, muchas gracias! —le dijo a Dante—. No conviene que nos vean juntos —agregó en pos de despedida.

Unas cuadras más, y ya Dante se encontraba dentro del inmenso hotel-casino, Montecarlo, donde de inmediato encontró un estacionamiento. Sacó a Virgilio del camión y lo ató a un poste junto al jardín para que pastara.

Después, se metió en el edificio más espectacular que había visto en su vida. Al principio no supo cómo iba a orientarse para llegar a la oficina de administración de ese palacio colmado de salas, ruidos, gritos, disfraces, elegantes, nerviosos, blancos, negros, amarillos, rosados, tahúres, beldades, ruletas, músicas, risas y sonidos de monedas que caían interminablemente. Milagrosamente, logró dar con el lugar que buscaba y, para mayor suerte suya, lo atendió una chica que hablaba español.

—Buenas.

—Buenas.

—¿Buenas?

—Buenas —repitió Dante.

—¿Busca a alguien?

Eso era lo que había estado haciendo durante los últimos dos años. Por fin había llegado al sitio donde iba a encontrar la información necesaria. Pero no se había entrenado en eso. No sabía qué preguntar.

—Tal vez sería bueno que se sentara. Parece cansado.

Dante se sentó mientras la chica trataba de adivinar el objeto de su visita.

—Puedo ordenar que le traigan un trago, ¿quiere?

—Gracias —dijo él.

—¿Gracias qué?

—Gracias.

—¿Gracias sí o gracias no?

Recién en ese momento, Dante se dio cuenta de que no podía decir nada. La chica que estaba frente a él lo miraba como si fuera el hombre más importante del mundo, pero Dante no sabía cómo empezar a hablarle de su asunto.

La miró. En su descanso, desde la silla, la observó. Se dio confianza para hablar, y comenzó. Primero le dijo que quería hablarle de su hija de quince años, y ella no supo qué decirle.

La chica era argentina y muy bonita. Había estudiado psicología, y su misión en el casino era calmar a los clientes que sufrieran de estrés conversando con ellos. Por eso, tenía todo el tiempo para escuchar a Dante.

Lo dejó hablar. Dante habló de todo: Beatriz, Sahuayo, el ingreso a los Estados Unidos, el nacimiento de Emma, su desaparición, los 20 meses que habían pasado desde aquéllo, la amistad con Virgilio, los vehículos en que había viajado, la terquedad de su esperanza. . . .

La joven, mientras tanto, anotaba algunos datos en una hoja.

—¿Dónde vive? —preguntó.

Dante entendió mal. Pensó que le estaba preguntando en plural por Beatriz y por Emma. Se puso de pie. Se llevó una mano al pecho y dijo que vivían en su alma.

—Señorita.

—Llámeme Andrea. —En su chaleco sobre el logotipo del casino llevaba un cartelito con ese nombre.

—Está bien, Andrea. Lo que quiero decirle es que he caminado dos años en busca de mi hija, y lo seguiré haciendo el resto de mi vida si fuera necesario. Pero yo sé que ustedes me pueden ayudar. Ayúdenme, por favor, y trabajaré aquí sin pago por todo el tiempo que quieran. Ayúdenme a encontrarla porque necesito hablar con ella.

Andrea le explicó que era muy difícil encontrar a alguien con las escasas referencias que él le ofrecía. Trataba de decírselo con cariño, arreglando las frases para no herir al hombre cuya inocencia la conmovía. ¿Le preguntó cuál era la razón para que relacionara al casino con su hija?

La pregunta le sonó extraña a Dante porque en esos dos años se había acostumbrado a pensar que apenas llegara al Montecarlo, le iban a dar razón sobre Emmita.

—¿Usted no la conoce?

—¿Por qué tendría que conocerla? —Andrea preguntó extrañada.

Dante comenzó a explicarle la historia del novio, pero Andrea lo interrumpió: —Dijo usted que ella se llama Emma. ¿Emma Celestino? Llevo trabajando siete años en este casino, y nunca he oído ese nombre. Además, he trabajado en la sección de personal, y no, nunca lo he oído.

—¿Y le suena el nombre de Johnny Cabada?

Ese nombre sí lo reconoció.

—Por favor, no repita ese nombre. No aquí.

En ese momento, alguien de administración la llamó por el teléfono interno, y preguntó cuánto tiempo pensaba demorarse con Dante. Ella respondió que era un hombre con problemas nerviosos y que le iba a dar algunos boletos y cupones para que presenciara gratuitamente algunos espectáculos hasta tranquilizarse y colgó.

—Le aconsejo que no repita ese nombre. Vaya a conocer el casino.

Dante estaba como golpeado. Se había pasado los dos años viajando hacia una ilusión. Eso había evitado que la tristeza se lo tragara. Obedeció y una obsequiosa mesera lo condujo en una gira guiada por el interior del casino: —Pase, señor. Pase, pase. Lo voy a llevar al bingo. Es el más grande del mundo, y estoy segura de que le encantará. A propósito, ¿prefiere algún tipo de bebida?

En el trayecto, Dante vio diversos personajes enmascarados que se alternaban para entretener a los visitantes. Luego, se sentó frente a una mesa y tomó el cartón que la camarera le indicaba. Lo aceptó, pero no sabía qué iba a hacer con él.

Su guía se lo explicó, y él entendió de inmediato. Aunque no sabía leer, los números los tenía muy presentes.

Tanto Dante como la mesera estaban asombrados, ella porque por primera vez estaba frente a un hombre que jamás había apostado a un juego de azar, y Dante porque el juego le parecía divertido y nunca había guardado espacios en su vida para dedicarlos a esa forma de pasatiempo. La chica que cantaba los números tenía una voz muy bonita, y por escucharla arrobado, varias veces dejó de apuntarse algún número en la cartilla.

Tan distraído estaba que al principio no advirtió la presencia del viejo y de Juan Pablo muy cerca de él. El viejo se apoyó en Juan Pablo, se quitó los anteojos y comenzó a usarlos como lupa hasta que encontró a Dante.

—Venga. Venga ya —le dijo el viejo cuando lo encontró sentado en la mesa.

—¿Qué pasa, socio? —atinó a decir un poco fastidiado Dante porque quería permanecer en el bingo para escuchar a la muchacha.

—Venga de inmediato, y no me llame socio.

Antes de que pudiera decidir algo, llegó Juan Pablo y lo tomó de un brazo. No pudo resistirse y avanzó con él hasta una ruleta en la que los clientes jugaban con billetes en vez de fichas.

—Apúntele al 41 —le dijo al oído, y como Dante dudaba, le metió la mano en el bolsillo de la camisa donde encontró un billete de cien dólares doblado en cuatro.

El viejo puso aquel y otro billete igual sobre el espacio del número nombrado mientras el operador hacía arrancar la ruleta. Con rapidez pasaron colores, imágenes, números delante de los ojos asombrados de Dante, quien no había apostado jamás en su vida. No había sino una posibilidad entre muchísimas de ganar, y no había forma de retirar el billete. En esos momentos advirtió que no sólo estaba jugando ese dinero, el último que le quedaba, sino que había apostado el resto de su vida por una esperanza que empezaba a borrarse.

La ruleta estaba perdiendo el impulso inicial y ya se iba a detener cuando de forma extraña adquirió nueva velocidad. Entonces, volvió a dejar que pasaran sus colores, sus imágenes y sus números frente a Dante, cuyos ojos cerrados sólo veían los agujeros negros del universo.

La ruleta se detuvo en el 41. Ante el asombro de todos, el operador reunió los billetes de la mesa y tuvo que tomar muchos más de la caja con el fin de pagar cien veces la apuesta del viejo y de Dante.

—¿Y ahora? —le preguntó Dante al viejo cuando le dieron el dinero.

—Otra vez al 41.

En esos momentos, comenzaron a escucharse tintineos de monedas que caían sin cesar de las máquinas tragamonedas. Unos y otros, los jugadores no sabían en qué recipiente guardar las monedas que corrían incontenibles a sus bolsos.

Una docena de hombres inmensos y simiescos, vestidos de impecable color azul marino comenzó a correr por el casino. Era la seguridad del casino en movimiento. Nadie sabía lo que pasaba, ni los hombres de azul marino podían obligar a los clientes a dejar las máquinas. Mientras el bingo otorgaba premios en las primeras jugadas, por los pasillos, en vez de música se escuchaba un tintineo como si todas las monedas de los Estados Unidos estuvieron cayendo de canto y rodaran por el mundo.

Desde su centro de operaciones, la administradora del Montecarlo, no podía explicarse lo que estaba ocurriendo. Las computadoras parecían haber fallado; todo estaba programado para que los traganíqueles dieran un premio gordo una vez por noche, para que la gente no acertara jamás a la ruleta y para que el premio mayor del bingo cayera en una sola cartilla privilegiada. Pero esta vez las máquinas se volvieron locas.

❦ ❦ ❦

Marlene Quincot, la administradora del Montecarlo, era pelirroja, y el color de sus ojos variaba de un azul glacial a un verde feroz. Habló con el jefe de seguridad y le ordenó que buscara a los responsables. Si no los encontraba, él tendría que responder. Un rato más tarde trajeron ante ella al ingeniero en computación, un hombre que presumía de haber trabajado en Seattle con Bill Gates, pero no pudo dar explicaciones satisfactorias. No sabía tampoco cómo lo encontraron en calzoncillos y encerrado en el depósito de discos contiguo a la sala de cómputo.

Nada de lo que pudiera contar tenía sentido. Un hombre viejo y cegatón, armado con una pistola de la época de los vaqueros, se la había puesto en la sien mientras el ingeniero estaba manipulando el centro de cómputo. Pensó que era una broma.

—¿Pasa algo, abuelo?

El cañón de la pistola cambió de sitio y se posó sobre su yugular. El viejo comenzó a presionarla.

—¿Pasa algo, abuelo?

—¿Pasa algo qué?

—Le pregunté si pasaba algo.

—Pero me dijiste "abuelo". Prefiero que me llames patrón.

Un joven con cara de zorro lo había reemplazado en la silla frente a la computadora. Era un chico de pocas palabras. Le gritó:

—*The password!*

El cañón de la pistola se incrustó en el cuello del ingeniero.

—¡Habla!

—¡Usted está loco!

El viejo rastrilló el gatillo de la antigua pistola. Entonces, el ingeniero tecleó la computadora, y en la pantalla apareció una mujer dando la bienvenida al programa secreto del Montecarlo.

—*The second password!*

La pistola parecía estar penetrando el cuello del ingeniero.

—No se ponga nervioso.

—¿Nervioso, qué?

—Nervioso, patrón.

Cuando el viejo se sintió satisfecho, retiró el arma del cuello, y la metió en su aparatoso estuche con un interior de terciopelo rojo. Después se acordó de que era necesario encerrar a su víctima, y volvió a sacar la pistola.

—Esa puerta, ¿adónde va?

No iba a ninguna parte, sino que guardaba un depósito de discos. Allí sólo podía caber un hombre muy delgado.

—¡No! No, por favor —dijo el ingeniero que estaba algo subido de peso. Pero obedeció.

Le habían quitado el celular. No podía dar gritos porque nadie lo escucharía. Logró abrir una pequeña ventana como un ojo de buey que daba a la noche y al paisaje de Nevada. Al fondo se extendían las montañas y el bosque. Las miró por primera vez en mucho tiempo. Le pareció incluso que estaba escuchando el aleteo de muchas aves. Arriba, el cielo se puso granate y las estrellas comenzaron a dar vueltas. El ingeniero se dio cuenta de que el universo era bellísimo, y que se tomaría todo el tiempo en mirarlo ahora que lo despidieran.

—¿Dónde te estacionaste, Dante? Vamos.

Mientras los guardaespaldas corrían, los clientes festejaban y las monedas rodaban, el viejo, Dante y Juan Pablo salían del casino. En el estacionamiento, Dante desató a Virgilio y lo subió al camión. El viejo y Juan Pablo se colocaron en los mismos sitios donde habían estado antes.

Se adentraron en la ciudad y llegaron a un barrio en el que resultaba difícil transitar debido a la cantidad de vehículos. Se trataba de un lugar bohemio repleto de bares y de gente.

—¿Es aquí? ¿Está seguro que quiere que vengamos aquí?

El viejo lo miró por encima de los anteojos.

—Esto hay que festejarlo. ¿No le parece?

La búsqueda del bar adecuado les tomó más de media hora. Por fin estacionaron en la parte trasera del bar Los Libres de Jalisco. Open Mic. Dante bajó a Virgilio y lo ató a la defensa.

—Esto hay que festejarlo. Traiga el acordeón que lleva en el camión.

—Pero, ahora, ¿somos delincuentes? ¿Va a perseguirnos la policía?

—¿Está loco? Los dueños del casino tendrían que confesar que hacen trampa con las computadoras. Tendrían que denunciarse primero. ¿Cree usted que lo harían? . . .

Entraron en Los Libres de Jalisco. El viejo explicó que Open Mic significaba que el micrófono estaba abierto a los aficionados. Después, pidió tres margaritas sin tomarse la molestia de preguntarle a Dante si le gustaban. Juan Pablo tuvo que mostrar su carnet de identidad porque no aparentaba la edad requerida para beber.

—¡Cómo no, jefe! ¡Cómo no! —El camarero, un mexicano vestido de charro, hizo sonar sus botas con tacones metálicos y corrió a traer tres copas muy altas adornadas con rajas de piña y tallos de yerba buena. A una pregunta del viejo, respondió que el micrófono estaría disponible dentro de una hora y que todo el público estaba invitado a participar.

—El reloj se adelanta una hora aquí.

—¿Cómo dijo?

—Que el reloj se adelanta una hora —repitió el viejo al tiempo que le ponía un billete en la mano.

El charro miró la cifra impresa en el billete y asombrado ni hablaba ni se movía.

—¿Qué dices?

—Nada, patrón. Por supuesto que el reloj ya se adelantó.

—Además el micro estará disponible para que Dante. . . . Dante, ¿cómo se apellida usted? . . . Ah, de acuerdo. Como repito, el micro estará disponible para que Dante Celestino, el Solitario de Michoacán toque su acordeón. Aquí tienes otros dos recuerditos. Uno para el *manager* del bar y otro para el vozarrón que haga la presentación del Solitario.

Unos minutos más tarde, el charro hacía conocer al público la sorpresa de la noche. A pedido especial, se iba a presentar nada menos que Dante, Dante Celestino, el artista del acordeón, cuya fama había rebasado fronteras, y que Los Libres de Jalisco tenía el honor de presentar en exclusiva.

Los Libres de Jalisco era un restaurante de clientes norteamericanos o mexicanos que habían triunfado, y entre ellos abundaban los mayores de cuarenta o cincuenta años. Por eso fue que cuando el acordeón llegó de un momento a otro con canciones antiguas la letra no tardó mucho en llegar hasta sus mejores recuerdos.

Cuatro caminos hay en mi vida,
¿cuál de los cuatro será el mejor?
Tú que me viste llorar de angustia,
Dime paloma por cuál me voy . . .

A un tipo de cejas anchas y ojos azules achinados le dio por cantar. Cada vez que Dante iniciaba una pieza, le hacía coro. Para Dante era como si por fin hubiera llegado al cielo. Sólo había tocado así en Sahuayo y con sus amigos en Mount Angel, pero nunca había sido aplaudido como ahora. Le solicitaban canciones antiguas, y su acordeón prodigioso las traía del rincón de la memoria.

No vale nada la vida
la vida no vale nada
comienza siempre llorando
y así llorando se acaba
por eso es que en este mundo
la vida no vale nada.

Un hombre proclamó a gritos que los hombres no lloraban y le pidió "Carta a Eufemia".

—A ver si me acuerdo.

Cuando recibas esta carta sin razón
Uuuuuuuuuufemia
ya sabrás que entre nosotros todo terminó
y no le des en recebida por traición
Uuuuuuuuuuufemia

te devuelvo tu palabra
te la vuelvo sin usarla
y que conste en esta carta
que acabamos de un jalón
No me escrebites (iiiites)
y mis cartas anteriores no se si
las recebites (iiiites)
tú me olvidates
y mataron mis amores
el silencio que les dites

A ver si a ésta si le das contestación
Uuuuuuuuuuufemia
del amor pa´ qué te escribo
y aquí queda como amigo
tu afectísimo y atento y muy
seguro servidor

"Adiós, Mariquita linda" fue seguida por *Vida, si tuviera cuatro vidas, cuatro vidas serían para ti* y después por "Amanecí en tus brazos". Alguien rogaba que Dante tocara "Ayúdame, Dios mío, ayúdame a olvidarla", pero Dante no se olvidaba porque de inmediato la estaba tocando, y siguió con "Cuando vivas conmigo", "Libro abierto", "Noche de ronda", "La Llorona", y "María Elena".

Éste es el corrido del caballo blanco
que un día domingo feliz arrancara.
Iba con la mira de llegar al norte,
habiendo salido de Guadalajara . . .

Cuando Dante logró volver a su sitio, era pasada la medianoche. Mientras Juan Pablo dormitaba con la cabeza y los brazos sobre la mesa, el viejo ordenó las últimas margaritas y le indicó a Dante que allí cerca había un hotel donde pasarían la noche. A la mañana siguiente cada cual tomaría su camino.

—Y después, ¿adónde voy a buscarla?

—No se preocupe. Ahora ya tiene dinero suficiente para continuar en el camino. Salga de Las Vegas como si estuviera volviendo,

—le dijo el viejo y le explicó que los caminos están vivos y son ellos los que conducen a la gente a donde debe ir.

A la mañana siguiente, el camión con Dante, Virgilio, Juan Pablo y el viejo fue adelantado por dos *low riders* y una pesada motocicleta que salían de Las Vegas hacia California. Eran Johnny Cabada y los suyos que, sin saberlo, otra vez se cruzaban en la vida de Dante. Lo que tampoco sabía Dante era que una poderosa camioneta lo seguía con insistencia.

21
El corrido de los peregrinos

En la terminal de autobuses de Greyhound, Juan Pablo bajó de un salto y esperó a su abuelo para ayudarlo a descender.

—¿Adónde piensan irse? —les preguntó Dante.

El viejo no respondió porque estaba muy ocupado en introducir el estuche de la pistola dentro del maletín en donde cargaba el dinero. Como siguiendo un ritual, abrió el estuche, sacó la pistola, dio varios soplos al cañón. Luego la puso sobre el terciopelo y la envolvió con delicadeza, pero tuvo que repetir la acción porque no la había envuelto bien y el arma no lograba acomodarse en el estuche.

—¿Decía?

—Que adónde piensa irse.

El viejo rechazó la mano de su nieto que intentaba ayudarlo a descender, y lo hizo solo, pero con dificultades. Dante también había bajado para despedirse. El interpelado se lustró las botas en el pantalón y avanzó hacia el vendedor de pasajes.

—El chico se queda en San Francisco, donde va a estudiar. Quizás yo me vaya a vivir a Berkeley.

—¿Tiene algún conocido allí?

El anciano lo miró asombrado: —No todo el mundo necesita tener una buena razón para ir a alguna parte.

❦ ❦ ❦

Otra vez, Dante se quedaba solo con Virgilio. Conocía de memoria esa sensación, y también la de volver sin lograr lo que buscaba. Aceleró y se metió en la autopista.

No avanzó mucho. Reparó en que le faltaba gasolina y tomó una salida. Antes de llegar a la gasolinera, la camioneta que lo estaba siguiendo lo adelantó y lo obligó a detenerse. Un hombre se acercó a él y le pidió que bajara del vehículo.

—¿Qué?

—Baje con las manos en alto.

Obedeció.

Eran dos hombres. Ambos llevaban el pelo largo hasta los hombros.

—Policías —pensó Dante, y sin querer lo dijo.

—Algo así.

Había salido de la costa del Pacífico y ya estaba casi en el corazón de los Estados Unidos. Le extrañó encontrar tanta gente en todas partes que hablara y luciera como él, y que incluso, los policías no fueran gringos ni hablaran inglés.

—Está limpio.

—¡Chingao, güey! Si parece que andaba preparado.

—¿Preparado? ¡No!

—¡Cómo que no!

—No lo ha traído.

—¡Dónde quieres que lo traiga! ¿En el bolsillo? . . .

—No, pero . . .

—Busca en el camión, cabrón.

—Ya busqué.

—Oiga —dijo sacudiendo a Dante.

—¿De qué me acusan?

—¿Acusarlo?

Los hombres intercambiaron una mirada de extrañeza. Por fin, uno de ellos aseguró: —Eso ya se lo dirá el jefe.

—¿Qué quieren?

—No haga tantas preguntas, cabrón. Aquí el que hace preguntas soy yo. ¿Dónde está el acordeón?

Dante señaló el cajón metálico en la parte trasera de su vehículo. Hacia allí se dirigió uno de sus dos captores.

—Aquí está.

—Bueno, déjalo allí. Ahora vamos.

Uno de los tipos tomó el volante del camión. El otro hombre, de cabeza redonda y enorme, hizo una cortesía con la cabeza a Dante, lo empujó al interior de un carro azul con lunas polarizadas, se sentó con él en el asiento de atrás y ordenó que partieran de inmediato.

—No se preocupe por su camión. El Chango lo va a manejar y nos seguirá.

Tomaron una ruta secundaria que parecía haber sido construida siguiendo los mínimos caprichos del río. Pasaron un maizal, un campo de tulipanes y un terreno dedicado al forraje de las bestias. Las curvas se sucedían una a otra y los carros subían y bajaban pequeñas colinas con una velocidad y saltos similares a los de un caballo a trote de paseo. Una de las colinas hizo que se golpearan la cabeza contra el techo, y a Dante le produjo risa. El hombre de la cabeza enorme también se rió, pero con los ojos y no dijo palabra alguna.

En el otro salto, Dante volvió a reír y buscó la mirada de su acompañante, pero aquél no lo acompañó de nuevo con la risa porque parecía prohibido establecer comunicación alguna.

—¿Adónde me llevan?

No hubo respuesta.

—¿Adónde vamos?

—Eso se sabe cuando se llega a un lugar.

—Estoy preguntando.

—Cuando usted nació, ¿sabía adónde iba a parar? —preguntó su interlocutor y volvió a hundirse en el silencio para tan sólo decir media hora más tarde—: ¡Pinche trabajo!

—¡Pinche vida! —dijo Dante, y se sorprendió de estar maldiciendo la vida. Era la primera vez que lo hacía. No le gustó haber maldecido, ni pensar en todo el tiempo que estaba perdiendo. Resolvió calmarse, no preguntar, no intentar el diálogo, dejar que lo llevaran a donde fuera, dejar que sus huesos se aquietasen.

Llegaron. No se veía desde el camino, pero al pasar la tranca e ingresar dentro de los matorrales que le hacían frontera, se notaba que era una casa fea pero ostentosa. Se alzaba en los suburbios de algún pueblo de Nevada, tenía dos pisos y estaba circundada por una docena de árboles chaparros. La verja de la entrada le daba aspecto de un rancho mexicano a partir del cual una inmensa antena parabólica se dirigía a los cielos. Los carros avanzaron casi doscientos metros hasta llegar al garaje.

—Vamos a subir por esa escalera al fondo del garaje. Usted va adelante.

En el segundo piso encontraron un pasillo y, por él, avanzaron hasta lo que parecía ser el estudio de grabación de una radio. Eso no era un precinto policial, pensó Dante, pero no lo dijo en voz alta. Pasaron a una salita y le dijeron que esperara.

—No tardarán en atenderlo. Espere. —Le susurró cortés el tipo que lo había acompañado y lo dejó solo.

—Si se demoran un poco, le suplico que comprenda. Los negocios, usted sabe . . .

Dante no pensaba que la policía diera tales disculpas.

—Vamos, hombre, no se ponga nervioso. Distráigase. Camine por el pasillo. Bueno, nosotros ya no nos vemos. Le pido que me disculpe por cualquier contrariedad que pueda haber sufrido. Permiso.

Así se encontró Dante sentado en lo que en algún pueblo de México habría sido la sala de espera de un dentista. En las paredes colgaban imágenes de San Judas Tadeo y de la Virgen de Guadalupe, y en una mesita de centro se apilaban decenas de periódicos y revistas amarillentas. Como el tiempo pasó sin que alguien saliera a verlo, jugó a armar y desarmar la silla metálica que le habían ofrecido. Después se decidió a caminar por el pasillo y, por fin, descubrió una puerta abierta que daba acceso a un estudio de grabación. El hombre y la mujer que trabajaban allí lo vieron entrar, pero no mostraron ninguna reacción. A lo mejor lo tomaron por alguna persona que también trabajaba en la empresa.

El hombre era el mexicano más negro que Dante había visto en su vida. Casi azul. Estaba sentado al lado de un micrófono y leía con

voz engolada su parte del libreto. Tenía la cabeza y las orejas meti-
das dentro de gruesos audífonos de color marrón. La mujer era muy
delgada y arrugada, aparentaba más de sesenta años y vestía una
blusa verde eléctrico con lentejuelas doradas.

—¿Cómo se siente usted al levantarse? ¿Cansado? ¿no? Agotado, amigo. Agotado y sin razón porque usted no ha dormido lo suficiente. ¿Y su aliento? ¿Cómo está su aliento? Póngase frente al espejo, y haga así como yo . . . ahhhhh . . . ahhhhh.

Mientras hablaba, el locutor soplaba contra el vidrio de la cabina y su aliento dibujaba espesos mapas de vaho.

—Mal aliento, amigo. Muy mal aliento. ¡Qué bárbaro! Y si usted
se viera la lengua, notaría que está blanca, como lechosa.

El hombre se metía el dedo índice derecho en la boca y com-
probaba lo que estaba diciendo.

—¡Qué bárbaro, amigo! ¡Así no me lleva usted ni a la esquina!
Mal aliento, dolor de cabeza, pesadez del estómago, aquí, aquí
arribita, en la parte superior izquierda del estómago, allí le duele.
Llega cansado a la casa, listo para meterse en la cama y no puede
conciliar el sueño porque le hormiguea la sangre, le duelen las
extremidades y siente que tiene partida la espina dorsal. Y después,
pies hinchados, dolor de cintura, ardor al miccionar, dos o tres días
sin hacer sus necesidades, dolor de cuello, dolor de ojos, dolor de
cabeza. Y mire el color de su orina. ¡No, qué colorcito el que trae!

El locutor se iba tocando las partes que indicaba, y Dante tuvo
el temor de que se pusiera a orinar frente al micrófono, pero no lo
hizo. Entonces la mujer hizo sonar el teléfono y empezó a leer.

—Doctor, doctor, lo llamo porque no sé lo que tengo —se quejó
usando una voz joven—. Me casé hace dos años y no logro salir en-
cinta.

El hombre no pareció interesarse en los problemas de la locuto-
ra.

—¿Amanece usted con una coloración en los ojos y no tiene
ganas de ir al trabajo porque no ha podido dormir en toda la noche?
¿Se acaba de casar y no cumple usted con sus deberes conyugales
como un caballero? ¿Tiene bolsas en los ojos? ¿Tiene la piel grasa,

los pulmones negros, los dientes amarillentos y el cabello quebradizo? ¿Se levanta a miccionar cinco veces durante la noche? ¿A propósito, se orina usted en la cama?

—Doctor, doctor, no me viene la regla —chilló la mujer.

—¿Qué le han dicho los médicos sobre su imposibilidad para cumplir en la cama como un caballero? ¿Qué le han dicho? Nada, absolutamente nada, porque la medicina de nuestro tiempo es un negocio. ¿Y sabe usted lo que tiene? Se lo voy a decir de una vez por todas. Tiene la sangre sucia y hay que purificarla. Usted no usa la misma ropa todos los días. La tiene que lavar ¿no es cierto? Bueno, de la misma forma, hay que purificar la sangre. Hay un remedio natural que se conoce desde la época de Paracelso y de los aztecas, pero que los médicos ocultan para hacer negocio. Felizmente, la farmacia de la Santa Naturaleza, con la ayuda de la ciencia y de los adelantos tecnológicos, ha logrado sintetizar para usted la grasa de lagartija, las aletas del tiburón, los testículos del toro y el corazón del guajolote. ¡Una pastilla cada mañana, y listo!

—¡Listo! ¿Me entiende? —repetía el locutor—. ¿Me entiende? ¡Listo para hacer que la mujer que está a su lado se sienta una princesa y una prostituta a la vez. ¿Me entiende? —Sus ojos brillaban maliciosos como luceros rojos en un cielo azul negro—. ¿Y sabe usted cuánto le cuesta este remedio milagroso? . . .

—Doctor, doctor, le aviso que no me viene la regla —insistió la vieja quinceañera, pero el locutor, después de hacerle varias señas para que se callara, le desconectó el micrófono, y la mujer se quedó gritando cosas que Dante no podía escuchar, pero que imaginaba debido a sus gestos.

—¿Dante? ¿Pero qué hace acá? Por Dios, no me diga que no lo han atendido.

Una voz amable, pero colmada de poder interrumpió a Dante en su tarea de espiar a los locutores que grababan el comercial de la Santa Naturaleza.

—Venga conmigo —repitió la voz que venía detrás de él. Lo tomó por un brazo para llevarlo por el pasillo hasta el interior de una casa llena de sorpresas. De la cabina de locución pasaron a otro pasillo que los llevó hasta un recinto suntuoso. La sala estaba colmada de estatuas blancas de todos los tamaños que representaban caballos en diversas posiciones. Solamente dos estatuas diferían de aquéllas. Eran la de San Jesús Malverde y la de La Santa Muerte, colocadas en las paredes en nichos similares a los de las iglesias viejas.

—¿Se sirve un trago? —volvió a decirle el hombre a quien todavía no veía.

Se había sentado frente a él en un confortable sillón de cuero negro. El hombre comenzaba en unas botas de cuero de avestruz y continuaba en un pantalón de vaquero. Después no se veía nada hasta llegar al azul metálico y preciso que destellaba en sus ojos oblicuos. Luego de observarlo un rato, Dante reconoció que era el hombre que había cantado a su lado la noche anterior en Los Libres de Jalisco.

Se notaba que el hombre era triste y expeditivo porque antes de que Dante respondiera que no deseaba beber nada, ya se había olvidado de la invitación, y estaba entrando a hablar de negocios con los ojos puestos en el suelo.

—El precio no lo voy a discutir. No, de ninguna manera.

Dante no entendía nada. Al principio había creído que lo llevaban a un precinto policial, pero de repente se encontraba con un hombre elegante, demacrado, con trazas de asesino apacible, que le hablaba de negocios.

—Había pensado ofrecerle una cantidad, pero creo que es mejor que usted la fije. No se preocupe, ya he hablado con El Peregrino, y he aceptado sus pretensiones económicas.

Rió con malicia.

—Y algún día, escribirá un corrido contando que lo secuestré para que le compusiera un corrido a mi hijo.

La risa silenciosa se tornó en una mueca triste.

—El Peregrino, usted sabe. El Peregrino, el mejor compositor de corridos en Texas.

Dante no compartía ni su risa ni su mueca.

—No le puedo negar que al principio se negó. Le ofrecí todo el dinero que quisiera, y no aceptó. "No es el dinero", me dijo. ¿Qué le parece?

Dante no respondió, aunque tenía ganas de decir que no comprendía nada, y que, lo dejaran seguir su camino porque tenía que continuar buscando a Emmita.

—¡No es el dinero! ¡No es el dinero!. . . . ¿Qué otra cosa hay además del dinero?

Dante había renunciado a entender.

—"Estás pisando arenas movedizas, Peregrino", le dije ¿Y sabe usted lo que me respondió?

—"¿Puede . . .?"

Dante iba a pedir que se lo explicara desde el comienzo.

—Eso. Cuando le dije "Estás pisando arenas movedizas, Peregrino", él me respondió: "Puede. Puede que sí". ¡Una mierda!

—Me obligó a secuestrarlo, mejor dicho, retenerlo. Lo tuve encerrado aquí dos semanas antes de que comenzara a ceder. Y tuvo que ceder. Todo hombre tiene un precio, amigo. Le dije "Quiero que le compongas un corrido a mi hijo Juan Miguel, al que le decían San Miguel. ¿Entiendes?" Y entendió. Mierda, si no entendió mi dinero, tal vez entendió mi amor de padre.

—¿Y yo también estoy secuestrado?

—No diga esa palabra tan fea. Digamos que está retenido para que acompañe con el acordeón a El Peregrino. Compréndame, amigo. Comprenda que todo esto lo hago por amor de padre.

Quizás bastó esta última frase para que Dante aceptara, sin comprender del todo lo que se le estaba pidiendo. Comenzó a hacer gestos afirmativos exentos de palabras a todo lo que el hombre le iba diciendo. El estudio de grabación era suyo como también lo era la farmacia de la Santa Naturaleza, la voluntad de muchos hombres y la propiedad de una serie de negocios que le fue enumerando en su monólogo.

—"Y hago corridos de amistad, jamás narcocorridos", me dijo que me conocía bien y no quería tratos conmigo. ¿Usted, por supuesto, sabe quién soy? No le negaré que ando en boca de la gente, pero hasta ahora nadie me ha probado nada, y la demostración de todo esto es que la policía americana nunca me ha detenido. Si lo hiciera, les tendría que mostrar las actas de constitución de estas empresitas de las que vivo honestamente.

No, Dante no sabía cómo se llamaba. Sólo lo imaginaba un hombre con poder y una enorme tristeza.

—Todo lo que le pedía era un corrido para mi único hijo. ¿Me entiende? Tal vez eso es todo lo que le pido a la vida.

Se quedó silencioso. Después, miró para otro lado. Dante hizo lo mismo para no invadir su dolor.

—Por fin, El Peregrino aceptó, pero con la condición de que pusiera a su lado a un hombre que tocara el acordeón al estilo del mero Michoacán. Los artistas tienen sus caprichos, ¿verdad? Por eso, creo que habérmelo encontrado a usted en Las Vegas y escucharlo tocar el acordeón en Los Libres de Jalisco fue como si la providencia nos hubiera puesto frente a frente.

Tomó el celular y ordenó que le trajeran a El Peregrino.

Dante entonces comprendió lo que era el poder y adivinó cómo eran los hombres que lo tenían. Como una tortuga, sólo sus cuerpos eran vulnerables. El resto del mundo sentía y veía su caparazón.

Mientras traían a El Peregrino, el hombre explicó que Juan Miguel había llevado una carga de marihuana desde México y había logrado introducirla en California, e incluso recibir el pago por la misma, la policía no había reparado en él.

—Aunque lo hubieran visto no lo habrían creído, porque era delgado, bueno, noble. Parecía un curita joven y se vestía siempre de negro.

Se tocó el corazón.

—Pura alma, ¿sabe? . . . Pura alma. ¿Quién iba a creerlo metido en esos negocios? Juan Miguel cayó por su amor a los caballos.

—Aquí, en el rancho, encontrará razas reales de caballos. Se nota que a usted también le gustan los animales. Eso lo lleva uno marcado en el rostro. Cuando esté trabajando con El Peregrino, le aconsejo que se meta en los corrales. Los verá allí, inquietos, nerviosos, próximos a enloquecer, ágiles como cuchillos y negros como el infierno, con sus crines largas y ondulantes y con sus ojos que son siempre una amenaza.

—Juan Miguel daba lo que le pidieran por un buen caballo. Por eso, ese día, después de hacer el negocio, se dirigió a Paso Robles a comprar un caballo de paso peruano que había estado buscando durante mucho tiempo. Hace más de cuatrocientos años, en el Perú, se juntaron las razas más extraordinarias de caballos en el mundo. Los criadores cruzaron las castas andaluzas, las berberiscas y las jacas españolas. El alazán peruano es heredero de aquél que atravesó el estrecho de Gibraltar para conquistar España. También es el que cabalgaron Cortés, Pizarro y el resto de los conquistadores. Ha transitado por las montañas más altas y los cañones más profundos. Ha vadeado ríos y ha atravesado los Andes con San Martín por Uspallata y Los Patos para conseguir la libertad de América.

Se interrumpió, miró hacia el techo como si estuviera allí el caballo.

—El único caballo que es de verdad un caballo es ese caballo. Solamente ése.

Volvió a mirar a Dante.

—Cuando Juan Miguel estaba por llegar al rancho, la policía comenzó a seguirlo porque se había pasado al lado más rápido de la autopista en un vehículo transportador de animales. Nada más por eso. A Juan Miguel le dio por correr y la policía comenzó a llamar a otros patrulleros que de inmediato surgieron de una y otra salida de la autopista para acorralarlo. . . . "¡Ríndete!" dicen ellos que le gritaron cuando ya estaba detenido. Quizás iba a rendirse porque no tenía consigo la menor evidencia del negocio, y ante la policía sólo era un sospechoso. "¡Ríndete!" le gritaron de nuevo, pero a lo mejor ni siquiera esperaron que se rindiera. No sé si ametrallaron el tráiler de carga o le metieron una granada. ¡Quién sabe! Lo cierto es que el tráiler estalló y el caballo voló por los aires, un negro alazán envuelto en llamas. Explicaron después que mi muchacho se volvió loco y comenzó a disparar y a matar policías para vengar a su caballo. Dicen que tuvieron que matarlo cuando corrió hacia ellos disparando. No sé por qué tuvieron que meterle cuarenta balazos.

El Peregrino apareció de repente. Llevaba una camisa de terciopelo brillante que estaba abierta desde el ombligo hasta el cuello para que el interlocutor pudiera gozar de la contemplación de una pesada cadena de oro sobre una desbordante barriga. El hombre se excusó de no poder acompañarlos. Sus negocios, que eran numerosos, lo reclamaban. Mientras se despedía de ellos, digitó un teléfono celular, murmuró algo y dos sujetos aparecieron junto a él para acompañarlo.

—¿Cómo me dijo que se llama? —le preguntó El Peregrino a Dante, pero no lo dejó hablar—. Pero qué maleducado que soy. Le pregunto su nombre sin antes haberme presentado.

De uno de los bolsillos traseros de su pantalón extrajo una billetera y la abrió como quien abre un libro y se detiene a leerlo. Sacó un bloque de tarjetas desteñidas y sucias, pero no encontró la suya.

—No me puedo quejar. Me ha ofrecido una Cheyenne del año y todo el dinero que quiera. Cuando le expliqué que no podía componer el corrido sin un acordeonista de Michoacán, no sé qué hizo porque en estos lados no hay muchos, pero me lo trajo a usted. ¿En qué grupo dijo que tocaba?

Recién le dio tiempo a Dante para que explicara que tocaba el acordeón, pero que no era un profesional. Además, rogó que hiciera lo posible para que lo soltaran a él. Todo ese asunto, le aseguró, lo asustaba y no lo comprendía en absoluto. Le contó que trabajaba en Mount Angel y le confesó que andaba por esos rumbos buscando a su hija.

—De su hija hablaremos después. Creo que voy a poder ayudarlo porque conozco los casinos de Las Vegas. Ahora hay que salir de este problema. Y no se preocupe si no es profesional, eso no me importa. Sólo necesito que me dé el ritmo, y yo compondré el corrido. Nos tardaremos a lo máximo dos semanas. Lo haremos bien porque, pagado o no, yo no hago las cosas a la diabla.

El acordeón estaba allí junto a ellos. El Peregrino propuso a Dante que lo acompañara con el ritmo de una canción muy conocida.

—Cantar, lo que es cantar, tampoco yo canto —aclaró El Peregrino—, pero quiero ver cómo nos llevamos.

El acordeón comenzó con los acordes de "María Bonita", *María bonita, María del alma*. Entonces el mundo adquirió una coloración violeta y la lluvia comenzó a penetrar la tierra con entusiasmo, una bandada de gansos se quedó suspendida en el cielo, y un rayo misterioso se hundió en medio del bosque. Después, todo volvió a la calma y los pájaros inundaron el cielo. La luna que nos miraba ya hacía ratito se hizo un poquito desentendida. *Acuérdate de Acapulco, de aquellas noches, María bonita, María del alma. Acuérdate que en la playa, con tus manitas las estrellitas las enjuagabas.* Cuando terminaron de repetir muchas veces la canción dedicada a la mujer con el nombre más bello del mundo, los dos tipos ya parecían amigos de hacía muchos años, y las mujeres que habitaban en la muerte o en un recuerdo, como Beatriz o como María bonita, los invitaban a cantar y a intercambiar secretos.

—Hacer un corrido es fácil. Al principio, la salutación. Al final, la despedida. Porque en todo esto hay que ser cortés y bien educado con el público que lo va a escuchar. Y luego en el centro, allí hay que contar lo que el personaje de la canción quiere que se cuente sobre él. ¿Dónde naciste? ¿Quiénes fueron tus padres? ¿Por qué es famoso tu pueblo? ¿Eres gallero? ¿A qué mujeres has amado? . . . Y allí es donde los hombres se sueltan y comienzan a dar nombres, hasta que de repente se callan porque no quieren que la mujer oficial se ponga celosa.

El Peregrino se paseaba mientras hablaba.

—Pero, hay que ver, ¿de qué quieres que hable? ¿Qué cosa importante has hecho en tu vida? ¿A cuántos hombres has matado? ¿Cuánto tiempo has pasado en la cárcel? . . . Es importante que hayan hecho algo en la vida para merecer el corrido. El resto lo puedo inventar yo. Es curioso que tanta gente quiera hacerse inmortal en un corrido sin haber hecho nada para merecerlo.

El Peregrino se paseaba de un extremo al otro con los ojos puestos en el suelo como si estuviera buscando ideas. Regresó con otra opinión.

—No, la verdad es que todos somos respetables. Todos nos la jugamos. Y cuando nos toca la de perder, aceptamos en silencio, con los ojos bajos, pero con la cabeza en alto, sin hacer gestos. La vida es la vida, usted sabe. A los árboles, Dios les dio el poder de crecer sin enfrentarse a nadie. Pero es distinto con nosotros, no podemos vivir la vida sin pelear por ella. No hay modo de eludir este juego. Nos pusieron en esta mesa y nos dieron las cartas. Y no puedes tirar las cartas, ni mover el tablero. Por eso tienes un nombre. Por eso eres respetable. Por eso, tienes que aprender las reglas del juego.

Después, soplando las palabras, El Peregrino afirmó: —Sí, yo creo que San Miguel se merece el corrido, y toda su familia también. Supongo que El Güero ya se lo contó.

—¿El Güero?

—El Güero Palacios. El que estuvo conversando con usted. Es el que nos ha . . . —buscó una palabra diferente a "secuestrado"—. Es el que nos ha contratado.

—¿El Güero Palacios? ¿No tiene un nombre?

—Lo tiene, pero no le vale saber tanto, mi amigo. Por estos rumbos, la muerte tiene muy buen apetito.

Se hizo un largo silencio como si hubiera pasado un ángel, o como si la muerte estuviera merendando.

—El Güero Palacios es de Guerrero, y de allí viene pura gente brava. Ándele, vamos a trabajar.

El Peregrino y Dante siguieron cantando y tocando el acordeón mientras les llegaba la inspiración para escribir el corrido de San Miguel.

De los boleros de amor, pasaron a los corridos clásicos que la portentosa memoria de ambos guardaba como si fueran lo único que hubieran escuchado en la vida.

Salieron de San Isidro
procedentes de Tijuana
traían las llantas del coche
repletas de marihuana,
eran Emilio Varela
y Camelia la tejana.

> *Pasaron por San Clemente*
> *los paró la inmigración,*
> *les pidió sus documentos,*
> *les dijo. . . ¿De dónde son?*
> *Ella era de San Antonio*
> *una hembra de corazón.*

Como si la historia, clásica ya, les doliera, el acordeón y el cantante callaron allí.

—Pero allí no termina.

> *Una hembra si quiere a un hombre*
> *por él puede dar la vida*
> *pero hay que tener cuidado*
> *si esa hembra se siente herida*
> *la traición y el contrabando*
> *son cosas incompartidas.*

> *A Los Ángeles llegaron*
> *pa' Hollywood se pasaron*
> *en un callejón oscuro*
> *las cuatro llantas cambiaron.*

> *Ahí entregaron la hierba*
> *y ahí también se las pagaron.*
> *Emilio dice a Camelia,*
> *"Hoy te das por despedida,*
> *con la parte que te toca*
> *ya puedes rehacer tu vida,*
> *yo me voy pa' San Francisco*
> *con la dueña de mi vida."*

> *Sonaron siete balazos*
> *Camelia a Emilio mataba*
> *la policiá solo halló*

una pistola tirada.
Del dinero y de Camelia
ya jamás se supo nada
nada, nada.

—¿Y usted conoce éste?

Comencé a vender champán,
tequila y vino habanero,
pero éste yo no sabía
lo que sufre un prisionero.

Muy pronto compré automóvil,
propiedad con residencia,
sin saber que en poco tiempo
iba a ir a la penitencia.

Por vender la cocaína,
la morfina y marihuana,
me llevaron prisionero
a las dos de la mañana.

De repente, El Peregrino le pidió a Dante un acompañamiento solemne para recitar: —Pido permiso, señores, para cantar un corrido.

Ya lo tenía. Sus ojos, su cuerpo, sus manos, todo él estaba inundado por el corrido.

—Hablaremos del destino y del respeto que se deben los hombres. Le repito que todos somos respetables.

Así lo entendió Dante. También entendió que existe el destino y que éste lo había marcado para ser un correcaminos.

—Necesitamos poner caballos en el corrido, muchos caballos.

A pedido de El Peregrino, Dante le comenzó a hablar de todos los caballos que había conocido. Con el acordeón se ayudaba para hablar sin detenerse sobre corceles, alazanes, percherones y para que se pudieran escuchar sus cascos y sentir su trote e incluso percibir su aliento.

—Pacatá, pacatá, pacatá . . .

El corrido comenzaba a tomar forma mientras Dante se daba golpes con las manos sobre las rodillas para describir la caminata de los equinos y su bárbara elegancia. Golpeaba con la mano derecha la rodilla izquierda y con la izquierda la derecha, *pacatá, pacatá*, para que el artista entendiera el baile y el trote, el señorío y la velocidad, el sueño y la realidad del caballo.

Después pasaron a pensar en Juan Miguel. El Güero Palacios los había provisto de muchas fotografías suyas en la escuela, en la iglesia, entre amigos y junto a una muchacha muy bella. Pero la escena del féretro tenía que ser perdurable para quien hubiera estado allí. En medio de un estrépito de luces en forma de velas, el cajón plateado apenas se veía porque flores de todos los colores inundaban la habitación. En medio de ellas, se dibujaba el rostro ceniciento del joven y su quijada levantada con la altivez de alguien que se ha preparado todo el tiempo para morir muy joven y para demostrar que acepta el destino. Al fondo se veían hombres con anteojos negros y mujeres con brazaletes de oro. El padre parecía una estatua de piedra. Dante reconoció que uno a veces necesita convertirse en piedra para mantenerse en tierra y no dejar que su alma se vaya volando en pos del alma de quien se quiere.

—Eso sí —había rogado El Güero— en el corrido no lo llamen San Miguel. Juan Miguel nomás, a secas—. Ya se acordarán de hacerlo santo cuando el Papa lo crea conveniente —agregó.

Los ojos enormes del muchacho se habían abierto varias veces durante el velorio, y en una de ésas ocasiones le tomaron la foto. El Peregrino lo imaginó cabalgando en el cielo y cantó la historia de ese modo. Sólo el rostro y las patas del caballo sobresalían en esas negruras que invadían a Juan Miguel. Se alejaba del mundo y se hundía arrogante en las praderas del universo. En el corrido, hablaba de un caballo y un hombre en medio de las estrellas, cabalgando los soñolientos caminos inventados por Dios.

La segunda semana, comenzaron a grabar con el auxilio profesional del locutor. Desde la cabina de vidrio, el hombre les hacía señales con los dedos.

—Uno, dos, tres, ¿listos?

Pero Dante no estiraba el acordeón mientras El Peregrino no le diera la voz, y El Peregrino no quería obedecer al engolado negro de la cabina.

—Uno, dos, tres, ¿listos?

—Vete a la chingada —le dijo El Peregrino al locutor.

—¿Cómo dijo?

—Que te vayas a . . . Déjanos hacerlo a nuestro modo.

El compositor exageró un poco el tiroteo con la policía, y añadió diez patrulleros y varios helicópteros artillados. Juan Miguel había tenido que disparar hacia todos lados e incluso hacia el cielo. Al final, el corrido tenía muchos versos, y había que reducirlos porque en ninguna radio comercial aceptaban uno que durara más de 3 minutos y medio. Por lo tanto El Peregrino dejo fuera la niñez en Baja California y algunos negocios turbios, y quedaron atrás la mención del padre y de la novia, la escena de la muerte y los nombres de las estrellas por donde el difunto y su caballo se internaron. Después de tres semanas, ante la fascinación de El Güero, el corrido estaba terminado y el dúo había establecido una gran amistad con el hombre de la cabina de sonidos.

Voy a cantar el corrido
del valiente Juan Miguel.
No les miento cuando digo:
nunca habrá otro como él.

Se llevó hasta California
una carga de la buena.
Pero antes de regresar
compró un caballo de paso.

Un alazán asombroso
con ojos como el infierno
tan ágil como un cuchillo
tan veloz como Miguel.

Nomás que vieron su troca
cincuenta güeros lo siguen.
Decían que pa' hacerle preguntas
para mí que por la mordida.

Podía haberse entregado
no le enseñó eso su padre.
Aceleró la carrera
dejó atrás a la policía.

Se escucha la metralleta
le meten una granada
y el caballo que va en la carga
vuela directo hasta el cielo.

Diez patrulleros lo siguen
a ocho los aniquila.
Por fin, una granada traidora
lo convirtió en polvo de estrella.

El cielo da muchas vueltas
más vueltas dan los luceros.
Buscan tu sangre, Miguel,
para llevarla hasta el cielo.

Dile, palomita, dile,
dile pronto a Juan Miguel,
con los ojos en el cielo
que no habrá otro como él.

Vuela, vuela, Juan Miguel
con la estrella ensangrentada,
con los planetas rotando,
con el rayo, con el fuego y tu corcel.

El hombre de los sonidos se llamaba Alex y provenía de un país que nunca mencionaba, pero hablaba con acento mexicano porque le resultaba fácil mimetizarse con las voces de la gente o porque prefería ocultar su origen. De su cuello pendía una cadena de oro blanco con una efigie de La Santa Muerte, y no cesaba de encomendarse a ella, porque ella había sido quien lo había hecho pasar sin problemas a los Estados Unidos. La llamaba Señora de la Noche y también Flaquita y mi dueña Blanca, y le aconsejó a Dante que hablara con ella y le rogara por su hija.

Fue Alex quien sugirió que formaran una banda entre los tres: —No, Peregrino, yo creo que si las piedras tuvieran amores o penas, tú les darías voz y canto. Y tú, Dante, harías que hablaran por ese acordeón. No, la verdad es que ustedes, o mejor dicho, nosotros, deberíamos formar una banda e irnos a recorrer el país.

Eso era lo último que podía pensar Dante, quien sólo quería recuperar su libertad y continuar la búsqueda de Emmita.

—La buscaremos juntos —le dijo El Peregrino—. En todos los escenarios donde nos presentemos, trataremos de averiguar. Haremos canciones para buscarla. El público nos ayudará a encontrarla.

El Güero, que ya había repartido la grabación en varias radios, aceptó de buena gana que los músicos se llevaran a Alex.

—Gracias a ustedes, Juan Miguel está de nuevo conmigo. Por las noches, lo siento cabalgar en el cielo. Si algún empresario tuviera reticencias o no quisiera servirlos, Alex se encargará de recordarle que ustedes son mis amigos y que van de mi parte.

No perdieron tiempo, y a la mañana siguiente, partieron en dos vehículos. En la Cheyenne iban los aparatos de sonido y Alex. El dúo iba en el camión con Virgilio que también era parte de la banda. Como las bandas de corrido suelen tomarse fotos con metralletas y con camionetas enormes, Virgilio aparecía en las fotos para evocar los recuerdos de la tierra lejana.

Alex, que también sería presentador, locutor, empresario y *manager* les dio el nombre. —Señoras y señores, con ustedes Los Peregrinos de La Santa Muerte.

22
Selena got up

*Selena got up dressed all in grey. Went down to the Days Inn &
she never came back.*

Como Selena, Emmita se vistió de gris. Estaba tomando el
desayuno al lado de Johnny en Las Vegas. Había bastado que Johnny le pidiera que se fuera con él para que ella abandonara a su padre.
No había hecho ningún intento de saber qué sería de su vida. Para
ella no había nadie más que Johnny Cabada en su vida y lo seguiría
hasta el fin del mundo. Lo mismo pensaba de su carrera como cantante y de Selena, a quien admiraba tanto. Selena era el principio.
Selena era el fin. Era el origen de la música. Era la música del origen. Selena era el río. Selena era la noche. Selena era el amor. Selena era el amor a medianoche. La noche no podía existir sin Selena.
Pero Selena también tenía fin, y aún así, a Emmita también le gustaba el fin de Selena. Deseaba vivir y morir como ella. Vestida de gris.

*A shot rang out throughout the empty lot, and she won't be
singing for us anymore.*

Selena, we miss you, I wish you were here.

—A veces no entiendo por qué estás aquí —dijo Johnny Cabada mirando hacia el fondo de la taza de café.

—Sí, lo sabes. Sabes que estoy por ti.

No hubo respuesta.

—¿Qué piensas?

—¿Sobre qué?

—Sobre lo que sea.

El joven sacudió la cabeza y movió los pies. Se había quitado dos botas larguísimas y estaba jugando con los dedos de los pies.

—¿Estás enojado conmigo?

— No es eso.

—¿Qué piensas? ¿Qué estás pensando?

—¿Por qué me seguiste? ¿Por qué te viniste conmigo?

—Tú lo sabes.

—¿Por qué?

—Porque sí.

Casi una niña, Emmita había dejado todo lo suyo por Johnny y por lo que él significaba. Significaba que se convertía en adulta y que dejaba la escuela, que abandonaba la casa, que renunciaba a la autoridad paterna. En el fondo, no quería que sus amigas se burlaran de ella cuando no la dejaban salir de noche o quedarse a dormir fuera de casa como lo hacían todas. Significaba, sobre todo, que podía ser como Selena, una gran cantante.

—No te he dado nada.

Johnny había incursionado en actividades musicales. Pero el grupo de rock pesado que dirigía fracasó. En realidad, nunca tuvo gran importancia; tan sólo le sirvió para disfrazar algunas actividades ilegales. Las ventas de metanfetamina en los casinos le reportaban algunas utilidades, aunque de vez en cuando tuviera que cambiar de casa para evitar el asedio de las bandas rivales. No era el rey del mundo que había prometido ser a Emmita, ni podía conseguirle todo lo que ella quisiera.

La llevó a algunas audiciones de radio donde tenía amigos e incluso le habían hecho algunas pruebas, pero le respondieron que todavía era muy joven, que debía esperar un poco más.

—¿Y tú, por qué estás aquí?

—¿No lo sabes?

—No.

—¿No?

El joven se sirvió otra taza de café y miró con atención el brillo que se desprendía de esa negrura. Parecía monologar.

—Ando buscando a un hombre desde hace mucho tiempo. Sé que aquí están sus negocios, pero no sé dónde vive. En realidad, nadie lo sabe.

Siguió hablando con la taza de café como si Emma no estuviera allí. Dijo que creía que ese hombre era su padre y que lo había abandonado cuando todavía estaba en el vientre de su madre. Emma se levantó, extendió los brazos, y sus manos taparon los ojos del hombre que amaba, y a quien no quería dejar que siguiera hablando. Quería impedir que sufriera.

Sin embargo, Johnny Cabada continuó su historia. Estaba en Las Vegas trabajando los casinos que pertenecían a ese tipo, especialmente en el Montecarlo, quería provocarlo. Lo importante para ese hombre era la considerable ganancia que podía adquirir con los juegos de azar que a veces manipulaba con el auxilio de computadoras instaladas en ellos, pero no deseaba de ninguna forma que se vendieran drogas en su casino. Cualquier acto de esa naturaleza podría hacerle perder el permiso o provocar una investigación policial muy detenida. Por eso ahora le había mandado un recado a Johnny.

Johnny siguió hablando hacia la taza de café, y anunció lo que desde hace rato quería anunciar.

—Probablemente es el momento de separarnos.

Amor, amor, te quiero tanto, eres mi ilusión, eres mi pasión.
Así me gusta, Tú eres mi vida, tú eres mi todo.
Bamba, bamba, oye tú, ven pa' acá.
Bidi bidi bom bom. Bidi bidi bom bom.

Cada vez, cada vez que lo veo pasar
(suena un teléfono) ¿Bueno? Soy yo mi amor, antes
de que me cuelgues . . . (tono)
Cada día es igual por mi pasillo . . .

—¿Qué dices?

Corazón abandonado, ¿qué haces ahí con esa pena?
Corazoncito, corazoncito, ya no te vuelvas a enamorar.

Cuando cae la tarde y la luz del día ya se está acabando,
cuando nadie te quiera, cuando todos te olviden.

—¿Qué dijiste?

Después de enero sigue abril, tal vez estoy equivocada.
Dime, qué te ha pasado desde que te fuiste
aquí de mi lado.
Él se ha marchado, y yo triste me quedo.
El tiempo pasa, y tú no estás
(enamorada de ti . . .) Siento una emoción
dentro de mi corazón

—Estás bromeando.

Esa sonrisita que viene sin motivo y sin explicación.
Este corazón, que aún te quiere, ya está
muriendo, tarde con tarde.
Este dolor que yo tengo muy dentro de mí.
Estoy contigo por una eternidad, no hay nada
que pueda separar.
Fotos y recuerdos . . .
Tengo una foto de ti . . .
I could lose my heart tonight, if you don't turn and walk away.
I know you've taken my lead, am I so easy to read?
I said a no, no no no no, no no no no, no no no, no
no no, no no no.
I see him walking, I sense the danger, I hear
his voice and my heart stops.
I see the distant lights ahead, another hour or
so, and I'll be back in bed.
If I could only hear your voice
your words
I'm sorry. For the things that I have
done to you. So sorry.
La puerta se cerró; tú ya no pasas más.

Last chance, last chance for love.
Late at night when all the world is sleeping I
stay up and think of you.
Pa' qué me sirve la vida si ya no te tengo a ti.
Parece que va a llover, el cielo se está nublando.
Yo te juro que mis intenciones fueron buenas
Yo, yo tengo un amor, un amor que me hace feliz.
You will always be . . . always mine. All my
friends say that I'm a fool
You're always on my mind,
day and night.

—Deberías irte a Oregon. Tal vez sea bueno que vuelvas con tu padre.

Johnny le explicó despacio, entre sorbos de café, los peligros de la guerra con ese hombre, y le advirtió que, si continuaba a su lado, también ella corría peligro.

Entonces, fue Emma quien comenzó a mirar su propia taza de café y le contó la historia de sus padres. Los diez años que estuvieron separados, la búsqueda que uno y otro emprendieron hasta encontrarse. Reconoció que su padre era un hombre bueno, y que tal vez podría haberlo convencido con el tiempo de su afecto por Johnny, pero eso ya había pasado. Declaró que lo que la unía a Johnny era insuperable, y por eso lo había dejado todo. Si él la abandonaba, se convertiría en una memoria que lo colmaría todo para siempre. Pensó que el alma de los seres humanos es su memoria. El alma es memoria o es nada.

Mientras Emma recordaba a sus padres, Johnny buscaba también en sus recuerdos. No guardaba evocación alguna, ninguna imagen familiar. Sólo calles y música y borrachos y motocicletas y botellas de cerveza. Ninguna luz, ni la luz de Dios, ni la del mundo.

—Ojalá yo pudiera hablar de mi familia así.

Le repitió que tal vez sería una buena idea que volviera con su padre. Se lo dijo con tristeza y como si quisiera llorar, pero le habló mirando a través de ella, como si fuera un ciego, y los ciegos no pueden llorar.

—Ahora, ya no querrá aceptarme.

Johnny se dio cuenta de que estaba mostrándose débil, y como siempre volvió a dar órdenes.

—Entonces tenemos que irnos. Nos iremos juntos. Nos vamos a California. Ya regresaremos —añadió—. Te prometo que regresaremos. Lo que pasa es que he recibido un recado muy urgente.

El recado que el joven había recibido era bien claro: "Si eres de verdad un hombre, te espero para poner las cosas en claro en San Francisco, el domingo 7 a las nueve de la noche en el lugar que te indicará el portador de la presente. Podemos ponernos de acuerdo, establecer nuevas fronteras, poner en orden los negocios. Te repito, si eres de verdad un hombre. . . ."

Unas horas más tarde, no era la tierra lo que temblaba; ni siquiera el cielo, eran los motores de muchas motocicletas estremeciendo los aires y los cielos próximos a Las Vegas. Al frente de ellas, vestido de negro, Johnny Cabada invitaba a Emmita a subir a su motocicleta.

—No vayas. ¿Qué tal si no vas? ¿Qué tal si te olvidas de ese hombre?

Sin quererlo Emma imitó el sonido de la voz de su madre cuando le rogaba a Dante que no hiciera tanto sobretiempo porque con lo que ganaba bastaba y sobraba, e incluso quedaba algún dinero para el fondo de la futura fiesta de quince años.

—Tengo que ir. Quiero saber cómo es.

—¿Y cuando lo encuentres, cuando llegues a un acuerdo con él, volveremos a Las Vegas? ¿Me ayudarás a iniciarme en mi carrera de cantante?

Johnny contestó algo que no se llegó a escuchar, y Emma, ya prendida a su espalda en la moto, le dijo también sin que él la oyera: —No importa si no regresamos. Tú sabes que te seguiré a donde vayas.

Mientras avanzaban hacia San Francisco, el aire se tornó blanco y lechoso como si de repente el planeta se hubiera internado en lo más profundo de la Vía Láctea. Las motocicletas tronaban mientras se hundían en regiones de humo luminoso y de pequeñísimas estrellas girando en torno de todos. Los motociclistas se estaban evaporando, y Emma tuvo la sensación de que todo eso, en vez de un camino, era un sueño.

Johnny soñaba con el tipo que lo esperaba en San Francisco. En sus delirios lo veía vestido con un pantalón negro de pana, calzado con botas de mariachi, camisa de lentejuelas, un sombrero de fieltro negro tapándole los ojos hasta la mitad y una cadena de oro con la Virgen de Guadalupe. Le parecía que todo esto ya había ocurrido alguna vez en su vida, y pensaba que era extraño que nunca hubiera investigado al tal Leonidas García.

23
Leonidas García arregló el universo

Leonidas García procedía de Veracruz, y allí había estudiado medicina, pero cuando obtuvo el título profesional anduvo por uno y otro hospital sin encontrar trabajo. Tampoco tenía dinero suficiente para abrir una consulta privada y esperar hasta conseguir una clientela. Tuvo que emplearse como visitador encargado de publicitar productos farmacéuticos, pero las empresas le daban trabajo por un tiempo y luego lo despedían para economizar en gastos sociales. Entonces descubrió que no había nacido con estrella para ser un hombre importante en su tierra. Un día de invierno, que recordaría toda la vida, se levantó cuando todavía estaba oscuro, y dijo: "Santo Dios, ¿qué estoy haciendo aquí?"

Recogió los pantalones que descansaban sobre una silla y se los puso. Tanteó el closet casi vacío, descartó los trajes y las corbatas con los que visitaba a los doctores y escogió con los dedos una camisa de lana muy gruesa. Sostuvo las botas a la débil luz inicial de la mañana para distinguir la izquierda de la derecha y se las calzó. Luego se puso encima una pesada chaqueta que parecía forrada con lana de oveja, y sin desayunar, cerró la puerta del cuarto alquilado a donde no volvería jamás.

El invierno en que cruzó la frontera fue en extremo frío. Los coyotes habían dejado de hacer su trabajo porque temían atravesar los túneles, no fueran ellos o sus clientes a congelarse debajo de la tierra. Esa noticia le encantó a Leonidas García porque no tenía dinero con qué pagarles. Le bastaba con encontrar a uno de ellos para sonsacarle un derrotero. Encontró al hombre, pero se topó con el problema de que cada coyote tiene su propio túnel y no quiere compartirlo con posibles rivales.

—¿El túnel?

—Sí, el túnel.

—¿Qué túnel?

—El túnel, pues. ¿Dónde dijo que quedaba el túnel?

—No te he dicho nada todavía.

—Sí, ya sé que en esta época no pueden utilizarlos. ¿Dónde dijo?

—Te repito que no te he dicho nada. Y no voy a decírtelo porque sería peligroso que intentaras meterte en él.

—Si es peligroso, lo será para mí.

—No serás de la competencia, ¿verdad?

—¿De la competencia? No, pero podría ser de la judicial, de la Policía Judicial, y a usted le convendría tener amigos entre ellos.

Ya en Estados Unidos, escogió San Francisco porque tenía amigos y familiares que trabajaban allí. A su tiempo, le proporcionaron ayuda, pero tampoco pudo realizar su sueño de trabajar en un hospital. Sin papeles, eso era imposible.

Entonces compró documentos falsos y trabajó como paramédico durante un año y medio, al cabo del cual descubrieron que era indocumentado y lo echaron a la calle, pero no sin advertirle que había cometido un delito federal, y que la próxima vez que lo vieran cerca, llamarían a la policía.

Era terco, y volvió a falsificar sus papeles. Consiguió un número de seguro social que, de forma increíble, no fue detectado como irregular por los funcionarios del hospital de Oakland en cuya farmacia comenzó a trabajar. Mucho después cuando recordaba ese tiempo, lo sentía como el más loco y bello de su vida en Estados Unidos. No ganaba mucho porque no podía hacer valer sus estudios universitarios y no le daban un puesto de responsabilidad. Pero gozaba de una grata medianía, conducía un coche europeo comprado a bajo precio y había conocido a Rosina Rivero Ayllón, una chica que trabajaba en el mismo hospital y que tenía los ojos más negros del planeta. Rosina era misteriosa, delgada, bella, loca y cuando lo miraba en la oscuridad, su mirada parecía atraer la condenación eterna.

Se conocieron y de inmediato comenzaron a vivir juntos porque vivir juntos era lo más importante que podía ocurrir sobre el planeta. Lo aseguraba Leonidas, cuando caminaban tomados de la mano por las calles de Berkeley y a veces se tiraban a la vereda para besarse.

Al cabo de dos años de hacer lo mismo, pasó una noche pensando que no había logrado, hasta ese momento, nada de lo que se había propuesto en la vida. Los sueños de ser un médico importante no se iban a cumplir cargando bultos en la farmacia y descartando medicinas cuyo tiempo de uso había expirado. Sin despertar a Rosina, se levantó y se vistió porque la noche le había ofrecido algunos consejos infalibles para ganar dinero y ser importante. Ese mismo día comenzó a seguirlos.

Llegó a la farmacia mucho antes que sus compañeros, y se fue una hora después que todos. Llevaba vacíos los bolsillos por si alguien lo registraba, aunque eso no había ocurrido jamás, pero disimulaba una bolsa bajo el grueso impermeable, y aquélla estaba repleta de medicinas descartadas. De Oakland se trasladó al barrio Misión de San Francisco, entró en un edificio de paredes descascaradas y tocó la puerta de un departamento cuya dirección se había aprendido de memoria.

—¿Sí?

—¿Se acuerda de mí?

—¿Qué es lo que quiere?

—Le pregunto si se acuerda de mí.

—Conozco mucha gente. No tengo por qué acordarme de todo mundo.

—Trabajo en el hospital de Oakland.

El hombre no lo hizo pasar, pero lo miró con mayor atención.

—Usted me habló hace tiempo. Me dijo que estaba interesado en ciertas sustancias.

—No me acuerdo.

—Se trata de sustancias que yo puedo conseguir en la farmacia. Trabajo allí, ¿sabe?

—Tal vez es mejor que se vaya de aquí.

—Míreme bien. Usted va a recordar mi nombre. Me llamo Leonidas.

—¿Leonidas? Leonidas . . . ya, pase. Pase adelante.

Abrió por completo la puerta, y estalló en una carcajada.

—En la casa del jabonero, el que no cae resbala —dijo y continuó riéndose.

En ese momento, comenzó la prosperidad de Leonidas. Rosina comenzó a notar la diferencia cuando su compañero la hizo mudarse a un departamento más elegante. Luego la llenó de regalos y vestidos, y le dejaba abundantes cantidades de dinero para que dispusiera a su antojo. Ella sabía que había algo extraño en todo eso. En todo caso, prefería creer las historias que él le contaba a de que había hecho unos negocitos y los resultados eran excelentes.

Por último, comenzó a llevarla de viaje a una y otra ciudad hasta que Rosina le hizo saber que no podía pedir tantos permisos en el trabajo porque terminarían por echarla.

—No tienes por qué esperar a que te echen. Renuncia. Con mi trabajo en la farmacia y los pequeños negocios que hago, tenemos de sobra para vivir.

Se lo dijo muchas veces hasta convencerla. Ella no estaba al tanto de nada, pero a ratos presumía que su compañero trabajaba en algo peligroso. Tal vez por eso le ofrecía toda la dulzura del mundo, para protegerlo de su propia conciencia y de sus propios miedos.

Al poco tiempo, todo se convirtió en una carrera contra el tiempo y contra el destino. Leonidas pasó de proveedor de metanfetamina a dueño del negocio que la comercializaba. Dejó el trabajo en el hospital pero consiguió decenas de abastecedores en toda el área. Alquiló un departamento en San Francisco y dejó en el de Berkeley a Rosina para protegerla de un posible peligro con la policía. Poco a poco sus negocios se fueron diversificando, y se convirtió en el hombre que siempre había deseado ser.

En cuanto a Rosina, vivieron juntos un poco tiempo más y fueron muy felices, sobre todo en los momentos en que él pasaba una semana sin salir de casa para guarecerse de sus enemigos y de sus remordimientos. Pero en un momento determinado se libró por completo de los unos y de los otros y comenzó a necesitar menos de la mujer que había amado. Partía con frecuencia en interminables viajes que justificaba con negocios, y se pasaba meses sin reportarse.

Dueño del mundo y poderoso contrabandista en media California, un día, pretextó que la policía lo andaba persiguiendo por una acusación injusta, y le dijo que tendría que ausentarse por un tiempo hasta que se aclararan las cosas. Jamás volvió. Rosina no alcanzó a decirle que estaba embarazada.

Dos años más tarde, alguien le dio la noticia de que Rosina había muerto, pero nadie le dijo que había dejado un hijo de pocos meses y que había tenido que encargarlo a la protección de una familia.

—¿Muerta? ¿de veras está muerta?

—Se lo juro por Dios.

Tal vez en esos momentos se dio cuenta de que la frontera entre la santidad y la infamia está muy a la mano. Le bastaba con cerrar los ojos para ver los ojos negros, como el infierno, de Rosina. Le parecía ver esos ojos que lo miraban por última vez rogándole que no la abandonara. Pero al abrir los ojos, comenzaba a pertenecer al reino de los infames.

De eso habían pasado más de veinte años, y ahora era poderoso y legendario. Además de su riqueza, se hablaba de sus hazañas portentosas. Todo lo que se puede referir ahora es lo que ciertos narradores exagerados cuentan de él. Se dice que, en una ocasión, perseguido por la policía, hizo un pozo profundo dentro del cual se metió con algunas cajas de galletas y dos bidones de agua. Sobre él, un amigo puso abundantes ramas y encima de ellas, tierra. No se sabe cuánto tiempo permaneció allí, tal vez semanas, o meses; lo cierto es que de allí salió a la libertad con ese sabor a chocolate que tiene la tierra y que nunca te abandona.

Otros cuentan la historia de forma diferente y aseguran que fue enterrado vivo por gente de una banda rival, y que había desesperado bajo tierra una semana, pero que había salido indemne, aunque con un cierto terror a la luz. Añaden que quizás salió de la muerte sin saber que había estado en ella.

Aparte de la foto que se publicaría después en los periódicos, de Leonidas quedan muchas más leyendas que una sola información objetiva. El departamento de policía de San Francisco no guarda récord alguno sobre él.

Los jefes de las dos bandas más poderosas habían muerto en una guerra sin cuartel ni esperanza. Para Leonidas, avezado en esos quehaceres, no le fue muy difícil adquirir poder en medio del caos. Nada le había sido ajeno para lograrlo. Se dice que incluso recurrió a la magia negra para deshacerse de rivales tan poderosos como Peter González y Harry Malásquez.

Al primero lo ahorcaron sus hombres, previamente sobornados por Leonidas. Malásquez, por su parte, amaneció un día loco, y nadie pudo curarlo.

Se dice que fue entonces cuando Leonidas se hizo cargo de toda la región situada entre San Francisco y Las Vegas que sus rivales habían dominado hasta entonces. Sus negocios se extendían al juego de azar. Leonidas compró el casino Montecarlo que administraba a través de una compleja red cibernética.

Las ruletas daban un número premiado una sola vez durante la noche y muchas veces el ganador era alguien que trabajaba para Leonidas. Durante todo el resto del tiempo, las ruletas y el bingo daban premios consuelo para endulzar a los jugadores y animarlos a que continuaran apostando. Una sola vez un hombre dotado de tremenda buena suerte había logrado derrotar a las computadoras y se había llevado el millón de dólares. Sin embargo, el hombre con toda su familia se estrelló en el camino de regreso a casa y pereció en el accidente.

Ahora acababa de suceder algo similar: un viejo y un muchacho habían entrado en el casino y, al parecer, habían metido un virus en las computadoras.

—Don Leonidas, perdimos control y todas las máquinas comenzaron a dar premios. Era como si las computadoras estuvieran embrujadas.

Pero a él nadie lo iba a convencer de brujerías.

—¿Sabes si Johnny Cabada está trabajando por allá?

No conocía a Johnny Cabada, pero había comenzado a aprenderse sus métodos de trabajo. Eran los mismos que él había empleado cuando todavía era un joven enflaquecido por las ilusiones. De inmediato había sospechado que se trataba de un ardid de Johnny Cabada, quien estaba metido en el negocio de las metanfetaminas y cuyo reinado comenzaba a abarcar la región comprendida entre Oregon y Las Vegas.

—Se está metiendo en mi terreno, pero no voy a permitirlo.

—No fue él, don Leonidas. La gente dice que vio a un viejito.

—¿Que vio a un qué?

—A un viejo, don Leonidas, sí, a un viejo y a un campesino. Dicen que escaparon en un camión viejo y que llevaban un burro.

—¿Un qué? . . . Quiero que me traigan a Johnny vivo o muerto. No, espera. Gente como tú no lo va a detener. Mejor que sea por las buenas. Agárrenlo por el orgullo. Llévenle un mensaje de mi parte, y díganle que tengo ganas de negociar con él.

—¿Pero dónde vamos a encontrarlo?

—De eso, no te preocupes.

En este asunto, los testimonios también disienten. Unos dicen que la dirección se la dieron agentes de la policía previamente sobornados, pero resulta por lo menos interesante escuchar lo que dicen. Según ellos, llamó a Filemón, El Maldito, y le ordenó que buscara a su enemigo. En una sesión interminable, el brujo bebió aguardiente, hizo buches y escupió hacia las cuatro direcciones para que el aire sutil se convirtiera en aire de muerte, y después comenzó a mirar. Rastreó a Johnny Cabada en el vuelo de los pájaros, en las huellas borradas del camino, en las casas abandonadas de Portland, en las llanuras y en las montañas de aquel inmenso territorio, pero todo fue inútil.

Sin embargo, cuando le mostraron una fotografía del joven, la búsqueda se hizo más fácil y pronto logró ubicarlo en una casa de Las Vegas donde estaba pasando la noche al lado de una muchacha muy joven. Había algo extraño en todo eso, Filemón miraba alternativamente al hombre de la foto y a Leonidas.

Sea cual fuera la verdad, lo cierto es que lo localizó y le envió una cita para hablar de negocios. El muchacho no era tan inocente como para ignorar el peligro que eso conllevaba, pero sí era bastante vanidoso como para aceptar el desafío. Por supuesto que iría.

—Escríbanle una carta en mi nombre. Díganle que Leonidas García lo está citando con urgencia para arreglar de una vez los problemas de los dos y establecer nuevas fronteras de negocios, si fuera necesario. . . .

—¿Nada más, don Leonidas?

—Que si se cree tan hombre como dicen que es, que venga a verme.

24
El corrido y el recorrido

"El corrido de Juan Miguel Palacios" fue un éxito. Primero, las radios hispanas de Nevada y luego las de Texas, Nuevo México, Arizona y California, recibieron un cassette no comercial con el "ruego" de difundirlo. El ruego era sumamente persuasivo porque los administradores recibían llamadas personales de El Güero Palacios ante cuya promesa de amistad o velada amenaza nadie podía resistirse. La historia del joven que transitaba por el cielo montado sobre un corcel en llamas se escuchaba a todas las horas y en todos los programas, y la gente llamaba a la emisora local para saber cómo podía adquirir el cassette.

> *Voy a cantar el corrido*
> *del valiente Juan Miguel.*
> *No les miento cuando digo:*
> *nunca habrá otro como él . . .*

La farmacia de la Santa Naturaleza comenzó a vender el corrido por radio junto con sus recetas milagrosas. La grabación contenía, además, otros corridos de Los Peregrinos de La Santa Muerte, quienes aparecían en la foto de la portada al lado de un asno que hacía evocar los hermosos tiempos aldeanos de muchos de los posibles compradores. Después, entró al comercio regular y podía hallarse en cualquier establecimiento de música en español. Por fin, Los Peregrinos comenzaron a recibir invitaciones para presentarse en restaurantes, teatros y coliseos en diversas ciudades. Antes de partir a ellas, Alex diseñó una gira que abarcaría ocho meses, y podría prolongarse por más tiempo, según las exigencias del público.

Esos fueron para Dante días sorprendentes, mágicos y milagrosos, después de tantos días lobos. Miraba hacia el cielo y se decía que el cielo estaba madurando. Habían nacido y crecido tantas estrellas que ya no quedaba un espacio libre allá arriba. Muchas terminaban por convertirse en estrellas vagabundas como aquéllas que se derramaron sobre ellos la noche en que iniciaron su viaje a su primera presentación importante en Fresno, California.

—Peregrinas. Son estrellas peregrinas, como nosotros —les dijo El Peregrino a Dante y a Virgilio, ambos veían el paisaje por sus respectivas ventanas.

—Sí. ¿Sí?

—Sí. Peregrinas. Como usted o como yo —repitió El Peregrino quien se creía obligado a hablar un poco de sí mismo.

Antes de dedicarse a componer corridos en Estados Unidos, El Peregrino había cruzado la raya muchas veces, y siempre lo había hecho por túneles. En una ocasión, perseguido por la Migra, permaneció escondido tres días dentro de una tumba abierta en el cementerio de un pueblo de frontera. Tal vez por eso tenía olor a tierra de muerto aunque de aquéllo hubieran pasado ya muchos años. Si había cruzado la raya tantas veces era porque sufría de incontenible nostalgia y no podía permanecer mucho tiempo en Estados Unidos sin ir por unos días a ver a los suyos. De vuelta, tenía que entrar a escondidas, y no conocía nada mejor que caminar bajo la tierra y esconderse en los cementerios. Ahora, ya tenía papeles e incluso podía volar en avión por encima de las fronteras, pero sentía cierto amor por la oscuridad y por la tierra.

—No me acuerdo quién me dijo que parecía un muerto o un peregrino, y me gustó. Por eso me hice peregrino y trovador. Porque me nace serlo.

Había vivido en muchas ciudades de los Estados Unidos, pero le atraían más las que estaban cerca de la frontera.

—En El Paso, Texas, fue donde la gente de El Güero me secuestró. Creo que es allí donde he vivido más tiempo. Contando todas las veces que he residido allí, así es. Si usted me pregunta por qué me gusta la frontera, le puedo dar muchas razones, pero las principales son dos: la primera es que puedo ir en cualquier momento al otro lado. De El Paso, cruzo el puente y ya me tiene en Ciudad Juárez. La segunda es que son ciudades para gente muy bragada. Hay que ser valiente para vivir en ellas como para morir, claro. La violencia es como una noche de luna. La violencia es el cien por ciento de lo que hace inspirarse a un compositor serio y espiritual.

—Tengo cuatro hijos, pero no me he casado nunca. Por supuesto que cumplo con mis obligaciones con los chamacos y siempre estoy enviándoles dinero a sus madres. Pero el hecho de estar solo me permite vivir la vida que me gusta y no tener expuesta a mi familia a los peligros que a veces nos rondan. ¿Se imagina usted lo que nos pasaría si le cayéramos mal a un competidor de El Güero?

Dante no se imaginaba eso. No tenía un espacio libre en el corazón para dedicarlo a ese miedo.

—Pensándolo bien, a nosotros no nos harían nada porque todos saben que soy un profesional, y me respetan. Pero los azares económicos no son para llevárselos a una familia. Ahora estoy bien, por ejemplo, y hay dinero de sobra para enviárselo a los chamacos, pero hay veces en que me tengo que pasar a México y cantar en los camiones.

Al igual que Alex, era devoto de La Santa Muerte, y estaba seguro de que ella lo había ayudado a cruzar las fronteras y le había brindado amparo en los panteones.

—Creo que ella estuvo a un costado del agente de la Migra que firmó mi pasaporte. Ella le llevó la mano. No, amigo, La Santa Muerte es muy milagrosa, pero siempre le pide a uno algo a cambio.

—¿Y se puede saber qué le pidió a usted?

—Cuando comencé a componer por encargo, la mayoría de mis clientes me hablaban de ella, pero no se ponían de acuerdo en describirla. Unos decían que en vez de rostro tenía una calavera, y otros la hacían joven y seductora. Por mi parte, yo siempre la imaginaba lánguida y preciosa.

El Peregrino comenzó a explayarse en los milagros de La Santa Muerte. Según él, a algunos los había ayudado a cruzar la frontera, a otros los había sacado de la cárcel, a muchos les hacía recuperar el amor perdido.

—La última noche de cada mes hay que prenderle velas, dejarle una manzana y una botella de tequila en el buró.

—¿Y usted le prende una vela?

—A veces, cuando me acuerdo. Pero, ¿qué me preguntó al comienzo? Ah, ya me acuerdo. Usted quiere saber lo que ella me ha pedido. ¿De veras quiere saberlo?

Dante no contestó porque estaba conduciendo y ya iban llegando a Fresno. No quería equivocarse en los numerosos desvíos que debía tomar.

—Yo le voy a componer un corrido, Dante.

Se quedó unos minutos en silencio.

—Todavía no lo he hecho, pero ya lo haremos. Por algo hay que comenzar, y creo que nosotros hemos comenzado bien cuando aceptamos ser llamados Los Peregrinos de La Santa Muerte. A lo mejor La Santa Muerte se lo susurró a Alex al oído.

Cuando entraban a La Perla de Fresno, El Peregrino le dio un golpe en la espalda.

—Ande, hombre, anímese. Ya sé que usted todavía se pregunta qué hace aquí, y por qué no está en los caminos buscando a su hija. ¿Y qué haría sin un derrotero? Pero si usted no la puede buscar, vamos a darle a ella las formas de encontrarlo. Ya verá, nos haremos famosos, y ella no tardará en buscarnos.

La sala estaba colmada de gente, y los aplaudían aun antes de comenzar cada canción. Los asistentes eran un público muy diverso. Había campesinos, pero más que ellos, gente dedicada al comercio y al trabajo burocrático. Una mesa colmada de maestros de una escuela local no paraba de celebrar. También había varios norteamericanos que silbaban, y esto a Dante lo mortificó al comienzo hasta que le hicieron saber que el silbido significa aprobación en los Estados Unidos. Las edades y los gustos eran las únicas coincidencias entre tantas personas; generalmente se trataba de gente en los cuarenta años o más, y les fascinaban las canciones románticas del ayer y los corridos.

Después de la primera hora de su intervención, los artistas fueron conducidos a una mesa donde se hallaba su auspiciador en Fresno, el dueño de una radio local. Aquél había invitado también a dos periodistas y a dos académicos: un doctor y un candidato a doctor que estaba escribiendo su tesis sobre la inmigración latinoamericana. Era una conferencia informal de prensa y comenzaron las preguntas. El Peregrino era el encargado de responderlas.

—¿Se presentarán en algún escenario junto a Los Tigres del Norte?

—Eso lo sabe Dios.

—¿Con qué casa disquera trabajan?

—Con ninguna. Nosotros hemos editado este primer cedé.

—¿Ustedes solos?

—Nosotros.

—¿No los habrá ayudado un conocido hombre de negocios?

—¡Mierda!

—De negocios no muy claros, ¿comprende? Me refiero al contrabando.

—¡Mierda! ¿estás preguntando o acusando?

—¿Digamos que alguien al que llaman El Güero?

—Esas son puras pendejadas.

—Dicen que tus temas son patriarcales, machistas.

—Más pendejadas.

—¿Cuánto te pagan por hacer un corrido?

—Depende.

—¿Depende de qué?

—De si el interesado es un hombre hombre, o un chingao joto disfrazado de periodista.

El periodista que preguntaba se levantó de la mesa, pero no porque se sintiera indignado sino porque se moría de miedo. Avanzó casi dando saltos hacia la puerta de salida. El otro hombre de prensa era más simpático. Muerto de risa ante el escape de su colega, comenzó a felicitarlos por sus composiciones. Hablaba con tanta velocidad y omitía tantas eses que como había tanto ruido en el ambiente no le entendían. Se dio cuenta de ello y explicó que era chileno y que por eso hablaba así. Les contó que en su país era muy difícil subir a escena porque siempre había un chistoso en el escenario que dialogaba con el artista y a veces resultaba más chistoso que aquel.

—En cambio, usted lo haría muy bien, Peregrino.

—Las gracias.

—¿Es cierto que viajan con un burro y que se llama Virgilio?

—Muy cierto.

—¿Aceptarían tomarse unas fotos con Virgilio? . . .

—Pues, usted lo ha dicho. ¡Para qué estamos, amigo! Véngase a nuestro hotel mañana a las 7.

—¿Tan temprano?

—¿Y a qué hora piensa usted que se levantan los burros? Usted, ¿a qué hora se levanta?

A Dante le alegró saber que le tomarían fotos con su amigo cuadrúpedo. Quizás Emmita leería la noticia en el periódico. Lo único que le preocupaba era saber si Virgilio aceptaría posar, si miraría hacia la cámara o si estiraría su pescuezo despectivo para husmear otros aires.

Por su parte, el candidato a doctor le preguntó a El Peregrino si concordaba con la estética postmoderna.

—¿Pos qué?

—¿Cuál es su opinión sobre la poesía de Octavio Paz.

—No la he leído.

—¿Quiere usted decir que no se debe leer a Paz?

—Oiga, eso no es lo que he dicho.

—¿Por qué no le interesa Paz?

—¿Para qué banda escribe? No, amigo, no me haga hablar contra ningún colega. Todos tenemos derecho a escribir corridos.

El hombre de la radio tuvo que intervenir porque ya se había tropezado con otros académicos, y sabía de sobra que ellos no entendían a los cantantes populares, y tal vez, tampoco a Octavio Paz.

—Lo que el profesor quiere saber es si usted se considera un poeta.

—¿Y usted, no?

El candidato al doctorado pidió entonces permiso para ir a orinar, y no regresó. Después, el doctor que lo había acompañado hizo como que saludaba a alguien del público y también se retiró.

Dos almas que en el mundo
había unido Dios
dos almas que se amaban
eso éramos tú y yo.

La segunda noche hubo centenares de personas porque, además de los aficionados al interminable repertorio de Los Peregrinos, había llegado un grupo de devotos de La Santa Muerte. La función estaba dedicada a rendir un homenaje a Javier Solís. A pedido del público, Los Peregrinos ejecutarían después algunas de sus propias composiciones.

Por la sangrante herida
de nuestro inmenso amor
nos dábamos la vida
como jamás se vio.

Un día, en el camino
que cruzaban nuestras almas,
surgió una sombra de odio
que nos apartó a los dos
y desde aquel instante
mejor fuera morir
ni cerca ni distante
podemos ya vivir.

Se sucedieron las canciones, "Amanecí en tus brazos", "Cenizas", "Desesperadamente" y por fin "Bésame mucho", que todos coreaban sin cesar. El Peregrino daba la voz inicial, y la gente repetía la canción. Muchos suplicaban después que la volvieran a cantar. Al final, el administrador de La Perla de Fresno anunció que no tenía permiso para mantener el establecimiento abierto después de las dos de la mañana y que, en unos minutos más, debía cerrar. Añadió que, a insistencia suya, Los Peregrinos habían aceptado quedarse también el sábado y ejecutar su presentación final, en la que se escucharían sus composiciones originales. Otra vez, mientras se apagaban y encendían las luces para rogar al público que se retirara, la gente no cesaba de corear a Javier Solís:

> *Bésame, bésame mucho,*
> *como si fuera esta noche la última vez,*
> *bésame, bésame mucho,*
> *que tengo miedo a perderte, perderte después.*

El sábado, el hombre de la radio y el administrador de La Perla de Fresno unieron fuerzas para rogar a Los Peregrinos que se quedaran una temporada de varias semanas. El éxito era tan grande que les permitía asegurarles un contrato cuantioso por todo ese tiempo. Pero Alex declinó cortés la oferta y les aseguró que considerarían la invitación para el próximo año. Por lo pronto, el mismo domingo por la mañana partirían a cumplir compromisos en San Bernardino, Los Angeles y San Diego, para hablar tan solo de California. Después, debían de seguir a Arizona, Nuevo México y Texas, y cuando se hubieran presentado en el hotel El Patio de El Paso, Texas, tendrían que salir de inmediato para Berkeley y San Francisco.

La última función comenzó por una evocadora travesía de los corridos que El Peregrino había escrito en homenaje de varios conocidos suyos, de un equipo de fútbol y de algunos políticos mexicanos, y con ocasión de los motines raciales de Los Ángeles, el huracán que asoló Miami y un terremoto que no había dejado piedra sobre piedra en la Ciudad de México. Su tema favorito era los hombres y mujeres que caminan debajo del río o de la tierra y cruzan la línea para invadir una tierra que también consideran suya. Al final, sin embargo, la gente insistía en que la banda repitiera dos composiciones, "El corrido de Juan Miguel" y "Angélica la cortesana", los cuales hacían

llorar a muchos. Había hombres jóvenes y viejos que estaban vestidos como el jinete de los cielos. *Vuela, vuela Juan Miguel* . . .

La historia de Angélica era muy desdichada. Muy niña había
sido vendida por su padrastro a un tratante de blancas. Pero como era
solo hueso y pellejo, no tenía clientes. Entonces, el proxeneta tuvo
que alimentarla durante seis meses antes de revenderla a un burdel
de Guadalajara. De allí la niña escapó para refugiarse en un convento de monjas. Sin embargo, el proxeneta pagó unos pesos más y la
recuperó. Por fin, Angélica pidió auxilio a la policía, pero estos la
violaron y la vendieron a los presos del calabozo. La cabeza del
maldito proxeneta rodaba en los versos de la despedida mientras la
joven resplandeciente volaba por encima de la desgracia y de las
fronteras en los brazos maternales de La Santa Muerte.

—¡Bendición, bendición!

Ya habían terminado el recital y se disponían a marcharse acompañados por Alex y el administrador de la radio, cuando una mujer
se arrojó en los brazos de Dante pidiendo bendición a gritos. Tenía
el pelo pintado de rubio, quizás cuarenta años y unas pestañas
larguísimas.

—¡Bendición! Dios del cielo, no me la niegue, por favor.

La mujer se había arrodillado.

—No me niegue la bendición. Dígale a Dios que me perdone.

En vista de que Dante estaba paralizado y no sabía cómo pro-
ceder, El Peregrino se acercó y puso la mano derecha sobre la cabeza
de la mujer que lloraba. Musitó en su oído algo inescuchable. No se
sabe si rezó o si lloró con ella. Cuando la suplicante se fue, todo en
ella había cambiado. Su rostro estaba transfigurado como si le
hubiera sido devuelta alguna alegría antigua, como si estuviera
aprendiendo de nuevo a ser feliz.

Al día siguiente, mientras conducía hacia San Bernardino, Dante
miró con mayor curiosidad a su compañero, y se preguntó qué poder
del cielo había ejercido para tranquilizar a la mujer y qué potestades
sobrenaturales tenía, pero no vio de dónde le podían venir esos
dones al hombre de apariencia vulgar, sombreros chillones, panza
exuberante y voz de caballo.

—No. No es lo que usted está pensando.

—¿No?

—No.

—¿Y cómo sabía lo que yo estaba pensando?

—Lo sabía, y eso es todo.

Dante pensó que su compañero lo estaba haciendo callar, pero tampoco era así.

—Quiero decirle que no soy un brujo ni un santo. Soy un cantante del pueblo, y eso es todo.

Iba a callar, pero no pudo contenerse.

—El mundo, toda esta redondela que llamamos el mundo, no tiene luz propia. Es más oscuro de lo que es. Los que viven aquí podrían perderse, pero nosotros, los cantantes, somos como lazarillos que les recordamos a cada persona su vida y sus caminos. Es gracias a nosotros que la gente agarra fuerzas para seguir viviendo, le echa ganas. Eso lo saben los que sufren, como esa mujer que usted vio anoche.

—¿Ella le dijo algo? —preguntó Dante y lo hizo tan sólo por preguntar. Había estado presente y sabía que la mujer no había abierto la boca sino para pedir bendición.

—Nada.

—¿Entonces?

—Lo llevaba escrito en la frente.

—¿En la frente?

—Sí, llevaba su historia. Toda su historia. Es normal. Todos la llevamos allí. Tanto usted como yo, y cualquiera que en este momento nos esté escuchando.

El Peregrino se liberó del cinturón con la enorme hebilla de plata. Después desabrochó el botón superior del pantalón para dejar libre su magnífico vientre. Reclinó su asiento y acomodó la cabeza en el respaldar, pero no se puso a dormir. Virgilio tuvo que moverse para que no lo aplastara.

—Fue a la Perla de Fresno a divertirse. Mejor dicho, se fue a escucharnos, a corear nuestras canciones y a despedirse. Sí, fue a despedirse porque ya le toca morir.

—¿Está enferma?

—Que se va a morir, se va a morir.

—Le pregunto si está enferma.

—No lo sé, pero ya está cantado que se va a morir.

—¿De qué se podría morir?

El Peregrino se estiró como un gato. Después se puso a hablar sin permitir interrupciones.

—Supongamos que, muy niña, ella entró con sus padres a este país y que ellos murieron dejándola sola. ¿De qué se murieron? ¡Ande usted a adivinarlo! De cualquier enfermedad de esas que matan a los pobres. Pero el asunto no es ése. El asunto es saber quiénes se quedaron con ella. Supongamos que fue una familia de aquí, que la tomó como ahijada, pero que en realidad la usaba como sirvientita, y a la hora de la cena, la hacían comer debajo de la mesa. ¿Qué hace esa niña? ¡Nada! Ya adolescente se escapa y se va de regreso a México. Allí se une con un buen muchacho, y tienen dos hijos, pero un tiempo después, él se viene a los Estados Unidos como bracero. ¿Y qué pasa después? ¡Nada! Todos los meses, él le escribe y le envía dinero para alimentar a los niños y también a su madre que ha quedado al cuidado de ella. Pero pasa el tiempo, y de él no se vuelve a saber nada. O bien se ha encontrado a otra mujer, o bien ha muerto, y no hay quién dé razón de un mexicano muerto en esas condiciones. Otra vez pasa el tiempo y ella se viene aquí a trabajar con sus hijos y la madre de su marido. Supongamos que aquí encuentra otro compañero, pero no uno bueno, sino un chingado que le hace dos hijos más y la deja abandonada. ¿Qué hace esa mujer para mantener a su familia? Trabaja todo el día y también toda la noche. ¿En qué? No me pregunte porque no soy adivino. Pensemos que eso ocurre durante muchos años y que La Santa Muerte se apiada de ella y baja a buscarla. Pensemos en eso. Entonces, ¿qué hace la mujer? Nada, que cuando ya se siente vieja e inservible, va una noche a la Perla de Fresno a despedirse y a implorar una bendición. No, hombre, nada de esto es cierto. Invente usted otra historia, o permítale al Señor que las siga inventando. . . . Todas las historias son iguales.

Dante se preguntaba si el calor del desierto le enviaba delirios a su compañero, y le hizo una pregunta para cambiar de conversación, pero no obtuvo respuesta. Entonces, dejó por un instante de mirar la carretera y se volvió hacia él para saber qué le pasaba. Descubrió que la panza del músico se elevaba y se hundía rítmicamente, ya estaba en el más profundo y pacífico de los sueños, y roncaba como lo hace un cantor o un poeta cuando está seguro de que lo es. Notó que Virgilio también se había dejado llevar por el sueño y dormía con la tranquilidad que sólo un burro puede tener.

Dante le piso al pedal de la gasolina y avanzó hasta llegar a San Bernardino y San Diego, donde decenas de sus admiradores interesados en las historias de bandidos, pero también en hablar de La Santa Muerte y de la Virgen de la Migración, así como de otros habitantes del cielo que protegen a quienes pasan la frontera, los esperaban ansiosos.

En el restaurante El Chalán Peruano de Los Ángeles, muchos de los congregados que pertenecían a esa nacionalidad, como los ecuatorianos, colombianos, chilenos y bolivianos que colmaban las mesas hablaron de una santa peruana llamada Sarita Colonia que a muchos los había hecho invisibles ante los ojos de los agentes migratorios.

A una pregunta de Dante, le relataron la infancia pobre de Sarita en Lima y le ofrecieron estampas en las cuales la joven, morena, pequeña y feíta, aparecía sobre un fondo rosado y rodeada por flores inocentes. Cuando quiso preguntar dónde había nacido y cómo había muerto, los devotos no tenían una respuesta exacta ni se llegaban a poner de acuerdo.

—Nunca vi una santa así en ninguna iglesia.

—No, por supuesto que no. En el cielo, todavía no la han reconocido. Todavía hay que hacer un juicio en Roma y cumplir con algunas formalidades.

—¿Cómo se puede saber que Sarita está cerca de uno? —quiso saber Dante.

Le contaron que el espíritu de Sarita Colonia está presente cuando llega hasta nosotros un penetrante olor a azucenas blancas. En ese momento, la persona que lo respira se entera de una vez por todas lo que es la vida: polvo, humo, nada y viento, vacío, oscuridad, olvido, ausencia, sueño, soledad, ilusión y muerte. De un momento a otro, mientras hablaban de la santita, Dante comenzó a percibir el penetrante olor de las azucenas blancas.

—¿Y es posible hacerle preguntas?

—¿Como qué?

—Como dónde encontrar a una persona que uno anda buscando . . .

Todos callaron, pero una chilena le aconsejó a Dante encomendarse a Santa Rita, patrona de imposibles.

En otra ocasión, en un restaurante venezolano de Houston, Texas, le mostraron la foto de una mujer desnuda que hacía milagros, pero no era una santa sino una bruja. Le contaron que su monumento se alzaba en el centro de una autopista de Caracas.

—¿En el centro de la ciudad y con sus vergüenzas al aire?

—En cueros. Claro que sí, en cueros. Con unas piernas implacables rodeando el cuello de un jaguar gigantesco.

—¿A ti te ha hecho algún milagro?

—¡Qué vaina, chico! Claro que sí. María Lionza me ayudó en el aeropuerto de Miami. Mi pasaporte y mi visa eran falsos, y el coñoemadre del agente los estaba mirando con lupa. Se demoraba y se demoraba. Una eternidad, chico. Entonces, yo comencé a rezarle a mi paisana y le prometí que le iba mandar a hacer tres misas si me ayudaba a pasar. De pronto, el tipo tomó el sello, lo puso sobre mi documento y me dijo en español que podía estar seis meses en los Estados Unidos. ¿Qué tú crees que es eso? Un milagro, chico. El migra, todo un especialista, no se dio cuenta de la falsificación, a pesar de que estuvo un largo rato escudriñando el pasaporte. Creo que no vio mi rostro, sino las piernas de María Lionza.

—¡Tú que fueras! —se adelantó otro venezolano—. No vas a mirarle la cara al tipo.

—¿Y tú cumpliste con mandarle a hacer las misas?

—Me agarra un ratón moral cuando recuerdo. No chico, me olvidé, pero cualquiera de estos días . . .

—¿Se te ha aparecido? ¿La has visto alguna vez?

Mientras el venezolano comenzaba a responder, Dante ya estaba pensando en la próxima pregunta. En realidad, quería llegar a la que consideraba la más importante: ¿cómo hacer para llamar a María Lionza?

—No sé. Verla, lo que es verla, creo que no. Digamos que la sentí. Digamos que me llegó su olor amarillo, su calor pegajoso. No se puede saber nada de ella, pero sí que nos ayuda. Pídele lo que tú quieras y te lo concederá.

—¿Lo que yo quiera?

—Lo que tú quieras. Pero ven aquí. ¿Qué tú quieres, chico? ¿Quieres que te diga qué hacer para llamarla? . . . Llámala con el acordeón porque le encanta la música.

Dante pensó que tal vez María Lionza no era la persona más adecuada para darle información sobre su hija. Además se sentía corto. Creía que no iba a saber qué hacer ni adónde mirar si se le presentaba la dama de las piernas implacables. Pero una tarde, desesperado, comenzó a llamarla con el acordeón, mientras El Peregrino improvisaba la letra de una futura canción.

> *María Lionza,*
> *diosa pagana,*
> *te vengo cantando,*
> *me vengo encantando,*
> *te puedo ver*
> *porque te quiero ver*
> *lo que nos has dado a ver:*
> *la frontera sin agentes,*
> *el mundo sin fronteras,*
> *la luna en el fondo y el jaguar a tus pies.*
> *Y quiero ver*
> *la luna arriba*
> *el sol por debajo,*
> *María Lionza,*
> *pagana diosa,*
> *el mundo sin fronteras,*

María Lionza de mi vida.
Tus piernas asombrosas que nadie puede ver.

Otro mes transcurrió sin noticias de Emmita. En Santa Fe, Nuevo México, Los Peregrinos de La Santa Muerte entablaron amistad con otros venezolanos que también hablaron de María Lionza. Le reconocían sus méritos, pero ellos no eran sus devotos. Más bien, tenían otro santo que hacía maravillas. Era toda una familia. El padre había sufrido de una enfermedad incurable y tuvo que dejar su puesto en una oficina del estado. Sin trabajo, no tenía con qué sostener a sus pequeños hijos, pero se encomendó a José Gregorio Hernández, un médico de Caracas que vive desde hace ochenta años en el cielo, y gracias a él, recuperó la salud. Además, en el sorteo que hace cada año la embajada norteamericana, obtuvo una visa para entrar en Estados Unidos.

La historia le pareció notable, pero lo único malo para Dante era que la especialidad del doctor Hernández no consistía en buscar a las jóvenes que se habían escapado de su casa.

En San Antonio, Texas, un público cautivado no quería dejarlos salir del restaurante en que se presentaban mientras no repitieran muchas veces el "Corrido de la guitarra fantasma" que El Peregrino había compuesto. El corrido evocaba la historia de cuando Dante se encontró en el desierto con los cadáveres de tres mariachis que habían pasado la raya para hacerse famosos. En la canción, el viento cubría y liberaba de arena los cuerpos, de tiempo en tiempo, pero la guitarra seguía y seguiría escuchándose sobre la llanura luminosa por todos los siglos de los siglos, en el tiempo que no tiene fin.

Los corridos suscitaban conversaciones sobre el cruce de la frontera. Algunas personas se animaban a contar que habían pasado el Río Bravo gracias a la intercesión de María Sabina, una hechicera del lago de Tlaxcala que hacía sonar su sonaja encantada, y las aguas se abrían para dejar pasar a su gente.

Le contaron a Dante que María Sabina era la mejor conocedora de los hongos, y que entre ellos, los había niños y viejos, enanos y gigantones, odiosos y enamorados, y también los del cariño y del olvido, pero a todos los había domesticado. Pero Dante no estaba interesado en los hongos sino en el paradero de su hija.

En El Paso, Texas, luego de una presentación extraordinaria, descansaron un par de días en el hotel El Patio. En el restaurante del hotel, había una pintura mural gigantesca que representaba a Pancho Villa quien, según le dijeron, se había alojado allí cuando invadió los Estados Unidos.

Durante el día, Alex quiso llevarlos a almorzar a Ciudad Juárez. Bastaba con pasar caminando el puente para llegar a México.

—Váyanse ustedes sin mí. Si yo entro, tal vez ya no vuelvo.

El *manager*, que se preciaba de comprar a cualquier persona en el mundo, le aconsejó que no se preocupara porque si era necesario, él daría la "mordida".

—Los güeros también la aceptan, sólo hay que saber conversarles.

—No es eso. No sé si mis pies me permitirían el regreso. No sé qué pasaría si tocaran de nuevo tierra mexicana.

❦ ❦ ❦

El camino se hacía a saltos debido a las artes de asombroso negociador que poseía Alex. En uno y otro lado conseguía contratos adicionales. Así pasaron por todos los estados del sur y del oeste de los Estados Unidos. Se pensaba que la gira terminaría en El Paso, pero Alex recibió una invitación para hacer dos presentaciones un fin de semana en Miami, y la aceptaron. Dejaron a Virgilio encargado en un establo en El Paso, y la gran ciudad de Florida fue el único lugar al que viajaron por avión.

El restaurante Moros y Cristianos programó a Los Peregrinos de La Santa Muerte para dos noches de "Nostalgia Latina", un viernes y un sábado en que interpretaron música y canciones de Agustín Lara, Jorge Negrete, Pedro Infante y Javier Solís, entre otros. Iván Ganoza, el dueño del restaurante, se tomó unos tragos y comenzó a cantar con ellos hasta que Pilar, su esposa, discretamente, logró sacarlo del escenario.

Los Ganoza eran cubanos, y éste era el segundo local que poseían. Al primero lo había destruido el huracán Floyd en 1992, un monstruo que bajó del cielo para barrer setenta y seis mil casas y dejar muchos terrenos convertidos en algo así como el cráter de un volcán. El establecimiento de ahora abarcaba un local más espacioso y estaba situado en un lugar de mayor prestigio social, al norte de Miami Beach.

—En 1999 estuvimos a punto de quedarnos sin éste. Casi se lo lleva el huracán Bonita. Pero Santa Bárbara nos salvó.

—¿Santa Bárbara?

—La trajo mi madre desde Cuba. Mi madre vino en balsa desde Cuba solamente para traernos una Santa Bárbara. Ella siempre decía que nos hacía falta una Santa Bárbara, y que por no tenerla, habíamos perdido nuestro local anterior.

Entre las historias que habían escuchado Los Peregrinos, pocas había como ésta. Les contaron que en septiembre de ese año, Bonita avanzaba hacia Miami a más de noventa kilómetros por hora; se detenía en un islote, descansaba unos días y volvía a la carga. La gente comenzó a emigrar hacia los estados del norte. Quienes se quedaron en la ciudad habían clavado puertas y ventanas y esperaban lo peor.

Más de una semana duró la tensión. Sin embargo, cuando Bonita estaba tan sólo a cien metros de Miami, de súbito se detuvo. Allí permaneció durante una hora bramando y relinchando. Luego se formó una ola que superó en altura a todas las que hayan aparecido desde la formación del continente. Tapó el cielo. De esa ola salió el viento, salieron las palomas negras, salió el silencio, salió el frío, salió la muerte, salieron las pesadillas, salió el olvido y el olvido del olvido. De pronto, Bonita se desvaneció.

—Bonita se quedó mirando Miami, y luego como si nos despreciara, viró hacia el norte y de allí hacia el norte del norte, y se fue volando hasta desaparecer —dijo Iván Ganoza y se quedó pensando.

—¿Dice usted que Santa Bárbara los salvó?

—Eso es lo que digo.

—¿Y que su madre la trajo?

—Eso.

—¿Su madre es la anciana de la fotografía? ¿Ella vino sola en la balsa? Pero, ¿cómo pudo ser eso? ¿Cuándo la trajo?

—Digo que la trajo, y eso es todo. ¿Se sirve un mojito?

❦ ❦ ❦

De vuelta en El Paso y cuando ya estaban por partir, se les unió un hombre que habían conocido en el establo donde se había quedado Virgilio. El coyote Curcio Fernández Arce les pidió un aventón. Curcio ya no era un coyote porque estaba bastante viejo y había comenzado a perder la vista. En las fronteras, contrabandeó personas durante más de veinte años, pero sentía que le llegaba la hora de la jubilación y se iba a San José de California, donde había comprado una casa. Con su hijo, pensaba instalar una taquería y vivir en el Estado Dorado el resto de su vida.

Era gordo, achinado, trinchudo y bastante moreno. Su padre había sido un mexicano y su madre, una india Nez Perce del estado de Oregon.

—Lo raro de todo esto es que me digan "coyote". Soy coyote por profesión, pero también he sido coyote desde niño porque mi madre me crió como indio, y me encomendó a los coyotes desde antes de nacer. Todos en mi familia han sido cuervos; yo soy el único coyote.

El Peregrino y Dante estaban acostumbrados a las historias sin sentido. Lo dejaron hablar sin interrumpirlo, y Curcio aprovechó para narrarles la historia del mundo según se la había contado su madre.

—En el principio, no había nadie. Una oscuridad muy suave daba vueltas por uno y otro lado de la nada. Entonces, el cuervo golpeó y golpeó con sus alas la oscuridad hasta que logró que aquélla se apelmazara y convirtiera en tierra sólida. Pero de eso resultó sólo un helado océano negro y una delgada costa. Cuando la gente llegó a vivir, se tropezaban unos con otros porque todo estaba muy oscuro. Además, no tenían qué comer.

—Al notarlo, el cuervo arrancó unas ramas de un aliso y las dejó caer sobre el océano. Al rato, las hojas fueron absorbidas y el agua comenzó a burbujear. Las hojas volvieron a la superficie, o más bien saltaron, convertidas en peces, y ya la gente pudo comer y trabajar en la pesca.

—La gente se puso tan feliz que se olvidó de que el mundo era un globo oscuro, y hasta nuestro tiempo, actúa como si no fuera así. Hay noches enormes que duran años y centurias, y los malvados se aprovechan y nos roban. Nuestro mundo está muy desordenado porque, en las tinieblas, nuestras tierras se han resecado, y cuando uno trata de salir de ellas, se encuentra con la valla de las fronteras.

—Para remediar ese problema, han sido creados los coyotes. Los coyotes nacen con la misión de conducir a las personas, convertirse en sus guías, y llevarlas donde puedan ser felices. En los tiempos de antes, cuando los indios eran los dueños de la tierra, los coyotes eran rastreadores de caza. Ahora, los coyotes son sólo coyotes. Tienen ojos para ver detrás de los cerros, del agua y de la noche. Pueden cambiar de forma y transformarse en árboles, pájaros o serpientes. Por eso, nada pueden contra ellos los de la Migra.

—¿Usted se transforma?

—¿Y usted, no?

Curcio usaba unos anteojos muy gruesos y quizás escuchaba más de lo que veía, pero volvía la cabeza y hacía como si mirara a sus interlocutores.

—¿Quién está ahí? ¿Quién viene atrás con nosotros?

El Peregrino le explicó que era Virgilio, la mascota que les había traído mucha suerte.

Curcio miró hacia el cielo como miran los ciegos y dijo que el burro era un animal próximo a Dios, que el rebuzno flaco, solitario y sostenido era como una campana sonando. Lo dijo con mucha seguridad y continuó mirando hacia el cielo.

Entonces Dante se atrevió a preguntarle si podría rastrear a una persona muy querida que él andaba buscando.

—Usted mismo lo hará. Usted mismo la está rastreando, y ya está a punto de encontrarla porque la lleva muy dentro de su corazón.

❀ ❀ ❀

El camino desde El Paso hasta San Francisco fue interrumpido por muchas invitaciones, todo lo cual haría un total de ochenta y cuatro recitales en la gira. Además de ello, conocieron a miles de personas y conversaron con gente que les contaba, además de penurias y alegrías, la odisea de su paso hacia este otro lado del mundo.

Curcio se quedó en San José. Pidió que lo dejaran en una esquina, y Dante estacionó su vehículo para ayudar al anciano en caso de que no pudiera saber dónde se encontraba. Por el espejo retrovisor, observó que el hombre, por fin en tierra, aspiraba con fruición tres o cuatro bocanadas de aire puro y movía los labios de uno a otro extremo como si las estuviera saboreando o como si se lavara los dientes. Después, dirigió su rostro hacia las calles que confluían en la esquina. Descubrió que no necesitaba mirar la ciudad para orientarse. Levantó la nariz y comenzó a husmear el viento. Quizás advirtió que era observado, y tomó rápido una de las calles. A Dante le pareció que lo último que veía de él era una colita de coyote agitándose con prisa.

Cuatro águilas, acurrucadas en un poste de luz del camino, agitaron las alas ante la luz de los faros. Era como si los hubieran estado esperando. Después iniciaron un vuelo grave y silencioso hacia el fondo negro del universo.

—Águilas —dijo Dante.

—Cuervos.

—Águilas.

—Cuervos.

—Sí. Deben ser cuervos.

❧ ❧ ❧

Ya en la carretera a San Francisco, el dúo se mantuvo en silencio media hora. Dante lo rompió para comentar que la gente del cielo estaba muy ocupada en ayudar a caminar a su pueblo. El Peregrino se preguntó: —¿La Santa Muerte no será otro nombre de la Virgen María?

—A lo mejor.

—¡Dios mío! ¿Qué hará esa señora con tantos nombres?

Entonces comenzaron a recordar las misteriosas formas con que una señora delgada, azul y bonita ayudaba a los viajeros que se le encomendaban. Jugaron a recordar algunos de los nombres que habían escuchado en el camino.

—Virgen de Guadalupe.
—Virgen del Carmen.
—Virgen de la Soledad.
—Virgen de Betania.
—Virgen de Chiquinquirá.
—Virgen de las Lágrimas.
—Virgen de Coromoto.
—Divina Pastora.
—Virgen de Copacabana.
—Virgen de la Puerta.
—Virgen Degollada.
—Virgen de los Dolores.
—Virgen de la Rosa.
—Virgen del Rosario.
—Virgen de la Misericordia.
—Rosa Mística.
—Arca de Alianza.
—Torre de David.
—Virgen de la Caridad del Cobre.
—Virgen del Perpetuo Socorro.
—Virgen de la Inmaculada Concepción.
—Virgen de la Luz.
—Virgen de la Consolación.
—Virgen de Lourdes.
—Virgen del Pilar.
—Virgen de Fátima.

En un descanso del camino, Dante sacó el acordeón y comenzó a tocar una melodía que no recordaba dónde la había aprendido. Entonces El Peregrino cantó:

Si el mar que por el mundo se derrama
tuviera tanto amor como agua fría,

se llamaría por amor, María,
y no tan sólo mar, como se llama.

Se hizo la noche. Se les unió Alex. Cantaban los grillos y las ranas. Atravesaba el mundo un olor a eucaliptos.

El Peregrino dejó de cantar. Dante abrió y cerró lentamente el fuelle del acordeón, y produjo una melodía sin palabras que sonaba como la música más triste del planeta.

Ya era noche cerrada, pero reiniciaron el viaje. Tenían que seguir a la Cheyenne piloteada por Alex. Las instrucciones del *manager* eran claras: debían de llegar cuanto antes a San Francisco. Había que presentarse muy temprano en La Grande, donde tenían una entrevista. Eso ayudaría muchísimo a publicitar sus presentaciones. Al amanecer, un intenso olor a mar les hizo saber que ya estaban llegando a la costa, y luego, todo el resto fue una sucesión de letreros que anunciaban ciudades, una a continuación de la otra. Muy pronto, los signos de la carretera les indicaron que estaban entrando en San Francisco.

En San Francisco, una multitud los siguió con aplausos por todo el barrio de la Misión; y de todas partes les llovían regalos. Los niños querían tomarse fotos con Virgilio, y los redactores de las publicaciones en español querían fotos para la primera página. Los invitaban a sus casas y les ofrecían desde modestos tamales hasta cenas rozagantes por el mero placer de tenerlos cerca. No querían obligarlos a cantar en las casas. No deseaban abusar de su amistad, aunque en el fondo había algo de interés en todo ello. No aspiraban a ser personajes de un corrido, eso estaba demasiado lejos de sus aspiraciones. De todas formas, sentían que un cantor es un refugio contra las penas de este mundo, y por eso se las narraban con exceso de detalles. La muerte de un familiar allá, en el otro lado, la carcelería injusta que pagaba un amigo, la traición de la persona amada, todo iba en la historia, y nunca les pidieron que guardaran silencio. Pero nadie, en ningún lugar, pudo darle razón a Dante por su hija ni por el joven que la acompañaba. Era como si ni siquiera hubieran nacido. Era como si habitara solamente en un sueño o en una ilusión de

Dante. Cuando la gente respondía que no sabía nada, el mundo volvía a ser el sueño oscuro que fue antes de que lo crearan.

Por fin, una noche en el restaurante de un amigo de El Salvador, El Peregrino dijo que se había inspirado. Pidió que alguien lo acompañara con una guitarra y comenzó a cantar la historia de su amigo Dante.

Este es el corrido que canta la pena
del cantor errante Dante Celestino.
Por el sur y por el norte, perdió su camino
peregrino errante, erraba en tierra ajena.

Comiendo ilusiones, cruzó la frontera
y pasó diez años sin ver a su amada.
Al fin se juntaron, Beatriz se llamaba,
se unieron en dulce, loca primavera.

Al cielo se fue Beatriz en un lucero,
su hijita se fugó por la lejanía.
Maldita la suerte, murió la alegría,
trovador errante, mundo traicionero.

Las nubes y el viento no sabían nada,
su pecho herido caía en el infierno,
sentía en la sangre volcarse el infierno,
llena de temblores su alma quebrada.

Su guía Virgilio, el burrito bueno,
lo iba escuchando por todo el camino,
cantaba y lloraba Dante Celestino,
a su pesadumbre nada le era ajeno.

Habla con Emmita, canta en su ventana,
vuela palomita, da otra vuelta al mundo,
por el norte y el sur, lo alto y lo profundo,
dile que su padre llegará mañana.

Habla con Emmita, canta en su ventana,
dile que su padre llegará mañana.

Esa noche, Emmita, si estaba en algún lugar del universo, cumpliría la mayoría de edad. Su padre ya había recorrido tres cuartas partes de los Estados Unidos al lado de Virgilio. Las ilusiones no le pesaban, pero sí le pesaban los párpados como si quisiera llorar o hacerse preguntas con los ojos cerrados.

25
La muerte es imposible cuando uno se acostumbra a vivir

Interior: perillas de cambios enanas, volantes y asientos de cuero repujado negro. Exterior: ruedas de ícono, alas de color plata, lunas polarizadas, capuchas de fibra de carbón y espejos que giran trescientos sesenta grados. Performance: tubos de toma de aire, súper suspensión y productos de gases de combustión para explotar en el momento en que se alcanza la velocidad de crucero. El *low rider* destinado a impresionar y a atarantar.

Se trataba de un Daimler Chrysler que no nació así, pero que un mecánico amigo de Johnny preparó con esmero. La aerodinámica carrocería roja se montaba sobre tres cuartas partes de las ruedas, y las llantas apenas se veían. El carro avanzaba silencioso como arrastrando los pies hasta el momento en que su conductor decidiera que debía resonar como un tanque de combate.

El tubo de escape estaba muy bajo, y cuando el *low rider* se balanceaba, chocaba con el suelo y producía chispas azules, rojas y amarillas. Esta vez lo piloteaba el mejor amigo y lugarteniente de Johnny, el Águila Azteca, quien viajaba acompañado por tres muchachos silenciosos y graves, con el pelo pegado al cráneo y muy brillante, como lamido por una vaca cariñosa.

Dos kilómetros atrás, rugía la gigantesca motocicleta de Johnny Cabada. Se había convenido en guardar esa distancia por motivos de seguridad, pero tenían planeado encontrarse en un motel del camino. Descendían de las montañas de Nevada hacia la bahía de San Francisco. Aprovechaban los caminos comunales estrechos porque eran más seguros. El sendero en zigzag los condujo por un bosque espeso de pinos más negros que verdes. Allí, sólo Dios presenciaría su viaje, junto con la luna que se asomaba y desaparecía entre los picos dentados de los árboles.

Vestida de gris, con botas y casco negros, en la parte trasera de la moto, Emmita abrazaba a Johnny. Los del *low rider* no creían que eso fuera una buena idea, y se convencían de que el amor está siempre próximo a la imprudencia.

Todos llevaban audífonos, los de Emma le servían para escuchar a Selena. Detrás de la motocicleta silbaba un viento frío.

Cuando entraron en la autopista, a Johnny se le ocurrió mirar por el retrovisor y descubrió que dos enormes camionetas habían virado de súbito como si lo estuvieran siguiendo. Se ubicó en el lado de mayor velocidad para confirmarlo, y los vehículos lo imitaron.

Como tenían mucha mayor potencia que la motocicleta, una se le adelantó y los dejó presos entre las dos. De esa forma, y aunque no lo pretendiera, Johnny se vio obligado a tomar un desvío que lo sacó de su camino, pero gracias a una audaz maniobra pudo situarse en la pista de vuelta. Se encontró de pronto en una zona donde estaba prohibido adelantar, pero podía ver adelante un tramo de la carretera que le permitía el escape. Viró hacia la izquierda y por allí adelantó al camión que lo precedía. Luego aceleró con fuerza y se lanzó hacia los carriles de los que iban en dirección inversa. Al lograrlo se sintió por fin libre de los perseguidores. Vio que aquéllos se alejaban y logró situarse detrás de un destartalado camión del que sobresalían útiles de jardinería.

—Se pasarán a este carril, pero ya no creo que nos alcancen —pensó en voz alta mientras imprimía a la moto una velocidad inusitada e imposible en cualquier otra ocasión, y sobre todo en una carretera con tantas curvas. Sin embargo, a pesar de todos sus esfuerzos, diez minutos más tarde, volvía a estar en la misma situación. Esta vez hizo contacto visual y pudo divisar, junto al chofer, a un tipo vestido de verde. Algo gritó el hombre al pasar, pero lo único que Johnny percibió fue el destello de sus anteojos negros con lunas de espejo.

De todas maneras, estaba decidido a no dejarse vencer con tanta facilidad.

—¡Agárrate! —le gritó a Emma, y presionó el freno con todas las fuerzas que le quedaban.

El vehículo echó chispas y se detuvo en la mitad de la pista. Entonces, para no chocar con él, el camión de atrás se salió de la carretera, patinó y lo sobrepasó. De pronto, Johnny se deslizó con las luces apagadas a un costado del camino para dejar que lo pasaran otros vehículos y para que los perseguidores siguieran adelante.

Pero, la noche se convirtió en tormenta. El cielo se llenó de árboles de fuego que extendían sus ramas y raíces hacia el norte y el sur, el este y el poniente. En ese momento, la moto bajó lenta por la berma y pasó como una mariposa al costado de una inmensa secoya.

Sin detener la moto, Johnny avanzó tratando de esconderse en las negruras del bosque, donde se escuchaba el croar de los sapos. De pronto, una de las camionetas se abalanzó contra él como un sol maldito. El choque frontal deshizo la moto y envió por los aires a sus pasajeros.

Los ocupantes de la camioneta, detuvieron el vehículo, pero lo dejaron con las luces prendidas y fueron después a reconocer a la pareja.

—¿Están muertos?

—Supongo.

—Mejor que lo estén.

No habían muerto. Dos de los hombres ataron al motociclista con los brazos en la espalda. A Emma le ataron una soga al cuello y la atrajeron hacia la camioneta. El hombre que parecía ser el jefe se acercó a Johnny y lo hizo caer al suelo al golpearlo en la espalda con una vara de acero con la zurda. En la derecha portaba una pistola.

—¡Bingo!

—¡Hijoeputa!

—A ver si adivino. ¡Eres Johnny!

Golpeó con la bota la cara del caído y volvió a gritar: ¡Bingo!

Luego le puso el pie encima, e hizo un gesto teatral para informar a su gente que la tarea más importante estaba cumplida.

—Señoras y señores —gritó a pesar de que no había señoras, e iba a continuar, pero se dio cuenta de que Johnny trataba de ponerse de pie.

—¡Mierda!

Lo golpeó varias veces con la vara de acero en las rodillas hasta dejarlo imposibilitado de hacer cualquier movimiento que lo ayudara a incorporarse.

—Sí, señores. Tenemos aquí nada menos que a Johnny Cabada . . . ¡Y está muy bien acompañado!

—¡Déjala!

El hombre se quitó las gafas de sol para apreciar mejor a la chica.

—¡Muy bien acompañado!

—¡Déjala . . . El asunto es conmigo!

Cantó un pájaro. A pesar de la noche, el jefe de los atacantes se puso de nuevo los anteojos negros. Se hallaban fuera de la carretera, pero el resplandor de los carros que pasaban hizo que brillaran sus dedos armados con manoplas.

—Te dije que la dejes.

—No estás en condiciones de ordenar, Johnny. ¡Ay, Johnny! —soltó con voz ambigua mientras descargaba la vara de acero sobre el cuello del muchacho.

Estaban en un claro del bosque y la carretera corría muy cerca, pero nadie podía presenciar la escena desde la cinta asfáltica. Si alguien vio las camionetas y una motocicleta volcada, quizás creyó que era la policía haciendo una captura.

Entonces, otro poderoso vehículo perteneciente a los captores arribó. Salió de la pista, se internó en el claro iluminado y se estacionó. Alguien abrió una puerta desde dentro y empujó a dos de los hombres de Johnny.

Uno de ellos estaba moribundo, y cayó a los pies del hombre con la vara de acero. Éste lo hizo a un lado con una de sus botas. Se acercó al que estaba sano.

—¿Tú eres Águila Azteca?

Johnny levantó la vista y reconoció a su amigo más cercano.

Águila Azteca lo vio y supo que todo estaba perdido. Luego volteó a mirar al hombre con la vara de acero y la pistola. No había ni reto ni tristeza en sus ojos jóvenes. Entonces, el hombre señaló con la vara de acero un punto cualquiera en la distancia.

El Águila miró hacia allí. El hombre le apoyó la pistola en la nuca y disparó.

La detonación se fue dando tumbos de montaña en montaña y la cabeza del joven explotó.

Cuando la detonación dejó de hacer ecos, el cuerpo de El Águila Azteca se desplomó por completo al lado del chico que había llegado con él. Entonces, como si la muerte hubiera extendido los brazos, sobrevino un silencio casi absoluto al que sólo turbaba la voz del moribundo, quien en vez de quejarse, soltaba un sonido como de gárgaras.

Sobre una rama del arce, un cuervo observaba. Tenía la cabeza recogida entre las alas. Comenzó a gritar.

Entonces, los pandilleros miraron al capitán Colina, su jefe, mientras esperaban que inventara otra manera de matar a Johnny. En cuanto a la chica, su destino era fácil de predecir. Estaba en la edad que él prefería. La iba a usar para saciar sus fantasías, y después la vendería en un burdel, o vería otra forma de deshacerse de ella.

Lo habían puesto de pie, y Johnny volvió a pedir que dejaran libre a Emma, pero el capitán le dio un golpe con la vara de hierro en la boca que le hizo manar abundante sangre.

—¿Quieres que te rompa las muelas una por una? Se nota que has nacido aquí. Tienes todas las mañas de los gringos, pero yo vengo de América del Sur, y he servido en el glorioso ejército de mi patria. Allí es donde los hombres aprenden a ser hombres.

El moribundo dejó de cantar. No lo hacía porque su alma hubiera terminado de irse, sino porque, a una orden del capitán, los hombres lo levantaron para colocarlo de pie contra un árbol como si estuviera borracho.

—Nunca me han gustado los cantantes —le informó el Capitán.

El joven levantó hacia él sus ojos jabonosos como si quisiera preguntarle cómo lo iba a matar, pero ya no le alcanzaba la voz sino para hacer otra vez el sonido de las gárgaras. Sin embargo, el hombre de seguridad no empuñó la pistola. Más bien, se puso a su lado y, como un borracho a otro borracho, lo abrazó. Con el brazo libre, guardó el arma en uno de los bolsillos grandes de su chaqueta militar y fingió que se tomaba tiempo buscando otra cosa en el mismo bolsillo, desde donde finalmente extrajo un cuchillo de caza.

—No, señor. Nunca me han gustado los cantantes —repitió, y con la mano que lo abrazaba tomó su cara y lo obligó a mirar hacia el cielo. En ese instante, como si el rito ya se hubiera cumplido, tomó el cuchillo con la profesionalidad de un barbero y le cercenó la cabeza.

La sangre salió volando del cuello del muerto como si en vez de sangre fuera una bandada de mariposas negras.

—¡Es Coca Cola, cabrón! ¿No parece Coca Cola?

El moribundo siguió de pie, apoyado contra el árbol como había estado antes, como un borracho, pero sin cabeza. Quizás los ojos jabonosos en la cabeza que rodaba se quedaron en la vida mucho rato más que el cuerpo, o quizás fue al revés porque el cuerpo siguió temblando. Nadie puede saberlo.

—Allí quedan dos de tus hombres, Johnny. Ya vamos a ver qué hacemos con ellos —dijo el Capitán Colina.

Entre las nubes, sobresalía rojísima la luna. El cuervo dejó de gritar y voló hacia ella.

El jefe de seguridad de Leonidas García era un militar sudamericano que en su país se había especializado en torturas y asesinatos contra la población civil. Formaba parte de un comando que asesinaba a los perseguidos políticos, a sus familiares y a sus abogados. Las torturas, las mutilaciones, las violaciones y las formas truculentas de arreglar a los cadáveres eran parte de la formación de "inteligencia" que había recibido para intimidar a la población que no creía en los principios democráticos y cristianos del gobierno. Entre las hazañas que recordaba y difundía se hallaba la de haber secuestrado a diez estudiantes universitarios y a su profesor, y haberlos quemado vivos.

Después enterró sus ropas y cadáveres calcinados, y los dio por desaparecidos.

—Eran terroristas. Posiblemente fueron con las guerrillas —dijo con marcado acento asiático el presidente del país cuando los periodistas extranjeros le preguntaron por el paradero de los universitarios.

En otra ocasión, un grupo de guerrilleros casi adolescentes ocupó una embajada extranjera y exigió la libertad de sus compañeros. El capitán Colina fue uno de los encargados en desocupar la embajada, y cuando se percató de que habían quedado vivos algunos de los rebeldes, les puso la pistola en la cara, los obligó a arrodillarse y les metió una bala entre los ojos.

Cuando terminó la dictadura en esa república, el gobierno democrático, afanoso por establecer buenas relaciones con los militares, lo condecoró por sus acciones en la embajada y lo declaró héroe de la patria, pero al mismo tiempo le facilitó la salida hacia los Estados Unidos para que no lo persiguieran los fantasmas. Allí, debería vivir con un pasaporte y con una visa legal de inmigrante que llevaba otro nombre para evitar que las comisiones internacionales de derechos humanos lo hicieran aprehender por torturador y genocida. Pero él no intentaba cuidar su secreto; al contrario, siempre había conseguido algún puesto en funciones de seguridad preciándose de sus dotes sanguinarias, y había dejado correr la noticia de las mismas entre sus subalternos para inspirarles terror.

Antes de trabajar en San Francisco, logró buena paga en un trabajo de frontera. Los *Patriots* le pagaban por ayudarlos a liberar al país de algunos indeseables. De acuerdo al trato, tenía que atemorizar a los inmigrantes ilegales o echarlos fuera de la línea, pero a veces se le pasaba la mano. Entonces, los *Patriots* se lo reprochaban o fingían no darse por enterados, pero le hacían ver que sus abogados no lo defenderían, ni ellos dirían haberlo conocido si algo llegara a pasar. En general, estaban contentos con sus destrezas y su falta de escrúpulos. Por su parte, él les decía que no sólo lo hacía por los dólares sino también por gusto porque a él tampoco le agradaban estos indios, macacos, olmecas, manchosos, merdosos, mugrientos, asquerosos, inmundos, escuálidos, zambos, salvajes, topos, cholos, marrones, negrunos, tostados, que venían a malograr la raza de los americanos. Lo decía con placer, pero cuando se le salía la retahíla de epítetos racistas, los gringos *Patriots* se quedaban un poco asombrados porque no le veían mucha diferencia física con el resto de los inmigrantes.

Pero, al al contrario de los *Patriots*, también había gringos generosos que dejaban alimentos y bebidas en los presumibles caminos de los inmigrantes. Fue allí donde se equivocó el capitán Colina. Le pagaban mucho dinero, y pensó que lo iban a recompensar mucho mejor aún por la cabeza de uno de esos gringos terroristas. Un día le presentó a su jefe un recipiente con alcohol que contenía el rostro pálido, el pelo amarillo y los ojos azules de uno de los supuestos enemigos. Allí fue cuando los *Patriots* se asustaron y le dieron una hora de plazo antes de denunciarlo a la policía.

A mucha distancia de allí, en San Francisco, Leonidas García lo contrató para dirigir su cuerpo de seguridad. La relación laboral había marchado bien durante varios años. Leonidas no ignoraba las tristes especialidades del capitán, ni había dejado de pensar que muchos años atrás podía haber sido una de sus víctimas, pero lo impresionaba su eficacia y su disciplina militar.

Con Johnny atado al mismo árbol que sus compañeros muertos, el capitán decidió divertirse un rato más.

—¿Cómo te llamas, preciosa?

No hubo respuesta.

—Eres muda, pero muy bonita.

Los hombres observaban la escena con curiosidad esperando a ver qué entretenimiento les tenía reservado el militar.

Por fin, el tipo dejó de ser amable, y ordenó: —¡Date la vuelta!

Mientras decía esto, empuñó la vara y golpeó en la cara a Johnny.

Entonces la chica obedeció. —Estás buenísima. Ahora, ven aquí.

Fue él quien avanzó, la abrazó, y comenzó a acariciarle la cabellera que terminaba en la cintura. De allí la tomó, y jalándole el pelo, le echó la cabeza atrás como para que observara el firmamento. Después, comenzó a mirarle con deleite la longitud de la garganta y el trazo azul de las arterias. De repente tiró más del pelo hasta que la chica cayó arrodillada.

—Así me gustas más.

La chica probablemente rezaba. No se podía distinguir si decía palabras o trataba de aspirar el olor que se forma en la tierra después de las lluvias.

—¿Quieres ir al cielo volando?

Lloraba. Le rodaban las lágrimas, pero no emitía gemidos.

—Es bien fácil, ¿sabes?

En plena noche, el cielo se puso más luminoso que nunca.

—Puedes escoger cualquiera de los cielos que hay.

Soplaba viento del norte.

—Pero no hay nadie allá arriba, ¿sabes? . . . Nadie.

El capitán ordenó a su gente que cargara los cuerpos en una furgoneta, y para sorpresa de todos, no le puso la pistola en la nuca a Johnny, ni se llevó a la chica todavía.

—Don Leonidas va a querer conocerte —le dijo a Johnny.

—En cuanto a ti, si te portas bien, es posible que te lleve a conocer mi casa —le prometió a Emma.

Por fin, el carro, seguido por dos poderosas camionetas, avanzó por un camino que Emma y Johnny, a pesar de no verlo, adivinaban pedregoso y apenas afirmado. Muchas horas más tarde, llegaron a una casa.

—¡Bajen, y pronto! —gritó el capitán. Mientras Johnny trataba de levantarse con mucha dificultad, uno de los hombres abrió lo que parecía ser un garaje y los empujó hacía allí. En el interior, todo lo que podía verse era una puerta metálica y un techo de calamina.

—¡Déjala! ¡Te dije que la dejes!

El capitán se dirigió a Johnny.

—Si por mí fuera, te cortaría la lengua, pero no puedo hacer eso porque el patrón va a querer que hables.

Luego cerraron la pesada puerta de metal y le pusieron dos candados.

—Griten, griten todo lo que quieran. Aquí nadie los va a oír. Griten y llamen a las almitas del purgatorio. ¿No se dice que los mexicanos y sus hijos hablan con los muertos y con la Virgen de Guadalupe?

—¿Los vamos a dejar sin agua, jefe?

—¿Y tú qué piensas? A propósito, ¿tú piensas? ¿No querrás que les dejemos también un televisor?

Se fueron, y comenzaron a pasar las horas. Los jóvenes yacían uno al lado del otro en el garage. Emma, que se había golpeado malamente al caer de la motocicleta, despertaba de rato en rato sin saber si era de día o de noche, pero comprendía que la muerte estaba cercana. Trató de hablarle a su compañero, pero aquél era tan sólo un amasijo de carne y de sangre, y no le respondía. Hacía un calor insoportable. Los techos de hojalata lo multiplicaban hasta el punto de que la sed, una sed de muerte, le llegó mucho antes de lo que hubiera soñado. Por fin, como si la muerte la estuviera arrullando, se quedó dormida.

Soñaba que estaba muerta y que la velaban sus padres. En medio del sueño, pensó que no podía estar muerta porque no había frente a ella un túnel brillante de los que dicen que hay en la puerta del más allá sino unas horrorosas ganas de morirse cuanto antes. De un momento a otro le pareció ver chispas en el garaje, pero no eran los ángeles que habían venido a llevársela. Comenzó a temer que aquéllos no pudieran entrar en ese depósito tan hermético para cumplir su cometido.

Por su parte, en los momentos en que despertaba, Johnny se sentía culpable de la muerte de sus amigos y de lo que podía ocurrirle a Emma. Llegar a ser un difunto no lo turbaba demasiado. Eso sí, a ratos le parecía imposible la muerte porque estaba demasiado acostumbrado a vivir. Pero de repente, "Ahora sí, ahora, Johnny", sintió, más que escuchó, una voz dulce que lo llamaba, y comenzó a saber lo que era el cielo aún antes de haber pisado esas tierras de arriba.

Un relámpago lento se extendió por el cosmos. El trueno retumbó tanto y tanto que parecía no venir tan solo del cielo sino también de la tierra. Era como si el cielo y la tierra se partieran y separaran para siempre. Dos extensos rayos se internaron en la oscuridad hasta que ya no hubo suficiente espacio por donde pudieran internarse. Entonces sintió que una luz le entraba por la nuca y se metía en su alma. Luego el cielo ya no era el cielo sino una manada de vientos, y él tampoco era él, Johnny, sino el viento y los rayos. Esa voz dulce volvía a llamarlo: "Johnny, no te dejes vencer, hijito". Entonces, toda la locura de allá arriba cesó, y comenzó a pensar en lo feliz que hubiera sido vivir con su madre.

Emma, en tanto, trataba de buscar hacia donde debía estar Dios, pero no lo encontraba, y sólo le llegaba el recuerdo de sus días de catecismo en la infancia. Allí Dios era como un río impetuoso que no había sido río durante un pasado infinito, y que de repente se había desenredado y echado a partir cerros, a despedazar caminos y a rugir bajo los puentes. También le dijeron que Dios dormía antes de antes, inmóvil por los siglos de los siglos, hasta que de súbito se le dio por crear en siete días todo lo existente; al séptimo creó la vida. Entonces, entendió que el Dios informe y silencioso se había convertido en un tumultuoso enamorado, creador de rompecabezas que se arman incansablemente, ojos con ojos, labios con labios, sombra con sombra, durante el alba, la mañana, el mediodía, la tarde, la noche, para siempre.

Más tarde, en sus sueños, apareció un hombre a quien el sombrero le cubría toda la cara. Adivinó que era su padre y quiso pedirle perdón, pero se alejó con tristeza.

Por fin, vio también el rostro de Rosina Rivero Ayllón, su madrina, y le pareció que ella quería decirle algo. ¡Ay, Dios mío! Si alguna esperanza le quedaba, pronto se le fue porque de la distancia comenzó a surgir una música que se acercaba y que le parecía intensamente conocida.

❀ ❀ ❀

Deben haber despertado un día o una noche después. A pesar de que el recinto era hermético, oían gemir al viento al posarse en las montañas, trataba de despertarlos y hablaba con voz de perro.

Ella despertó primero, levantó la mano derecha y la sostuvo frente a su rostro como si quisiera saber si todavía tenía vista. Divisó los dedos y las líneas de la palma que formaban una eme muy delgada. Se preguntó si eso significaba muerte.

Después escuchó que su compañero se quejaba, y le dio pena creer que aún estando muerto sentía dolor.

Logró tomar su mano con la suya.

—¿Crees que ya estamos muertos?

—¿Y no lo estamos?

—Sí, creo que sí. ¿Tú crees que hay algo allá arriba?

—¿Y qué crees tú?

—No sé. A mí me parece que todo esto es un sueño. ¿Cuánto tiempo crees que hemos dormido?

—Miles de años. Duérmete.

—No sueltes mi mano. Me da miedo dormir.

26
¿Qué tal si este burro hablara?

Estaban descalzos, pero vestían elegantes ropas negras de cuero como si hubieran estado por ir a una reunión muy distinguida. Sus caras miraban al sol de la bahía, pero no sus ojos porque ya estaban cerrados, vacíos. Eran tres muchachos, y cada uno tenía abierto un boquete negro en la sien de la que había terminado de manar la sangre negra. Son pandilleros, deben ser pandilleros, dijo uno de los hombres que los descubrió. No hay que moverlos hasta que llegue la policía.

Los carros patrulleros llegaron aullando cuando todavía no se había disipado la fresca y celeste neblina de San Francisco. Entonces, se encontró otro cadáver, y junto a él una caja que contenía su cabeza. Son muy jóvenes, dijo uno de los policías. Debe ser un arreglo de cuentas. Fueron transportados desde algún otro lugar y arreglados para que aparecieran juntos. Sus rostros lucían carmín en las mejillas, un suave rouge en los labios, sombras de lavanda en los párpados, y los arcos superciliares habían sido resaltados con lápiz de cejas y tinta china. Gracias al suave rouge en los labios, no era visible que les habían aplastado los dientes antes del tiro de gracia. Lo único que se movía era la cabellera larga y desgreñada de uno de ellos. Debe ser obra de un profesional, dijo un policía viejo.

⊚ ⊚ ⊚

—¿Cómo dices? ¿Que dejaron a la parejita dentro de un garaje? ¿Dentro de uno de mis garajes? ¿Te has vuelto loco? ¿Eran esas mis órdenes? ¡Cómo se nota que vienes de donde vienes! ¿De qué país me dijiste que venías? En esos países se compra a la policía, se compra al gobierno, se compra a los militares, se compra a todo el mundo. ¿Y estos otros que aparecen en la televisión? ¿Son la pandilla? ¿Toda la pandilla de Johnny?

—Son los que venían con él.

—¿Todos?

—Todos.

—Todos, ¿qué?

—Todos, patrón.

—¿Estás seguro que todos?

—Todos, patrón.

—Eres un perfeccionista. Los afeitaste y los maquillaste para que estuvieran presentables. Se les ve muy bien en el periódico.

El capitán no contestó. Sabía que las cóleras de Leonidas García eran incontenibles y que a él, personalmente, no le gustaba mancharse las manos con sangre, ni conceder que había ordenado lo que sólo había dado a entender.

—No queda ni uno vivo, patrón.

—No te lo he preguntado.

—Pero no queda . . . —insistió el capitán Colina.

—Sí, queda uno, y es el principal, imbécil. No te di ninguna orden sobre la pandilla. No tengo nada que ver en ese asunto. Lo que te dije es que me trajeras acá a Johnny porque yo quería verlo, y me desobedeces, te atreves a desobedecerme y te atreves a hablar de igual a igual conmigo, pinche cabroncito. ¿No me decías que eras capitán en tu tierra? En tu tierra te dieron una condecoración por matar a gente que ya se había rendido, pero aquí estás en los Estados Unidos, y estás ante un mexicano. México es tierra de hombres, y entre hombres nos matamos frente a frente, no matamos a los que se rinden, jotito. ¿Cómo dices? ¿Lo de siempre? ¿Que tu empresa de vigilantes no tiene que ver con la mía? ¿Que tus métodos son tus métodos? . . . No te mato porque tienes que ir corriendo a traerme al Johnny. A lo mejor, ya se escapó. ¿Cuánto tiempo ha pasado?

—No mucho.

—No mucho, ¿cuánto?

—Como un día.

—Como un día, ¿qué?

—Como un día, patrón.

—Como un día desangrándose. Y la chica, ¿por qué la tienes presa? ¿Qué tiene que ver ella en este negocio? Vete y tráemelos o tráeme lo que quede de ellos porque quiero hablar con Johnny. ¡Ay de ti si los encuentras muertos! Necesito a ese muchacho vivo, y tú ya sabrás lo que haces. Si lo encuentras muerto, métete al infierno y búscamelo, y sácamelo de allí con influencias o con lo que puedas, pero tráemelo acá que necesito verlo de inmediato.

El capitán Colina no se hizo repetir las órdenes. Sabía que aunque lo humillaran y lo pisotearan en público, él debía hacer sonar los tacones de sus botas una contra otra y bajar la cabeza porque la obediencia era una virtud en todos los ejércitos del universo. Sin embargo, había momentos en que se sentía cansado de que lo avergonzaran en público. Entonces, bajaba la cabeza, se tragaba la saliva, cerraba los ojos y caminaba lento como si anduviera con una mortaja encima, como si no tuviera cuerpo ni espíritu, como si sólo se alimentara de rencor y de ansias de venganza.

Por eso, cuando terminó de tragar la saliva, subió en la camioneta que lo había traído y ordenó al chofer que salieran cuanto antes de San Francisco y desandaran lo andado. El chofer se quejó de que no había parado de trabajar y que tenía hambre. Añadió que quería bajar del carro a probar un taco.

—¿Te atreves a desobedecer mis órdenes? ¡Crees que soy tu igual! Arranca de una vez, pinche cabroncito.

Leonidas García había sido siempre muy cuidadoso, y por eso, hasta ese momento, no había tenido problemas en ninguno de sus negocios. Temía a la competencia, pero después de imponerse sobre los mafiosos, había establecido excelentes relaciones con los otros empresarios, y operaba su casino y otras empresas en completa legalidad. El narcotráfico se hacía por medio de pequeños distribuidores que no tenían ni la menor idea de quién era el que mandaba. Como tampoco tenía Leonidas la menor idea acerca de ese desconocido muchacho que estaba operando entre Oregon y Nevada y en estos momentos acababa de tomarle el pelo en gran forma, nada menos que con la ayuda de un viejo, un idiota y un burro.

@ @ @

LOCUTOR: Sí, amigos de La Grande, la emisora de todos los hispanos del Área de la Bahía. Como les habíamos anunciado, después de dos semanas de exitosas presentaciones, hoy tenemos con nosotros nuevamente a Los Peregrinos de La Santa Muerte. Ésta fue la radio que los acogió a su llegada, y en ésta se están despidiendo de su público. A nuestro pedido, acaban de interpretarnos la canción que la primera voz le dedica a su compañero Dante Celestino.
Comercial
LOCUTOR: Por especial pedido de la culta audiencia, vamos a abrir un espacio para conversar con nuestros invitados. Basta con llamar al número que les hemos ofrecido, el 415-757-5100, para que ustedes queden conectados con este servidor.
Timbre del teléfono
LOCUTOR: ¿Sí? ¿Sí? . . . Viene de San José y es para nuestro amigo, El Peregrino.
Más preguntas
Comercial
LOCUTOR: ¿Sí? . . . No se le escucha, señora. Es mejor que apague la radio. Ahora sí, sí, claro . . . Bueno.
OYENTE: Por favor, fuera del audio. Es para el señor Celestino.
Comerciales
Mientras el locutor lee la primera tanda de avisos, un hombre golpea la ventana de cristal y le dice a Dante que debe salir de la cabina para tomar el teléfono.
—¿Sí? Diga usted . . .
—Dante, te habla Rosina Rivero Ayllón . . .
—¡Rosina!
Dante recordó que Rosina no había podido estar en la fiesta de quince años, porque se había mudado a Berkeley, en California.

Entre los papeles que llevaba en la camioneta conservaba una postal del *Bay Area* en la que Rosina le daba su dirección para cuando pasara por allá y se disculpaba por no estar en la quinceañera.

Recordaba que al enterarse de la desaparición de Emmita, ella lo llamó por teléfono y le dijo que fuera a verla si no encontraba a Emmita en Las Vegas. "No te olvides, Dante. Tal vez yo pueda ubicar a mi ahijada. Hay algo que sé y hay algo que sospecho. Por favor, no te olvides de hacerlo".

¿Cuánto hacía de eso? . . . Tres años. No había sabido nada de ella en todo ese tiempo ¿O sí? Sí, Rosina lo llamó cuando él regresó de su primer viaje. Llamó para averiguar por la joven. Dante, de pura vergüenza le pidió que no se preocupara ya. Le mintió que Emma estaba viviendo con algunos familiares en Nevada. ¿Qué familiares eran ésos? Dante no supo qué responder, y Rosina comprendió que no debía seguir haciendo preguntas.

¿Qué había pasado después de eso? Los árboles perdieron las hojas y después las recuperaron. Las hojas cambiaron de colores, y amarillas, volaron al cielo. El otoño, el invierno y la primavera se fueron. Y después el verano. Y otra vez el otoño y el invierno. Sus vecinos trataban de ocultarle la compasión. La soldadura autógena dibujaba estrellas en las noches mientras construía el nuevo camión. El rostro de Virgilio a quien le confiaba todos sus pensamientos no había cambiado de actitud. ¿Y después, qué? El entreverado camino a Las Vegas primero, y después la decepción. ¿Y luego? "Señoras y señores, Los Peregrinos de La Santa Muerte". En Nevada, en Texas, en Arizona, en Nuevo México, hasta en Florida y ahora en California. Había buscado en todas partes, pero no se le había ocurrido hablar con Rosina.

—¿Me estás escuchando, Dante? Creo que tengo algo que informarte sobre Emmita. ¿O ya te has dado por vencido?

Dante sacudió la cabeza.

—No. No estoy hecho para darme por vencido. Soy un burro.

No esperó a que la entrevista radial terminara. Por señas a través del vidrio de la cabina, le hizo saber al locutor que se marchaba y movió un índice en círculo para indicarle a El Peregrino que se verían luego, pero antes de que se pusiera el saco, el cantante salió del recinto a prueba de sonidos, y se acercó a él.

—Dejemos que Alex conteste las preguntas. Creo que usted necesita que yo lo acompañe.

LOCUTOR: Por unos momentos nos dejan Los Peregrinos de La Santa Muerte, pero aquí queda con nosotros Alex, su empresario.

Timbre del teléfono.

LOCUTOR: ¿Sí? Claro, como no. Le vamos a pasar el teléfono al empresario de los éxitos cuando el reloj de cuarzo de nuestros estudios marca exactamente las once de la mañana.

ALEX: ¿Hola? ¿Hola, sí? . . . Hable ahora, o calle para siempre.

Unos minutos después, la camioneta cruzaba el puente de la Bahía en su camino hacia Berkeley. Iba como suspendida sobre el humo azul. Iba a toda velocidad, como si fuera por el aire.

Lo primero que vieron fue una torre.

—Tome esa salida. Esa debe ser la Campanile, la torre de la universidad, y se encuentra en pleno centro de Berkeley. ¿Cuál es la calle?

—Tengo que llegar a una calle que se llama Telegraph. Desde allí, son doce cuadras hasta la calle Russell.

No se equivocaron. No había pasado una hora desde la llamada telefónica, cuando Dante, seguido por su amigo, tocó el timbre de la casa. Todo ocurrió como si no estuviera ocurriendo nada o como si no hubiera pasado el tiempo. La puerta se abrió sola y dio paso a una escalera.

—Sabía que llegarías a tiempo, Dante. En realidad, te he estado esperando. Pasen, por favor, —dijo Rosina desde el segundo piso mientras los invitaba a subir al departamento.

Aunque la frase le sonara extraña, no era tiempo para preguntar por nada. Todo estaba sucediendo como si soñara, y uno no le pide explicaciones ni a los sueños ni a las personas que ve en medio de ellos. Lo único que Dante deseaba saber era por qué Rosina estaba tan segura de que podía ayudarlo en la búsqueda de Emmita.

—¿Te acuerdas cuando les conté a ti y a mi comadre que yo no soy Rosina Rivero y que, para tener documentos de identidad, tuve que usar el nombre de una mujer fallecida?

Dante recordaba todo eso, pero recién se enteraba de que el Leonidas García de la historia era un hombre de verdad que residía en San Francisco y que era dueño de muchos negocios, entre ellos de algunos casinos en Las Vegas. ¿Lo había visto, Rosina? . . . Sólo en los periódicos, pero se había dado maña para averiguar un teléfono suyo muy directo.

—¿Y de qué me sirve eso?

—¿Recuerdas que les hablé también sobre un joven que me llamaba y que un día fue a buscarme y que incluso me echó en cara el supuesto abandono que sus padres le habían hecho? Él se llama Johnny Cabada.

Poco a poco se iba haciendo luz en la historia, y Dante no lo podía creer. Hacía tiempo que estaba nadando contra la corriente. La policía, primero, y luego casi todos sus amigos lo habían tratado de convencer de que abandonara la búsqueda de Emmita porque ni siquiera tenía motivos precisos para viajar primero a Las Vegas y luego a la mitad del país, y además porque cada año en los Estados Unidos se producen centenares de miles de desapariciones de jóvenes que se van a vivir con sus parejas mucho antes de tener la edad legal para hacerlo. Ahora, sin embargo, de un momento a otro, la mujer que tenía enfrente le estaba dando la completa identificación del muchacho que se había llevado a su hija.

—Me interesé en el asunto cuando después escuché que Johnny se dedicaba a los negocios chuecos. Parece que estaba invadiendo el área gobernada por su padre. El asunto es que Leonidas García ni siquiera sospecha la identidad de su rival. ¿Me entiendes?

Algo entendía Dante, pero no del todo porque a lo mejor todo esto no era nada más que un sueño. Se pasó la mano por la cara para ver si despertaba de una vez, pero Rosina le siguió hablando sin detenerse. De todas formas, Dante no sabía de qué forma esa información lo ayudarían a dar con la ubicación exacta de Emmita.

Además, él mismo sabía que el muchacho ya no estaba en Las Vegas. Le narró su experiencia en el casino.

Rosina le mostró un ejemplar del *San Francisco Chronicle*.

—Mira estas fotografías. ¿Reconoces a alguien?

Dante obedeció y tomó el periódico por la página indicada. No conocía los rostros, pero le parecieron muy familiares.

—Los jóvenes que estás viendo pertenecen a una pandilla cuyo jefe es Johnny Cabada.

En ese momento, Dante los reconoció. Eran los tipos que entraron en el centro comunitario la noche de la fiesta de los quince años para llevarse a Emmita.

—El periódico dice que los mataron en otro lugar, pero que luego los maquillaron y los dejaron tirados en la bahía de San Francisco.

El reportero especulaba acerca de un arreglo de cuentas entre bandas rivales. Todos los difuntos eran jóvenes, ninguno representaba más de 23 años, y habían sido asesinados de una forma muy cruel.

—No están ni Johnny ni Emmita.

—No están.

Sobre Berkeley, comenzó a caer una lluvia muy fina, pero ruidosa. A través de la ventana, Dante quiso ver el agua y no la vio.

—Tenemos que hacer algo de inmediato —dijo Rosina y comenzó a marcar un número en el teléfono con la expresión de alguien que está ejecutando las disposiciones de una persona fallecida.

—Sí . . . ¿Que cómo me he enterado de este número? Eso no le interesa a usted . . . Quiero hablar con Leonidas García. No, no quiero hablar con sus secretarios sino con él mismo . . . ¿Que no tiene tiempo? ¿No puede atenderme? Ah, entiendo, bueno, apunte este nombre y deje que él lo vea . . . Rosina . . . Rosina Rivero Ayllón. . . . Dígale que si está interesado, que me llame a este número.

Colgó, pero no pasaron dos minutos antes de que el timbre del teléfono sonara en su casa. Era el propio Leonidas que se comunicaba con ella sin el auxilio de intermediario alguno.

—No, claro que no. Ése es mi nombre desde hace muchos años, pero lo es porque se lo compré a un profesional en contrabando de gente. El tipo me dio los documentos originales y me tuve que aprender toda su historia. . . . Usted sabe cómo es eso. Tal vez le interese saber que Rosina murió un año después de que usted la dejara, pero no lo llamo para contarle esa historia. Hay algo más y es muy importante. ¡Ella tuvo un hijo de usted, Leonidas!

Se hizo un silencio. Evidentemente el hombre del otro lado de la línea no sabía qué decir, finalmente dijo algo a lo que la mujer contestó con una mueca como si su interlocutor estuviera presente y le hizo un gesto negativo con los dedos.

—No. No es eso. No lo estoy llamando para pedirle dinero, y menos en nombre de su hijo. No, su hijo no necesita nada de usted. O tal vez, sí . . . Sí, claro que lo necesita. Se llama Johnny Cabada.

Otra vez, silencio, pero esta vez mucho más breve. Luego la mujer comenzó a narrarle la historia de la fuga del muchacho con Emmita y le ofreció información que sólo la difunta conocía y que ratificaba la verdad de todo lo que había dicho.

—¿Los tiene en su poder? Dígame de una vez qué quiere decir con eso . . . Que los tiene el capitán. ¿Qué capitán? . . . Claro, el padre de la chica está aquí conmigo e irá conmigo a San Francisco de inmediato. Dígame donde nos vemos. ¿En la casa del capitán? ¿Y dónde es eso? . . . En la Marina de San Francisco, muy bien. ¿Y para qué lado? Deme la dirección. Estoy apuntando. Claro, claro que podremos llegar hasta allí. Llegaremos casi al mismo tiempo que usted. . . .

Dante no tuvo tiempo siquiera de pensar. No se lo dio Rosina que comenzó a bajar las escaleras.

—¿Éste es tu carro? ¡Es enorme!

—Sube, por favor. Al lado de Virgilio.

—¿Y ese burrito? —preguntó la mujer.

—Es mi amigo. Viaja siempre conmigo.

—Es nuestro amigo. Usted debe haberlo visto en la portada de nuestro disco compacto —añadió El Peregrino, quien no había tenido la oportunidad de hablar en ningún momento.

Después de atravesar Oakland, tomaron la carretera por el lado que permite mayores velocidades, y unos minutos más tarde ya estaban al inicio del puente de la Bahía, pero la velocidad inicial se aminoró porque estaban pasando justo a la hora en que la gente se dirige a sus centros de trabajo.

—A este ritmo no vamos a llegar a tiempo.

—¿A tiempo para qué?

—Es que Leonidas no es quien los tiene. Están con un maniático que muchas veces se adelanta y hace cosas peores de las que se le ordena. Leonidas lo está llamando en este momento para decirle que el muchacho al que tiene es su hijo y que no se vaya a atrever a tocarlo. . . . Lo que me inquieta es que no sabemos cómo estará la carretera que conduce a la Marina de San Francisco.

No estaban para más explicaciones porque ya salían del puente.

—Ahora sí, Dante. Toma la carretera de la derecha. Creo que es la más rápida.

Rosina no pudo continuar porque en ese momento comenzó a ocurrir algo que nadie había visto ni acaso se volverá a ver en San Francisco. Decenas de miles de aves del mar y de tierra adentro se congregaron en un punto del cielo que luego se convirtió en una nube y por fin en una sombra que abarcaba casi toda el Área de la Bahía. Las había de toda variedad y tamaño: águilas, palomas y colibríes, tordos, jilgueros y cardenales, pelícanos, gaviotas y pardelas, patos, gansos y halcones. La gente las escuchaba por todas partes. Se las oía como se escucha el murmullo de las aves migratorias que están hablando en el cielo, pero daba la impresión de que lo hicieran en la habitación vecina. Se concentraron en un punto situado al oeste de la bahía, y desde ese lugar se lanzaron en picada hacia la salida del puente que da a la Marina. Allí invadieron la carretera e impidieron la circulación de cualquier otro vehículo que no fuera el que conducía Dante.

La nube interrumpió las ondas radiales y de televisión, e impidió que la policía pudiera comunicarse y enviar patrulleros hacia el lugar. Además, aún en el caso de que lo hubiera hecho, los choferes no habrían podido ni siquiera conducir porque las miradas de todos estaban concentradas en el hipnótico punto del cielo de donde emergían tantas aves. Los periódicos del día siguiente mostrarían en las fotos una sola mancha rojiza en el cielo que se mantendría para siempre inexplicable. Los aeropuertos de Oakland y San Francisco detuvieron sus operaciones y los aviones que estaban llegando desviaron su rumbo porque nada podían hacer frente a lo inexplicable.

El coche avanzó a toda la velocidad que Dante quiso imprimirle. Unos momentos más tarde, estaban ya frente a una vieja casa de San Francisco que no había sido pintada en por lo menos medio siglo. Leonidas y los suyos todavía no habían llegado. La casa no tenía la obligatoria escalerita que sube hasta la puerta, y ésta se hallaba en el mismo nivel de la vereda.

—Baja de la camioneta, Rosina. Baje, Peregrino.

Obedecieron sin resistirse, y sin ni siquiera entender qué era lo que se proponía Dante. En muy poco tiempo, habían visto y escuchado tantas cosas incomprensibles que estaban en una disposición total para el prodigio y la sorpresa.

Dante retrocedió, tomó impulso y estrelló su vehículo contra una puerta endeble que cedió al ser embestida. Entonces, bajó del carro y avanzó en busca de la pareja por toda la casa del capitán Colina. Uno de los dormitorios, el más grande, tenía varias camas tipo camarote en las que solían pasar la noche los hombres del maleante. Había otro cuarto en el que probablemente habían pernoctado sus prisioneros porque tenía las ventanas tapiadas con listones de madera en forma de cruz.

Una típica casa de éstas suele tener muchos lugares secretos e incluso podía esconder gente en su depósito subterráneo. Dante y sus amigos continuaron avanzando y tropezándose con sorpresas como el dormitorio del dueño de casa. Las fundas para las almohadas y las sábanas de la cama recién abandonada exhibían figuras de los personajes de Walt Disney como si se tratara de una habitación infantil. La mesa de noche y el tocador eran de color rosado, y éste último tenía un espejo decorado con pegatinas que representaban jirafas y elefantitos.

Desconcertado, Dante miró a Rosina para encontrar alguna explicación, pero ella sabía tanto como él. Los diarios, que después hablaron de Colina, dirían que los militares escapados de sus países de origen padecían de depravaciones, y que incluso la propia tortura que habían ejercido los había predispuesto para buscar la satisfacción sexual de las maneras más complicadas y enfermizas. Una explosión interrumpió sus observaciones. De un momento a otro fueron rodeados por un grupo de hombres armados. Lo único que sentía Dante era el helado cañón de una pistola pegado contra su sien derecha.

—No, no hagas eso. Déjalo.

El hombre que hablaba se le acercó.

—Usted debe ser el padre de la chica. Soy Leonidas García, y usted no tiene nada que temer. Pero debemos salir de aquí y continuar buscándolos porque Colina se los ha llevado a otra parte.

Al enterarse de que Johnny era hijo de su patrón, el capitán no había resistido las ganas de lograr dinero con ello. Mucho más que eso, sintió que su momento había llegado. La rabia y la revancha se juntaron en él. Se lo dijo a García: "Ahora, yo soy el dueño de la situación, y usted lo sabe. Déjeme el dinero en el lugar que le voy a indicar. Déjeme la cantidad que le digo en billetes grandes. A la chiquilla me la llevo yo. A su hijo se lo puedo dejar, pero ya sabe cuánto le va a costar eso. Todos tenemos derecho a una jubilación decorosa. ¿No le parece?"

—No deben haber ido muy lejos —prosiguió García—. Tienen que estar aquí en uno de los barcos o botes de recreo, y voy a ir con mis hombres a buscarlos.

La nueva búsqueda duró mucho más que todas las anteriores para Dante porque cada vez que llegaban a uno de los supuestos refugios, el grupo ya había salido de allí. Era evidente que se las estaban viendo con un hombre experimentado en esos negocios.

Cuando se acabaron todos los escondites previsibles, sonó el teléfono celular de Leonidas.

—Eres una bestia, Leonidas. Me gustabas más cuando hacías negocios. ¿Dónde quieres que te deje el cadáver de Johnny?

Lo único que Dante recordaría en el futuro sería el rostro descompuesto del hombre, su cabeza detenida un momento y gesticulando después: —¡No. No. No! . . . Tengo el dinero.

El teléfono comenzó a emitir la señal de que el que llamaba había cortado. Para Leonidas, ésa era la indicación de que la rabia y la venganza habían sido más fuertes que la ambición.

—Muertos. Están muertos. Creo que ya los ha eliminado.

El día ya había terminado. Dante recordaría también que la lluvia había comenzado a caer en las playas de enfrente, y que una luna gigantesca pintaba de amarillo las casas de San Francisco. Después vino una sombra, y luego los chillidos de unos pelícanos que se posaron sobre un costado de la marina.

Entonces, Dante gritó: —No, no puede haberlos matado. En ese barco. Allí enfrente, allí tienen que estar . . . —Se refería a una embarcación que estaba amarrada a un muelle, y a la que confluían las aves.

No recordaría por qué asoció la presencia de las aves con la de su hija. Sin saber por qué razón, García y los suyos corrieron a la embarcación.

—Leonidas corrió por el muelle y saltó el medio metro que lo separaba del barco. Se lanzó disparando como un poseído. Su gente hizo lo mismo, y durante un buen rato, se escuchó el estrépito de las metralletas.

—No tiren. Nos rendimos.

Leonidas avanzó hacia Colina con las dos manos sosteniendo la pistola. Después la dejó en su mano derecha y apuntó hacia el cielo como hacen los que van a cumplir con un mandato o una sentencia. Luego descendió el brazo con lentitud, y por fin se escuchó la detonación y se vio la luz de la muerte.

Leonidas se quedó un instante como asombrado, estático. Después dobló las rodillas y cayó, pero aún en el suelo, continuó temblando.

Había subestimado las dotes de su enemigo, hábil para la traición, y éste había sido más rápido que él.

—Ya García está muerto —gritó entonces Colina a los hombres de Leonidas, pero nadie le hizo caso y siguieron disparando. Entonces, giró hacia sus prisioneros que, en realidad, todavía no habían sido ejecutados, y les apuntó con la pistola.

—Pues, ¡qué lástima, Johnny! Esto pudo tener un final feliz, pero no va a ser así. Tu padre pudo arreglar las cosas con un poco de dinero, pero no ha querido . . .

Colina había desviado su atención de Emma quien aprovechó el momento para patalear y avanzar con la silla hacia el agresor a quien dio un golpe e impidió hacer puntería sobre Johnny.

—¡Qué conmovedor! . . . Vamos a ver si . . .

Pero el capitán no pudo terminar la frase porque la chica, súbitamente libre, le había dado un puntapié en la ingle. El hombre tenía las piernas muy abiertas y no vio venir el golpe, pero reaccionó pronto y disparó contra la muchacha. Sin embargo, dos hombres se interpusieron, y uno de ellos cayó muerto. El otro cubrió a Emma con su cuerpo. Eran Dante y El Peregrino, que habían seguido toda la búsqueda sin armas. Colina dio media vuelta hacia la ventana y fue alcanzado por el fuego de los hombres de Leonidas. Era una noche de muertos. Leonidas, Colina y El Peregrino de La Santa Muerte estaban muertos. Arriba, las estrellas ardían como mariposas amarillas y rojas para toda la eternidad.

❁ ❁ ❁

Escribo estas líneas la noche de un sábado de otoño. Todo el día las hojas de los árboles han estado cambiando de color. Las mismas hojas se irán después con el viento a confundirse con los pájaros. El color dorado que ahora invade el mundo comenzó en Mount Angel donde he pasado la tarde.

El Latino de Hoy me había solicitado que hiciera un reportaje sobre los inmigrantes latinos en Oregon, y se me ocurrió escribir la historia de la familia Celestino. La prensa de San Francisco ha informado con abundancia acerca de los hechos que ocasionaron la muerte del mafioso Leonidas García, del ex militar sudamericano Colina y de un famoso compositor de corridos, pero hay otros hechos inexplicables que se cruzan con esas historias y parecen ligados a ellas. No se habló más de la invasión de las aves porque nadie ha encontrado una explicación satisfactoria, pero sí hay abundante material gráfico sobre el mexicano que vivió una odisea para rescatar a su hija. Lo que no se sabe son los motivos que tuvo para ir acompañado todo el tiempo de un pequeño burrito.

Por la mañana, visité a Johnny Cabada en la penitenciaría de Oregon, donde cumple una condena de seis meses. Fue juzgado por algunos delitos menores, y saldrá dentro de poco convertido en una persona diferente, según me dijo. Ha organizado una pequeña empresa de compra y distribución de pinos de Navidad, y cree que le echará ganas para prosperar en ella.

—No, amigo, lo mejor que a uno le puede ocurrir en la vida ya me ha ocurrido. Tal vez todo lo que me condujo a mi vida anterior fue el miedo de creer que no había nadie detrás de mí, que había salido de la nada como esos huevos del aire que a veces ponen las gallinas. Tal vez la gente se lanza al riesgo por el horror de ser nada, por la falta de amor. Ahora es diferente. Ahora sé quién soy.

Emma Celestino ha dedicado su tiempo a dar clases de lectura y escritura a su padre, y este año va a entrar a Western Oregon University. Alex ha propuesto que padre e hija formen un dúo musical, y ellos lo están pensando. A mi llegada, me invitaron a tomar un café en el comedor de la casa en el que una pintura ornada con un marco plateado representa a José y María huyendo a Egipto mientras un sobrio asno conduce al Niño Jesús de pocos días de nacido.

Le pregunté a Dante si va a lograr una visa de trabajo, y entonces entendí que el universo hace milagros, pero el Departamento de Inmigración, no. Quise saber si consideraba prodigioso algún momento de su vida reciente, y no le pareció así porque el prodigio es cotidiano para él. Intenté indagar sobre el cuadrúpedo que lo había acompañado en sus búsquedas, pero Dante por toda respuesta aseveró mirando al asno que es un animalito trabajador pero tonto como todos los de su especie.

En ese momento, me pareció percibir un gesto de desagrado en el rostro del cuadrúpedo que había estado presente en toda la conversación y que, sólo en ese momento, me había concedido una rápida mirada displicente. Es pequeño, peludo, suave, burro por dentro y por fuera, y por más burro que sea, transparente, silencioso, y leve, tan leve que no hay razón en este mundo para que sepa leer ni para que siquiera pensemos en él.

—¡Qué pasaría si Virgilio hablara! —exclamó Dante riendo cuando nos despedíamos luego de haberme hecho prometer que estaría en la gran fiesta que está preparando desde ahora para el matrimonio de Emmita.

Un sol amarillo y casi líquido se desparramaba por todo Mount Angel e invadía el jardín de la casa donde conversábamos. Le rogué a Dante que saliéramos a la calle para hacer unas fotos, y accedió. Pero me resultó difícil porque había demasiada luz aquí y allá y en todas partes, y por eso en este texto no hay ninguna. Le pedí entonces que me hablara de Beatriz, y ya no recuerdo si lo hizo. Había demasiada luz y se desparramaba por la ciudad y los árboles. Jugué con mis dedos para saber si no estaban empapados de luz o de purpurina, y mientras Dante hablaba de Beatriz no sé por qué comencé a pensar en el amor que mueve al sol y todas las estrellas.

También por Eduardo González Viaña

American Dreams